KB083288

명탐정
셜록 홈즈
추리 걸작선

명탐정
셜록 홈즈
추리 걸작선

초판인쇄 | 2016년 8월 01일
초판발행 | 2016년 8월 10일
지은이 | 아서 코난 도일
엮은이 | 김은영
펴낸곳 | 도서출판 새희망
펴낸이 | 이석형
디자인 | 디자인 감7
등록번호 | 제 2016-000004호
주소 | 경기도 의정부시 효자로 25
전화 | 02-923-6718 팩스 | 02-923-6719
전자우편 | stonebrother@daum.net

ISBN 979-11-957814-7-8 03840

Sherlock Holmes

명탐정
셜록 홈즈
추리 걸작선

—— 아서 코난 도일 지음 김은영 편역 ——

서 스 펜 스
SUSPENSE

새희망

차례 ——————

Sherlock Holmes

Chapter

01

얼룩 무늬 끈

얼룩 무늬 끈

지난 8년 동안 내가 셜록 홈즈의 탐정 방법을 관찰해서 기록해 온 70건의 사건 노트를 들여다보면, 비극도 많지만 희극도 몇건 있고, 이상하다고 밖에 할 수 없는 사건도 몇개 있었다. 많은 사건 가운데 서리 주 스톡 모란에서 벌어진 로이롯 사건만큼이나 이상한 사건은 다시 없을 것이다. 이 사건은 내가 홈즈와 알게 돼 베이커 거리에서 각각 독신으로 살 때 일이다. 그러나 이 사건을 이제야 이야기 하는 것은 이 사건을 비밀로 하자고 약속했던 부인이 지난달에 갑자기 세상을 떠나 그 약속에서 해방되었기 때문이다.

1883년 4월 초의 어느날 아침이었다. 나는 홈즈가 흔들어 깨우는 바람에 눈을 떴다. 늦잠꾸러기인 홈즈가 오늘 아침에는 웬일인지 양복을 갖추어 입고 침대 옆에 서 있었다. 난로 위의 시계는 7시 15분을 가리키고 있었다.

"홈즈! 오늘 아침에는 왜 이렇게 일찍 일어났어? 무슨 큰 사건이라도 일어난 거야?"

"아니, 의뢰인이 젊은 여자인데 아주 흥분한 모습으로 와서 나를 꼭 만나고 싶다는 거야. 젊은 여자가 이른 아침에 런던 거리를 헤매고 있는 것은 분명 아주 절박한 사정이 있을 거야".

"그럼, 나도 자고 있을 순 없지."

나는 벌떡 일어났다. 사건이라는 소리에 잠이 싹 달아났던 것이다. 잠시 후 홈즈와 나는 아래층으로 내려 갔다. 검은 옷을 입은 여자가 기다리고 있었다. 무엇이 두려운지, 그녀는 매우 불안한 표정을 짓고 있었다. 홈즈는 아주 부드럽게 말했다.

"어서 오십시오. 기다리게 해서 죄송합니다. 제가 셜록 홈즈입니다. 그리고 이분은 제 친구인 왓슨 선생입니다. 뭐든지 숨기지 말고 다 말씀하십시오. 떨고 있는 걸 보니 추우신 모양이군요. 자, 난로 가까이로 오십시오. 뜨거운 커피라도 한 잔 갖다 드릴까요?"

그러나 그녀는 고개를 저었다.

"추워서 떠는게 아니에요."

"그럼 어째서?"

"무서워서 견딜 수가 없어요. 제 몸엔 시시각각으로 위험이 닥쳐오고 있어요."

홈즈는 그녀를 안심시키며 말했다.

"걱정할 것 없습니다. 제가 모든 것을 해결할 것입니다. 오늘 아침 기차로 오셨군요."

"어머나, 그걸 어떻게 아시죠?"

"아가씨의 장갑 속에 왕복 차표가 들어 있군요, 아가씨는 집을 나와 이륜마차에 혼들리면서 진흙길을 지나 역으로 가는 것도 참 힘들었을 겁니다."

여자는 놀랍다는 듯 몸을 흠칫하였다.

"그렇게 놀라실 건 없습니다, 아가씨의 왼쪽 소매에 흙이 튄 곳이 일곱 군데나 있군요. 그런 식으로 흙이 튀는 것은 이륜마차 밖에 없지요. 물론 아가씨는 마부 왼쪽 자리에 앉아 있었을 것이고……"

"홈즈 씨 말이 모두 맞습니다. 저는 6시 전에 집을 나와 30분쯤 이륜마차로 달려 레더헤드 역에 도착했죠. 그리고는 첫차로 워털루 역에 내렸습니다."

그녀는 이미 홈즈를 완전히 신뢰하게 된 것 같았다.

"홈즈씨, 저에게는 의지할 만한 사람이 없습니다. 제발 저를 도와주십시오. 이대로 가다가는 미쳐 버릴 것만 같습니다. 지금 당장 사례금을 치를 수는 없지만, 결혼하면 재산을 물려 받을 수 있으니까 그때 꼭 지불하겠습니다."

"돈 같은 건 아무 때 주셔도 좋습니다. 저로서는 사건을 해결하는 것이 무엇보다도 즐거운 일이니까요. 그럼 어떤 일이 아가씨를 괴롭히고 있는지 자세히 이야기해 주십시오."

홈즈는 책상을 열고 필기도구를 꺼냈다.

"아, 여기 오기를 잘했다는 생각이 드는군요."

그녀는 곧바로 사건 이야기를 시작했다.

"저는 헬렌 스토너입니다. 지금 의붓아버지와 함께 살고 있는데 의부는 잉글랜드에서도 가장 유서깊은 색슨계 가문의 하나인 스톡 모란의 로일롯 가문의 마지막 혈통입니다."

"어머니는 안 계십니까?"

홈즈가 물었습니다.

"어머니는 오래 전에 돌아가셨어요. 정말 인자한 분이셨는데……"

헬렌의 얼굴에 슬픈 그림자가 스쳐갔다. 그러나 곧 침착하게 말을 이었다.

"우선 의붓아버지 이야기부터 해야겠군요. 의붓아버지는 한때 영국에서도 손꼽히는 대지주였습니다. 그러나 시대가 감에 따라 집안이 몰락하자, 아버지는 어떻게 해서든지 집안을 다시 일으키기로 결심했습니다. 의학을 공부하여 의학 박사가 되자, 아버지는 인도의 캘커타로 돈을 벌러 갔습니다. 인도에는 의사가 별로 없었으므로 아버지의 병원에는 항상 환자들이 들끓었습니다. 그 무렵, 우리들도 인도에서 살았습니다."

"우리들이라면 누구누구를 말씀하시는 건가요?"

"어머니와 저, 그리고 언니 줄리아, 저와 언니는 쌍둥이로, 그때 겨우 2살이었습니다. 친아버지는 인도에 주둔하는 영국군 소장이었는데, 우리가 태어난 지 얼마 안되어 병으로 돌아가셨습니다. 어머니는 외로워서 지금의 아버지 로일롯 박사와 두 번째 결혼을 했습니다."

"언니인 줄리아는 지금 어디서 살지요?"

"아! 언니는 2년 전에 죽었어요. 마치 수수께끼 같은 죽음을 당했죠. 그 이야기를 하기 전에 아까 하던 이야기를 마저 해야겠군요."

헬렌은 마음을 가라앉히려는 듯이 숨을 깊이 들이마셨다. 아무래도 이번 사건에는 여러 가지 일이 복잡하게 얽힌 것 같았다.

"로일롯 박사는 우리 어머니와 결혼한 뒤로 더욱 열심히 일했습니다. 그런데 어느날 도둑질을 한 인도인 하인을 몹시 때려 죽게 하였습니다. 다행히 사형은 면했지만 오랫동안 감옥살이를 해야 했습니다. 그 일로 해서 아버지의 운명은 빗나가기 시작했던 것입니다. 감옥에서 나온 아버지는 어머니와 우리를 데리고 영국으로 돌아왔습니다."

"영국으로 돌아온 뒤, 어머니가 돌아가셨군요?"

"예, 여러가지 걱정과 마음의 고통이 겹쳐서 돌아가셨습니다. 그리하여 저와 언니는 의붓아버지인 로일롯 박사와 함께 스톡 모란 마을의 낡은 저택에서 살게 되었던 것입니다. 어머니가 많은 유산을 남기고 돌아가셔서 생활에 곤란을 받지는 않았습니다. 그러나……"

"그러나 어떻게 된 거지요? 이야기를 계속 하십시오."

"하루하루의 생활은 울고 싶을 만큼 괴롭고 지루했습

니다.”

“로일롯 박사가 학대를 한 겁니까?”

“그게 아니라, 아버지가 무서운 사람으로 변해 간 것입니다. 마을에는 모두 명랑하고 인정 많은 사람들뿐인데, 아버지는 그들과 교제하기를 싫어하여 늘 찡그린 얼굴로 집안에만 틀어박혀 있었습니다. 어쩌다가 외출이라도 했다 하면 길에서 만나는 사람마다 붙잡고 대판 싸움을 하곤 했죠. 로일롯 집안의 남자들은 원래 성격이 몹시 거칠었다는데, 우리 아버지의 경우는 열대 지방에서 오래 살아서인지 더 심한 것 같아요. 부끄러운 일이지만 두 번이나 경찰에 잡혀 가기도 했습니다.”

“그쯤 되면, 아가씨들도 기를 펴지 못했겠군요.”

“아버지는 이젠 공포의 대상이 되었습니다. 마을 사람들은 아버지만 보면 슬슬 피해 달아나는 판입니다. 그도 그럴 것이, 아버지는 무서울 뿐아니라 힘이 센 데다가 일단 화를 내면 그것을 참지 못합니다. 지난주에도 소동이 일어났습니다. 아버지에게 유일하게 친구들이 있는데, 떠돌아다니는 집시들뿐입니다. 아버지는 집시들이 야영하고 있는 곳에 가서 함께 식사도 하고 잠도 잔답니다. 집안으로 불러들여 정원의 숲속에 천막을 치게 하는 때도 있답니다. 아버지는 또 인도의 동물을 대단히 좋아해서, 인도 사람들을 통해 사들이고 있어요. 지금 있는 것은 표범과 비비 원숭이인데, 그 맹수들을 뜰에 놓아기르고 있습니다. 그것들은 언젠가 틀림없이 사람을 물어 죽일 거예요. 아, 홈즈씨! 저는 어떻게 하면 좋겠습니까?"

헬렌은 몹시 여위고 겉늙어 보였다. 미치광이 같은 의붓아버지 때문에 고민을 해 왔기 때문인 것 같았다.

"헬렌 양, 설마 언니가 인도의 야수에게 물려 죽은 건 아니겠지요?"

홈즈가 넌지시 물었다.

"아니, 그렇지는 않아요. 하지만 더욱 기묘하고 등골이 오싹한 죽음을 당했지요. 언니가 죽은 날 밤의 일은 도저히 잊어버릴 수가 없습니다. 생각만 해도 소름이 끼쳐, 몸이 떨릴 지경입니다."

"언니가 죽은 것은 2년 전이라고 하셨지요?"

"예, 2년 전 크리스마스 무렵이었어요. 언니는 이모님에게서 소개받은 해군 소령과 곧 결혼하기로 되어 있었습니다. 그런데 결혼식을 2주일 앞두고, 이상하고 끔찍한 일이 일어나 갑자기 목숨을 잃고만 것입니다."

헬렌은 눈물을 글썽거렸다. 눈을 감은 채 그녀의 이야

기에 귀를 기울이던 홈즈는 몸을 앞으로 내밀었다.

"언니가 죽은 날의 일을 되도록 자세히 설명해 주십시오."

"우리 가족들이 살던 집은 너무 낡고 허름해서 귀신이라도 나올 것 같은 집입니다. 건물 1층은 모두 침실인데, 아버지와 언니, 그리고 제가 각각 방 하나씩을 쓰고 있습니다. 방은 서로 연결되지 않고 옆방으로 가려면 일단 복도로 나가야만 했습니다. 그리고 세 방 다 창문이 정원 쪽으로 나 있습니다. 2년 전의 끔찍한 사건이 일어난 날 밤, 언니 줄리아는 아버지 방에서 나는 인도산 담배 냄새가 싫다며 내 방에 왔습니다. 그래서 보름 남짓 앞으로 다가온 결혼 이야기를 하고 약 11시쯤 언니는 자기방으로 돌아간다고 자리에서 일어났습니다. 잘 자라는 인사를 하고 방을 나가려던 줄리아는 갑자기 생각난 듯 문앞에서 걸음을 멈추고 이상한 것을 물었습니다."

"얘, 헬렌. 너 한밤중에 휘파람 분 적이 있니?"

"아니, 그런 일 없어."

"정말 이상해. 내 귀에는 분명히 휘파람 소리가 들렸어. 그것도 하룻밤만이 아니라, 요즘 거의 날마다 새벽 3시쯤 이면…… 그래서 혹시 너도 들었는지 물어본 거야."

"어머, 기분 나빠! 혹시 언니가 잘못 들은거 아냐?"

"아니야, 난 원래 잠귀가 밝잖니, 그래서 꼭 그 휘파람 소리 때문에 잠이 깨곤 한단다. 정원 쪽인 것 같기도 하고……"

"숲속에서 부는 바람 소리일지도 모르지."

"그렇겠지, 그럼 잘 자."

"두 분 다 밤마다 방문을 잠그고 주무셨나요?"

홈즈가 물었다.

"네. 언제나 그렇게 했습니다. 아버지가 사육하는 표범과 비비가 있기 때문에 방문을 잠그지 않으면 불안해서 잠이 오지 않지요."

"그렇군요."

"그날 밤 잠을 이룰 수 없었어요. 언니와 나는 쌍둥이입니다. 쌍둥이들에게는 어떤 미묘한 교감들이 있어 상대에게 무슨 일이 일어난다면 어떤 계시 같은 것이 나타나지요. 그날 밤 폭풍이 심해서, 바람이 불고 비가 거세게 창문을 두드렸습니다. 그런데 갑자기 여자 비명소리가 들렸어요. 분명 언니 목소리였지요. 저는 침대에서 벌떡 일어났습니다. 문을 열고 복도로 뛰어나간 순간, 휘파람 소리가 가느다랗게 들려왔습니다. 그리고 이내 소리는 사라지고 무엇인가 무거운 쇠붙이가 떨어지는 것 같은 소리가 들려 왔습니다. 그리고 언니가 공포에 가득 질린 듯한 얼굴로 나타났습니다. 저는 가서 언니를 두 팔로 안았는데, 언니는 그 순간 다리에 힘이 빠졌는지 힘없이 주저앉고 말았습니다. 심한 고통을 견디고 있었고 몸을 떨었습니다. 그리고 '헬렌! 얼룩 무늬 끈이!' 라고 소리를 질렀습니다. 그리고 아버지가 나타났습니다. 이미 언니는 의식을 잃었습니다. 아버지는 언니 입에 브랜디를 흘려 넣기도 하고, 의사를 불러오라고 마을 사람들을 보내기도 했습니다."

"잠깐! 휘파람 소리와 금속 떨어지는 소리를 들었다고 했지요, 그건 확실합니까?"

"네. 그것은 분명히 들었습니다. 그것은 나중에 검시관에게도 똑같이 말했습니다. 하지만 비바람이 몰아치는 밤이고 그리고 집이 낡아서 삐꺽거리는 소리를 잘못 들었을지 모릅니다."

"언니는 어떤 옷을 입고 있었나요?"

"예, 그저 잠옷이었습니다. 오른손에는 불을 켰던 성냥을, 왼손에는 성냥갑을 쥐고 있었습니다."

"이건 중요한 단서이군. 그래, 경찰에선 어떤 판단을

내렸지요?"

"아버지의 좋지 못한 행실은 그 일대에 널리 알려져 있었으므로 경찰은 이 사건을 매우 자세히 조사했지만, 결국은 언니가 죽은 원인을 캐내지 못하고 말았습니다. 문이 안으로 잠겼던 것은 제가 알고 있고 정원 쪽으로 나 있는 창문에는 튼튼한 빗장이 달린 덧문이 있었습니다. 벽과 마루도 구석구석 조사했지만 어디에도 수상한 자가 숨어든 흔적은 없었습니다. 굴뚝은 넓었지만 큰 쇠못이 삐죽삐죽 나와 있어 사람이 빠져 나갈 수가 없습니다. 그리고 언니의 몸에는 상처 하나 없었습니다."

"독약을 먹인 흔적은 없었습니까?"

"언니는 방에 혼자 있었습니다. 독약을 먹인 흔적도 또 스스로 마신 흔적도 없었습니다. 의사들이 그 점은 자세히 조사했습니다."

"음……그럼 헬렌 양! 당신은 언니가 무슨 이유로 죽었다고 생각합니까?"

"언니는 엄청난 공포로 충격을 받아 죽었을 것 같아요. 휘파람 소리 이외에 어떤 무서운 일이 있었는지는 모르겠습니다만……"

"집시들은 그 숲 속에 있었습니까?"

"예, 언제나 몇 사람은 있었어요."

"그건 그렇고, 언니가 숨을 거두기 전에 말한, 얼룩 무늬 끈에 대해 뭔가 생각나는 점이 없습니까?"

"저도 그에 대해 많이 생각해 봤는데, 잘 모르겠어요. 언니는 공포에 질린 나머지 정신이 이상해져 헛소리를 한 게 아닐까요? 참, 언니는 집시들이 쓰고 있는 물방울 무늬의 천을 가리켜 곧잘 얼룩 무늬 수건이라고 했는데 그게 얼룩 무늬 끈과 관계가 있는지 모르겠군요."

홈즈는 이해할 수 없다는 듯이 머리를 흔들었다.

"아무리 생각해도 이해할 수 없는 사건이군. 헬렌 양, 계속 말씀하시죠."

"그리고 2년이 지났습니다. 바로 얼마 전까지만 해도 저의 생활은 쓸쓸했습니다. 그리고 한 달쯤 전에 오랫동안 사귄 친한 분에게 청혼을 받았습니다. 퍼시 아미티지라는 분인데 레딩 거리에서 가까운 크레인 워터에 사는 아미티지 씨의 둘째 아들입니다. 아버지도 이 결혼에 반대하지 않아서 돌아오는 봄에 결혼하기로 했습니다. 그래서 이틀 전에 벽을 수리하기 시작했습니다. 낡은 집은 신랑에게 아무래도 좋은 인상을 주지 못할 테니까요. 제 침실도 고치느라고 벽을 헐었으므로, 간밤엔 할 수 없이 죽은 언니의 방에서 잤습니다. 언니가 쓰던 침대에 누우니 언니 생각 때문에 잠이 오지 않았습니다. 그래서 엎치락 뒤치락 하고 있으려니까, 갑자기 방의 정적을 뚫고 소름 끼치는 휘파람 소리가 들려 왔어요. 무서워서 심장이 멎는 것 같았지만, 저는 용기를 내어 일어나 등불을 켜고 방안을 구석구석 살펴보았습니다. 아무것도 이상한 점은 없었어요. 하지만 무서워서 다시 잠이 올 것 같지 않았어요. 그래서 옷을 입고 앉아 날이 새기를 기다렸다가 이렇게 달려온 것입니다."

"잘 하셨습니다. 그 밖에 다른 이야기는 없습니까?"

"이제 다 이야기한 것 같군요."

"아니, 헬렌 양. 또 한가지 털어놓지 않은 게 있습니다. 당신은 아버지 로일롯 박사에게 심한 짓을 당한 걸 숨기고 있군요."

"어머나, 어떻게 그걸⋯⋯"

헬렌은 당황하여 얼굴을 붉혔다. "당신 손목이 시퍼렇게 멍들어 있군요. 그건 분명히 누군가 억센 힘으로 잡거나 비튼 자국입니다. 아버지가 그런 것 아닙니까?"

무릎에 올려놓은 헬렌의 손목에는 다섯 손가락의 흔적으로 보이는 시퍼런 멍이 들어 있었다. 헬렌은 재빨리 그것을 가리며 고개를 숙였다.

"아버지는 화가 나면 난폭해진답니다."

잠시 침묵이 흘렀다. 조용히 타오르는 난로의 불길을 바라보던 홈즈가 먼저 입을 열었다.

"자, 이건 아주 어려운 사건입니다. 우리가 사건을 맡기 전에 하고 싶은 것이 있습니다. 바로 오늘 당장 스톡 모란에 간다면 아버지 모르게 방을 조사해 볼 수 있을까요? 그것을 확인하지 않으면 사건은 해결되지 않아요. 이봐요. 헬렌 양, 왓슨과 함께 스톡 모란으로 가서 방들을 조사해 보고 싶습니다."

"다행히 아버지는 오늘 중요한 일이 있어 런던에 간다고 했습니다.

"그거 다행이군요. 왓슨! 함께 가는 데 이의는 없겠지?"

"물론이지!"

"그럼 둘이서 오후에 가겠습니다. 헬렌 양은 지금부터 어떻게 하시겠습니까?"

"런던에 온 김에 볼일을 좀 보고 가야겠어요. 하지만 두 분이 올 시간에 맞춰 두 시 기차를 타겠습니다."

"그럼 오후에 뵙겠습니다. 아침 식사는 같이 하고 가

시지요."

"아닙니다."

헬렌 양은 올 때보다는 다소 표정이 풀려서 검은 베일로 얼굴을 가리고 나갔다.

여자가 나가자 홈즈는 의자에 기대며 이렇게 말했다.

"아주 으스스한 사건인데, 그 밤마다 들렸다는 수수께끼의 휘파람 소리와 언니가 죽는 순간에 한 그 기묘한 말은 뭘까?"

"글세, 나도 모르겠는걸."

"한밤중의 기분 나쁜 휘파람 소리, 집시, 헬렌 자매의 어머니가 남긴 재산으로 하는 일 없이 빈둥빈둥 살아가는 의붓아버지, 얼룩 무늬의 끈, 그리고 헬렌이 들었다는 쇠붙이 떨어지는 소리…… 이런 것들을 하나하나 연결시켜 나가다 보면 사건이 해결될 수 있을 거야."

홈즈는 혼자 중얼거렸다.

"그러나 그리 간단하게 해결될 것 같지는 않을 것 같군."

"나 역시 간단하게 생각하지는 않아. 그러나 스톡 모란에 가면 뭔가 단서를 잡을 수 있겠지. 어! 뭐지?" 홈즈가 갑자기 소리친 것은 그때 갑자기 문이 열리며 굉장히 큰 사내가 나타났기 때문이다. 남자는 검은 중산모에 검은 프록코트를 입었고 무릎까지 각반을 감았다. 손에는 사냥용 채찍을 들고 있어, 의사 같아 보이기도 하고 농부 같아 보이기도 한 기묘한 모습이었다. 어쨌든 키가 아주 커서 쓰고 있는 모자가 문틀 위에 가로 댄 나무에 닿을 정도였다. 체구가 커서 몸이 문에 꽉 끼인 듯했다. 누렇게 볕에 그을렸고 주름살이 많으며 온갖 사악한 인상이 새겨진 듯 커다란 얼굴이 우리를 번갈아 바라보고 있는데 눈은 움푹 들어가고 코는 날카롭게 뾰족해서 어딘지 사나운 늙은 독수리를 연상케 했다.

"누가 홈즈요?"

갑자기 나타난 사람이 물었다.

"내가 홈즈입니다. 그런데 누구십니까?"

홈즈가 말했다.

"난 스톡 모란의 로일롯 박사요."

"아! 그러시군요. 어서 앉으시지요."

홈즈가 의자를 권했으나, 로일롯 박사는 무뚝뚝하게 고개를 저었다.

"이대로도 괜찮소. 나는 헬렌의 뒤를 밟아 왔어. 대체 그 애가 무슨 말을 하던가요?"

"4월인데도 아직 춥군요."

홈즈는 딴청을 부렸다.

"헬렌이 무슨 말을 지껄였는지 물었잖아?"

로일롯 박사는 사납게 소리쳤다.

"이렇게 추워도 꽃은 피었다지요?"

홈즈는 여전히 딴청을 피웠다.

"그 따위 말은 듣고 싶지 않단 말이야. 이 나쁜 놈! 네 놈의 소문은 전부터 들어 왔어. 홈즈! 이 참견 잘하는 놈아. 경찰의 심부름꾼. 홈즈!"

로일롯 박사는 한 걸음 앞으로 다가서더니, 위협하듯이 채찍을 휘둘렀다. 홈즈는 재미있다는 듯이 웃었다.

"정말 재미있는 말씀하시는군요. 나갈 때는 문을 꼭 닫아 주십시오. 문틈으로 바람이 들어오니까요."

"하고 싶은 말을 다하면 나가지 말래도 나갈 거야. 만약 내 집안일에 함부로 참견하면 혼날 줄 알아. 이렇게 말이야."

로일롯 박사는 난로의 부젓가락을 움켜쥐더니, 거친 손으로 쉽게 구부렸다. 그리고는 그것을 휙 집어던진 다음, 어깨를 으쓱해 보이면서 성큼성큼 나가 버렸다.

"쇠로 된 부젓가락을 엿가락같이 구부리다니, 정말 대단하군."

기가 차다는 투로 내가 말하자, 홈즈는 웃으며 대꾸했다.

"유쾌한 괴물이로군. 저녀석이 조금만 더 우물쭈물 했더라면, 나도 완력으로는 과히 뒤떨어지지 않는다는 것을 보여 주었을 텐데……"

그렇게 말하며 홈즈는 부젓가락을 줍더니 힘들이지 않고 먼저대로 펴 놓았다. 역시 늠름하고 믿음직스러운 모습이었다.

"녀석이 나를 경시청 형사로 잘못 안건 곱게 봐준다. 하지만 헬렌 양은 괜찮을까? 놈은 헬렌 양의 뒤를 계속 쫓고 있는 모양인데, 이렇게 되면 그 마을에 가는 일을 한시바삐 서둘러야겠군."

셜록 홈즈는 한 시간 가까이 외출했다가 돌아왔다. 그는 손에 메모와 숫자가 가득 쓴 파란 종이를 들고 왔다.

"뭔가 도움이 될 만한 걸 알아냈나?"

"음, 꽤 참고가 될 만한 걸 알아 왔지. 죽은 부인의 유언장을 보고 왔어."

홈즈는 빵을 씹으면서 숫자가 잔뜩 적힌 파란 종이를 흔들어 보였다.

"헬렌 어머니가 죽었을 당시엔 연수입이 1100파운드 가까이 되었지만, 지금은 농산물 가격이 내렸으므로 750파운드 밖에 안돼. 딸들이 결혼하게 되면 각자 일 년에 250파운드씩 받게 되어 있어. 그러니까 둘이 모두 결혼해 버리면 로일롯으로서는 많은 타격을 받겠지. 이 점이 중요한거야. 내가 아침을 굶고 뛰어다닌 것이 헛일은 아니었어. 로일롯에게 딸들의 결혼을 방해할 만한 동기가 있다는 것을 알아냈으니까."

"홈즈, 그럼 줄리아를 죽이고, 헬렌까지 죽이려 하는 게 바로 그 괴물 같은 아버지란 말인가?"

나는 잔뜩 긴장하여 물었습니다.

"아니, 지금으로서는 그냥 수상쩍다고 보았을 뿐이야. 확실한 증거를 잡기 전엔 범인이라고 단정할 수가 없어."

"아무튼 꾸물거릴 때가 아닌 것 같아. 로일롯 박사는 우리들이 헬렌의 상의에 응해준 것을 알고 있으니까 말이야."

"암, 서둘러야지. 자네는 권총을 갖고 가게, 쇠로된 부젓가락을 엿가락처럼 휘는 괴물이 상대니까."

우리는 워털루 역에서 출발하는 레더헤드 행 기차 시간에 늦지 않게 도착했다. 레더헤드에서는 역 앞 여관에서 부른 소형 마차로 서리 주의 아름다운 길을 4,5마일 정도 달렸다. 청명한 날씨, 하늘에는 태양이 빛나고, 양털을 뜯어 놓은 듯한 구름이 군데군데 떠 있었다. 나무들과 길가의 생나무 울타리는 막 신록의 눈이 트고 있으며, 공기 속에는 촉촉하게 젖은 달콤한 냄새가 가득 들어 있었다. 우리가 조사하려는 기괴한 사건이 이 즐거운 봄의 조짐과는 참으로 기묘한 대조를 이루고 있었다. 레더헤드까지는 1시간도 채 걸리지 않았다. 홈즈는 팔짱을 끼고 모자를 눈 있는 데까지 눌러 쓴 채, 마부 옆자리에 깊숙이 기대앉아 있었다. 기분 좋게 졸고 있나 보다 했더니, 갑자기 몸을 벌떡 일으켰다. 그리고는 내 어깨를 두드리며 목장 저쪽을 손가락질 했다.

"저것 좀 보게!"

널따란 목장 너머에는 과수원이 있고, 그 앞엔 울창한 숲이 있었다. 홈즈가 가리킨 것은 과수원과 숲 사이에 솟아 있는 매우 낡은 건물의 지붕이었다.

"오래 된 저택이군."

"저게 바로 로일롯 박사의 저택이지요."

마부가 말했다.

"아, 그런가? 마차를 그쪽으로 대주게, 우린 지금 수리 관계로 그 집을 찾아 왔거든."

"그렇다면 이 길을 빙 돌아서 가는 것보다 여기서 마차를 내려 밭둑 길을 따라 걸어가는게 훨씬 더 빠를 겁니다. 저기 보십시오, 여자가 걸어가고 있는 저 작은 길 말입니다."

"그래? 그럼 자네 말대로 하겠네. 아니, 그런데 저 여자는 헬렌 양 같은데."

홈즈는 마부에게 계산을 하고 나서 가볍게 뛰어내렸다. 나도 그 뒤를 따랐다.

"우리는 드디어 적진으로 뛰어들었네. 그러니까, 모든 일에 주의 하지 않으면 안돼. 마부에게는 우리가 건축가인 것 같이 여기게 하려고 그런 소리를 했지. 그렇지 않으면 시끄러운 소문을 퍼뜨릴지도 모르니까."

홈즈는 멀리 사라져가는 마차를 바라보며 말했다. 그때 헬렌이 다가왔다. 그녀는 기쁨에 넘친 얼굴로 숨을 몰아쉬었다.

"정말 잘 오셨습니다. 혹시 두 분께서 안 오시면 어떻게 하나 걱정하고 있었어요."

"한번 약속한 이상, 우리는 꼭 나타납니다."

홈즈가 말했다.

"일이 제대로 되었어요. 아버지는 런던에 가셨는데 아마 저녁 때까지는 돌아오시지 않을 것 같아요."

헬렌은 앞장서서 빠른 걸음으로 걷기 시작했다.

"헬렌 양, 사실은 오늘 아침에 로일롯 박사를 만났습니다. 당신 뒤를 따라왔더군요."

그녀는 얼굴빛이 새파랗게 질려있었다.

"아버지가 제 뒤를 밟고 있다는 걸 전혀 몰랐어요. 아버지는 마음 놓을 수 없는 분입니다. 걱정이되는군요."

"하지만 이렇게 되면 우리 쪽이 먼저 한 단계 올라가 있는 셈이지요. 조심해야 할 사람은 오히려 로일롯 박사 쪽입니다. 아무튼 오늘 밤에는 문을 단단히 잠그고 아버지를 피해야 합니다. 그렇지 않으면 아예 다른 집에 가서 주무시던지……"

"아닙니다. 저도 버티어 보겠어요. 제가 도울 일이 있다면 서슴지 마시고 뭐든지 시켜 주세요."

"좋습니다. 어떻든 빨리 방들을 조사해 봅시다. 지금부터는 일 분 일 초라도 헛되이 보낼 수가 없어요."

저택은 얼룩덜룩 이끼가 낀 석조 건물로 전체가 잿빛이었다. 가운데 건물이 특히 높고, 그 양쪽에 새의 날개같이 나지막한 건물이 붙어 있었다.

"어쩌면 이렇게 황폐하게 되었을까?"

홈즈는 눈살을 찌푸리며 말했다. 오른쪽 건물만은 그런대로 요즘 집들의 모습을 갖추고 있었다. 창문은 덧문도 있고, 굴뚝에는 푸른 연기가 솟아올라 가족들이 살고 있는 곳임을 말해 주고 있었다. 끝 쪽의 벽에 나무로 발판이 짜여 있고 돌 벽에 구멍을 뚫어 놓았는데 우리가 거기 도착했을 때는 인부들 모습이 보이지 않았다. 홈즈는 손길이 가지 않은 잔디 위를 걸으며 창문 바깥쪽을 세밀히 살폈다.

"여기가 당신의 방, 가운데가 언니의 방, 안채에 가장 가까운 게 당신 아버지 방이군요."

"예, 하지만 저는 어젯밤부터 가운데 방을 쓰고 있어요."

"참, 그랬다고 하셨지요? 그런데 방을 그렇게 급하게 수리하지 않아도 될 것 같은데……"

홈즈는 머리를 갸우뚱했다.

"어쩌면 헬렌 양을 가운데 방에서 자게 하기 위해 저

괴물 영감, 아니 로일롯 박사가 꾸민 일이 아닐까?"

내 말에 홈즈는 고개를 끄덕였다.

"흠, 그럴 듯한 얘기군. 그런데 헬렌 양, 저쪽에 긴 복도가 있다고 했지요, 복도에도 창문이 있나요?"

"예, 그렇지만 사람이 들락거릴 정도로 크지는 못해요."

"그렇다면 문제 삼지 않아도 되겠군. 덧문을 단단히 닫으면 밖에서 들어 올 수가 없고, 복도 쪽으로도 방 안에 들어오지 못하게 되어 있다면, 줄리아는 완전히 갇혀 있었던 셈인데……"

홈즈는 심각한 표정으로 중얼거리며 확대경을 꺼내어 창틀과 손잡이, 심지어는 쭈그리고 앉아 잔디 위까지 자세히 조사했다. 이윽고 홈즈는 허리를 펴고 일어나 턱을 쓰다듬었다. 난처할 때라든지, 일이 제대로 안 풀릴 때 그의 버릇이다.

"이번엔 방 안을 조사해 보세. 실마리가 되는 것이 틀림 없이 방 안에 있을 거야."

내 권유에 홈즈는 고개를 끄덕였다.

"그렇게 하세."

우리는 3개의 방이 나란히 있는 복도 쪽으로 돌아갔

다.

"지금 수리하고 있는 헬렌 양의 방은 특별히 조사할게 없을 거야. 중요한 것은 가운데 방이야."

그리고 홈즈는 가운데 방으로 성큼 들어갔다. 줄리아가 비참한 죽음을 당했고, 간밤에는 헬렌이 무서운 휘파람 소리를 들은 바로 그 방이었다. 방은 작고 검소하였으며, 옛날 시골집처럼 천장이 낮았다. 한쪽 구석에는 갈색 장롱, 다른 한쪽 구석엔 침대가 있고, 창문 왼쪽엔 경대가 놓여 있었다. 그밖의 것이라고는 보잘것 없는 의자와 방 한가운데에 깔린 융단뿐이었다. 융단 주위에 보이는 마룻바닥과 벽의 칸막이는 떡갈나무였는데, 군데군데 좀이 먹고, 지저분하게 빛이 바래 있었다. 그렇게 생각한 탓인지는 몰라도 아까 정원에서 들여다보았을 때와는 달리, 슬픔이 깃들어 있는 것 같았다.

홈즈는 의자에 걸터앉아서, 아무리 아주 작은 부분이라도 놓치지 않으려는 듯 방 안 구석구석을 살펴보았다.

"저 초인종의 끈은 어디로 연결되어 있나요?"

홈즈가 물었다. 침대 위에 매달린 초인종의 끈은 그 끝이 베개 위에 닿아 있었다.

"2년 전에 달았는데, 가정부의 방으로 통해 있을 거예요."

"언니가 달게 했나요?"

"아니요. 언니나 저는 가정부에게 일을 시킨 일이 없어요. 가정부는 우리 집에 오래 있지 않았으니까요."

"그렇다면 이런 초인종 끈은 별로 필요가 없었을 텐데……"

홈즈는 확대경을 들고 엎드려 마룻바닥의 틈을 면밀히 조사한 다음, 벽의 칸막이를 살폈다. 그리고는 침대로 다가가 잠시 관찰한 후, 초인종의 끈을 힘껏 잡아당겼다.

"아니, 이건 초인종 끈이 아니잖아!"

"어! 소리가 나지 않는군."

"울리지가 않아요?"

"당연하지요. 철사에 연결되지도 않았으니까, 이거 정말 재미있군. 이것 보세요. 환기통 바로 위의 못에 매어져 있습니다."

"어머 정말 그렇군요. 저는 전혀 몰랐어요."

"정말 이상하군. 또 이 방에는 이상한 점이 몇 가지 있어. 예를 들면 환기 구멍이 옆방으로 뚫려 있거든. 이건 의도적인거야."

"이 환기 구멍을 뚫은 것은 얼마 안 됐어요. 그 구멍은 초인종을 달 때 새로 만든거죠. 그때 이밖에도 몇 군데 간단한 공사를 했어요."

"이거 재미있게 되는 걸. 자! 이번엔 로일롯 박사 방으로 가 봅시다."

홈즈의 동작이 활발하고 기민해졌다. 무엇인가 매우 중요한 단서를 잡은 것 같았다. 로일롯 박사의 방은 딸들의 방보다 컸지만 검소한 점에서는 비슷했다. 마치 군인의 방 같았다.

조립식 침대, 안락의자, 둥근 탁자 등 모두 사치스럽다는 느낌과는 거리가 먼 것들이었다. 다만 전문 서적이 꽉 들어찬 책장과 철제 금고가 눈길을 끌었다.

"헬렌 양, 당신은 이 안에 무엇이 들어 있는지 알고 있나요?"

홈즈는 금고를 툭툭 건드리며, 진지한 표정으로 헬렌을 바라보았다.

"서류가 들어있어요."

"안을 본적이 있나요?"

"예, 몇 년 전에 단 한번 보았는데, 서류가 가득 들어 있더군요."

"고양이가 들어 있지 않던가요?"

홈즈의 엉뚱한 물음에 나와 헬렌은 깜짝 놀라 눈을 휘둥그렇게 떴다.

"아무리 괴짜라도 금고에다 고양이를 기를까?"

"표범과 비비는 있지만 고양이는 없어요. 만약 아버지가 고양이를 기르고 계셨다면 어쩌다가 울음소리쯤은 들렸을 텐데……"

그러나 홈즈는 웃지 않고, "보십시오. 여기 이런 게 있습니다."하며 금고 위에 있는 조그만 우유접시를 들어 보였다.

"표범은 맹수입니다. 조그마한 접시의 우유로는 어림도 없죠. 어쨌든 이 접시의 수수께끼는 곧 풀릴 겁니다. 그 전에 확인해 둬야 할 게 있군요."

홈즈는 나무 의자 앞에 웅크리고 앉아 그 위를 매우 주의 깊게 살펴보았다.

"이제 분명해지는 것 같군."

홈즈의 눈길을 끈 것은 개를 다루는 데 쓰는 작은 채찍이었다. 그런데 그것은 둥글게 감겨 있고, 끝부분은 무엇인가에 걸리도록 고리 모양으로 되어 있었다.

"이상한 채찍이군. 왓슨, 자넨 이것을 무엇에 쓰는 채찍이라 생각하나?"

홈즈가 수수께끼를 내듯이 물었다.

"글쎄, 겉으로 보기에는 보통 채찍인데, 끝을 왜 고리 모양으로 만들었을까?"

"이건 우리가 상상하는 것 이상으로 무서운 거야. 머리가 좋은 사람이 나쁜 일에 머리를 쓰게 되면 이런 결과가 생기지. 헬렌 양, 이제 볼 것은 대개 다 보았습니다. 여러 가지로 매우 참고가 되었습니다. 정원에 나가서 머리를 좀 식힐까요?"

정원으로 나가자, 홈즈는 여태까지 볼 수 없었던 심각한 표정으로 무엇인가를 골똘히 생각하기 시작하였다. 나와 헬렌은 잠자코 홈즈의 모습을 지켜보고 있었다. 이윽고 홈즈는 헬렌 곁으로 다가왔다.

"지금부터 내가 하는 말을 잘 듣고, 그대로 움직여줘야 합니다."

"무엇이든지 홈즈 씨 말씀대로 하겠어요."

헬렌은 긴장하고 있었다.

"지금까지 조사한 것을 머릿속에서 정리한 결과, 나는 중대한 사실을 깨달았습니다. 즉, 누군가 분명히 당신의 목숨을 노리고 있습니다. 그런데, 오늘밤이 고비입니다."

"어머나!"

헬렌은 새파랗게 질렸다.

"지금은 우물쭈물할 때가 아닙니다. 우리는 신중하게 계획을 세워 당신의 목숨을 지킴과 동시에, 악마와 같은 살인자를 체포해야 합니다. 그러니 당신은 반드시 내가 시키는 대로 해야 합니다."

"예, 그렇게 하겠어요."

"좋습니다. 그럼 첫 번째 계획인데, 오늘밤 나와 왓슨 이 당신 방에서 지낼 겁니다."

우리는 놀라서 홈즈를 바라보았다. 그러나 홈즈는 아랑곳하지 않고 이야기를 계속 했다.

"하시만 밤이 깊어질 때까지는 저쪽에 보이는 여인숙에 있을 겁니다. 저 여인숙에서 당신 방 창문이 보이죠?'

"예, 크라운 여인숙인데, 보일 거예요."

"로일롯 박사가 돌아오면 당신은 머리가 아파서 견딜수가 없다고 하면서 방으로 들어가 버리십시오. 그리고 박사가 자기 방에 들어가는 소리가 들리면 당신 방의 덧문을 열고 등불을 흔들어 우리에게 신호를 하세요. 그리고 살짝 방에서 빠져 나와 원래 당신의 방으로 옮기십시오. 알겠지요? 박사가 눈치 채지 않도록 조심해야 합니다.”

“잘 알겠습니다.”

“그 뒷일은 우리에게 맡기십시오.”

“두 분은 어떻게 하실 건가요?”

헬렌이 걱정스러운 얼굴로 물었다.

“등불로 신호를 하면, 우리는 당신의 언니가 의문의 죽음을 당한 그 방으로 몰래 숨어들어, 괴상한 휘파람 소리가 어디서 들려오는지 알아낼 것입니다. 잘하면 오늘밤에 범인을 붙잡을 수 있을지도 모르겠습니다.”

홈즈는 자신만만했다.

“홈즈 씨는 범인이 누구이며, 언니가 어떻게 죽었는지 모두 알고 계시는군요? 수사에 지장이 없다면 가르쳐 주세요.”

헬렌이 애원하듯이 말했다.

“모든 것이 좀 더 분명해질 때까지는 말할 수 없습니다. 아직은 추리에 불과하니까요. 아무튼 오늘밤이 고비입니다. 당신은 내가 말한 대로 실수 없이 행동해 주십시오. 그럼 우린 일단 크라운 여인숙으로 몸을 숨기겠습니다. 여기서 로일롯 박사에게 들키면, 모처럼의 계획이 물거품이 되니까요. 용기를 내요.”

홈즈는 격려하듯이 헬렌의 어깨를 가볍게 두드려 주었다.

우리는 운 좋게 여인숙 2층 방을 빌릴 수 있었다. 그 방에서는 저택의 정원과 건물이 똑똑히 보였다. 땅거미가 질 무렵 덜커덕거리는 마차소리와 함께 로일롯 박사가 돌아왔다.

"아, 박사님이 돌아오셨군요."

홈즈가 빈정거리듯 말했다. 로일롯 박사는 무엇 때문인지 마부를 향해 고래고래 소리를 지르고 있었다.

"저 사나이는 일 년 내내 성을 내는 모양이군."

홈즈가 다시 빈정서렸다. 잠시 후 저택의 거실에 불이 켜졌다. 로일롯 박사가 그 방에서 저녁 식사를 하는 모양이었다. 바깥은 어느 결에 캄캄해져 있었다.

"헬렌 양은 어떻게 하고 있을까?"

내가 걱정을 하자 홈즈는 염려할 것 없다는 투로 말했다.

"그 여잔 보기보다는 단단한 여자야."

"글쎄……"

"그보다 왓슨! 오늘밤의 모험에 자네를 데리고 가는

것이 좋을지 어떨지 망설여지는군. 몹시 위험해서……"

"이봐, 홈즈! 새삼스럽게 무슨 소릴 하는 거야? 방해가 된다면, 난 따라가지 않겠어."

"방해라니, 당치 않은 소리! 자네가 함께 가주면 크게 도움이 되지."

"그렇다면 가겠네."

"고맙네. 그렇지만 적을 깔보면 안 돼, 왓슨! 저 방에는 죽음의 위험이 도사리고 있어."

"죽음의 위험? 자네는 그 방에서 내가 못 본 것까지 보고 온 모양이군."

"그건 아니야. 추리는 조금 앞질렀을지도 모르지만."

"내가 본 것 중 색다른 건 초인종 끈인데, 그것도 죽음의 위험을 불러일으키는 것 중의 하나인가?"

"음, 환기 구멍도 방심할 수 없는 것이고……"

"그 환기 구멍은 쥐가 겨우 드나들 정도잖아."

"크고 작은 건 그다지 문제가 안되네. 박사의 침실과 줄리아의 침실 사이에 있다는 게 문제지. 왓슨, 사실 난 여기 오기 전부터 그런 구멍이 있을거라고 짐작했었네. 그런데, 역시 있었어."

"아니, 그건 어떻게……"

나는 놀라지 않을 수 없었다.

"헬렌 양이 오늘 아침에 로일롯 박사가 피우는 여송연 냄새를 줄리아가 맡은적이 있다는 이야기를 했었지? 두 방이 어딘가 통해 있지 않으면 도저히 냄새 따위는 흘러 들어가지 않아. 그리고 경찰조차 무심코 지나쳐 버릴 정도니까, 틀림없이 작은 구멍일 거라고 생각했지."

"그렇지만 그 작은 구멍에 무슨 장치를 할 수 있을까?"

"환기 구멍과 초인종 끈, 그리고 줄리아의 죽음, 아무래도 기묘한 일치라고 생각되지 않나? 그리고 침대에 수상한 장치가 되어 있었는데, 자넨 그걸 못 보았나?"

나는 고개를 지었다.

"침대의 발이 못으로 고정 되어 있었어. 침대를 옮길 수 없도록 잔재주를 부려 놓았더란 말일세."

"그래? 그거 해괴하군."

"그러니까 침대는 환기 구멍과 초인종 끈에 대해 항상 같은 위치에 있게 되었네. 그 끈은 밧줄이라고 해도 괜찮지. 초인종 끈은 아닌게 분명하니까."

나는 나도 모르게 소리를 질렀다.

"홈즈! 나도 어렴풋이나마 짐작할 수 있을 것 같아. 이 얼마나 끔찍한 범죄인가!"

"성격이 비뚤어진 의사가 생각해낸 범죄는 매우 교묘해. 그러나 우리는 그의 나쁜 꾀를 꿰뚫어 보았어. 이젠 확실한 증거를 잡아 그를 붙잡는 일만 남았어. 물론 거기엔 상당한 위험이 따르겠지만……"

홈즈는 말하고 나서 파이프를 입에 물었다. 그럭저럭 시간이 흘러, 9시경에 거실의 불이 꺼졌다. 로일롯 박사가 마침내 자기 방으로 간 것 같았다. 이제 저택 쪽은 캄캄해서 아무것도 보이지 않았다. 그 후 2시간이 흘렀다. 이 2시간은 우리에게 있어서 더없이 길고 지루하게 느껴졌다. 시계 바늘이 11시를 가리킨 지 얼마 안 되어 어둠 속에 불이 켜졌다.

"신호의 불빛이다!"

"가운데 방의 창문이다!"

우리는 단단히 준비를 하고 방을 나섰다. 여인숙 주인은 이렇게 깊은 밤에 어딜 가느냐고 말렸다. 그러자 홈즈는 급한 볼일로 친구를 만나러 간다고, 오늘 밤 아마 돌아오지 못할 것이라고 말했다. 홈즈는 여인숙 여주인에게 팁을 주었다. 주인은 싱글벙글하며 말했다.

"그럼 잘 다녀오십시오."

우리는 발소리를 죽이며 어두운 길을 걸어갔다. 차가운 밤바람이 얼굴을 스치고 지나갔다.

우리는 신호의 등불을 안내 삼아 한 발 한 발 저택으로 다가갔다. 저택 속으로 들어가는 것은 문제가 아니었다. 담이 낡아 여기저기 허물어져 있었다. 그 대신 자칫 잘못하면 '와르르!' 하고 무너질 우려가 있었다. 우리는 소리를 내지 않기 위해 거의 기다시피 앞으로 나아갔다. 나무 사이를 빠져 나가 정원의 잔디까지 도착하는 데 30분이나 걸렸다.

가운데 방의 창문은 열려 있었다. 막 그 창문을 넘으려던 우리는 깜짝 놀라 숨을 죽였다. 하마터면 소리를 지를 뻔 했다. 바로 옆의 월계수 나무에서 이상한 형체, 어린애 같은 물체가 뛰어나와 손발을 버둥거리면서 풀 위에 몸을 던지는가 싶더니, 재빨리 정원을 달려 어둠 속으로 사라져 버리는 것이었다.

"앗! 깜짝이야! 보았나?"

내 말에 홈즈도 놀란 모양이었다. 홈즈는 내 귀에 속삭였다.

"굉장한 집이야! 지금 그것은 비비야."

우리는 이곳에 표범과 비비 원숭이가 있다는 사실을 깜박 잊고 있었던 것이다. 우물쭈물 하다가는 언제 표범이 덤벼들지 몰랐으므로, 재빨리 구두를 벗고 창문을 뛰어넘어 침실로 들어갔다. 홈즈는 소리를 내지 않도록 조심하여 덧문을 닫고, 등불을 탁자 위로 옮겨 놓았다. 그리고는 방안을 둘러보았다. 낮에 조사한 때와 조금도 달라진 점이 없이 모든 것이 그대로였다.

홈즈는 내곁으로 다가와 조용하게 속삭였다.

"조금이라도 소리를 내면 우린 끝장이야."

나는 알았다는 표시로 고개를 끄덕였다.

"곧 불을 꺼야 돼. 환기 구멍으로 불빛이 새면 좋지 않으니까. 어둠 속에서 숨을 죽이고 때가 오기를 기다리는 거야."

나는 다시 고개를 끄덕였다.

"기다리다가 지루해도 잠들면 안 돼. 잠들면 마지막이야. 만일의 경우를 위해 권총을 손에 들고 있게. 나는 침대에 걸터앉아 있을 테니 자넨 그 의자에 앉아 있게."

나는 권총을 손에 들었다. 홈즈는 미리 준비해온, 가늘고 긴 지팡이를 침대 위에 올려놓았다. 그리고 그 옆에는 성냥과 초를 나란히 놓아두었다. 준비가 다 되자, 홈즈는 등불을 껐다. 방안은 한 치 앞도 볼 수 없는 암흑세계가 되었다. 때때로 새가 지저귀는 소리가 들릴 뿐, 숨이 막히는 답답한 시간이 흘러갔다. 언젠가 고양이 울음 같은 소리와 함께 덧문 긁는 소리가 났는데, 틀림없이 표범일 것이다. 은은한 교회 종소리가 15분마다 시간을 알려 주었다. 어둠 속에서 계속 긴장하고 있다는 것은 괴롭고 고된 일이었다. 시간이 흐르는 것이 여느 때보다 10배나 느리게 느껴졌다.

그래도 우리는 용케도 버티어 나갔다. 12시, 1시, 2시가 지나고, 이윽고 3시가 되었다. 교회 종소리가 3시를 알린 지 얼마 안 되었을 때였다. 환기 구멍 근처에서 불빛이 번쩍이는 것 같더니, 이어 기름 냄새가 났다. 석유 램프에 불을 붙인 모양이었다.

잠시 후, 희미하게 사람이 움직이는 기척이 났다. 냄새는 점점 강하게 풍겨 왔다. 우리는 언제라도 재빠른 동작을 취할 수 있도록 긴장한 채 기다렸다. 그렇게 30분 가량 지났을 때, 옆방에서 무슨 소린지 알 수 없는 "쉬익! 쉬익" 하는 소리가 들려 왔다. 마치 불 위에 올려 놓은 물주전자에서 수증기를 내뿜는 소리 같았다. 그 순간, 홈즈는 침대에서 벌떡 일어나더니 재빨리 성냥불을 켜고는 지팡이를 들어 초인종 끈을 힘껏 때렸다.

"왓슨! 보았나?"

홈즈는 다시 한 번 지팡이를 쳐들어 힘차게 끈을 내리쳤다. 나는 아무것도 보지 못했다. 홈즈가 성냥을 켰을 때 낮고 날카로운 휘파람 소리를 들었으나 환한 광채가 갑자기 피로한 눈을 쏘았기 때문에 친구가 그토록 세게 때린 것이 무엇인지 미처 보지 못했다. 그러나 그의 얼굴이 죽은 사람같이 창백하고, 공포와 혐오의 감정으로 가득 차 있는 것만은 볼 수 있었다.

홈즈는 도대체 무엇을 그렇게 힘껏 때렸을까? 마치 악마라도 내리치는 듯한 기세였다. 홈즈는 말없이 환기 구멍을 노려보고 있었다. 어둠 속에서 그의 긴장한 얼굴이 희미하게 보였다.

바로 그때였다. 일찍이 들어 본적 없는 끔찍한 비명이 들려 왔다. 사람의 마음을 얼어붙게 하는 그 소리는 몸의 털이 솟는 절규로 변했다. 뼛속까지 얼어붙는 긴장된 표정으로 홈즈와 얼굴을 마주 보고 있는 동안 어느덧 절규의 메아리는 사라져 주위는 다시 정적으로 돌아갔다.

나중에 안 일이지만 그 소리는 마을 사람들의 잠을 깨웠다고 한다. 아무튼 홈즈와 나는 얼이 빠져 있었다. 마침

내 신음 소리도 멎었다.

"지금 그건 무슨 소리였을까?"

나는 조금 숨찬 어조로 물었다.

"간악한 살인자의 최후야. 이렇게 될 줄은 몰랐지만 결국 이로써 사건은 해결된 셈이지. 자, 로일롯 박사의 방으로 가세. 권총을 잊지 말게."

홈즈는 심각한 표정으로 촛불을 켜 들고 앞장서서 복도로 나갔다. 홈즈가 로일롯 박사의 방문을 두드렸으나 대답이 있을 리 없었다.

"분명히 죽었어."

홈즈는 이렇게 중얼거리며, 문을 비틀어 열고 안으로 들어갔다. 나도 권총을 꽉 쥐고 그의 뒤를 따랐다. 제일 먼저 테이블 위의 석유 램프가 눈에 들어왔다. 램프 불빛은 반쯤 열린 철제 금고를 비추고 있었다.

그리고 로일롯 박사는 테이블 옆에 있는 나무 의자에 가운을 걸친 채 꼼짝하지 않고 앉아 있었다. 발끝이 마구 뒤틀려, 붉은 슬리퍼가 벗겨지려 하고 있었다. 그의 무릎 위에는 낮에 본 가죽 채찍이 놓여 있었다.

나는 처음엔 로일롯 박사가 잠들어 있는 것으로 생각했다. 그러나 그는 이미 숨을 쉬지 않고 있었다. 턱을 치켜든 채 부릅뜬 눈은 천장의 한 곳에 못 박혀 있었다. 우리는 거의 동시에 몸을 부르르 떨었다. 로일롯 박사의 머리에 감겨 있는 갈색 무늬의 노란 끈을 보았기 때문이다.

홈즈는 눈을 부릅뜨고 그것을 노려보며, 낮은 목소리로 속삭였다.

"왓슨, 이거야! 이게 바로 줄리아가 말한 얼룩 무늬의 끈이야!"

나는 권총을 겨누며 한 발 앞으로 다가섰다. 순간 시체의 머리 위에 있던 얼룩 무늬의 끈이 움직이기 시작하더니, 박사의 머리카락 사이에서 독사의 삼각형 대가리가 불쑥 나타났다.

"왓슨, 조심해! 연못 독사야. 인도에서도 가장 무서운 독사지. 로일롯 박사는 물린지 10초도 못되어 죽었어. 가만, 이놈을 금고 속으로 몰아넣고 헬렌 양을 안전한 장소로 옮긴 다음, 이 지방 경찰에 연락하세."

홈즈는 이렇게 말하면서 로일롯 박사의 무릎에 놓여 있던 채찍을 들어, 끝 쪽의 고리를 독사의 목에 걸었다.

눈 깜짝할 사이에 해치운, 참으로 멋지고 재빠른 솜씨였다. 독사는 곧 채찍에 감겨 철제 금고 속으로 집어 던져졌다. 홈즈는 금고를 단단히 잠가 버렸다. 금고가 잠기는 소리와 함께 이 집에서 일어난 끔찍한 살인사건도 끝났다. 금고가 잠기는 소리가 바로 줄리아가 죽을 때 헬렌이 들었다는 소리였다. 범인은 의붓딸인 줄리아를 죽이고, 그 동생인 헬렌까지 죽이려 한 미치광이 박사였다.

다음 날, 헬렌을 이모네로 보내고 사건의 뒤처리를 지방 경찰에 맡긴 다음, 우리는 서둘러 런던 행 기차에 올랐다. 홈즈는 기차 안에서 어젯밤의 일을 차근차근 들려주었다.

"환기 구멍을 지나서, 초인종 끝을 타고 그 독사가 내려 왔을때 예상은 하고 있었지만, 난 좀 당황했었어."

"아니, 당황한 것은 뱀쪽이야. 자네에게 호되게 얻어맞고 눈 깜짝할 세에 돌아갔으니까 말이야. 게다가 주인인 로일롯 박사를 물었으니……."

"그러고 보니 로일롯 박사는 나 때문에 죽은 것 같아 좀 가엾은 생각도 드는군 그래."

이렇게 말하는 홈즈의 얼굴에 잠깐 어두운 그림자가 스쳐 지나갔다.

"가엾긴 뭐가 가엾단 말인가. 독사를 이용해 사람을 죽인, 천하에 고약한 악당이야. 어차피 사형을 당하게 되었을 걸."

"글쎄, 그도 그렇군. 그런데 독사를 우유로 길들이고, 휘파람으로 불러들일 수 있다는 사실은 전혀 몰랐어. 이번 사건은 또 나에게 새로운 공부를 시켜준 셈이군. 아, 졸려! 오늘은 집에 가서 한숨 푹 자야겠어."

Sherlock Holmes

Chapter
02

신랑의 정체

신랑의 정체

내가 베이커 거리의 홈즈의 하숙집 벽난로에 앉아서 생각에 잠겨 있는데 옆에 있던 홈즈가 이야기를 걸어왔다.

"여보게, 왓슨! 인생이라는 것은 인간의 머리로는 다 헤아릴 수 없을 만큼 묘한 것이 참 많아. 만일 우리가 지금 서로의 손을 잡고 저 창문으로 빠져나가 이 대도시 위를 날아다니며 사람 사는 모습을 훤히 들여다본다면 그 밑에서 이루어지는 흥미로운 인생 드라마는 어떤 영화보다 훨씬 재미있을 거야."

홈즈는 의자에서 일어나더니, 열린 커튼 사이로 어둡

고 흐린 런던 거리를 내려다보았다. 그가 다시 입을 열었다.

"어라, 저기 저 아가씨가 나를 찾아오는군."

홈즈의 어깨 너머로 내려다보니, 길 저쪽 보도 위에 몸집이 큰 젊은 여인이 보기에도 푹신한 모피 목도리를 두르고, 붉은 깃이 달린 폭 넓은 챙 모자를 쓰고 서 있었다.

여인은 화려하게 차려입은 몸을 앞뒤로 흔들면서 장갑의 단추를 매만지다가는 주저하는 기색으로 이쪽 창을 올려다 보는 것이었다. 그러다가 마침내 마음을 정한 듯, 곧장 길을 건너기 시작했다. 곧 현관의 초인종이 울렸다.

"저런 모습은 전에도 본 일이 있네. 길거리에 서서 망설이는 것은 반드시 애정 문제로 찾아오는 손님이지. 상의는 하고 싶지만 사연이 복잡하게 얽혀 있어서 상대방이 이해해줄지 자신이 없는 걸세. 하지만 애정 문제에도 두 가지 경우가 있네. 남자에게 당한 여자라면 주저하기는커녕, 초인종 끈이 끊어져라 잡아당기지. 그런 점을 감안해 보면 오늘 상담은 분명 애정 문제이군. 하지만 문제는 저 아가씨가 남자를 원망하고 있는 것이 아니라 뭔가 난처한 입장에 빠져 있다는 것을 직감하게 하는군. 본인이 온 것도 그렇고 복도에서 저렇게 오랫동안 망설이는 것도 그렇고."

홈즈의 말이 끝나기도 전에 노크 소리가 났고 검은 제복을 입은 급사가 문을 밀고 나타났고 그 뒤에 여인이 한 명 서있었다. 급사는 홈즈에게 이렇게 말했다.

"메어리 서덜랜드라는 분이 찾아오셨습니다."

홈즈는 사건을 의뢰하러 온 여인에게 의자를 권하고 문을 닫았다. 셜록 홈즈는 언제나 그렇듯이 상냥하게 손님을 맞았다. 그리고 그는 여자에게 이렇게 말했다.

"아주 열심히 타자기를 치시는 모양인데, 눈이 근시여서 피로가 심할 것 같습니다."

"처음에는 몹시 피곤했지요. 하지만 이제는 자판을 보지 않고 원고만 보고 칠 수가 있답니다."

서덜랜드 양은 무심코 말하다가 문득 얼굴빛이 달라지며 홈즈를 바라보며 목소리를 높여 말했다.

"어머, 홈즈씨! 벌써 저에 대한 일을 들어 아시는 모양이네요. 그렇지 않고서야 어떻게."

홈즈는 웃으며 말했다.

"걱정 마십시오. 모든 것을 아는 것이 내 직업입니다. 다른 사람 같으면 그냥 보아 넘기는 것도 나는 세심히 관찰하는 훈련을 쌓아둔 덕분에 알 수가 있죠. 내가 그런 사람이 아니면 아가씨는 내게 상의하러 오지도 않았겠지요."

"실은 에서리지 부인의 소개를 받고 찾아왔습니다. 에서리지 씨가 행방불명이 되어 경찰에서조차 어디에서 죽은 모양이라고 포기했을 때, 선생님이 쉽게 찾아 주셨다더군요. 홈즈씨, 저도 꼭 좀 도와 주셔야겠어요. 저는 부자는 아니지만 타이피스트로서 버는 수입 외에도 유산으로 한 해에 100파운드씩 들어오므로, 호스머 엔젤 씨의 행방만 찾아 주시면 섭섭지 않게 사례하겠습니다."

"그런데 왜 그렇게 경황없이 저를 찾아왔습니까?"

"맞아요. 저, 정말 정신없이 뛰쳐나왔어요. 사실은 윈디뱅크 씨가 아버지입니다만, 너무 태평스러워서 화가 난 거예요. 경찰에 신고도 하지 않고 당신에게 도움을 청하려고도 하지 않고 정말 손가락 하나 까딱 하지 않으면서 덮어놓고 걱정하지 말라고만 하는 겁니다. 그래서 참을 수가 없어 이곳으로 왔어요."

"지금 아버지라고 했나요? 성이 다른 걸 보니 양아버지인가요?"

"그렇습니다. 아버지라고는 부르지만, 나이를 따지자면 저보다 5년 2개월 위일 뿐이라서 어색하기 짝이 없어요."

"그래, 어머니는 아직 살아 계십니까?"

"예, 살아 계십니다. 어머니는 아버지가 돌아가시자 곧 15살이나 아래인 윈디뱅크 씨와 재혼했습니다. 저는 못마땅했지만 할 수 없었지요. 돌아가신 아버지는 토튼햄 코트로에서 상당히 규모가 큰 설비 가게를 하셨습니다. 아버지가 돌아가신 뒤 어머니는 책임자인 하디 씨와 가게를 계속했는데, 윈디뱅크 씨가 나타나 어머니에게 가게를 팔게 했습니다. 그는 그때 술회사의 외판원을 하고 있었는데, 수단이 보통 좋은게 아니었어요. 그 가게를 4700파운드에 처분한 모양인데, 아버지가 살아 계셨다면 그렇게 헐값에 넘기지는 않았을 겁니다."

나는 이 아가씨의 사건과는 연관도 없을 것 같은 집안 이야기에 홈즈가 짜증을 내지는 않을까 은근히 걱정이 되어 그의 기색을 살펴보았으나, 웬걸 그는 아주 열심히 귀를 기울이고 있었다.

"그럼, 아가씨의 유산에 의한 수입이라는 것은 그 가게를 판 돈에서 나오는 겁니까?"

"아뇨, 그건 전혀 다른 돈이에요. 뉴질랜드에 사시던 네드 삼촌이 저에게 남겨 준 거예요. 연 4.5%의 이자가 붙는 뉴질랜드의 공채입니다. 액면은 2500파운드라고 하는데, 저는 이자만 받을 수 있어요."

"재미있군요. 아가씬 매년 이자만 해도 100파운드씩 들어오는 것 외에 직업도 있으니, 여행도 할 수 있고, 그 밖의 하고 싶은 일도 할 수 있겠군요. 여자 혼자라면 한 해에 60파운드면 넉넉히 살아 나갈 수 있으니까."

"아니, 그보다 적은 액수로도 충분해요. 하지만 결혼하기 전까지는 어머니나 양아버지의 짐이 되기 싫어서 이자는 어머니에게 드리고 있습니다. 윈디뱅크 씨가 3개월마다 은행에 가서 이자를 타 오고 있어요. 저는 타이피스트로 일하는 수입만으로도 충분하거든요. 한 장에 2펜스인데 하루에 15장에서 20장은 칠 수 있고……"

갑자기 그녀가 말을 멈추었다. 나를 의식한 것이다. 홈즈가 말했다.

"아가씨! 이분은 왓슨 박사로서 나와는 절친한 친구이니 신경 쓰지 말고 이야기하십시오. 자, 다음은 실종되었다는 호스머 엔젤 씨와의 관계를 말씀해 주시지요."

서덜랜드는 얼굴이 약간 상기된 듯 보였고 옷을 만지작거리면서 말을 이었다.

"그 사람을 처음 만난 것은 가스 공사 관계의 댄스파

티에서였어요. 주최 측은 아버지가 살아 계실 때부터 초청장을 보내오곤 했는데, 아버지가 돌아가신 뒤에도 우리를 잊지 않고 어머니를 초청했습니다. 하지만 윈디뱅크씨는 우리 모녀가 파티에 나가는 것을 몹시 싫어했습니다. 아니 파티뿐 아니라 사람이 모이는 곳이라면 어디든지 참석하는 것을 반대하는 거예요. 하지만 저는 그때 파티에 나가기로 결심했어요. 저를 못 가게 할 권리가 양아버지에게는 없으니까요. 돌아가신 아버지의 친구들이 많이 참석하므로 그분들을 만나고도 싶었고요. 하지만 윈디뱅크씨는 그런 쓰레기 같은 인간들을 만나 뭣 하겠느냐고 하더군요. 그리고 파티에 갈 옷은 있냐고 무시하는 듯한 말을 했어요. 그는 내가 번번한 옷 한 벌 없을 거라고 생각했나 봅니다. 장롱 속에는 한 번도 입지 않은 멋진 드레스가 있었거든요. 마침내 도저히 저를 못 가게 할 수 없다는 것을 알자, 윈디뱅크 씨는 마음대로 하라고 소리를 지르고는 프랑스에 볼일이 있다고 하며 집을 나갔죠. 그래서 저와 어머니와 가게 책임자인 하디씨, 이렇게 셋이서 파티에 갔습니다. 바로 거기에서 호스머 엔젤 씨를 만나게 된거예요."

"윈디뱅크 씨가 프랑스에서 돌아와 그 이야기를 듣고

는 좋지 않은 내색을 하진 않던가요?"

"아뇨, 뜻밖에 기분이 좋았어요. 피식 웃고는 '여자라
는 것은 어차피 말려도 소용없어.'라고 혼자 중얼거리던
것을 기억하고 있어요."

"그래요? 어쨌거나 아가씨는 그 가스 공사 관계의 댄
스 파티에서 처음 호스머 엔젤이라는 청년을 알게 되었다
는 거군요?"

"예, 그날 저녁 처음 만났습니다. 그리고 다음날 우리
집으로 찾아온 뒤로도 몇 번 만났고요. 두 번은 공원을 함
께 산책하기도 했어요. 하지만, 윈디뱅크 씨가 프랑스에
서 돌아오자 그는 우리 집에 올 수가 없게 되었습니다."

"왜요?"

"윈디뱅크씨가 싫어했거든요. 그분은 손님이 드나드
는 것을 아주 질색해요. 여자란 식구끼리만 지내는 것이
제일이라나요. 그래서 저는 평생 혼자 늙어 죽으란 거냐
고 따진 적도 있어요."

"호스머 엔젤 씨는 그런 일이 있은 뒤 아가씨를 만나
려 하지 않았나요?"

"아니요. 사실은 윈디뱅크 씨가 1주일 뒤에 다시 프랑
스로 가게 되어 있었기 때문에 호스머는 편지로 그때까지

는 서로 만나지 않는 것이 좋겠다고 했어요. 대신 1주일 동안 매일 편지를 보내 왔고, 저는 매일 아침마다 직접 우편함에서 편지를 꺼냈고, 윈디뱅크 씨는 우리가 편지를 주고 받는 것을 몰랐습니다."

"그 정도면 엔젤 씨와 결혼하기로 약속했겠는데요?"

"예, 홈즈 씨. 둘이서 처음 산책을 한 날 우리는 결혼을 약속했어요. 호스머 엔젤 씨는 리든홀 거리에 있는 어느 회사 경리 담당이고······"

셜록 홈즈는 빠르게 다그치듯 물었다.

"그가 어느 회사를 다니는데요?"

"회사 이름은 몰라요."

"그럼 그는 어디에 삽니까?"

"그것도 모릅니다. 그가 회사에서 숙식을 해결한다고 해서······"

"그럼 아가씨는 결혼할 남자의 회사 이름도 주소도 모른다는 거지요?"

그녀는 다소 침울한 표정으로 고개를 끄덕였다.

"그저 리든홀 거리에 회사가 있다는 것 밖에······"

"그럼 편지를 쓸 때는 어디로 보냈습니까?"

"리든홀 우체국 사서함이었습니다. 회사로 여자에게

서 편지가 오면 남들이 놀린다는 거였어요. 그렇다면 저도 그 분이 그랬듯이 편지를 타자로 쳐서 보내면 회사 동료들이 여자에게서 온 편지인 줄 모르지 않겠느냐고 물으니, 그건 싫다고 했어요. 직접 손으로 쓴 편지여야 정말 저한테 보내온 느낌이 들지 타자기로 쳐서는 우리 두 사람 사이에 기계가 들어선 기분이 난다는 거예요. 홈즈 씨, 그분은 그토록 저를 사랑한 거예요."

"정말 암시적인 이야기군요. 당신에게는 작은 일이지만 나에게는 사건을 해결하는 실마리가 될 수 있으니 엔젤 씨에 대한 다른 이야기를 더 해 주세요."

"홈즈 씨! 그 사람은 몹시 내성적인 사람이었어요. 그래서 남들 눈에 띄지 않기를 원했습니다. 산책을 해도 낮보다는 밤을 더 좋아했지요. 어렸을 때에 편도선을 몹시 앓은 적이 있어서 그것 때문에 정상적으로 이야기하기가 어렵다나 봐요. 게다가 저처럼 눈이 나빠서 선글라스를 쓰고 있어요."

"아! 그렇습니까? 그래, 윈디뱅크 씨가 프랑스로 다시 간 뒤에는 어떻게 했습니까?"

"호스머 엔젤 씨는 집으로 찾아와서 아버지가 오기 전에 결혼하자고 말했습니다. 그 태도가 너무 진지해서 마침내 저는 성경에 손을 얹고 말았습니다. 어떤 일이 있어도 마음 변치 않을거라고 맹세를 했습니다. 어머니 역시 엔젤 씨를 좋아했어요. 그래서 엔젤 씨는 어머니에게 1주일 안으로 결혼하고 싶다고 말했습니다. 어머니는, 아버지는 상관없다면서 우리 결혼을 대환영했습니다. 불과 다섯 살 위이지만 양아버지에게 허락을 받지 않고 결혼한다는 것이 저는 영 마음에 걸렸습니다. 그래서 프랑스의 보르도 지방에 있는 양아버지 윈디뱅크 씨에게 편지를 보냈지요. 그러나 그 편지는 결혼식 전날 되돌아왔어요."

"왜 편지가 돌아왔을까요?"

"그건 모르겠는데요. 그분이 영국으로 떠난 뒤에 편지가 도착해서 그런지도 모르죠."

"그것 참 유감이로군요. 결혼식은 금요일이었나요? 장소는?"

"킹스 크로스 역에서 가까운 세인트 세비아 성당에서 식을 올린 다음 세인트 팬크라스 호텔에서 아침 식사를 할 예정이었습니다. 그날 호스머는 이륜마차로 마중을 왔는데 어머니와 저 둘뿐이라 우리가 그 마차에 타고 마침 역마차가 사륜마차밖에 없어서 그는 거기에 탔습니다. 우리가 성당에 도착하자 곧 사륜마차도 뒤따라왔습니다. 그런데 이상한 것은 아무리 기다려도 마차에서 호스머 씨가 내리지 않는 거예요. 나중에 마부가 내려와 안을 보니 아무도 없지 뭡니까?"

"참 희한한 일이군요."

"엔젤 씨는 마음이 착해서, 저를 애먹일 사람이 아니에요. 그날 아침에도 '무슨일이 있어도 마음 변하지 맙시다. 만일에 뜻밖의 일이 일어나 헤어져 있게 되는 일이 있더라도 사랑의 약속은 잊지 말아야 해요. 언제고 당신을 데리러 올 테니까.'라고 말했거든요. 결혼식 날 아침에 그런 말을 하는 것이 좀 이상하긴 했지만, 아마도 말 못할 사정이 있었던 것이 아닐까 해요."

"분명히 뭔가가 있는 것 같습니다. 아가씨는 예상외의 불행이 엔젤 씨에게 일어났다고 생각합니까?"

"예, 그래요. 틀림없이 어떤 위험이 자기에게 다가오고 있다는 것을 알고 있었던 것 같아요. 바로 그 예감이 맞아 떨어진 거예요."

"그런데 그것이 어떤 일인지 아가씨는 전혀 짐작이 안 간다는 겁니까? 그럼, 하나 더 물어 보겠습니다. 어머니는 이번 사건을 어떻게 생각하고 계시는지요?"

"어머니는 화가 나서, 그분에 대해서는 다시는 입 밖

에 내지 말라고 하세요."

"윈디뱅크 씨는 뭐라고 하던가요? 그분에게도 그 일을 말했습니까?"

"말했습니다. 윈디뱅크 씨도 저의 의견과 비슷해요. 무슨 사정이 있는 모양이니, 참고 기다리고 있으면 소식이 있을 거라고 했습니다. 엔젤 씨가 저를 교회 앞에 내팽개친다고 해서 무슨 이득이 있겠어요? 혹시 그분이 저에게 돈을 꾸었다던가, 그리고 결혼하면 제 재산이 자기 것이 된다면 몰라도 말입니다. 하여간 엔젤 씨는 돈에 관해서는 깨끗한 분으로, 단 1실링도 제 돈을 쓰지 못하게 했습니다, 그런데도 왜 자취를 감추었을까요? 하다못해, 왜 편지 한 상 보내시 않는 걸까요? 아아! 생각하면 할수록 미칠 것만 같아요."

서덜랜드 양은 핸드백에서 손수건을 꺼내어 눈물을 닦았다. 홈즈는 자리에서 일어나며 말했다.

"조사해 드리겠습니다, 나는 이 사건을 정확히 밝혀낼 자신이 있습니다. 그러니, 당신은 더 이상 아무 생각하지 마십시오. 특히 마음속으로 호스머 엔젤 씨의 추억은 말끔히 지우세요. 그 사람은 당신 앞에서 사라진 것입니다."

"그럼, 저는 다시는 그분을 만날 수 없나요?"

"그럴 겁니다."

"그럼, 그분은 어찌 된 것입니까?"

"그것을 제가 밝혀 드리지요. 그보다도 엔젤 씨의 인상을 정확히 알려 주십시오. 그리고 그동안 온 편지도 모두 저에게 보여 주세요."

서덜랜드 양은 호주머니에서 작은 종이쪽지를 꺼냈다.

"저는 지난 토요일 〈크로니클〉신문에 사람을 찾는 광고를 냈습니다. 이렇게 오려 왔어요. 여기에 그분의 인상이 적혀 있습니다. 그리고 편지는 네 통을 가져 왔습니다."

"됐습니다. 그리고 아가씨의 주소는 어디지요?'

"런던 캠버웰 라이언 플레이스 31번지입니다."

"엔젤 씨의 주소는 모른다고 했지요? 그럼 아버지 회사는 어디 있습니까?"

"펜처치 거리에 있습니다. 주류 도매업을 하는 웨스트하우스 앤 마뱅크 회사의 영업 담당입니다."

"잘 알겠습니다. 그럼 신문 오린 것과 편지는 내가 잠시 보관하겠습니다. 그리고 아까의 충고를 잊지 않도록 하십시오."

"홈즈 씨! 감사합니다. 하지만 엔젤씨를 저는 잊을 수 없어요. 저는 그에게 제 진심을 다 바쳤어요. 저는 그가 언젠가 다시 돌아올 거라고 믿고 있습니다."

우리의 고객은 고급스런 모자를 쓰고 멍청한 얼굴을 하고 있었지만 때 묻지 않은 감동을 우리에게 안겨 주었다. 여자는 편지와 신문 오린 것을 테이블 위에 놓고, 일이 있으면 언제든지 다시 오겠다는 말을 남기고 돌아갔다.

서덜랜드 양이 돌아간 뒤 홈즈는 팔짱을 끼고 발을 죽 뻗고는 천장을 바라보며 생각에 잠겨 있었다. 그러다가 삼시 뒤, 담뱃진으로 일룩진 도자기 파이프를 집어 들고는 거기에 불을 붙여 푸른 연기를 내뿜으며 나에게로 얼굴을 돌리더니 입을 열었다.

"그 아가씨는 연구해 볼 만한 가치가 있는 걸. 사건 자체보다도 아가씨가 더 흥미가 있네. 사건 자체는 별것이 아니야. 내 참고 서류철을 뒤져 보면 알겠지만, 똑같은 예가 있네. 1877년 햄프셔 주 앤도버에서도 같은 일이 있었고 네덜란드 헤이그에서도 작년에 비슷한 사건이 있었지. 오늘 이 사건도 별반 다를 게 없지만 두어 가지 흥미로운 점도 있더군. 그러나 무엇보다도 흥미로운 것은 그 여자였네."

"자넨 벌써 그 아가씨에 대해 내가 눈치 채지 못한 여러 가지를 꿰뚫어본 모양이군 그래."

"자네가 몰랐다기보다는 주의력이 부족했다는 말이 옳겠지. 봐야 할 곳을 보지 않았으니까. 보통 사람들은 중요한 것을 모르고 넘어가지. 옷소매 주위나 손톱, 그리고 구두끈 같은 것에서 굉장한 사건 실마리를 알 수 있는데 그걸 무심히 지나친단 말이야. 그럼, 우선 자네가 나에게 그 아가씨 겉모습에서 어떤 것을 알았는지 말해 주지 않겠나?"

"그럼, 내가 본 것을 말해 보지. 그녀는 챙이 넓은 회색 밀짚모자에 빨강 벽돌색 깃털을 장식하고 있었지. 그리고 상의는 검정색인데 거기에 까만 구슬을 달고 테두리 장식으로는 작은 검은 구슬이 나란히 있었어. 그 밑의 옷은 커피보다 검은 갈색인데 소맷자락에는 자줏빛 플러시가 달려 있었어. 장갑은 회색에 가까웠지. 오른쪽 둘째 손가락 부분이 많이 닳아 있더군. 귀에는 작고 둥근 금귀고리가 달려 있었네. 전체적인 느낌으로는 고생을 모르는 소시민층으로서 궁색하지 않은 아가씨더군."

홈즈는 가볍게 손뼉을 치며 빙그레 웃었다.

"어! 왓슨, 자네도 많이 발전했는걸, 예상외로 정확히 보기는 했지만, 유감스럽게도 중요한 것을 놓치고 말았네. 자네도 관찰 방법은 어느 정도 몸에 익힌 것 같지만, 전체적인 느낌에 사로잡혀 아주 세부적인 점을 놓친 거야. 나는 상대가 여성이면 옷소매 끝을 자세히 살펴보지. 남성이라면 바지 무릎이 관찰 대상이지. 자네도 보았지만 그 아가씨는 소매 끝에 빌로드를 대고 있었는데 그것은 가장 해지기 쉬운 천이지. 타자기를 칠 때는 손목 바로 위쪽이 책상을 스치게 되는데, 그 아가씨의 소매 끝에는 두 줄의 선이 명백히 나 있었네. 손재봉틀에서도 비슷한 흔적이 남는데, 그 경우에는 왼손으로, 그깃도 새끼손가락 가까운 곳에 흔적이 남지. 그런데 그 아가씨는 오른손 쪽에 폭 넓은 흔적이 나 있더군. 그리고 얼굴을 보니, 코 양쪽에 안경을 쓴 흔적이 희미하게 남아 있었네. 그래서 '근시라 타자를 치면서 피로를 느끼겠다.'고 말해 주었더니 놀라는 표정이었지."

"나도 자네의 말에 놀랐네."

"그것 뿐이 아니야. 신고 있는 구두가 비슷하기는 했지만 서로 다른 것이라는 것을 알았네. 한쪽은 구두코 끝에 작은 장식이 붙어 있었지만 다른 쪽은 그것이 없었네. 나는 그것을 확인하고는 약간 놀랐지. 깃이 달린 모자까지 쓴 젊은 아가씨가 짝짝이 구두를 신고 나온 것을 보고 아주 부리나케 나온 것을 알고 그리 말을 한 것이야."

역시 셜록 홈즈의 예리한 관찰력은 타고났다는 말밖에 달리 할 말이 없었다.

"그밖에 뭐 또 알아챈 것은 없나?"

"그 아가씨는 외출 준비를 끝내고, 집을 나오기 전에 편지를 썼다는 것도 알아냈네. 장갑의 오른쪽 둘째손가락 끝이 닳아서 작은 구멍이 나 있었다는 것은 자네도 본 모양이지만, 그 부근에 잉크 자국이 있었다는 것을 못 본 모양이지? 급히 편지를 쓰려고 펜을 너무 깊이 잉크병에 넣었던 것 같아. 그리고 손가락에까지 잉크가 묻은 것으로 보아 오늘 편지를 쓴 것이 틀림없다고 생각하네. 초보적인 관찰 방법이지만, 이런 식으로 하나하나 생각하면 흥미 있는 일이 아닌가. 어쨌거나 일로 돌아가세. 우선 신문 광고에 냈다는 호스머 엔젤씨의 인상착의를 읽어주게."

나는 신문을 오린 쪽지를 집어 들었다. 사람을 찾는 광고에 실린 내용은 다음과 같았다.

14일 오전, 호스머 엔젤이라는 신사가 행방불명. 신장 약 170cm가량. 뼈대가 굵고 혈색은 좋지 않음. 머리는 검고 풍성한 콧수염과 턱수염이 인상적임. 행방불명 당시 검은 예복 차림에 조끼에는 앨버트 금시계 줄을 매달고 회색 스코치 바지를 입었음. 리든홀 거리의 어느 회사 사원이라함. 그분의 주소나 소재를 알고 있는 분이 있다면……

"그만, 그걸로 됐네."

셜록 홈즈는 나의 낭독을 중단시키고, 이번에는 엔젤의 편지를 살펴보며 말했다.

"편지는 극히 단순해. 엔젤에 대해 알아낼 것이 아무것도 없군. 그러나 한 가지 두드러진 점이 있네. 그것을 알면 자네도 놀랄 걸."

"모두 타자기로 쳤군."

"서명까지 타자기로 쳤어. 보라고, 편지 끝에 호스머 엔젤이라고 타자기로 치지 않은가. 날짜는 정확히 밝혔으면서도 주소는 모호하게 리든홀이라고만 표시했네. 왜 서명을 펜으로 하지 않았을까. 이건 중요한 의미를 갖고 있네. 사건의 열쇠가 될 만하지."

"그래?"

"자네는 이 서명을 왜 타자기로 찍었는지 짐작이 안가

나?"

"부끄럽네만, 잘 모르겠는걸. 혼인을 빙자했다는 이유로 고소를 당할 경우, 자기는 서명을 한 일이 없다는 구실을 삼으려고 그랬을까?"

"아니, 그런 것이 아닐세. 하여간 이제 내가 편지 두 통을 쓸 참인데, 그걸로 이 사건은 해결이 날 걸세. 한 통은 런던 중심가에 있는 어떤 회사로 보내고, 다른 한 통은 서덜랜드양의 아버지인 윈디뱅크에게 보내어 내일 오후 6시에 와 달라고 부탁하는 내용이지. 남자끼리 결말을 내는 것이 좋을 것 같네. 왓슨, 답장이 올 때까지는 할 일이 없으니까, 이 사건은 그만 덮어두기로 하세나."

나는 셜록 홈즈의 예리한 추리와 남다른 정력을 깊이 믿고 있었으므로, 이 묘한 사건을 그는 이미 어떤 확실한 단서를 갖고 대하는 것이라 짐작했다. 나는 곧 파이프를 물고 있는 셜록 홈즈를 남겨 두고 집으로 돌아왔다. 그리고 내일 밤이 오면 메어리 서덜랜드 의뢰인이 맡긴 '사라진 신랑'의 정체가 밝혀질 것이라고 확신했다.

그 무렵 나는 상당히 심각한 환자를 맡고 있었기에, 이튿날은 하루 종일 그 환자에게 매달려 있었다. 가까스로 틈이 난 것이 오후 6시 무렵 그 묘한 사건의 해결 장면을 입회하지 못할까봐 지나가던 마차를 집어타고 홈즈의 집이 있는 베이커 거리로 달려갔다.

홈즈의 집에 도착하니 그는 호리호리한 몸을 의자에 묻고 잠이 들어 있었다. 방 안에는 약병과 시험관이 여기 저기 널려 있고, 강한 염산 냄새가 풍기고 있었다. 홈즈는 하루 종일 취미인 화학 실험을 하고 있었던 것이 틀림없다. 나는 실눈을 뜬 그에게 물어보았다.

"어때? 사건은 해결되었나?"

홈즈는 잠이 덜 깼는지, 엉뚱한 대답을 했다.

"음, 산화바륨의 중유산염이었네."

"아니, 화학 실험이 아니고 어제의 괴사건 말일세."

"아 그거? 그 사건이라면 두어 가지 그럴 듯한 점도 있으나, 괴사건이라고까지 할 것은 없지. 단지 이 범인을 옭아 넣을 법률이 없다는 것이 유감이라네."

"그럼, 그 범인이 누구지? 왜 그 아가씨를 버렸을까?"

홈즈가 대꾸하기 전에 복도에서 무거운 발소리가 들리더니 노크 소리가 났다.

"그 아가씨의 양아버지 윈디뱅크가 왔네. 6시에 오겠다는 답장이 왔었네."

"어서 오십시오."

들어온 사람은 서른 살 가량의 체격이 좋은 보통 키의 남자였다. 혈색이 좋지 않은 얼굴이었지만 깔끔하게 면도를 했고, 그의 태도는 은근했지만 회색 눈이 찌를 듯 예리했다. 사나이는 우리를 눈부신 듯 흘끔 쳐다보고는, 손때가 묻은 실크 모자를 탁자 위에 놓고, 가볍게 머리를 숙여 인사를 했다. 그가 의자에 앉자, 홈즈가 입을 열었다.

"안녕하십니까, 윈디뱅크 씨. 이 타자기로 친 편지는 당신이 보낸 거죠? 6시에 오시겠다는 내용입니다만."

"예, 그렇습니다. 약간 늦어서 죄송합니다. 하던 일이 미처 끝나지 않아서. 이번 일로 딸이 상담을 하러 온 모양인데 창피한 일이지요. 그냥 덮어두고 싶었는데…… 딸이 선생을 찾아 뵙는 일에 대해서 나는 반대를 했습니다. 하지만 그 애의 성미는 워낙 급해 자기가 작정한 일은 하고 만답니다. 하기야 선생은 경찰이 아니어서 약간은 마음이 놓입니다만, 이러한 가정 일은 남에게 알리고 싶지 않은 것이 사실이지요. 그리고 엔젤 씨를 찾아내는 것도 어려운 일이고 돈만 낭비하는 일이지요?"

홈즈가 조용히 말했다.

"그렇지는 않습니다. 나는 호스머 엔젤 씨를 찾아낼 수 있습니다."

그 말에 윈디뱅크는 몸을 움찔하다가 장갑을 떨어뜨리고 말았다.

"그러시다면 다행이군요."

"의아스럽게 생각하실지 모르나, 타자기의 활자에도 손으로 글씨를 쓰는 것처럼 분명히 알아볼 수 있는 방법이 있답니다. 신제품 타자기가 아니면, 같은 기종이라 하더라고 찍힌 활자가 똑같을 수가 없지요. 어느 활자가 다른 활자보다 유난히 닳았다든가, 비뚤어졌다던가 하기 때문에 말입니다, e자는 모두 머리 쪽이 희미하고, r자는 꼬리가 문드러져 있군요. 그밖에도 14군데의 특징을 알아냈습니다만, 이 두 활자의 특징은 누가 봐도 명백합니다."

"회사에서 통신문을 작성힐 때는 모두가 같은 다자기를 쓰므로, 조금 닳아서 그럴 겁니다."

"그럼, 여기에서 아주 재미있는 사실을 보여 드리겠습니다."

홈즈는 자세를 고쳐 앉고는 말끝을 이었다.

"나는 가까운 장래에 타자기와 범죄와의 관계에 대한 논문을 쓸 예정입니다. 이 문제에 대해서는 전부터 상당한 관심을 갖고 있었지요. 그런데 말입니다. 윈디뱅크 씨! 여기에 행방불명된 엔젤이 보낸 네 통의 편지가 있습니다. 모두가 타자기로 친 편지입니다. 그런데 네 통 모두 e 자의 머리쪽이 희미하고 r자의 꼬리는 문드러져 있습니다. 더구나 확대경으로 보면 조금 전에 당신의 편지에 대해서 말씀드린 14가지의 특징도 관찰할 수가 있습니다."

윈디뱅크는 의자에서 벌떡 일어나더니 모자를 움켜쥐었다.

"홈즈 씨! 이런 잠꼬대 같은 이야기로 시간을 낭비할 수는 없습니다. 엔젤을 찾아낼 수 있거든 찾아내십시오. 그리고 나서 나에게 통지 바랍니다."

"그러지요."

홈즈는 대답하고 나서, 문 쪽으로 걸어가 쇠를 채웠다.

"자, 엔젤을 찾았으니 알려 드리겠습니다."

윈디뱅크는 입술까지 새파래지더니 덫에 걸린 쥐처럼 사방을 둘러보며 외쳤다.

"뭐라고요? 그자가 어디 있습니까?"

홈즈가 차분하게 말했다.

"흥분하지 마시오. 도망갈 수는 없습니다. 윈디뱅크 씨, 속임수의 진상은 뻔합니다. 자, 앉아서 이야기합시다."

윈디뱅크는 핏기를 잃고, 의자에 무너져 내리듯 앉더

니 말을 더듬었다.

"이, 이건 범죄가 되지 않습니다."

홈즈가 고개를 끄덕였다.

"대단히 유감스러운 일이지만 범죄가 되지는 않습니다. 그러나 윈디뱅크 씨! 이토록 간사하고 무자비한 장난은 처음 보겠습니다. 어쨌거나 내가 사건의 줄거리를 대충 이야기해 볼 테니 틀린 점이 있거든 지적하십시오."

윈디뱅크는 의자 속에서 몸을 웅크리고 머리를 숙인 폼이 무척이나 충격을 받은 모양이었다. 홈즈는 바지 주머니에 손을 찔러 넣고는 그 부근을 서성거리며 마치 혼잣말처럼 이야기를 시작했다.

"윈디뱅크라는 사나이는 금전을 목적으로 자기보다도 훨씬 나이가 많은 과부와 결혼했습니다. 또한, 의붓딸 메어리 서덜랜드의 돈도 메어리가 결혼하지 않는 한 자기가 마음대로 할 수가 있었지요. 하지만, 메어리가 결혼한다면 윈디뱅크는 1년에 100파운드를 손해 보게 됩니다. 그래서 윈디뱅크는 메어리의 결혼을 방해하기 위해 어떤 수단을 썼느냐 하면, 그건 다음과 같습니다. 처음에는 메어리를 외출하지 못하게 하여 젊은 남자와 교제하지 못하게 하는 속이 뻔히 들여다보이는 수법을 썼습니다. 그러나 그런 수법에는 한계가 있었습니다. 메어리는 차차 말을 듣지 않게 되었고, 자기 권리를 주장하며 마침내는 댄스 파티에 나가겠다고 고집을 부렸습니다. 그러자 교활한 윈디뱅크는 어떤 비상수단을 강구했을까? 이번에는 아내까지 설득시켜 교묘한 계획을 세웠습니다. 메어리가 눈이 나쁘다는 것을 이용하여 선글라스를 써서 날카로운 눈을 가리고, 콧수염과 턱수염을 멋지게 붙인 다음, 목소리까지 변화시켜서는 호스머 엔젤이라는 가명으로 메어리 앞에 나타난 겁니다. 그리고는 메어리에게 구혼함으로써, 달리 애인이 생기지 않도록 했습니다."

윈디뱅크는 기어들어가는 목소리로 변명했다.

"처음에는 장난삼아 해본 일입니다. 메어리가 설마 그렇게까지 빠져들리라고는 생각지 못했습니다."

"그랬을지도 모르지요. 그러나 이성 교제가 없었던 노처녀 메어리로서는 외관상 멋진 남성의 구혼에 약할 수밖에 없었고, 더구나 양아버지가 프랑스로 간 것으로 알고 있었기에, 아버지라는 사람이 그런 음모를 꾸미고 있으리라고는 꿈에도 생각지 못했던 것입니다. 더구나 어머니까지 엔젤을 추켜세우는 판이니, 더욱 열중할 만도 했지요. 이제 가장 바람직한 일은, 이 연애를 극적인 형태로 끝내는 일이었습니다. 그렇게 하면, 메어리의 마음속에는 엔젤과 지냈던 추억이 뿌리 깊게 남게 되므로 한동안은 다른 남자와 결혼할 생각을 하지 않게 되겠지요. 그래서 엔젤은 메어리에게 성서를 걸고 변치 않을 사랑의 맹세를 시키고, 결혼식 날에 무슨 일이 있을지도 모른다는 암시를 주었습니다. 즉, 윈디뱅크는 메어리가 엔젤에 대한 마음의 상처로, 그가 혹시 다시 나타나지 않을까 하는 기대감으로 한 10년은 다른 남자와 결혼할 생각을 못하게 만들려고 한겁니다. 윈디뱅크 씨는 서덜랜드 양을 교회 앞까지 가게 하고 자신은 마차의 한쪽 입구로 타서 다른 문으로 빠져나가는 낡은 수법을 써서 모습을 감추었지요. 어떻습니까? 윈디뱅크 씨? 내 이야기가 맞아 들어갑니까?"

홈즈가 이야기하고 있는 동안, 윈디뱅크는 어느 정도 마음을 진정시키고는 그 창백한 얼굴에 한 가닥 웃음까지 띠고 있었다.

"홈즈 씨, 당신의 이야기는 그럴 수도 있고, 그렇지 않을 수도 있습니다. 하지만 당신은 무척 예리한 사람이니까 잘 알고 있겠지만, 지금 법을 어기고 있는 것은 내가 아니고 당신이라는 것을 아셔야겠습니다. 나는 처음부터 범죄가 될 만한 짓을 하지 않았습니다. 그러나 당신은 이 문을 열지 않는 한, 불법 감금과 협박죄를 범하고 있다는 것을 알아야 할 겁니다."

홈즈는 문의 자물쇠를 돌려 열면서 말했다.

"분명히 법으로써는 당신에게 벌 줄 수는 없습니다. 그러나 당신만큼 벌을 받아 마땅한 사람도 없죠. 만일 서덜랜드 양에게 오빠가 있었다면 당신을 뼈가 으스러지도록 때렸을 겁니다."

셜록 홈즈는 상대 얼굴을 비웃음 가득한 표정으로 쳐다보다 갑자기 화를 벌컥냈다.

"나는 이런 부탁까지는 받지는 않았지만, 여기에 채찍이 있으니 한 여성의 분풀이를 대신 해야겠소."

그는 그렇게 말하며, 벽에 걸린 승마용 채찍 쪽으로 다가갔다. 그러자 그 순간 윈디뱅크가 후다닥 방안을 뛰쳐나갔다. 그리고는 우당탕 계단을 달려 내려가는 소리가 나더니 현관문이 덜컹 열렸다. 창 너머로 바라보니, 윈디뱅크가 거리 한복판으로 뒤도 돌아보지 않고 도망가는 모습이 보였다.

"몹쓸 인간 같으니."

셜록 홈즈는 혀를 차더니 다시 의자에 돌아와 앉았다.

"저 자는 저렇게 계속 나쁜 짓을 거듭하다가는, 언젠가 교수대에 올라갈 만큼 무거운 죄를 지을 걸세. 하여간, 이번 사건은 약간 흥미 있는 요소가 없었던 것은 아니었지."

"나는 자네의 추리 과정을 속속들이는 모르고 있는데."

"그럼, 내가 사건 내용을 이야기 하겠네. 호스머 엔젤이 확실한 목적이 있어서 그런 수상한 행동을 한 것이라는 것을 나는 알고 있었어. 그 여자의 이야기를 종합할 때 이 사건에서 실제 이익을 얻는 사람은 의붓아버지 밖에 없었네. 그런데 이 두 남자가 결코 동시에 등장하지 않고, 한쪽이 나타날 때는 다른 한쪽은 어떤 구실로 모습을 드러내지 않는다는 사실이 의미심장했네. 또한 엔젤이 선글라스를 쓰고 멋진 수염을 달고 있다는 사실로 곧장 변장이라는 것을 알아차릴 수 있었지. 서명까지 타자기로 친 것은 자기의 필적을 서덜랜드 양이 알고 있으므로 손으로 쓰면 엔젤의 정체가 드러날지도 모른다는 계산에서였네. 이러한 요소를 종합해 보면, 나의 추리는 확신으로 굳어질 수가 있었던 것일세."

"그런데 증거를 어떻게 잡았나?"

"일단 범인이 누구라는 확신이 서면 증거를 갖추는 일은 쉬운 일이라네. 그래서 신문 광고에 낸 인상착의에서 변장에 흔히 쓰이는 선글라스와 수염 따위를 제거해 보았지. 그리고는 윈디뱅크가 다닌다는 주류 회사 사원 중에서 이런 사람이 있느냐는 문의 편지를 보냈지. 한편 나는 평소부터 타자기 활자에 대한 것을 알고 있었기에, 한 통은 그 주류 회사의 주소로 윈디뱅크에게 이곳에 와 줄수 있겠냐는 편지를 보냈네. 그러자 오겠다는 내용의 타자기로 친 회신을 보내왔기에 대조해 보니 엔젤의 연애편지를 친 것과 같은 타자기를 사용했다는 것을 알았지. 또한 그 주류 회사로부터도 답장이 왔는데, '조회한 사람은 본사의 제임스 윈디뱅크입니다.' 라는 내용이더군. 그걸로 만사 해결이 아닌가."

"서덜랜드 양은 어떻게 하지?"

"진실을 알려 줄 수밖에…… 그 아가씨로서는 속히 마음을 정리하고 새로운 결혼 상대를 만나는 것이 행복한 일이 아니겠는가."

Chapter
03

붉은 머리
클럽의 비밀

붉은 머리 클럽의 비밀

1890년 그 무렵 나는 오랫동안 홈즈와 함께 살던 베이커 거리의 하숙집을 나와 혼자 다른 집에서 살고 있었다. 어느 날 아침, 나는 오래간만에 홈즈의 하숙집을 찾아갔다. 홈즈는 마침 손님과 이야기를 나누고 있었다. 그 손님은 머리카락이 홍당무처럼 붉은 마흔 살 가량의 사나이였다.

"아! 손님이 계셨군."

내가 문을 그냥 닫으려 하자 홈즈는, "왓슨, 들어와. 이리와서 이분 말씀하시는 걸 들어 보게. 참 신기한 이야기라네." 하면서 자꾸 두 손을 비벼대고 있었다. 이것은 홈즈가 무슨 일로 매우 기쁘거나 흥분했을 때 하는 행동이다. 나는 홈즈의 옆 긴 의자에 앉았다.

머리가 붉은 사내는 걱정스런 눈빛으로 나를 힐끗 쳐다보았다.

"윌슨 씨! 걱정 마십시오. 이 사람은 왓슨이라는 의사입니다. 내 친구인데, 지금까지 나를 줄곧 도와 준 사람입니다. 무슨 말을 해도 괜찮습니다. 다시 한 번 당신이 겪은 이상한 사건을 이야기해 주십시오. 만일 잘못 듣고 빠뜨린 게 있다면 안되니까, 다시 듣도록 하지요."

홈즈는 소파에 깊숙이 앉은 채 손가락 끝을 딱딱 소리가 나도록 꺾고 있었다. 이것은 홈즈가 무엇인가 깊은 생각에 잠겼을 때 곧잘 하는 버릇이었다. 윌슨이라 불린 붉은 머리 사나이는 호주머니에서 다 구겨진 낡은 신문을 꺼내 테이블 위에 펴놓고, 굵고 까칠까칠한 손가락 끝으로 짚어가며 무슨 기사인지 열심히 찾기 시작했다.

그 사이에 나는 나도 모르게 홈즈의 흉내를 내고 있었다. '저 사나이 직업은 무엇이며, 어떤 사람일까?' 하고 생각하며 관찰하기 시작했던 것이다. 그러나 크게 얻은 바가 없었다. 다만 머리털이 아주 빨갛다는 것, 다 낡은 프록코트에 통이 넓어 헐렁한 느낌을 주는 체크 무늬 바지를 입었다는 것, 조끼의 시곗줄에 구멍이 뚫린 동그란 메달을 달았다는 것, 무엇인지 모르지만 불쾌한 일이 있어 초조해 하고 있다는 것 정도 밖에는 알아낼 수가 없었다. 홈즈는 처음부터 내 눈길을 쫓고 있었던 모양이었다.

"그래 왓슨! 뭔가 얻은 것이 있나? 나도 잘 모르지만 이분이 전에 막일에 종사해서 오른손을 많이 사용했다는 것, 일찍이 중국에 여행한 일이 있다는것, 그리고 최근에는 뭔가 많은 글을 썼다는 것 정도는 알아냈지만……"

그 말을 들은 윌슨이 갑자기 벌떡 일어섰다. 그리고 눈을 가늘게 뜨고 홈즈를 쳐다보며 말했다.

"어떻게 그걸 다 알지요? 내가 옛날에 오른손을 많이 썼다고 하셨는데, 말씀하신 내로 나는 젊은 시절 배 만드는 목수일을 했답니다. 그런데 어떻게 그걸……"

"놀라지 마세요. 그런 것은 아무것도 아닙니다. 윌슨 씨. 당신의 오른손을 보니, 왼손보다 훨씬 크고 마디가 굵군요. 오른쪽 어깨의 근육도 왼쪽 근육보다 더 발달되어 있고요. 그래서 뭔가 오른손으로만 하는 힘든 일을 했을 것이라고 생각했습니다."

그렇게 말하고 홈즈는 빙그레 웃었다.

"음. 내가 옛날에 중국에 간 것은 어떻게 아셨죠?"

"당신의 오른손 손목 바로 위에 먹물로 새긴 물고기가 있죠? 그 물고기 비늘을 아름다운 복숭아 빛으로 물들인 것은 중국에서가 아니면 할 수 없는 것입니다. 그보다 당신의 시곗줄에 달려 있는 중국의 화폐를 보면 아무리 멍청한 사람이라도 당신이 중국에 갔었다는 것쯤은 알 수 있습니다."

"아! 그렇군요. 그럼 최근에 글을 많이 썼다는 것은 또 어떻게 아셨습니까?"

"오른손 소매 깃이 반들반들하고 왼손 팔꿈치 근처, 책상에 닿는 곳에 헝겊이 덧대어져 있는데, 그것을 보고 달리 생각할 수가 있을까요?"

"듣고 보니 자세한 관찰에서 찾은 일이로군요. 난 또 당신이 마술을 부리는 줄 알았습니다."

의자에 앉으며 윌슨이 말했다. 홈즈는 윌슨의 말에 대답도 하지 않고 나를 돌아보며 말했다.

"어때, 왓슨. 내가 늘 말하지 않던가. 모르는 것은 모두 위대하다고 말이야. 아무리 뛰어난 마술이라도 속임수를 밝히면 아무 가치가 없어져 버리는 법이지. 그건 그렇고, 윌슨 씨, 아직도 광고를 못 찾았나요?"

"아니 찾았습니다."

윌슨은 손가락으로 신문 가운데를 가리켰다.

"바로 여기에 나와 있습니다. 이 광고가 이번 사건의 발단입니다! 왓슨씨! 당신께서 한 번 읽어주시지요?"

그것은 지금부터 2개월전, 4월 27일 '모닝 크로니클' 신문의 광고였다.

머리가 붉은 사람들에게 알림.

금번 붉은 머리 클럽에 1명의 결원이 생겼음. 회원은 주에 4파운드씩 보수를 받을 특전이 있음. 몸과 마음이 건강한 21세 이상의 붉은 머리 소유자는 응모 자격이 있음. 희망자는 오는 월요일 오전 11시 까지, 플리트 거리 포프스 코트 7번지 연맹 사무소 내, 던컨 로스 앞으로 직접 신청 바람.

"도대체 이건 뭐야?"

나는 신문을 집어던지며 중얼 거렸다. 홈즈는 내 태도에는 아랑곳하지 않고 무척 기분이 좋은 듯 자꾸 손을 비비고 있었다.

"참 재미있는 광고야. 이렇게 멋있는 광고를 모르고 있었다니, 나도 얼빠졌지. 윌슨 씨, 그럼 이야기를 시작해 주실까요? 먼저 당신의 직업부터 말씀해 주시지요."

윌슨은 이마의 땀을 닦으며 홈즈와 나를 번갈아 바라보더니, 천천히 말을 시작했다.

"나는 중심지 근처의 코부르크 스퀘어 7번지에서 작은 전당포를 운영하고 있습니다만 아주 조그맣고, 점원도 한 사람밖에 쓰고 있지 않습니다. 점원은 올해 서른 살 빈센트 스폴딩입니다. 장사 솜씨는 나를 앞지를 정도지요. 게다가 스폴딩은 다른 사람의 반밖에 안 되는 급료로 일해 주어서 내겐 큰 도움이 되고 있답니다."

"표준 이하의 급료로 점원을 고용할 수 있으니, 참 좋겠군요. 요즘엔 사람을 쓰기가 그리 쉽지 않으니까요. 당신 가게의 점원도 신문 광고에 낸 것 못지않게 색다른 사람 같군요."

"예, 그런데 사람은 누구에게나 결점이 있는 법인지, 이 스폴딩에게도 단 한가지 지나친 버릇이 있지요. 카메라에 미쳤다고나 할까, 아무튼 좋지도 않은 카메라를 자꾸만 만지작거리는 데는 정말 질려 버렸습니다. 한 장을 찍고 나서도 마치 토끼가 제 굴로 뛰어 들어가듯이 지하실로 들어가 현상을 하기 시작하는 것입니다. 이 카메라 만지는 취미만 없다면 정말 나무랄 데 없는 점원인데……"

"그 점원은 지금도 있소?"

홈즈가 물었다.

"예, 아직 같이 있답니다. 내게는 아내도 자식도 없어
요. 그래서 스폴딩과 요리를 해 주는 14살 난 소녀, 이렇
게 세 사람이 단출하게 살고 있답니다. 그런데……"

다음은 윌슨 이야기를 간추린 것이다.

지금으로부터 꼭 2개월 전 어느날, 밖에 나갔다 돌아
온 스폴딩이 신문을 내놓으면서 말했다.

"주인님, 정말 유감이로군요. 제가 만일 주인님 같은
붉은 머리였더라면 좋았을 텐데……"

스폴딩은 몹시 아쉬운 표정을 짓고 있었다. 그래서 윌
슨이 물었다.

"붉은 머리라면 어떻게 하려고?"

"〈붉은 머리 클럽〉에 결원이 생겼다는군요. 그곳에 가
입하면 누구든지 돈을 모을 수가 있대요. 듣기엔 클럽의
결원을 메우기가 힘들어 관리 위원회가 돈의 용도에 곤란
을 받고 있는 모양입니다. 내가 만일 주인님처럼 붉은 머
리라면 당장 뛰어갈 텐데……"

"〈붉은 머리 클럽〉이 대체 뭘 하는 곳인가?"

"아니, 아직 모르고 계셨습니까?"

"전혀 들어 본 기억이 없는 걸."

전당포란 밖에 돌아다니면서 하는 장사가 아니고 상대방이 찾아와 주는 것이기 때문에 몇 주일씩 문 밖에 나가지 않을 때가 있다. 그래서 윌슨은 세상 물정에 어두워 새로운 뉴스라면 언제나 흥미를 느꼈다.

"이거 정말 놀라운 일이군요. 주인님은 그처럼 훌륭한 자격을 가지고 계시면서도 〈붉은 머리 클럽〉에 관한 일을 모르시다니…… 주인님은 정말 너무 욕심이 없으시군요. 아무튼 이 클럽의 회원이 되면 일주일에 4파운드씩 일 년에 약 200파운드 쯤의 수입이 생긴답니다. 주인님은 붉은 머리니까 한 번 가 보시는게 어떻습니까?"

윌슨은 그 말을 듣고 갑자기 마음이 움직였다. 그 즈음 그의 전당포는 벌이가 신통치 않았다. 그런데 일주일에 4파운드, 1년이면 200파운드나 벌 수 있다는 것은 귀가 솔깃해지는 이야기가 아닐 수 없었다. 그래서 그는 스폴딩에게 좀 더 자세히 이야기를 해 달라고 부탁했다. 스폴딩은 그 신문을 윌슨에게 보이면서 말했다.

"이 〈붉은 머리 클럽〉이란 지금은 이미 죽고 없는 미국의 유명한 부호 이제키아 홉킨스라는 별난 사람이 만들었다고 합니다. 이 사람은 얼마나 머리가 빨갰는지 그만 붉은 머리에 대해 깊은 동정심을 갖기 시작했어요. 그래서 죽을 때 유산 관리인에게 재산을 맡기고는 거기에서 나오는 이자로 자기처럼 붉은 머리를 가진 남자에게 간단한 일을 시키고 돈을 주라는 유언을 했다는 겁니다. 소문에 의하면 하는 일은 아주 간단하고 급료는 어김없이 나온다는 거예요."

"하지만 연맹에 가입을 원하는 붉은 머리가 몇만 명은 될 게 아닌가?"

"사장님이 생각하는 것만큼 많지는 않아요. 왜냐하면 응모자는 린던에 사는 사람이어야 하고, 게다가 어른이어야 하니까요. 그리고 붉은 머리라고 해도 엷은 것이나 검은 기운이 있는 것은 불합격입니다. 그야말로 타는 듯이 붉어야 된답니다. 사장님의 머리는 충분합니다. 돈이 몇 푼 안 된다면 몰라도 1년에 200파운드 이상이나 되잖아요. 떨어져도 밑져야 본전이니까요."

스폴딩이 자꾸만 권하는 바람에 윌슨은 마침내 다음 월요일에 장사를 하루 쉬고, 〈붉은 머리 클럽〉까지 가보겠다고 했다. 그러나 아무래도 혼자선 쑥스러워 스폴딩에게 같이 가 달라고 부탁했다.

일을 하루 쉴 수 있어 그런지 스폴딩은 곧바로 승낙했다. 그런데 월요일 오전 7시에 스폴딩과 함께 간 플리트거리 포프스 코트는 엄청나게 많은 사람들이 몰렸고 윌슨은 기가 막힐 노릇이었다. 건물 앞은 머리가 붉은 사람들로 초만원을 이루고 있었다. 밀감처럼 노란빛을 띤머리, 벽돌색 머리, 덜 익은 사과 같은 머리, 토마토 같은 머리, 옥수수수염 같은 머리, 등등 마치 식료품 가게 앞 같았다.

윌슨은 그대로 돌아서려 했다. 신청자가 너무 많아 도저히 가망이 없어 보였기 때문이다. 하지만 스폴딩은 생각이 달랐다. 소폴딩은 모처럼 여기까지 왔으니 면접은 받아 보라고 하였다. 그래서 2층 사무실로 올라가는 계단까지 그를 밀고 갔다. 그런데 계단의 풍경 또한 대단했다. 꼭 클럽의 회원이 되겠다고 의욕을 불태우는 사람들이 올라갔다가 풀이 죽어 내려오는 사람과 복잡하게 얽혀 있었다. 스폴딩은 그 사이를 열심히 비집고 윌슨을 위쪽으로 밀어 주었다.

윌슨은 여기까지 이야기를 하고 나서 테이블 위에 있는 위스키 소다수를 한 컵 들이켰다.

"월슨 씨! 당신 이야기 참 재미있군요. 어서 계속하십시오."

홈즈가 재촉했다. 월슨은 손수건으로 입가를 닦으면서 이야기를 계속 했다.

〈붉은 머리 클럽〉의 사무실 안에는 책장 하나와 초라한 책상, 그리고 의자 2개가 있을 뿐 매우 허술했다. 그 책상 너머에는 몸집이 작은 한 사나이가 앉아 있었다. 그 사나이 머리 빛깔은 월슨의 머리보다 더 새빨개서 마치 불타는 듯했다. 스폴딩은 귓속말로 "주인님, 저 사람이 바로 이 클럽의 회장인 던컨 로스 씨랍니다."라고 가르쳐 주었다.

사무실 안에는 먼저 온 사람들이 북직이고 있었다. 회장인 던컨 로스는 곁눈으로 "죄송합니다. 불합격입니다." 라고 말하기가 바쁘게 사람들을 사무실 밖으로 내보냈다. 마침내 월슨의 차례였다. 그가 의자에 앉자, 붉은 머리 클럽의 회장은 잠시 뚫어져라 쳐다보고만 있었다.

그때 옆에 있던 스폴딩이 "이 분은 월슨 씨입니다. 〈붉은 머리 클럽〉의 회원이 되고 싶다고 제가 모시고 왔습니다."라고 대신 말을 해 주었다. 그러자 회장은 별안간 책상을 쾅 치면서, "음 월슨 씨! 정말 훌륭한 머리 빛깔이오.

나는 여태까지 이렇게까지 멋진 붉은 머리는 한 번도 본 적이 없소. 당신은 우리가 요구하는 사람이요."라고 말하며 계속 뚫어져라 그의 머리를 쳐다보았다. 윌슨이 얼떨떨해 있자 회장이 다시 입을 열었다. "하지만 돌다리도 두드려 보고 건너라고 했습니다. 그리고 클럽의 규정도 있고 하니……" 하며 회장은 갑자기 그의 앞머리를 쥐고서 힘껏 잡아당겼다. 윌슨은 자기도 모르게 "아얏!" 하고 외쳤다. 머리카락이 모조리 뽑힌 것 같은 고통이었다.

"하하, 눈물이 다 나왔군요."

회장은 만족스러운 듯이 빙그레 웃었다.

"윌슨 씨, 용서해 주시오. 실은 응모자 가운데 교활한 친구들이 붉은 머리 가발을 쓰고 오기도 하지요. 그래서 잠시 확인해본 것뿐입니다. 정말 실례가 많았습니다."

회장은 공손하게 사과를 하고 뚜벅뚜벅 창가로 가서 밖을 향해 외쳤다.

"여러분! 방금 합격자가 결정됐습니다. 나머지 분들은 모두 돌아가 주십시오."

그러자 밖에서는 잠시 동안 떠들썩한 소리가 들렸으나 얼마쯤 지나자 이내 조용해졌다. 방안에는 이제 붉은 머리 회장과 윌슨, 그리고 스폴딩 이렇게 세 사람만 남아 있었다. 회장은 윌슨을 향해 빙그레 웃으면서 다정하게 말했다.

"윌슨 씨, 당신이 우리 〈붉은 머리 클럽〉의 새 회원이 된 것을 진심으로 축하합니다. 그런데 실례지만 당신에겐 부인이 있나요?"

"아닙니다. 아내도 자식도 없습니다."

그러자 회장은 곧 얼굴빛이 흐려지며 "아니 혼자이십니까? 이거 참 곤란하게 되었군요. 〈붉은 머리 클럽〉의 회원은 아내가 있는 남자라야 한다는 규정이 있는데……"라고 말했다.

순간 윌슨은 가슴이 덜컥 내려앉는 것 같았다. 모처럼 일이 순조롭게 되는 줄 알아 기뻐했다. 그런데 막판에 와서 그만 일 년 200파운드의 꿈이 와르르 무너지고 만 것이다. 그는 무엇이라고 말할 기력도 없을 만큼 풀이 죽어 버렸다.

한동안 생각에 잠겨 있던 던컨 회장은 얼마 뒤 한숨을 내쉬며 말했다.

"할 수 없군요. 독신자는 절대로 회원이 될 자격이 없다는 규정이 있지만 당신과 같이 훌륭한 붉은 머리를 가진 분을 잃는다는 것은 우리로서 매우 유감입니다. 좋소,

특별히 봐 드리지요. 입회를 허락하겠습니다. 그런데 윌슨 씨! 그럼 내일부터 당장 일을 착수해야 합니다."

"그 일이란 것이 어떤 것입니까?"

"뭐 간단한 것입니다. 백과사전에 씌어 있는 글들을 다른 종이에 베끼면 됩니다. 저쪽 책장 안에 있는 대영백과사전 제 1권이 있습니다. 당신은 집에서 종이와 펜만 가져오면 됩니다. 근무 시간은 오전 열 시부터 두 시까지입니다."

"그건 곤란하군요. 실은 제가 전당포를 하고 있기 때문에 가게를 비우고 나와 있을 수가 없습니다."

"클럽의 회원은 오전 10시부터 오후 2시까지는 이 사무실에 있지 않으면 안 되는 규정이 있습니다. 만일 당신이 이 방을 떠나면 자연히 회원 자격은 없어집니다. 명심하세요. 그대신 당신이 규칙을 제대로 지켜 주신다면 토요일마다 틀림없이 4파운드씩 드리는 것을 보장하겠습니다."

윌슨은 그 말을 듣고 생각에 잠겼다. 그러자 옆에 있던 스폴딩이, "주인님! 가게를 비우는 동안 제가 가게 일을 보지요. 뭐 조금도 걱정하실 것 없습니다. 게다가 낮엔 거의 손님이 없으니까 저 혼자서도 해낼 수 있을 겁니다."라고 말했다.

월슨은 그 말에 찌푸렸던 얼굴을 펴며 고개를 끄덕였다. 사실 전당포에서 바쁜 시간은 주로 저녁이었다. 게다가 스폴딩은 자기보다 장사를 잘했다. 월슨은 환한 얼굴로, "잘 알았습니다. 그럼 내일부터 이 사무실로 나오겠습니다."라고 말했다.

월슨과 스폴딩은 매우 기뻐하며 집으로 돌아왔다. 그런데 밤이 되자 월슨은 의심스러운 생각이 떠올랐다. 하루에 겨우 4시간 동안 백과사전 베끼는 일만으로 일주일에 4파운드를 주다니 너무 조건이 좋았다.

다음날 월슨은 종이와 펜, 그리고 잉크를 준비해 가지고 사무실을 찾아 갔다. 그때 회장 딘컨은 미리 나와 그기 출근하기를 기다리고 있었다. 그는 직접 백과사전을 책장에서 꺼내어 베낄 곳을 가르쳐 주었다. 그는 당장 일을 시작했다.

딘컨은 월슨에게 일을 맡기고 어딘가로 나가 버렸다. 그리고 오후 2시가 돼서 그가 퇴근하려 할 때 돌아와 "월슨 씨는 글씨도 잘 쓰고 아주 빠르군요. 일에 안성맞춤인 분입니다." 이렇게 만족한다는 말을 하였다.

월슨은 한동안 열심히 〈붉은 머리 클럽〉사무실에 가서

백과사전 베끼는 일을 했다. 회장은 계속 월슨의 일을 지켜보았다. 그러다 시간이 지나자 그가 드문드문 나타났다. 그래도 매주 토요일만 되면 1파운드짜리 금화 4개를 주었다. 월슨은 만족스러웠다. 전당포 일은 스폴딩이 맡아서 했고 그는 따로 일주일에 4파운드를 벌게 되니 돈을 모으는 재미가 있었다.

그렇게 8주가 지났다. 그동안 월슨 씨는 a항목을 다 베끼고 이제 b부분을 시작할 참이었다.

월슨은 홈즈와 나에게 갑자기 "그런데 끝났습니다."라고 말했다.

홈즈가 "아니? 끝나다니요?"라고 물었다. 그러자 그는 편지 한 장을 내밀었다. 거거에는 다음과 같은 글이 적혀 있었다.

붉은 머리 클럽을 해산함.　　〈1890년 10월 9일〉

홈즈와 내가 무슨 일이냐는 표정으로 월슨을 바라보았다. 그는 이렇게 말했다.

"오늘은 토요일이라 급료를 받는 날인데 제가 사무실

로 가자 자물쇠가 걸려 있었습니다. 아무리 두들겨 보아도 열리지 않았습니다. 그리고 문 위에 한 장의 종이가 핀으로 꽂혀 있더군요. 바로 그 쪽지가 이것입니다."

홈즈와 나는 그 종이를 보고 누가 먼저랄 것도 없이 웃었다. 우리는 한참 배를 쥐고 웃었다. 그러자 윌슨은 갑자기 의자에서 벌떡 일어났다.

"아니 뭐가 그리 우습지요? 남의 불행이 당신들은 행복이요. 당신에게 부탁하지 않겠소. 딴 데로 가보겠소."

"아! 성질이 몹시 급하시네요, 윌슨 씨. 아무튼 이 사건은 확실히 웃긴 점이 많아요. 그러나 윌슨 씨, 당신은 이 종이를 보고 어떤 생각이 드셨는지요?"

"앞이 캄캄해졌습니다. 1년에 200파운드 돈벌이가 갑자기 사라지니 꿈이 산산이 깨져 버렸지요. 나는 어떻게 하면 좋을지 몰라서 건물 주인을 찾아갔지요. 그리고 다짜고짜 〈붉은 머리 클럽〉은 대체 어떻게 되었느냐고 물었습니다. 그런데 놀랍게도 건물 주인은 〈붉은 머리 클럽〉 회장 던컨이란 사람을 전혀 모른다고 하더군요. 나는 '4호실 남자'를 모르냐고 다시 묻자 집주인은 '아 그 4호실!' 그러면서 그는 머리가 붉은 남자는 윌리엄 모리스라는 변호사라고 알려주었습니다. 그래서 내가 어디로 가면 만날 수 있느냐고 물으니 그가 '킹 에드워드 17번지'로 가보라고 했습니다. 그래서 나는 곧장 그곳에 가보았습니다. 그런데 그곳에 가서 보니 의족이나 의수를 만드는 공장이 있을 뿐, 윌리엄 모리스나 던컨 로스라는 이름을 들어 본 적도 없다는 거예요. 그래서 나는 집으로 돌아와 스폴딩과 의논했습니다. 그런데 그는 '사장님, 기다리고 있으면 편지가 올 겁니다.' 라는 말뿐이고 저에게 별 도움이 되지 않았습니다. 그래서 의논할 상대가 없는 상태에서 당신의 소문을 듣고 이렇게 곧장 달려온 것입니다."

홈즈는 생각에 잠긴 표정을 하고 있다가 그의 말이 끝나자 이렇게 말했다.

"그것 참 잘한 일입니다. 그리고 이 사건은 기꺼이 조사해 드리지요. 하지만 윌슨 씨, 분명히 말씀드리지만 이 사건은 당신이 생각하고 계신 것보다 훨씬 무서운 결과를 가져올지 모릅니다. 당신 개인적으로 이 이상한 클럽에 항의할 이유는 없어요. 백과사전 항목에 대해 상세한 지식을 얻은 것도 그렇고, 30파운드 정도 돈을 그동안 번 것도 있으니 결과적으로 당신이 클럽에 손해를 본 것은 없는 셈이지요."

"그야 그렇습니다. 그러나 나는 그들 정체를 밝혀내고

싶어요. 어떤 목적으로 그런 장난을 했는지 알고 싶습니다. 장난치고는 돈이 너무 많이 든 셈이지만······."

"사건을 조사하기 전에 두세 가지 당신에게 묻고 싶은 게 있어요. 스폴딩이라는 젊은이가 당신 가게에 온 것이 언젭니까?"

"그러니까 내가 클럽의 회원이 되기 1개월 전입니다."

"누구의 소개입니까?"

"소개가 아니라 내가 신문에 점원 모집광고를 낸 것을 보고 왔습니다."

"그 사람 혼자 왔나요?"

"아닙니다. 12명쯤 있었지요."

"그런데 왜 스폴딩을 골랐나요?"

"아니, 왜라니요? 스폴딩은 무척 부지런한 젊은이랍니다."

"그 친구는 급료를 반만 받겠다고 했죠?"

"그래요. 급료를 반만 받겠다고 했어요."

"빈센튼 스폴딩은 어떻게 생긴 사나이지요?"

"작지만 아주 단단한 체구이고 나이 서른 살이 좀 넘은것 같은데 얼굴에 수염이 없습니다. 이마에는 화상 입은 흉터가 있습니다."

홈즈는 흥분한 듯 의자를 고쳐 앉았다.

"내 그럴 줄 알았습니다. 그 사람 전당포에 있겠지요?"

"물론입니다."

"당신이 여기 온 걸 알고 있나요?"

"아니, 모릅니다."

"그래요, 잘됐군요. 앞으로도 비밀로 해 두십시오. 윌슨 씨, 오늘이 마침 토요일이니 월요일 아침까지는 해결해 드리지요. 오늘은 이만 돌아가시지요."

"잘 좀 부탁드립니다."

윌슨이 사라지자 홈즈는 혼자 빙그레 웃었다.

"이봐, 왓슨! 자넨 〈붉은 머리 클럽〉에 대해 어떻게 생각하나?"

"글세, 뭐라고 할까? 정말 이상한 사건이야."

"일반적으로 사건이 이상한 것일수록 그 내용은 단순하지. 평범한 얼굴이 더 기억하기 어렵다는 것처럼 평범한 사건이 오히려 까다로운 법이거든. 이 사건은 빨리 처리하지 않으면 안 되네."

"어떻게 처리할 건데."

"담배 피울 시간은 좀 주게. 50분 정도는 말을 걸지 말게."

홈즈는 의자 위에서 몸을 구부려 앙상한 무릎을 매부리코 앞까지 들어 올리고 검은 사기 파이프를 부리 같은 입에다 물고 눈을 감았다. 그리고 오랫동안 있었다. 나는 홈즈가 잠든 줄 알았다. 그런데 문제가 풀린 듯 의자에서 일어나 독수리처럼 눈을 번뜩이며, "됐어. 자! 왓슨! 나를 따라오게."하며 밖을 나섰다.

"아니 어디로 가는 건가?"

"먼저 윌슨의 전당포를 먼저 보러 가야겠어. 자, 어서 모자를 쓰고 나를 따라오게. 이제 행동 개시야."

우리는 코바아크 거리까지 지하철로 갔다가 걸어서 윌슨의 전당포가 있는 코바아크 광장으로 갔다. 그곳은 큰 거리 뒤쪽에 있는 쓸쓸하고 지저분한 골목으로 잿빛으로 그을린 벽돌집들이 늘어서 있었다. 그 골목을 얼마쯤 들어서자, 도금한 공을 3개 단 전당포 표지가 모퉁이에 보였다. 전당포 주위에서 홈즈는 주변 집들을 날카롭게 훑어보고 있었다. 그러다가 갑자기 무슨 생각이 들었는지 발밑의 포장도로 돌들을 지팡이로 두세 번 두들겼다. 그리고 문으로 다가가 노크를 했다. 그러자 갑자기 문이 열리면서 면도를 말끔히 한 퍽 민첩한 젊은이가 나타났다.

"어서 오십시오."

젊은이가 반갑게 인사를 했다.

"저 다름이 아니라 스트랜드 거리로 가는 길을 좀 알고 싶습니다."

그러자 젊은이는 친절하게 알려주었다.

홈즈는 젊은이가 알려준 거리를 가면서 나에게 이렇게 말했다.

"런던에서 나만큼이나 민첩한 젊은이지. 그런데 틀림없이 윌슨의 종업원은 〈붉은 머리 클럽〉과 관련 있는 인물이야. 아까 일부러 길을 물어본 것은 놈의 얼굴을 확인하고 싶어서였지."

"자넨 그 젊은이에게 뭔가 발견했나 보군."

"그래, 무릎께 바지를 봤지."

"바지가 어때서. 바지에 뭐가 묻어 있었나?"

"왓슨! 지금 우린 적진에 들어온 거야. 꾸물거릴 시간이 없어. 다음은 큰 거리를 좀 탐색해 보자."

두 사람은 모퉁이를 돌아 큰 거리로 나왔다. 그곳은 런던 서북부에서 중심가로 통하는 번화한 거리였다. 거리에는 수많은 사람들이 바쁘게 걷고 있었다. 뒷골목 그 우중충한 거리와 맞대고 있다는 것이 믿겨지지 않을 만큼 호화로웠다.

"자, 이 거리의 건물 배치를 잘 기억해 두게. 런던에 대해 정확한 지식을 갖는 것이 내 취미야. 어디보자, 모티머 상점, 담배 가게, 신문 판매소, 도시교외은행 코부르크 지점, 레스토랑, 맥파렌 마차 제조 창고라, 이것으로 이 구획은 끝나고 다음으로 이어지는군. 자! 왓슨, 우리 일이 끝났으니 이제 기분이나 풀러 가자고. 샌드위치에다 커피 한 잔 하자. 바이올린의 나라로 가는 거야. 그곳에는 섬세함과 감미로움의 조화가 있어. 붉은 머리 손님에게 붙들려서 이상한 질문에 시달림 당한 것을 좀 풀어야 하지 않나."

홈즈는 열렬한 음악 애호가다. 그 자신이 능숙한 연주 솜씨를 가지고 있을 뿐아니라 뛰어난 작곡가이기도 하다. 그날 오후 내내 그는 맨 앞에 앉아 지극히 행복한 모습으로 음악회에 있었다. 우리는 음악감상을 하고 밖으로나왔다.

"왓슨! 나는 어디 잠깐 들렀다 가야 하니 자네 먼저 들어가게. 나는 지금부터 함정을 파야겠어."

홈즈가 외투 깃을 세우면서 말했다.

"뭐, 함정을?"

"응, 어마어마한 범죄를 꾸미는 놈이야. 놈은 만만치 않은 상대야. 왓슨, 자네 오늘밤 시간 있나?"

"밤엔 늘 시간이 있지."

"그럼 10시에 우리 집으로 와 주게. 좀 위험할지 모르니 권총을 갖고 말일세."

홈즈는 그렇게 말하고 손을 흔들며 인파 속으로 사라졌다. 나는 자신의 머리가 다른 사람에 비해 그다지 나쁘다고 생각하지 않지만 홈즈와 함께 있으면 바보가 된 것 같은 생각이 든다. 이번 사건도 홈즈와 똑같이 듣고 보고 했지만 나는 전혀 사건의 실마리를 잡지 못했다. 그런데 벌써 홈즈는 내가 알아내지 못한 무엇인가를 발견하여 그 대책을 세우고 있는 것이다.

"도대체 어떤 일이 벌어지려는 것일까?"

홈즈의 말투로 미루어 보면 저 스폴딩이라는 전당포 점원에게 무슨 혐의가 있는 모양이었다. 그 사나이는 무슨 일을 꾸밀까? 홈즈는 나에게 오늘밤 10시에 권총을 가지고 오라 했다. 도대체 무슨일이 일어나는 것일까?

그날 밤 9시 15분에 집을 나선 나는 홈즈 말대로 권총을 소지하고 있었다. 홈즈 집 앞에는 두 대의 마차가 서있었다. 나는 이층에 있는 홈즈 방으로 들어갔다. 마침 손님이 두 사람 와 있었다. 한 사람은 낯익은 경시청의 피터 존스였고, 또 한 사람은 마른 몸에 키가 크며 침울한 얼굴을 한 남자였다. 그는 반짝거리는 실크 모자를 들고 역겨울 정도로 고급스러운 프록코트를 입고 있었다.

"아! 이제 다모였군. 왓슨! 경시청의 존스를 알지. 이분은 메리 웨더 씨, 밤의 모험에 참가하시겠다고 나선 분이네."

홈즈는 재킷 단추를 채우고 선반에서 수렵용 채찍을 내리면서 말했다.

"왓슨 씨, 서로 힘을 모아 잘해 봅시다."

존스가 좀 거만하게 말했다.

"홈즈는 짐승들을 몰아가는 솜씨가 뛰어나죠. 남은 일은 잘 훈련된 개가 꼼짝 못하는 짐승을 물어 오듯 조수 노릇만 하면 됩니다."

웨더는 약간 고개를 숙여 보였을 뿐, 아무 말도 하지 않았다.

"잡아 보니 기러기 한 마리였다는 결과나 되지 않았으면 좋겠군요."

메리 웨더가 무뚝뚝하게 말했다.

"안심하고 홈즈 씨를 믿어도 좋습니다. 이분에게는 남이 생각하지 못하는 독특한 방법이 있습니다. 양해를 구하고 말씀드린다면, 홈즈 씨는 다소 이론적이어서 공상에 쏠리는 면이 좀 있기는 하지만, 훌륭한 재능을 가진 탐정인 것만은 틀림없습니다."

존스 경감이 붉은 얼굴을 붉히며 말했다.

"당신이 그렇게 말씀하시니 틀림없을 것 같기도 하군요. 그렇지만 홈즈 씨, 오늘밤 나는 카드놀이를 못하고 왔습니다. 솔직히 말씀드리면 내게는 카드놀이가 더 흥미있어요. 지난 27년 동안 토요일 밤에 카드놀이를 하지 않은 적이 한 번도 없었으니까요."

그말에 홈즈가 웃었다.

"이거 미안하게 됐습니다. 그러나 오늘 밤 모험은 카드놀이보다 훨씬 재미있고 보람 있는 승부가 될 것입니다. 당신에게는 60만 프랑을 빼앗기느냐 찾느냐 하는 큰 승부요. 존스 씨에게는 온 런던에 이름이 알려진 흉악범을 잡느냐 놓치느냐 하는 승부이지요."

"그렇습니다."

존스 경감이 맞장구쳤다.

"존 클레이라는 악당은 유명한 위조 화폐 제조범이고

살인강도랍니다. 그런데 어울리지 않게 그의 할아버지가 공작이고 그도 귀족학교에서 교육을 받았다는군요. 얼핏 보기에는 얌전한 청년 같지만, 나쁜 일을 저지르는 데는 참으로 뛰어난 솜씨를 보이고 있답니다. 그는 언제나 돌아다닌 흔적만 남아 있고 거처도 묘연하지요. 이번 주에 스코틀랜드에서 강도질을 했는가 하면, 다음 주에는 콘월에서 고아원 건립을 한답시고 돈을 모으고 있죠. 나는 전부터 어떻게든 놈을 붙잡으려고 노리고 있었지요. 그런데 언제나 한 발 못 미쳐 놓쳐 버렸기 때문에 아직도 놈의 얼굴을 본 적이 없소."

"존스 씨, 오늘밤에 놈을 소개받도록 합시다. 자 이제 곧 10시가 됩니다. 출발합시다. 웨더 씨와 존스 씨는 앞마차를 타주시지요. 나하고 왓슨은 뒤에 있는 마차에 타겠습니다.

홈즈는 마차에 타자마자 내게 물었다.

"왓슨, 권총은 가지고 왔나?"

"물론이지."

"내 생각엔 오늘밤 나타날 놈들의 수는 2명 아니면 3명이 될 것 같아. 그렇지만 존스 경감이 있으니까 놈들을 놓치지는 않을 거야. 존스 씨는 탐정의 일을 하는 데는 뒤

떨어지지만, 그 대신 불도그처럼 용감해. 한 번 문 것은 절대로 놓치지 않아. 그런 사나이가 경시청에 있다는 것은 다행이지. 아! 이야기하는 동안 벌써 도착했군."

마차가 멈춘 곳은 낮에 본 그 번화한 거리의 은행 앞이었다. 이웃의 상점들에는 아직도 불이 켜져 휘황하게 빛나고 있었고, 낮과 마찬가지로 거리는 여전히 사람들로 북적거렸다. 웨더는 우리들을 은행 옆의 좁고 어두운 골목으로 데리고 갔다. 그 골목은 비스듬히 경사가 져 있었는데 막 다른 곳에 튼튼한 철문이 있었다. 웨더는 손전등을 켜 문을 연 뒤, 우리를 건물 안으로 끌어들였다. 일행이 철문 안으로 들어서자, 웨더는 다시 자물쇠를 채워 버렸다.

돌계단을 대여섯 개 내려가자 두 번째 튼튼한 철문이 있었다. 다시 세 번째 철문이 있었다. 웨더는 세 번째 철문을 열고 마침내 우리를 네모난 굴 같은 방으로 데리고 갔다. 그곳은 천장도 바닥도 사방 벽도 모조리 막힌 텅빈 창고였고, 참나무로 만든 튼튼한 상자가 한 구석에 15,6개 쌓여 있었다. 홈즈는 웨더에게 손전등을 빌려 천장을 비추어 보았다.

"위쪽은 안전하군요."

"아니, 위쪽뿐이 아니지요. 아래쪽도 절대로 안전합니다. 보시다시피 돌을 깔아 놓았으니까요."

웨더는 이렇게 말하면서 보란 듯이 구두 뒤축으로 쿵쿵 바닥을 굴렀다. 그러다가 갑자기 외쳤다.

"아니, 이상한데? 뭔가 이상해!"

"쉿!"

홈즈가 그의 말을 막았다.

"조용히 하지 않으면 안 됩니다. 당신 때문에 하마터면 우리들의 계획이 산산 조각날 뻔했습니다. 방해가 되지 않도록 제발 저 상자 위에 조용히 앉아 계십시오."

웨더는 시무룩한 표정으로 한 구석 참나무 상자에 걸터앉았다. 홈즈는 호주머니에서 확대경을 꺼내 바닥에 깔린 돌과 돌의 이음새를 주의 깊게 조사하였다.

그는 만족한 표정을 지으며 말했다.

"놈들이 오기까진 아직 1시간쯤 남았소. 저 붉은 머리 전당포 주인이 잠들기 전에는 아무리 나쁜 놈들이라고 해도 손을 쓸 수가 없을 테니까 말이오. 그렇지만 일단 잠든 것을 알면 촌각을 다툴 것이오. 일단 빨리 하면 할수록 도망치는 시간이 많아지니까. 왓슨 자네도 잘 알겠지만 우린 지금 런던 일류 은행의 지하실에 있어. 악당들이 왜 이

지하실을 노리는지 그 까닭은 지점장인 웨더 씨가 말해
줄 거네.”

“놈들이 이 지하실에 있는 금화를 노리고 있답니다.”

웨더가 조용히 속삭였다.

“예! 금화를?”

“그래요. 프랑스 금화로 60만 프랑이 이 16개 참나무
상자에 가득 채워져 있습니다. 내가 지금 앉아 있는 이 상
자에도 4만 프랑쯤 들어 있습니다. 우리 은행에서는 자금
을 늘릴 필요가 있어 요즘 프랑스 은행으로부터 60만 프
랑을 빌려 왔습니다. 그런데 그 사실을 알고 이것을 노리
는 자들이 생겼습니다. 그런데……”

홈즈가 말했다.

“이제 1시간 못되어 큰 소동이 일어날 거요. 그럼 우리
도 슬슬 준비를 시작해 볼까요? 웨더 씨, 그 손전등에 덮
개를 씌워 주십시오.”

“아니, 그럼 캄캄한 어둠 속에서 기다립니까?”

“하는 수 없습니다. 나는 호주머니에 카드 한 짝 넣어
왔습니다. 놈들을 기다릴 동안 좋아하는 카드놀이를 하려
고 합니다. 그런데 뜻밖에 놈들이 너무 일찍 일에 손을 댔
군요. 그래서 불을 켜두는 것은 위험합니다. 더구나 상대

는 대담무쌍한 놈들이라, 무슨 일을 저지를지 모릅니다. 미리 준비를 해 두었다가, 바로 그 순간 일제히 달려들어야 합니다. 존스 씨, 당신은 그 상자 뒤에 숨어 있으시오. 내가 불을 비추면 당장 달려들어야 합니다. 그리고 왓슨! 만일 저쪽이 총을 쏘면, 자네도 주저하지 말고 총을 쏘게."

나는 홈즈가 시키는 대로 상자 뒤에 숨어 언제라도 총을 쏠 수 있게 권총의 안전장치를 풀어 놓았다. 손전등 덮개를 씌우자, 주위는 캄캄해졌다. 나는 일찍 이런 어둠을 경험한 적이 없었다. 아무리 눈을 크게 떠도 장님이나 같았다. 더구나 축축한 공기 때문에 기분이 좋지 않았으며, 오래지 않아 숨쉬기도 곤란해졌다.

어둠 속에서 홈즈의 속삭이는 소리가 들려왔다.

"놈들이 달아날 수 있는 길은 오직 하나뿐이오. 놈들은 저 붉은 머리 월슨의 전당포 입구로 달아날 수밖에 없을 거요. 경감! 한 사람에 순경 둘을 붙여요. 전당포 입구에 배치해 두어야 합니다."

"아, 벌써 경사와 순경 둘을 잠복시켜 놓았소."

"그럼 구멍은 완전히 틀어막은 셈이군. 이제 조용히 기다립시다."

정말로 길었다. 나중에 홈즈와 이야기를 해보고 알았지만 그때 흘러간 시간은 한 시간이었지만, 나에게는 밤이 지나고 아침 해가 뜰 시간이 흐른 것처럼 느리게 시간이 지났다. 신경은 극도로 긴장하고 청각은 아주 날카로운 상태, 네 사람의 조용한 숨소리가 들릴 뿐이었다.

내가 숨어 있는 곳은 상자 너머로 지하실 바닥과 직선을 이루고 있었다. 잠시 뒤에 불빛이 돌바닥 사이에서 비쳤다. 그것은 도깨비불같이 반짝거리는 정도였다. 나는 숨을 죽이고 그 불빛을 지켜보았다. 순간, 돌바닥의 한덩이가 들어올려지고 램프불의 누런빛이 흘러 나왔다. 그 불빛 속에서 여자 같은 손이 하나 쑥 나타났다. 그 손은 마치 문어의 발처럼 기분 나쁘게 돌이 깔린 바닥을 더듬거리고 있었다. 이윽고 사람 얼굴 하나가 나타났다. 단정하게 수염을 깎은 스폴딩이란 인물이었다. 날카로운 눈으로 사방을 두리번거리던 스폴딩을 보고 나는 침을 꿀꺽 삼켰다. 그러나 아직 홈즈 쪽에서는 아무 소리가 들려오지 않았다.

"이상 없어. 아치, 어서 올라와."

이윽고 스폴딩의 손에 이끌려 올라온 사나이는 얼굴은 하양고 머리는 타는 듯이 붉은 머리였다.

"아치! 자루와 끌은 가져왔지?"

"응."

"이리 줘."

아치가 내미는 자루와 끌을 받으려던 스폴딩은 "앗! 아치 어서 들어가! 빨리 들어가지 않으면 교수형이야."하고 소리 쳤다. 홈즈가 나는 듯이 달려들어, 스폴딩의 목덜미를 잡은 것이다. 아치라는 사나이는 허둥지둥 다시 구덩이 속으로 뛰어들었다. 그 순간 대기하고 있던 존스 경감이 그의 한쪽 팔을 붙들었다. 그러나 옷이 찢어지는 소리와 함께 아치는 그대로 몸을 빼 구덩이 속으로 자취를 감추었다. 그때 홈즈에게 붙들린 스폴딩의 손에서 권총이 빛났다.

"앗! 홈즈 위험해."

나는 재빨리 권총을 겨누었다. 하지만 그보다 먼저 홈즈의 채찍이 날았다.

"헛수고야. 존 클레이. 이젠 도망갈 구멍이 없어."

홈즈가 온화한 목소리로 말했다.

"그런 것 같군. 그러나 내 동료는 도망친 것 같은데, 코트 조각만 남기고 말이야."

상대는 아주 침착하게 말했다.

"세 사람이 문 밖에서 기다리고 있지."

"오. 꽤 치밀하게 손을 쓴 것 같군. 대단하군."

"우리야말로 자네에게 감탄하고 있다네."

홈즈가 말했다.

"자네의 붉은 머리 클럽은 기발하고 효과적인 착상이었어."

"같은 패거리도 곧 만나게 될 거야."

존스는 수갑을 찰칵거리며 말했다.

"자, 손 내밀어."

"존스 씨! 제발 그 더러운 손으로 내 몸을 만지지 말아요."

수갑을 차면서 존 클레이는 기분이 나쁘다는 듯 이맛살을 찌푸렸다.

"경감, 자네가 모르는 것도 무리는 아니지만 내 몸에는 공작의 피가 흐르고 있어. 그러니까 내게 무슨 말을 할 때는 꼭 공손한 존칭을 붙여주게."

"알겠습니다. 공작 전하! 대단히 송구스럽지만 아무쪼록 위로 올라가 주시면 좋겠습니다. 거기서 마차로 전하를 경시청까지 안내해 드리겠습니다."

"됐어. 그럼."

존 클레이는 우아한 몸짓으로 우리 세 사람에게 가볍게 인사를 하고는 존스 경감에게 한쪽 팔을 잡힌 채 유유히 계단을 올라갔다. 웨더가 성큼 홈즈 옆으로 다가가며 말했다.

"홈즈 씨, 감사합니다. 당신의 도움이 아니었더라면, 우리 교외 은행은 돌이킬 수 없는 타격을 받을 뻔 했습니다."

"사례는 필요 없습니다."

홈즈는 고개를 저었다.

"이렇게 재미있는 사건은 흔하지 않거든요. 오히려 내가 당신에게 인사를 드리고 싶을 정돕니다. 어쨌든 이로써 런던의 악한이 하나 줄어들어서 시민들도 얼마쯤 편안하게 잠잘 수 있게 됐습니다. 자 우리도 이제 밖으로 나갑시다."

그날 날이 새기 전에 베이커 거리의 집으로 돌아온 홈즈는 나에게 위스키 소다수를 권하면서 말했다.

"이봐, 왓슨! 저 존 클레이라는 사나이는 악당임에는 틀림없지만 참으로 멋진 상상력을 가지고 있어. 붉은 머리 클럽은 시시한 소설가 따위로는 감히 생각지도 못할 걸작이야.”

“대체 어디서 그런 꾀를 생각해 냈을까?”

“전당포 주인의 머리가 붉은 색깔인 것을 보고 생각해 낸 연극인 것 같아. 자! 그럼 그동안 내가 추리해 온 경과를 들어 보게.”

홈즈는 차분히 이야기를 시작했다.

“자! 은행의 지하실에 60만 프랑의 금화가 들어왔다. 이것을 훔쳐내려면 어떻게 해야 좋을까. 은행의 내부에 숨어들기는 거의 불가능하다. 아무래도 은행의 지하실까지 땅굴을 팔 수밖에 없다. 그래서 존 클레이는 ‘어디서 땅굴을 팔까’ 하고 생각하다가 은행 부근을 돌아다녔지. 그때 은행 뒤쪽에 월슨의 전당포가 눈에 띈 거야. 거기서 부터 땅굴을 파면 쉬우리라 생각했지. 그렇지만 전당포 주인에게 ‘댁의 지하실에 땅굴을 파게 해주시오.’ 라고 한다면 당연 안 될 일이지. 그런데 존 클레이는 전당포 주인 월슨의 머리가 빨갛다는 것과 자기 짝 아치도 역시 붉은 머리인 것을 알고 멋진 아이디어가 생각난 거야. 〈붉은 머리 클럽〉이란 것을 하기로 한 거지. 우선 스폴딩이란 이름으로 전당포 점원으로 취직한 뒤 주인의 신용을 얻은 다음 〈붉은 머리 클럽〉회원 모집 광고를 냈어. 그리고 하루 겨우 4시간 백과사전 베끼는 일을 시키고 4파운드를 주겠다고 하니 월슨은 달려든 것이고 그가 일을 하는 동안 전당포의 지하실에서 땅굴을 판거야."

"홈즈! 자넨 어떻게 그런 상상을 했나?"

"어제 아침 자네랑 그 전당포 앞으로 가 본거야. 그때 자네는 내가 지팡이 끝으로 도로 위 돌을 두들기는 것을 이상하게 생각했지? 나는 그 소리로 전당포 앞으로는 땅굴이 뚫리고 있지 않았음을 알게 되었지."

"그래서. 난 먼저 전당포 문을 두드렸지. 나타난 것은 존 클레이였어. 나는 녀석의 얼굴을 보는 대신 무릎을 보았지. 바지에 무엇이 묻었을까? 나는 오랫동안 땅에 꿇어 앉아 굴을 판 혼적을 확인했지. 그런 다음 전당포 뒷길에 '도시교외 은행' 건물이 있다는 것을 알았지. 만약 그가 땅굴을 파고 있다면 틀림없이 저 은행 지하실을 노린다고 판단한 거야. 나는 음악회에서 돌아오는 길에 경시청과 지점장인 웨더 씨 집에 들렀지. 그리고 자네도 알다시피 저 캄캄한 지하실에 잠복했던 거야."

"그런데 또 한 가지. 놈들이 어젯밤에 일을 할 것이란 것을 어떻게 알았지?"

"〈붉은 머리 클럽〉이 해산된 게 바로 어제 아침이야.

이것이 곧 땅굴 공사가 완성되었다는 것을 뜻하지. 이제 붉은 머리의 전당포 주인을 밖으로 끌어낼 필요가 없어진 거야. 땅굴이 완성되면 빨리 금화를 훔쳐내야 하지. 우물 쭈물 하다가는 땅굴이 발견될지도 모르니까 말이야. 그리고 또 한가지, 어제는 토요일이었어. 은행의 돈을 훔쳐 내는 데는 토요일 밤이 제일 좋지. 적어도 월요일 아침까지 발각되지 않을 테니까 말이야. 그래서 나는 오늘밤 놈들이 올 거라고 생각한 거지."

Sherlock Holmes

Chapter
04

보스콤 계곡의
비밀

보스콤 계곡의 비밀

6월 어느날 아침, 나는 아내와 마주 앉아 식사를 하고 있었다. 그런데 가정부가 전보를 가지고 들어왔다. 셜록 홈즈가 보낸 것이다.

왓슨, 이틀 정도 여유가 있나? 보스콤 계곡 사건을 조사 하려고 떠나려 하는데, 자네가 동행해 주었으면 좋겠네. 그곳은 경치도 좋고 공기도 좋다네. 오전 11시 15분, 패딩 턴 역에서 출발하는 열차를 탈 예정일세.

옆에서 함께 들여다보던 아내는 내 표정을 살피면서,

"당신 가고 싶어서 좀이 쑤시죠?"하고 말했다.

나는 속마음이 들킨 것 같아 쑥스러운 표정을 지으며 이렇게 말했다.

"글세, 어떻게 하지? 너무 오래 환자를 돌보지 않을 수 없고……"

"염려 마세요. 환자는 앤스트루더 씨에게 맡기면 되거든요. 그분은 솜씨가 좋은 분입니다. 그리고 요즘 당신 얼굴이 너무 좋지 않으니 여행이라도 하는 게 좋겠어요. 게다가 당신은 셜록 홈즈 씨의 일이라면 언제나 흥미를 갖고 있었잖아요."

"그럼 가 볼까?"

나는 그렇게 말하면서 벌써 여행용 가방을 꺼내고 있었다. 그리고 30분 뒤 나는 집을 나와 패딩턴 역까지 가는 마차를 부르고 있었다. 홈즈는 벌써 와서 긴 플랫폼을 왔다갔다하고 있었다. 늘 쓰는 뾰족한 모자에 긴 여행용 외투를 입은 홈즈는 더욱 껑충하고 여위어 보였다. 홈즈는 성큼성큼 내게로 다가와서 반가워했다.

"왓슨, 잘 와 주었네. 자네가 곁에 있어 주기만 해도 나의 추리 능력은 배로 늘어나거든. 촌뜨기 조수를 상대하고 있으면, 짜증만 난단 말이야."

우리는 곧 열차에 올랐다. 붐비는 시간이 아니었으므로 손님이 몇 명 안 되었다. 오래간만에 만났는데도 홈즈는 나를 생각하지 않고 여러 신문들을 읽기 시작했다. 그는 늘 이런 식이었지만 나는 그런 그에게 서운한 마음을 갖지 않았다. 나는 홈즈 옆에서 차창 밖의 경치를 바라보고 있었다. 홈즈는 열차가 레딩을 막 지날 무렵 읽던 신문을 둘둘 말아 선반 위로 던지고 이렇게 말했다.

"왓슨, 보스콤 계곡 사건에 대해 뭔가 예비지식을 가지고 있나?"

"아니, 전혀. 지난 며칠 동안 바빠서 신문 볼 틈도 없었네."

"그래? 그게 오히려 나행이군. 잘못된 예비지식 따윈 없는 편이 차라리 나으니까 말이야. 신문 기사로 보면, 이번 사건은 단순하기 짝이 없어."

"그럼 자네가 나설 일이 없잖아."

"아니. 이건 내 체험인데. 단순해 보이는 사건 일수록 해결하기 힘들거든. 특히 죽은 사람의 아들이 의심을 받고 있으니 말이야."

"그럼 살인사건인가?"

"음. 그럼 내가 간단히 사건 줄거리를 이야기해 주지.

보스콤 골짜기는 헤리포드셔의 로스 지방에서 그리 멀지 않은 교외에 있어. 그 지방에서 존 터너는 가장 큰 부자야. 그는 오스트레일리아에서 많은 재산을 모았지. 그는 몇개의 농장을 갖고 있었는데 그 가운데 하더리 농장을 찰스 매카시라는 사람에게 맡겼지. 그 사람은 오스트레일리아에서 서로 알던 사이로 아주 친했어. 주위에서 볼 때 두 사람은 지주와 소작인 사이가 아니라 서로 도움을 주고 받는 친한 친구로 보였다는 거야. 찰스 매카시에게 열여덟 살된 아들이 있었고 존 터너에게는 같은 또래 딸이 있었지. 그리고 지난 6월 3일, 오후 세시경, 매카시는 농장집을 나와 보스콤 연못 쪽으로 갔고 그는 그곳에서 살아 돌아오지 못했어. 그의 마지막 모습을 본 사람은 두 명인데, 한 사람은 노파이고 신문에는 이름이 나오지 않았어. 또 한 사람은 터너가 고용한 윌리엄 크로더야. 두 사람 모두 매카시가 혼자 걷고 있었고 그뒤 약 2,3분 있다 아들 제임스 매카시가 총을 옆에 끼고 아버지를 뒤따라 갔다는 거야. 하더리 농장에서 보스콤 연못까지 거리는 약 400미터. 보스콤 연못은 울창한 숲속이며 늦가라서 키가 큰 수초와 갈대가 우거져 있어 낮에도 어둡고 기분이 나쁜 곳이야. 또 다른 목격자는 윌리엄 크로더의 딸 페이션스 모런인데, 그녀는 그날 사건이 일어날 때 연못 근처에서 꽃을 꺾고 있었는데 그녀가 보기에 매카시 부자가 서로 다투는 것처럼 보였다는 거야. 그리고 말다툼이 격해찰스 매카시가 아들 제임스 매카시에게 팔을 휘둘렀다는 거야. 그 광경이 너무 무서워 페이션스 모런은 예쁜 꽃도 팽개치고 집으로 달려와 그 사실을 부모에게 알렸다는 거야. 그런데 잠시 뒤 제임스 매카시가 그 집으로 달려와 이렇게 소리쳤다는군. "큰일 났어요! 아버지가 늪가에 죽어 있어요. 좀 도와주십시오." 그때 제임스는 엽총도 들고 있지 않았고, 모자도 쓰고 있지 않았다는 거야. 그리고 오른쪽 소맷부리는 선명한 피로 물들어 있었다네. 사람들이 제임스 매카시 뒤를 따라가 보니 언못 기슭의 풀 위에 찰스 매카시가 쓰러져 있었는데 머리를 둔기에 맞은 흔적이 있고 사체 몇 걸음 옆에 제임스의 총이 떨어져 있었다는 거야. 경찰은 곧바로 제임스 매카시를 유력한 용의자로 체포하였고, 사건이 일어난 뒤 이틀 뒤인 6월 5일 재판이 열렸고 아들이 아버지를 살인했다는 판결이 내려진 거야."

홈즈의 이야기를 다 들은 나는 이렇게 말했다.

"아들이 아버지를 죽인 것은 너무 분명한 사실이군.

그런데 자네가 굳이 나설 필요가 있나?"

그러나 홈즈는 조용히 고개를 가로저었다.

"왓슨! 눈에 보이는 증거들이 틀린 경우가 많아. 조금 각도를 달리하면 전혀 다른 결과가 나오지. 모든 자료나 증거가 아들에게 불리해. 아들이 범인일 가능성은 아주 많아. 하지만 나는 현장에 나타난 증거와 똑같이 관계자의 직감도 중요하다고 생각해. 제임스 친구들 대부분이 그가 아버지를 죽였을리 없다는 거야. 그 가운데 존 터너의 딸이 제임스가 범인이 아니라는 사실을 강력히 주장했고 그녀는 그것을 증명하려고 행동을 개시했어. 왓슨, 자넨 브래드스트리트 경감 알지."

"그래. 그 불도그 같은 느낌이 드는 브래드스트리트 경감 말이군."

"터너 양이 경감에게 제임스의 누명을 벗겨 달라고 부탁하였어. 하지만 경감은 제임스에게 불리한 증거가 많이 나오자 나에게 이 사건을 넘긴거야."

"그래서 우리가 이렇게 시속 80킬로미터의 맹렬한 속도로 서쪽으로 달려가고 있는거야."

열차가 목적지에 가까워지자 나는 서서히 불안했다.

"홈즈! 자네가 아무리 노력해도 제임스의 무죄를 증명

하긴 힘들지 않을까? 경시청의 경감조차 손을 들었으
니……"

"왓슨! 나를 브래드스트리트 불도그 경감과 똑같이 취
급하면 곤란해. 다른 사람들이 무심코 놓쳐 버린 사소한
일들에서 나는 해결의 실마리를 잡을 수 있네. 예를 들어
볼까? 나는 자네 집에 한 번도 간 적이 없지만, 자네 침실
에는 창문이 한쪽에만 있다는 것도 알고 있네."

"자네 말이 맞았어! 어떻게 알았지?"

홈즈는 내 얼굴을 가리키면서 웃었습니다.

"자네의 면도 자국을 보고 알았어. 자네는 5월에서 9
월사이에 걸쳐, 날씨가 좋은 날에는 일어나자마자 침실의
창문을 열어젖히고, 수염을 깎는 습관이 있어. 이건 내가
자네와 함께 살았던 적이 있어 알지. 그런데 지금 보니 오
른쪽만 깨끗이 깎였고 왼쪽은 좀 거칠게 깎여 있어. 그 이
유는 오른쪽은 햇빛이 비쳐 잘 보이지만, 왼쪽은 자네 얼
굴이 그늘을 만들어 잘 보이지 않아서 깨끗이 깎을 수가
없었던 거지. 이상과 같은 사실로 침실의 한쪽에만 창문
이 있다는 결론을 얻은거야."

"참으로 대단한 관찰과 추리로군. 이래 가지고야 재채
기도 함부로 못하겠군."

나는 크게 웃었다. 그러나 홈즈는 금방 진지해졌다.

"나는 그 특기를 살려 신문 기사를 되풀이해서 자세히 읽어보았어. 그리고 지금 아들이 살인했다고 하는 것은 무언가 문제가 있다는 것을 알았어."

"뭐? 벌써 단서를 잡았다고?"

"제임스는 살해 현장에 있던 게 아니라 농장에 와서 잡혔어. 그때 잡으러 간 경관이 "너를 아버지 살해 용의자로 체포하겠다."고 말하자 제임스는 각오한 것이 있었는지 한 마디 항의도 하지 않고 순순히 수갑을 찼다는 군. 그 때문에 재판에서도 퍽 불리했다는 거야."

"태도로써 무언의 자백을 한 셈이로군."

"아냐. 나는 그렇게 보지 않아. 그때 제임스가 취한 태도는 걸핏하면 그냥 쉽게 범인을 단정하는 시골 경찰에 대한 항의 표시였어. 그는 판사 앞에서는 아버지를 죽인 일이 없다고 주장한 것이지."

"뜻밖에도 만만치 않은 청년이군."

"난 아직 제임스를 만나 본 적이 없으니까 단정적으로는 말할 수 없지만 아무튼 똑똑한 청년임에 틀림없어. 아버지의 시체를 본 순간에 당황했겠지만 하더리 농장으로 되돌아갔을 때는 어느 정도 냉정을 되찾을 수 있었지. 그리고 아버지와 말다툼을 하고 있는 현장을 소녀가 본 줄은 몰랐을 테지만 자기가 사형대로의 최단 거리에 있다는 것을 깨닫고 있었어. 그러니까 법정에서 철저하게 싸우려고 경관과 상대하지 않았을 거야. 만일 그가 정말로 아버지를 죽였다면 경관이 체포하러 갔을 때, 깜짝 놀란척하기도 하고 일부러 화도 냈을 거야."

"홈즈! 아무리 그래도 그 청년을 사형대에서 구해 내기는 힘들지 않을까? 지금까지 그보다 훨씬 불확실한 증거로도 많은 사람들이 사형대의 이슬로 사라졌으니까 말이야."

"자네 말이 맞아. 그러나 나는 신문에 실려 있는 불운한 청년의 진술을 읽는 순간 어떻게 구해 낼 길이 있을 것 같은 생각이 들었어. 왓슨! 자네도 읽어보게."

홈즈는 조금 전에 선반 위에 던졌던 신문 뭉치 속에서 지방 신문 한 부를 내게 건네 주었다. 평화로운 지방으로서는 큰 사건이므로 크게 다루어져 있었는데, 재판정에서 피해자의 외아들 제임스가 한 증언은 다음과 같았다.

"저는 6월 1일 브리스틀 시에 나가 있다가 6월 3일 월요일 아침에 돌아왔습니다. 하지만 아버지는 계시지 않았습니다. 하녀에게 물어보니 아버지는 마부 존 콥과 로스에

가셨다는 것이었습니다. 그때 마당에서 이륜마차 소리가 들려 창문으로 보니 아버지가 마차에서 내려 빠른 걸음으로 마당을 나가고 있었습니다. 나는 어디로 가는지 몰랐습니다. 나는 보스콤 연못 근처에서 사냥을 하고 싶은 마음에 엽총을 들고 숲속으로 들어갔습니다. 도중에 윌리엄 크로더를 만났습니다. 그때 아버지가 보스콤 늪지로 갔다는 것은 꿈에도 몰랐습니다. 늪지에 약 100미터 가까운 곳에 왔을때, '쿠우이' 라는 소리가 들렸습니다. 그 소리는 아버지가 저를 부를 때 사용하는 신호입니다. 그래서 급히 가보니 아버지가 연못가에 서 있었습니다. 아버지는 나를 보고 대단히 놀라는 것 같았습니다. 그리고 아버지는 내가 당신을 미행한 것이라고 오해하면서 심하게 나무랐습니다. 저는 아버지가 이유 없이 몰래 미행했다고 몰아붙이는 바람에 화가 나서 말다툼이 일어났어요. 원래 성격이 급한 아버지는 주먹을 휘둘렀습니다. 그래서 아버지 곁에 있을 수 없어 서둘러 농장 쪽으로 발길을 돌렸습니다. 그러나 얼마 지나지 않아 소름 끼치는 비명소리가 들렸습니다. 달려갔지요. 이미 아버지는 머리에 큰 상처를 입고 풀 위에 쓰러져 있었는데 상처는 치명적이었습니다. 나는 총을 내던지고 아버지를 안아 일으켰지만 이미 숨져 있었습니다. 나는 정신이 아득해져 잠시 동안 아버지의 시체를 안은 채 멍하니 앉아 있었습니다. 그러나 곧 경비원 모런 씨의 집이 가깝다는 것을 알고 도움을 청하러 뛰어간 것입니다. 아버지는 무뚝뚝한 분이지만 사람들과 사이가 그렇게 나

쓰지는 않았습니다. 그러니 원한을 살분이 아니지요. 내가
알고있는 것은 이게 전부입니다."

그다음 기사는 제임스와 검사와의 문답 내용이다.

> 검사 : 자네 아버지는 죽기 직전에 자네에게 무슨 말을
> 남기지 않았나?
>
> 제임스 : 두세 마디 입 속으로 중얼중얼했습니다. 그러
> 나 '쥐' 라는 말만 겨우 알아들었습니다.
>
> 검사 : 쥐라고? 그게 무슨 뜻인지 알 수 있나?
>
> 제임스 : 전혀 짐작이 가지 않습니다. 헛소리가 아니었
> 을까요?
>
> 검사 : 자네와 아버지는 늪가에서 심한 말다툼을 했다
> 던데 뒤 따라왔다는 이유 외에 다른 이유는 없
> 나?
>
> 제임스 : 그것만은 말씀드릴 수 없습니다. 용서해 주십
> 시오.
>
> 검사 : 만일 말하지 않는다면 자네가 매우 불리해지는
> 데, 그래도 침묵을 지킬 셈인가?
>
> 제임스 : 예! 하는 수 없습니다. 그러나 이것만은 분명히
> 말씀드릴 수 있습니다. 우리 말다툼과 아버지
> 의 죽음과는 전혀 관계가 없습니다.
>
> 검사 : 관계가 있고 없고는 재판관이 결정할 문제야. 쓸

데없는 말은 삼가하게. 그리고 자네는 아버지와
자네 사이에만 통하는 신호를 듣고 늪가로 달려
갔다고 했는데. 사실인가?

제임스 : 예, 그렇습니다.

검사 : 그렇다면 좀 앞뒤가 맞지 않는 걸. 분명히 자네
아버지는 자네가 브리스틀에서 돌아온 것도, 자
네가 뒤에서 늪 쪽으로 오고 있는 줄도 몰랐을
게 아닌가? 그런데 어떻게 '쿠우이!' 라는 소리를
질러 자네를 부르려고 했을까? 이점을 설명해 보
게.

제임스 : (급소를 찔린 듯 당황하며)그, 그건 저도 모르
겠습니다.

배심원의 한 사람 : 비명을 듣고 현장으로 되돌아갔을
때, 쓰러져 있는 아버지의 주위에서
뭔가 수상한 걸 보지 못했나?

제임스 : 왼쪽 풀밭에 웃옷 같은 게 놓여 있었던 것 같
았습니다. 그런데 아버지가 숨을 거두시고 난
후에 다시 보았을 땐 없었습니다.

검사 : 그 옷이 어떤 색깔이었는지 기억하고 있나?

제임스 : 회색이었습니다.

검사 : 그래. 그럼 그옷이 아버지의 몸에서 얼마쯤 떨어
진 곳에 있었나?

제임스 : 10미터쯤 떨어진 곳에 있었습니다. 제가 아버
지를 안아 일으키고 있는 사이에 누군가가 가

져간게 틀림없습니다.

검사 : 10미터라면 상당히 가까운 거리야. 자네가 알아
　　　차리지 못했다는 건 이해할 수 없는데.

제임스 : 저는 그쪽으로 등을 돌리고 있었고, 또 아버지
　　　때문에 정신이 없었습니다.

　나는 두 번이나 신문을 되풀이해서 읽고 홈즈에게 말
했다.

　"이 검사는 꽤 날카로운 머리를 가진 사람인데. 아버
지는 아들이 돌아온 걸 모를 텐데 '쿠우이' 라는 신호를
했을까? 하고 날카롭게 추궁하여 제임스를 궁지에 몰아넣
었어. 이에 대하여 아들 쪽은 아버지가 죽는 순간에 '쥐'
라는 말을 했다는 둥, 회색윗도리가 있었는네 아버지를
안아 일으키는 사이에 없어졌다는 둥, 알 수 없는 말만 하
고 있어. 아무래도 믿을 만한 진술이 못 되는군."

　그러자 홈즈는 빙그레 웃었다.

　"그래. 검사나 자네 상식으로는 그렇게 생각할 거야.
무리는 아냐. 그러나 나는 '쥐' 라는 단어와 '쿠우이' 라는
두 말이 이 사건의 단서라고 생각해. 재미있겠지? 어디 한
번 숨은 진실을 풀어보세. 그러나저러나 너무 시장하군.
뭔가 맛있는 것을 사 먹자고."

우리가 탄 열차는 아름다운 스트라우드 계곡을 지나 6월의 태양 아래를 반짝이며 계속 달렸다. 그리하여 오후 4시가 조금 지나서, 보스콤 골짜기의 작은 도시 로스의 중앙역에 도착했다. 플랫폼에 내려서자 키가 작지만 튼튼한 체격의 사나이가 성큼성큼 다가왔다. 그 사람이 바로 전에부터 알고 지내던 런던 경시청 소속 브래드스트리트 경감이었다. 우리 셋은 함께 마차를 타고 갔다. 경감은 일을 서둘러 진행하기 위해 호텔을 잡았다고 말했다. 홈즈는 경감에게 고맙다는 말을 했다. 호텔은 생각했던 것보다 깨끗했다. 방 안에 들어가 홍차를 시켜 마시고 있으려니까 브래드스트리트 경감이 방문을 두드렸다.

"홈즈! 지금은 일 년 중 가장 해가 긴 계절이야. 더우니까 현장은 내일 보러가지. 이번 사건을 당신은 신문을 보고 꼼꼼히 파악했겠지. 워낙 분명한 사건이라 다른 결론은 없을 거야. 그러나 존 터너의 딸이 조사를 다시 해달라는 청원을 해서 이렇게 부른 거지. 아! 벌써 아가씨 마차가 오는군."

브래드스트리트 경감의 말이 채 끝나기도 전에 아름다운 아가씨가 홈즈가 묵고 있는 호텔 방에 들어왔다.

그녀는 홈즈와 내 얼굴을 번갈아 보면서, "두 분 중에 어느 분이 셜록 홈즈 씨인가요?" 하고 물었다. 그러나 여자의 날카로운 직감으로 곧 알아차렸는지 홈즈 쪽으로 몸을 돌렸다.

"선생님이 홈즈 씨죠? 잘 오셨습니다. 저는 제임스와 어렸을 때부터 사이좋게 지내 왔으므로 그 성격을 누구보다도 잘 알고 있습니다. 그는 아주 부드러운 마음씨를 지니고 있어서, 파리 한 마리 죽일 수 없는 사람입니다. 그런데 제임스가 아버지를 죽이다니, 절대로 있을 수 없는 일입니다. 진범은 반드시 따로 있을 것입니다. 홈즈 씨도 저와 같은 생각이기 때문에 이렇게 일부러 와 주셨겠지요?"

홈즈는 고개를 끄덕였다.

"예, 아가씨. 그럴 가능성이 있다고 생각했기 때문에 가장 믿음직한 조수인 왓슨 박사와 함께 찾아 온 것입니다."

그러자 터너 양은 "그것 보셔요."하며 도전적인 눈으로 브래드스트리트 경감을 쳐다보았다.

"당신은 처음부터 이 지방 경찰이나 검사와 똑같은 의견이었습니다. 그런데 홈즈 씨는 저에게 희망을 주셨습니다. 역시 홈즈 씨는 명탐정이시군요."

브래드스트리트 경감은 어이없다는 표정으로 어깨를 움츠려 보였다.

"홈즈 씨는 단지 위로의 말을 하신 것뿐입니다. 아가씨!"

터너 양은 세차게 고개를 저었다.

"아니, 그렇진 않을 겁니다. 저는 모든걸 알고 있습니다. 제임스가 검사에게 도저히 할 수 없었던 말도, 늪가에서 아버지와 아들이 다투었던 것도 모두 저하고 관계가 있는 일입니다."

"아가씨와 관계가 있다니 그게 무슨 말이죠?"

홈즈가 물었다.

"홈즈 씨에게는 모든 걸 말씀드리겠어요. 사실 제임스는 저와의 결혼 문제로 여러 번 아버지와 말다툼을 했답니다. 이번에도 그 일로 그랬을 겁니다."

"그렇다면 당신들 두 사람은 서로 사랑하고 있었는데 돌아가신 찰스 매카시가 결혼을 승낙하지 않았던 모양이죠?"

홈즈의 질문에 터너 양은 얼굴을 붉히며 세차게 고개를 가로저었다.

"그 반대입니다. 저와 제임스는 남매처럼 사이가 좋았

지만 결혼 같은 것은 꿈에도 생각하지 않았어요. 그런데 2개월쯤 전부터 갑자기 매카시 씨가 우리 두 사람을 억지로 결혼시키려고 하기 시작했어요."

"그래요? 그러면 당신 아버지도 이 결혼에 찬성했습니까?"

"아버지는 절대 반대였어요."

홈즈는 낮게 한숨을 쉬었다.

"으음, 그렇다면 두 사람의 결혼을 찬성한 사람은 매카시 씨 혼자였군요."

"그렇습니다. 그러니까 결혼에 대한 것은 처음부터 무리였습니다."

"예, 잘알았습니다."

홈즈는 어떤 새로운 사실을 캐내려는 듯한 눈초리로 터너 양을 머리끝에서 발끝까지 관찰하더니, "내일쯤 당신 아버지를 뵙고 싶은데, 사정이 어떠신지요?"하고 터너 양에게 물었다.

"아버지께선 지금 병으로 누워 계세요."

"병으로? 그게 언제부터였죠?"

"몇 년 전부터 신경 쇠약으로 고생하셨지만, 누워 계실 정도는 아니었어요, 그런데 이번 사건으로 충격을 받아 결국 자리에 누우셨답니다."

"말을 들으니 아버지는 매카시와 여간 친한 사이가 아니라더군요. 그런데 언제부터 친했는지 알고 계십니까?"

"오스트레일리아에서 함께 금광에 있었다고 들었어요."

"금광 시절부터 친구라! 그건 매우 중요한 일입니다. 터너 씨가 거기서 지금 재산을 모았겠군요?"

"예, 그렇다고 하시더군요."

"고맙소, 많은 참고가 되었습니다."

"그럼, 홈즈 씨. 저는 이만 실례하겠습니다. 아버지의 병은 매우 무겁습니다. 제가 곁을 떠나면 아주 싫어하시기 때문에 곧 돌아가야 합니다. 홈즈 씨, 만일 제임스를 만나시면, 나만은 그가 아무 죄도 없다는 것을 굳게 믿고 있다고 전해 주세요."

터너 양은 몇 번이나 다짐을 하고 올 때와 마찬가지로 바삐 돌아가 버렸다.

마차의 바퀴소리가 들리지 않게 되자, 브래드스트리트 경감은 불만에 찬 얼굴로 말했다.

"홈즈, 나중에 실망을 안겨 줄 게 뻔한 일인데 어째서 그런 위안의 말을 하지? 너무 가혹하지 않은가?"

"아니오, 난 진심으로 말한거요. 미안하지만 제임스를 만날 수 있도록 조치를 좀 취해 주시지요. 아무래도 오늘 밤 안으로 그의 이야기를 들어 두는 것이 좋을 것 같습니다."

그렇게 해서 홈즈와 브래드스트리트 경감은 함께 호텔에서 나갔고 나는 혼자 남았다. 나는 소파에 드러누워 내 나름대로 이번 사건을 생각해 보았다. 아름다운 터너 양의 입을 통해 들어서 그런지 제임스의 무죄가 분명한 듯 보였다. 제임스가 아버지와 헤어지고 100미터쯤 걸어갔을 때 비명이 들렸다. 그래서 급히 돌아가 보니, 아버지는 머리에 치명적인 상처를 입고 쓰러져있었다. '그 상처는 머리 어느 부분에 생겼을까? 상처의 모양은 어떠했을까?' 나는 다시 그 사건에 대해 궁금함을 참지 못하고 호텔에 부탁해서 지방신문들을 가져오게 했다. 사건을 맡은 외과 의사 증언에 의하면 피해자의 왼쪽 정수리 뼈 뒷부분과 후두골 부분을 둔기로 세게 얻어맞았다는 것이었다. 나는 내 머리에 그 부분을 손으로 만져 보면서, 그 위치를 강타하려면 앞쪽에서는 우선 불가능하다는 것을 알았다. 그렇다면 뒤쪽에서 때린 셈이 되니, 아버지와 마주서서 말다툼을 하고 있던 제임스에게는 매우 유리하게 된다.

그러나 만약 이 말을 홈즈에게 한다면, "제임스를 범인으로 단정하는 사람들은 아버지가 돌아섰을 때 그가 죽었다고 말할 걸세."하고 말할 것이다. 그래서 나는 이번에는 저 이상한 헛소리 바로 '쥐(rat)'란 말을 생각해 보았다. 내 의학 상식에 의하면 그처럼 세게 얻어맞고 죽어가는 사람은 보통 헛소리를 하지 않는다. 만약 기력이 조금이라도 남아 있다면 뜻밖에도 분명한 말을 남기고 죽는 경우가 많다.

매카시는 의지가 강한 사나이다. 그가 왜 이런 변을 당했는지 아들에게 알려 주기 위해 분명히 그 말을 했을 것이다. 그러나 나는 빈약한 상상력으로 더 이상 추리해 내지 못했다. 마지막으로 나는 제임스가 보았다던 현장으로부터 고작 10미터 남짓한 곳에 떨어진 회색 윗옷에 대해 생각해 보았다. 그 옷은 제임스가 아버지를 안아 일으키는 순간 연기처럼 사라져버렸다고 한다.

그럼 어떤 자가 그랬을까? 진범이 당황해서 떨어뜨리고 간 모양이다. 그리고 대담하게 제임스가 등을 돌리는 사이 주워 가지고 간 모양이다. 그러나 제임스에게 유리한 상황도 여럿 있다. 홈즈 같으면 그의 누명을 벗겨 줄 수 있을 것이다. 나는 혼자 계속 중얼거리면서 그러고 있었다.

홈즈는 밤이 늦어서야 혼자 호텔로 돌아왔다. 그는 의자에 앉자마자 말했다.

"여전히 고기압이야. 이런 식으로 나간다면, 아마 내일은 비가 오지 않을 거야. 비만 내리지 않으면 살해 현장에서 뭔가 발견해 낼 수 있을지도 몰라."

"홈즈! 자넨 제임스를 만나고 왔잖아?"

"응. 그러나 수확은 없었어. 제임스가 진범을 알고 있으면서 숨겨 주고 있으려니 생각했었는데, 아무래도 정말 모르는 것 같아. 아무튼 제임스는 호감이 가는 청년이야."

"그런데 어떻게 그렇게 아름다운 터너 양과 결혼을 망설였을까? 제임스만 적극적으로 나왔으면 싱립되었을지도 모르겠는데."

"응, 나도 그 점이 이상하다고 느껴 조사해 보았더니 여러 가지 복잡한 사정이 있더군. 제임스는 2년 전에 일이 있어 브리스틀 시에 3개월쯤 머무른 적이 있는데, 그때 술집 여급에게 반해 정식으로 결혼을 했다는군. 이건 물론 아버지에게도 비밀로 했지. 그런 줄을 꿈에도 모르는 아버지는 터너 양과 결혼을 한사코 권했지. 제임스는 터너 양을 마음속으로 사랑하고 있었지만, 그럴 자격이 없었던 거야. 그렇다고 고집불통인 아버지에게 그 사실을 털어놓을 수도 없었지. 그래서 결혼 이야기가 나올 때마다 아버지하고 심하게 말다툼을 했던거지.”

“홈즈! 자넨 하필이면 술집의 여급 따위에게 반했다는 투로 말하는군. 어떻든 그 두 사람은 서로 사랑하고 있었을 게 아냐.”

“그랬었지. 결혼했을 땐 말이지. 그런데 제임스가 살인 혐의로 체포되었다는 소식을 듣자마자 그 여자는 다른 남자에게로 달아나 버렸단 말일세.”

“거참.”

나는 나도 모르게 한숨을 쉬었다.

“만일 제임스가 범인이 아니라면, 도대체 누가 죽였을까?”

“글쎄, 아직은 알 수 없지만, 매카시가 늪가에서 오후 3시에 만나자고 약속했던 인물이 그 열쇠를 쥐고 있어. 그 사람이 아들 제임스가 아니라는 건 확실해. 매카시는 아들이 브리스틀에서 돌아왔다는 걸 몰랐으니 말이야. 그런데 매카시는 아들에게만 하는 말 ‘쿠우이!’ 라는 말을 했어. 이 두 가지가 중요한 사건 실마리야. 아무튼 오늘밤은 일찍 자고 내일 다시 생각해 보세.”

홈즈의 일기예보 대로 다음날은 상쾌한 아침이 기다리고 있었다. 오전 9시 브래드스트리트가 마차로 마중하러 왔으므로 우리는 그것을 타고 보스콤 계곡으로 향했다.

브래드스트리트 경감은 마차가 흔들리는 대로 몸을 맡긴 채, "홈즈, 어젯밤 의사에게서 들은 이야기인데, 터너 양 아버지의 병이 꽤 심각하다는군."하고 말했다.

"나이는 몇 살이나 되었습니까?"

홈즈가 물었다.

"예순 살쯤 되었는데, 오스트레일리아 시절에 무리한 탓인지 실제로는 80살쯤 되어 보인다는 군. 이번 사건이 일어난 후, 몸이 더욱 약해졌어. 아, 중요한 보고를 잊고 있었군. 죽은 매카시 씨는 대지주인 터너 씨에게는 큰 은인 이라더군. 그 은혜에 보답하기 위하여 하더리 농장을 그냥 빌려 주었다더군."

"그래요? 그건 귀가 번쩍 뜨일 소식이군요."

"터너 씨는 그밖에도 여러 가지로 매카시 씨를 돕고 있었어. 옛날 은혜를 잊지 않는 사람이라고, 이웃 간에도 칭찬이 자자하더군."

홈즈는 고개를 갸웃거렸다.

"브래드스트리트 경감님! 미담을 비난하는 것 같아서

안됐지만 좀 이상하다고 생각되지 않습니까? 매카시라는 사람은 거의 빈손으로 오스트레일리아에서 나와 터너씨에게 하나에서 열까지 모조리 신세를 졌소. 게다가 자기 아들을 억지로 터너의 딸과 결혼시키려 하고 있소. 그런데 터너 씨는 처음부터 이 결혼에 절대 반대라고 하니 이상하지요? 반대로 터너 씨 쪽이 우기고 나온다면, 그래도 이해가 되지만……"

그러자 브래트스트리트는, "홈즈! 세상에는 납득이 가지 않는 일이 수두룩하지. 사소한 것까지 파헤치는 것도 나쁘진 않지만, 사건을 해결하는 데 가장 중요한 것은 상식적인 일, 그리고 사실적인 일만 생각해야지. 나는 지금 큰 것을 단단히 잡고 있네." 하고 자신감에 넘친 어조로 말했다.

"그 큰 것이란 게 뭐죠?"

"매카시를 죽인 것이 아들인 제임스인 것은 햇빛같이 분명하며, 이에 반대하는 주장은 달빛처럼 희미하다는 것이지."

홈즈는 빙그레 웃으며 말했다.

"안개 속에 있는 사람은 그 희미한 달빛을 찾아서 헤맨다는 시를 당신은 읽지 못했나 보군요."

얼마 후, 홈즈는 마차가 가는 길 왼쪽을 손으로 가리키며 말했다.

"아, 저게 하더리 농장인가 보군요."

그 넓은 집은 슬레이트 지붕의 이층 건물로 회색 벽에는 커다란 노란 이끼 얼룩이 군데군데 붙어 있었다. 창문이란 창문에는 모두 덧문이 내려져 있었으며, 굴뚝에서는 연기 한 점 피어오르지 않았다. 개도 주인의 죽음을 슬퍼하는지 뜰 한 구석에 쭈그리고 앉아, 낯선 사람을 보고도 짖지 않았다. 우리는 현관으로 갔다. 가정부가 침울한 얼굴로 우리를 맞았다. 홈즈는 곧 매카시 씨가 죽은날 신고 있던 구두를 보여 달라고 했다. 이어 아들 제임스의 구두도 가셔오라고 했다.

홈즈는 두 켤레의 신을 나란히 놓고 여기저기 치수를 재더니, 고개를 끄덕이며 정원으로 나갔다. 그리고는 곧 살해 현장인 보스콤 늪지를 향해 걸음을 옮겼다. 그의 표정은 아까와는 딴판이었다. 눈썹이 치켜 올라가고 두 눈은 차갑게 빛나고 있었다. 지금의 그는 베이커 거리의 하숙집 소파에 앉아 파이프를 문 채 조용히 생각에 잠겨 있던 홈즈와는 전혀 다른 사람 같았다. 베이커 거리의 홈즈밖에 모르는 사람이라면 지금 마주쳐도 알아보지 못하고 그냥 지나쳐 버릴 것처럼 집중해서 걷고 있었다.

나는 브래드스트리트와 함께 뒤를 따랐다. 숲으로 들어감에 따라 축축이 젖어 있었다. 늪이 가까워지는 모양이었다. 홈즈는 가다가 때로는 멈추기도 하고 무언가 냄새를 맡는 개처럼 행동했다. 한 번은 너무 오랫동안 같은 곳에 있어 브래드스트리트는, "왜 이런 곳에서 시간을 보내나?"라고 말하기도 했다.

그러나 홈즈가 아무 까닭 없이 그런 일을 하지 않는다는 것을 잘 알고 있는 나는 잠자코 곁에서 기다렸다. 이윽고 우리 일행이 보스콤 연못에 다 왔을때 그곳은 상상했던 것보다는 훨씬 작았다. 큰 웅덩이 정도라고 할까, 그러나 숲속에 수초와 갈대가 무성해서 괴물이라도 나올 듯하였다. 늪 저쪽으로 숲의 나무보다 높게 솟은 붉은 탑이 보였다.

"저게 터너 씨의 저택이지. 그리고 늪지 이쪽은 매카씨, 건너 쪽은 터너씨의 땅이야."

브래드스트리트 경감이 무슨 자랑거리라도 되는 듯이 말했다. 홈즈는 고개를 끄덕였다. 그리고는 매카시의 시체가 발견된 장소를 알려 달라고 말했다.

브래드스트리트는 갈대가 우거진 늪가로 우리를 안내

했다. 그곳은 깊은 숲이 끊어진 곳에 위치한, 폭이 20미터 쯤 되는 축축한 풀밭이었다.

"시체는 여기 뒹굴고 있었지."

그가 말하지 않아도 현장은 한눈에 알 수 있었다. 풀밭에는 아직도 사람이 쓰러졌던 흔적이 뚜렷이 남아 있었다. 홈즈는 사냥개처럼 그 주위를 부지런히 돌아다니더니, "브래드스트리트 경감님! 당신은 무슨 일로 늪 속에 들어갔죠?"하고 물었다.

"혹시 범인이 흉기를 집어던지지나 않았나 해서. 그런데 어떻게 내가 늪 속에 들어간 걸 알았지?"

"큰 발자국이 갈대 밭 속으로 사라졌기에 하는 말이오. 나른 발자국도 많이 남아 있네. 마치 물소 떼가 짓밟고 지나간 것 같군. 이렇게 되기 전에 내가 왔더라면 좋았을 텐데.... 후회한들 소용없으니 마음을 고쳐먹고 조사를 계속해야겠어. 음, 이건 제임스와 함께 달려온 경비원의 발자국이로군. 이렇게 발자국이 많지만, 중요한 건 세 가지 뿐이야."

홈즈는 주머니에서 큰 돋보기를 꺼내더니 레인코트를 젖은 땅 위에 깔고 엎드려 시체가 있었던 장소를 세심하게 조사하기 시작했다.

홈즈는 우리에게 설명한다기보다 혼잣말처럼 중얼거리고 있었다.

"이건 모두 제임스의 발자국이다. 걸어갔을 때의 것이 두 번, 달려갔을 때의 것이 한번. 뒤 꿈치는 전혀 찍혀 있지 않고 앞부분만 반쯤 찍혀 있는 것이 아버지의 비명을 듣고 바삐 뛰어왔기 때문이고 검사에게 한 말과 일치하는군. 그리고 이건, 음, 아버지가 빙빙 돌아다녔을 때의 것이다. 누군가를 초조히 기다리고 있었다는 증거야. 그 누군가를 알았으면 좋을 텐데 말이야. 아니, 이건 뭘까? 옳지, 알았다! 엽총의 개머리판 흔적이군. 아들은 엽총의 개머리판을 땅에 짚고, 아버지의 말을 듣고 있었군."

홈즈는 한동안 말없이 살피더니, 무엇인가를 발견한 듯 다시 중얼거리기 시작했다.

"음, 이게 뭘까? 알았다! 살금살금 다가온 발자국, 조심스럽게 접근한 발자국이다. 게다가 끝이 정사각형으로 된 정말 신기한 구두로군, 왔다가 돌아가고, 왔다가 다시 돌아갔으니……, 제임스가 말한 대로 회색 웃옷을 가지러 왔었나 보군. 옳지! 제3의 사나이 정체를 알만하군. 자. 이번에는 이 발자국이 어느 쪽으로 향해 있느냐가 문제지."

홈즈는 사냥개처럼 부근을 분주히 돌아다녔다. 수 백

년묵은 너도밤나무 밑을 빙빙 돌던 홈즈는, 기쁜 듯이 말했다.

"생각한 대로군."

그는 호주머니에서 봉투를 꺼내더니, 나무 밑에 쌓인 먼지 같은 것을 소중하게 집어넣었다. 봉투가 가득 차자, 이번에는 너도밤나무의 줄기 껍질을 돋보기로 열심히 조사했다. 그러다가 몇 미터 앞 풀 위에 조금 크고 갸름한 돌이 굴러 있는 것을 보더니, 달려가 조심스럽게 손수건으로 싸서 레인코트 주머니에 넣었다. 그리고 다시 그 진기한 구두 발자국을 찾아 더듬어 나갔다. 큰길로 나서자, 발자국이 끊어졌다. 홈즈는 만족스러운 표정으로 미소를 띠며 말했다.

"참으로 재미있는 사건이야."

잠시 후, 홈즈는 100미터쯤 떨어진 곳에 있는 회색 오두막집을 가리키며 말했다.

"저게 제임스가 달려간 터너 농장 경비원의 집인가 보군. 잠깐 가서 모런 씨를 만나야지. 왓슨! 잠시 갔다 올 테니 마차에서 기다려 주게. 편지 한 통 써서 건네주면 되니까 곧 끝날 걸세."

그리고 홈즈는 정말 10분도 채 안되어 왔다. 마차가 움직이기 시작하자 홈즈는 아까 숲속에서 주운 크고 갸름한 돌을 꺼내며 경감에게 말했다.

"브래드스트리트 경감님! 좋은 걸 드릴까요?"

"뭐?"

브래드스트리트는 어리둥절한 표정을 지었다.

"이것이 바로 보스콤 늪지 살해 사건의 흉기입니다."

그러자 브래드스트리트는 그것을 빼앗다시피 받아 쥐었다.

"그런데, 흔적이 전혀 없군."

"그렇습니다."

"그럼 어떻게 이 돌이 흉기였다는 걸 알지?"

"이 돌이 놓여 있던 곳의 풀의 모양을 보고 알았죠. 이 돌이 놓인 지 오래 되면 그 밑엔 풀이 나지 않습니다. 그런데 이 돌 밑엔 풀이 나 있었어요. 그 자리에 놓인지 2,3일 밖에 되지 않았다는 증거죠. 계속 주위를 둘러보았지만, 그런 상태에 있는 건 이 돌뿐이었습니다. 게다가 이 돌의 생김새가 피해자의 머리에 나 있는 상처 모양과 아주 비슷하단 말이오."

"그렇다면 가해자의 이름은?"

경감이 조금 들뜬 목소리로 물었다.

"살인자는 키가 크고 왼손잡이이며, 오른발을 절며, 바닥 가죽이 두꺼운 수렵용 구두를 신었습니다. 회색 외투를 입었고, 인도 산 시가를 피는 남자로 당시 주머니에 예리하지 않은 칼도 갖고 있었습니다. 어떻습니까? 이 정도면 수사에 충분하지요?"

브래드스트리트는 웃음을 터뜨렸다.

"홈즈! 방금 그 말을 재판정에서 해보지, 배심원들은 아마 들은 체도 안 할걸."

"그러게요. 납득하지 않겠죠? 추리로는 이야기 줄거리가 그럴 듯하지만 우리들이 상대해야 하는 것은 영국의 배심원단이니까. 그러나 곧 밝혀질 겁니다."

홈즈는 냉정한 표정을 하고 있다기 이렇게 말했다.

"오후에는 굉장히 바쁠 것 같습니다. 하지만 저녁에는 런던으로 가는 기차를 탈 것 같은데요?"

"홈즈! 이건 힘든 사건이야. 그런데 그렇게 간단히 말하다니. 너무 무책임한 것 아닌가?"

브래드스트리트가 나무라듯 말했다.

"난 책임을 다했소. 사건은 이미 해결했단 말입니다."

"그럼 범인은?"

"내가 방금 말한 인물입니다."

"그러니까 그게 누구냐니까?"

"이 고장 사람들은 많지 않기 때문에 금방 찾을 겁니다."

이윽고 마차는 브래드스트리트가 묵고 있는 호텔 앞에서 멎었다. 브래드스트리트는 불만에 찬 얼굴로 마차에서 내렸다. 마차는 다시 달려 우리가 묵고 있는 호텔 앞에까지 갔다. 우리는 호텔 식당에서 점심 식사를 하기로 하였다. 사건은 해결되었다고 하면서도 홈즈는 몹시 기분이 언짢은 표정을 하고 있었다. 음식을 반 이상 남긴채 그는 무언가 골똘히 생각하고 있었다. 그리고 입을 열었다.

"왓슨! 난 지금 어떻게 해야 할지 모르겠군. 내가 자세히 이야기할 테니 자네 의견을 좀 들려주게."

"음, 어서 말해 보게."

"나는 이곳으로 오는 열차 안에서, 제임스의 이야기를 하는 가운데 이상한 점 두 가지를 발견했지. 하나는 아들이 보스콤 골짜기로 돌아온 줄 몰랐던 아버지가 왜 '쿠우이' 라고 소리쳤는가? 또 하나는 아버지가 죽기 전에 '쥐 (rat)' 라는 단어를 한 마디 했을 뿐이란 점이야. 나는 그것을 가지고 이 사건의 수수께끼를 풀었어. '쿠우이' 라고 한 말은 누군지 모르지만 아무튼 그날 만나기로 한 사람

주의를 끌기 위함이었네. 그런데 '쿠우이'는 보통 오스트레일리아의 원주민들을 부를 때 사용하는 말이네. 우리가 '야호'라고 부르는 소리와 같다는 거야. 그렇다면 매카시 노인이 보스콤 연못가에서 만나기로 한 상대는 오스트레일리아에서 살았다는 추정이 나오네."

"그럼 쥐는?"

셜록 홈즈는 주머니에서 접은 종이를 꺼내 그것을 테이블 위에 펼쳤다.

"이건 오스트레일리아의 빅토리아 주 지도야. 어젯밤 브리스틀로 전보를 쳐서 가져오게 했네."

그리고 그는 지도의 한 곳을 손으로 가렸다.

"이선 어떻게 읽나?"

"ARAT(쥐한마리)"

"그럼 이렇게 하면?"

그러면서 그는 지도에서 손을 들었다.

"BALLARAT"

"그래 맞아. 이것이 그 피살된 남자가 한 마지막 말이야. 아들은 그 마지막 부분만 알아들은 거야. 매카시는 범인의 이름을 말하려 했어. 밸라렛의 누구라고."

"훌륭해!"

나는 소리쳤다.

"아니. 아직 훌륭한 것은 아니야. 이 지도 덕분에 수사 범위가 많이 좁혀졌지. 가해자는 회색 웃옷을 가지고 있으며 밸라렛 금광에 관계가 있는 오스트레일리아 사람이거나 오스트레일리아에서 돌아온 사람이 되는 셈이야."

"그렇겠군."

"그리고 범행이 일어난 보스콤 늪지로 가자면 하더리 농장을 지나거나 터너 씨의 농장에서 바로 가거나 두 길 중에 하나밖에 없단 말이야. 게다가 양쪽 다 사유지야. 다른 곳을 여행하는 사람들은 도저히 갈 수 없어. 그리고 이번엔 오늘 답사 결과를 생각해 보세. 현장의 지면을 조사해 본 결과 범인의 특징에 관해서 저 바보 같은 브래드스트리트에게 가르쳐 준 두세 가지 점을 알아냈지."

"참, 아까 자네는 브래드스트리트 경감에게 범인의 특징을 가르쳐 주었는데, 그건 어떻게 알아냈지?"

"음, 먼저 키부터 시작할까?"

"그건 나도 안다고. 대개 보폭을 보고 짐작하잖나? 그런데 다리를 저는 것은 어떻게 알았지?"

"응. 오른쪽 발자국이 왼쪽에 비해 뚜렷하지 않아. 즉 왼발에 체중이 더 들어가 있어. 왜? 오른발을 절기 때문이야."

"그럼 왼손잡이라는 건 어떻게 알았나?"

"지방 신문에 나와 있었지만 매카시의 상처는 뒷머리의 왼쪽에 있었어. 만일 오른손잡이가 그 자리를 때렸다면 힘이 들어가지 않기 때문에 치명상은 못 될 거야. 그리고 가해자는 매카시의 부자가 정신없이 말다툼을 하고 있는 동안 너도밤나무 뒤에 서 있었지. 기분을 가라앉히기 위해서였겠지만 그는 시가를 피우고 있었어. 나는 너도밤나무 뒤에 떨어진 재를 보고 한눈에 그 시가가 인도산이란 것을 알았지."

"홈즈, 자넨 파이프 담배나 시가, 궐련 담배 등 140가지 담배에 대해 논문을 쓴 적이 있지 않나?"

"재만으로는 알 수 없지만 주위를 잘 보니 이끼 사이에 꽁초가 있었어. 그것은 인도 산 시가였네."

"그 꽁초를 보니 입에 문 흔적이 없었어. 홀더를 사용한 거지. 이빨로 물어서 끊지 않고 나이프로 잘랐는데. 자른 면이 깨끗하지 않아. 그래서 예리하지 않은 칼을 사용했다고 추리한 거야."

"홈즈, 거기까지 그물을 쳐 놓았다면 그 남자는 이제 도망갈 구멍이 막힌 셈이군. 자네는 죄없이 벌을 받을 뻔한 무고한 인간을 구한 거야."

그렇게 내가 홈즈에게 말을하고 있었는데, 호텔 점원이 문을 열고 우리에게 말했다.

"존 터너 씨가 찾아왔습니다."

들어온 사람은 별난 인상의 인물이었다. 다리를 절며 천천히 걸었고, 몸을 앞으로 구부린 자세에서 이미 병색이 완연하고 연세가 많다는 것을 알 수 있었다. 얼굴 역시 주름이 깊었으며 표정도 딱딱해, 강인한 정신력을 가진 인물임을 한 번에 느낄 수 있었다. 그러나 안색은 창백했고, 입술이나 코 언저리에는 검버섯이 나 있었다. 전체적으로 강인하지만 병색이 완연한 모습이었다.

홈즈는 부드러운 태도로 그를 맞이하였다.

"어서 앉으시죠. 편지를 받고 찾아오셨지요?"

"예, 농장 경비원 모런이 갖고 왔습니다. 남의 눈을 피하기 위해 여기서 만나자는 편지더군요."

"내가 당신을 방문하면 사람들이 가만있지 않을 것 같으니까요."

"그런데 무슨 용건으로 만나자고 하는 겁니까?"

홈즈의 얼굴을 쳐다보는 터너의 눈에는 이미 절망의 빛이 서려 있었다.

"난 당신과 매카시 씨에 대해 모든 것을 알고 있습니다."

노인은 두 손으로 얼굴을 감쌌다.

"오! 하느님!"

그는 소리쳤다.

"그러나 이것만은 정확히 알아야 합니다. 나는 제임스를 괴롭힐 마음이 추호도 없었소. 순회 재판에서 그 젊은 이가 유죄 판결이라도 받는다면 나는 모든 것을 고백할 생각이었습니다. 이것만은 믿어 주세요."

"저도 그러시리라 짐작하고 있었습니다."

"귀여운 딸만 없다면 벌써 자수를 했겠지만, 내가 체포되었다는 것을 알면 딸은 슬픔을 이기지 못해 어떤 나쁜짓을……"

"터너 씨! 충격을 주지 않아도 될지 모릅니다."

"예, 뭐라고요?"

"저는 경찰이 아닙니다. 내가 여기에 온 것은 당신 딸이 희망했기 때문이지요. 나는 지금도 딸을 위해 애쓰고 있습니다. 아무튼, 제임스가 석방될 수 있도록 노력할 것입니다."

"홈즈 씨! 나는 앞날이 멀지 않은 몸입니다. 벌써 오랜 세월 당뇨를 앓고 있었으며 앞으로 한 달을 견딜 수 있을 지 모르겠다는 의사의 말을 들었습니다. 그런데 이왕 죽을 바에는 감옥에서 죽느니 내 집에서 죽고 싶을 따름입니다."

홈즈는 일어나서 테이블 앞에 다시 앉더니, 펜과 종이를 한 묶음 펼쳐 놓았다. 그리고 홈즈는 노인에게 말했다.

"자! 이제 사건의 진실을 말씀해 주십시오. 여기 왓슨이 증인이 되어 줄겁니다. 2개월 후 제임스 청년의 두 번째 재판이 열릴 겁니다. 저는 변호사를 도와 무죄로 몰고 갈 작정입니다. 그러나 혹 잘못되어 사형 판결이 내려질지 모릅니다. 그럴 경우 판결 직전에 이 고백서를 제출해 제임스를 구출하겠습니다."

"이제 안심했습니다. 난 다음 재판까지 살아 있지 못할것입니다. 그렇게 되면 딸이 슬퍼하는 것을 이 눈으로 보지 않아도 됩니다. 이제 모든걸 고백하지요."

다음은 존 터너가 말한 이야기다.

1860년대 초엽, 오스트레일리아의 금광이 가장 번성하고 있을 무렵의 일이다. 그때 존 터너는 혈기 왕성한 젊은이였다. 그는 오스트레일리아에서 사업에 실패하고 노상

강도들과 휩쓸리며 한 몫 잡으려고 혈안이 되어 있었다. 그때 함께 움직이던 패거리는 모두 6명으로 하나같이 말을 잘 탔다. 그들은 목장을 습격하거나 금광으로 가는 마차를 도중에서 터는 등 강도짓을 하면서 그날그날 생활하고 있었다. 당시 존 터너는 '밸라렛 블랙 잭' 이란 별명을 갖고 있었다. 그런데 어느 날 금괴를 싣고 밸라렛에서 멜버른으로 가는 황금마차에 수송 군인의 호위가 없는 것을 발견했다. 존터너 일당은 잠복하고 있다가 좋은 기회가 오자 치열한 총격전 끝에 금괴를 탈취했다. 그 때 일당 가운데 3명이 죽었다. 존 터너가 금괴를 실은 마차를 운전하던 마부에게 총구를 들이댔는데 그가 바로 매카시였다. 존 터너는 그를 살려 준 것이 평생 후회라고 이야기했다. 그렇게 해서 터너 일당 3명은 금괴를 가지고 도망하여 돈으로 바꾸었다. 큰 재산이 생겼고 강도 일을 할 필요가 없던 그들은 영국으로 돌아와 영원히 서로 만나지 않기로 약속하고 각각 헤어졌다.

존 터너는 지금 살고 있는 보스콤 계곡에다 넓은 토지를 사서 정착했다. 그리고 결혼도 했으며, 아내는 몇 년 전 열병으로 죽었지만 눈에 넣어도 아프지 않을 딸이 터너 곁에 있었다. 터너는 엘리스의 고사리 같은 손을 잡고 숲속에 난 오솔길을 걷는 것이 가장 큰 행복이었다. 그런데 그 행복이 한 순간 무너져 버렸다. 어느날 터너는 증권 매매 관계로 런던으로 갔다가 그곳에서 거지보다 못한 몰골로 아이를 데리고 있는 그 황금마차의 마부 매카시와 마주친 것이다.

매카시는 터너의 팔을 잡으며, "오래간만이군. 블랙잭! 신수가 훤하군 그래. 그때의 금괴를 팔아 사업을 한 모양이지? 나하고 아들 녀석을 보살펴 주는 일쯤이야 어렵지 않겠군. 만약 안된다면 저길 봐. 저 경관에게 말 한 마디 하면 그만이야. 오스트레일리아와는 달리 여긴 법이 있는 나라니까 말이야." 그렇게 협박을 하는 것이었다.

존 터너는 할 수 없이 매카시와 아들 제임스를 데리고 보스콤 계곡으로 돌아왔다. 그로부터 매카시의 뻔뻔스러움은 이루 말할 수 없었다.

존 터너는 자기가 가진 농장 가운데 가장 좋은 땅을 매카시 부자에게 주고 일을 맡겼다. 그런데 매카시는 밤낮 터너를 찾아와, "안녕! 블랙 잭!"하고 놀려댔다. 엘리스가 커감에 따라 그의 횡포도 더욱 심해졌다. 터너는 경찰보다 딸이 자기 어두운 과거를 알까 그게 더 두려웠던 것이다. 매카시는 그런 터너를 잘 알고, "엘리스에게 모든 것을 털어놓을 테다."하고 을러대며 계속 돈을 요구하였다. 할 수 없이 존 터너는 매카시가 달라는 대로 주었다.

그런데 여기에 맛을 들인 매카시는 마침내 터너가 도 저히 들어 줄 수 없는 것을 요구했다. 그것은 엘리스를 며 느리로 달라는 것이었다.

매카시는 터너가 당뇨병 때문에 얼마 못 살 것이라는 사실을 알고 있었다. 그래서 제임스와 엘리스가 결혼만 한다면 터너의 재산이 제임스에게 넘어오고 그 덕을 톡톡 히 볼 수 있다고 생각한 것이다. 사실 터너는 제임스가 싫 지 않았다. 악마 같은 녀석에게 어떻게 저런 훌륭한 아들 이 생겼을까 종종 그런 생각도 했다. 그러나 악마의 핏줄 이라는 사실 한 가시만으로도 구역질이 났다.

그래서 처음부터 "결혼은 절대 안 돼!" 하고 강경하게 반대했다. 매카시는 험악한 얼굴로 협박을 했지만 터너는 두려워 하지 않았다. 그러던 중 매카시가 할 이야기가 있 다며 그 날 오후 3시 보스콤 늪가에서 만나자고 제안하자 터너 역시 선뜻 승낙했다. 터너가 일찌감치 집을 나섰지 만 약속시간보다 좀 늦었다.

그때 '쿠우이!' 하는 소리가 들렸다. 서둘러 늪가에 가 보니, 단 둘이 만나자고 약속했는데 매카시가 아들을 데리고 있었다. 그때 터너는 두 사람이 다투는 소리를 들었다. "터너의 딸을 아내로 맞이 해라!"매카시의 강경한 말이 들렸고, 이어 "저는 그녀와 결혼할 수가 없습니다." 하고 딱 잘라 말하는 제임스의 목소리가 들려 왔다. 순간 터너 가슴은 치밀어 오르는 분노로 참을 수 없었다. '나의 귀여운 딸을, 어디에 내놓아도 부끄럽지 않을 딸을 싸구려 물건 취급을 하다니…… 엘리스의 기분이나 의사는 전혀 아랑곳하지 않은 채 저희들끼리 잘 도 떠들어 대고 있군.' 그때 터너는 매카시를 죽일 결심을 굳힌 것이다. '난 이제 죽을 몸이다. 저 악마를 쓰러뜨려 혀를 놀리지 못하게 하면, 엘리스는 언제까지나 행복하게 살 수 있을 거야.' 터너 옆에 있는 적당한 크기의 돌멩이를 주워 왼손에 들었다. 얼마 뒤 제임스는 하더리 농장쪽으로 돌아갔다. '때는 지금이다.' 터너는 나무 뒤에서 뛰어나가 악마처럼 끈질기게 괴롭히는 매카시의 뒤통수를 돌멩이로 가격했다. "으악!" 처절한 비명을 지르며 매카시가 쓰러졌다. 터너는 다시 한 번 때렸다. 그때 제임스가 비명소리에 놀라 급히 되돌아오는 발자국소리가 들렸다. 터너는 재빨리 숲속으로 몸을 숨겼다. 그런데 너무 당황한 나머지 그만 웃옷을 현장에 떨어뜨리고 왔다. 다시 가 보니 다행히도 제임스는 등을 돌린 채 쓰러진 아버지를 살피고 있었다. 터너는 위험을 무릅쓰고 옷을 집어 왔다.

"홈즈 씨, 이것이 사건 전부입니다."

터너 씨는 고백서에 또렷한 글씨로 사인까지 했다. 그리고 홈즈에게 물었다.

"앞으로 어떻게 하실 생각입니까?"

"아무 일도 하지 않습니다. 그 까닭은 당신의 병이 위중 하기 때문입니다. 당신은 그리 멀지 않은 장래에 어리석은 인간이 아닌 하나님의 심판을 받게 되겠죠. 아까도 말했지만 이 고백서는 최악의 경우에만 사용할 것입니다. 하지만, 아마 사용할 필요가 없으리라 생각됩니다."

"홈즈 씨, 당신은 언뜻 보면 차가운 깃 같은데 사실은 마음씨가 따뜻한 분이군요. 당신 덕분에 나는 안심하고 눈을 감을 수가 있겠습니다. 언젠가 당신들도 천국으로 떠날 때가 오겠지만, 그때 나에게 베푼 친절을 기억하신다면 마음이 훨씬 평안할 것입니다."

늙은 '블랙 잭'은 몇 번이나 쓰러질 듯이 비틀거리며 방을 나갔다. 오랫동안 심각한 얼굴로 묵묵히 앉아 있던 홈즈가 말했다.

"어째서 운명이라는 것은 불쌍하고 무력한 인간을 이

렇게까지 못 살게 굴까?" 그때 내 귀에는 경고가 들려 왔다.

"신의 은총이 없다면 셜록 홈즈 당신도 같은 꼴이 되고 말리라."

제임스 매카시는 2개월 뒤 열린 재판에서 무죄를 선고받았다. 홈즈가 배후에서 변호사에게 자료를 제공해 주었기 때문이다. 터너 노인은 우리를 만난지 7개월 만에 세상을 떴다. 그리고 제임스와 엘리스는 부친들의 강요가 없어지자 오히려 사랑하는 사이가 되었다. 물론 아버지들의 좋지 않은 비밀들은 영원히 모를 것이다.

Chapter
05

다섯개의
오렌지 씨

다섯 개의 오렌지 씨

1882년부터 1890년까지 셜록 홈즈가 다룬 사건 기록을 내 노트에서 보면 참 기괴하고 흥미로운 사건들이 너무 많다. 그 가운데 이미 신문에서 보도도 됐고 세상에 널리 알려진 사건도 있지만 홈즈의 능력을 특별히 발휘할 필요가 없는 사건들도 있었다. 이번 사건은 너무 신기해서 도저히 설명이 안 되는 일이다. 지금부터 그 사건을 이야기하려 한다.

1887년 9월 하순의 어느 날, 런던은 거센 폭풍우가 몰아치고 있었다. 바람은 아침부터 휘몰아치더니 밤이 되어도 전혀 수그러들지 않았다. 빗방울 소리는 총알처럼 하숙집 유리창을 두들기고 있었다. 나는 아내가 친척 집에 간 사이 홈즈의 하숙집에 함께 있었다. 셜록 홈즈는 날씨 때문에 움직이지 못하는 것 때문인지 시무룩한 표정으로 난롯가에 앉아 해양 소설을 읽고 있었다.

그때 초인종 소리가 울렸다.

나는 문득 고개를 들었다.

"홈즈, 초인종이 울렸잖아. 손님인 모양이야. 자네 친구인가 봐."

"폭풍우 치는 날 나를 찾아 올 다정한 친구는 자네 밖에 없는데 누구지?"

"그럼 사건을 부탁하러 온 사람이겠군. 그것도 매우 긴급한 것인가 보군?"

또 문을 두드리는 소리가 들렸다. 홈즈는 손님이 앉을 의자를 돌려놓고 들어오라고 소리를 쳤다. 방에 들어온 사람은 스물두 살 가량 돼 보이는 청년이었다. 안경을 끼고 옷차림이 세련된 아주 우아한 청년이었다. 그는 물이 뚝뚝 떨어지는 우산과 레인코트를 손으로 받쳐 들고 있었다. 그의 모습에서 밖의 날씨가 어떤지 짐작할 수 있었다. 불빛에 비친 청년의 얼굴은 창백한 표정이었다.

"홈즈 씨, 이렇게 날이 궂은데 갑자기 방문하게 되어 죄송합니다."

"아닙니다. 자! 여기 우산을 구석에 놓고 레인코트를 난로 옆에 걸어 두세요. 곧 마를 겁니다. 그런데 당신은 남서부 쪽에서 오셨군요."

"예, 그렇습니다, 서섹스 주의 호샴에서 왔습니다."

대답을 마친 청년은 문득 그걸 어떻게 알았느냐? 하는 표정으로 쳐다보았다.

"구두를 보니 흙이 남서부 지방 특유의 점토와 백토가 섞인 것을 보고 알았습니다."

"아하! 그렇군요. 역시 명성처럼 대단하십니다. 프렌더개스트 소령이 당신을 소개시켜 주더군요."

"아, 프렌더개스트소령이요? 기억납니다. 소령은 카드 사기 사건 누명을 쓴 적 있지요."

"당신이 손을 대기만 하면 해결되지 않는 사건이 없다고 하더군요."

"지나친 말씀입니다. 사실 100% 사건을 다 해결하진 못했습니다. 난 딱 네 번 실패를 했어요. 남자에게는 세 번 당하고 여자에게는 딱 한 번 당했습니다."

"그렇지만 성공이 압도적이지요? 그래서 제 사건도 성

공하리라 확신합니다."

"자! 거기 의자에 앉아 사건을 말씀해 주세요."

"네, 그런데 이것은 이상한 사건입니다."

"저는 대개 다 이상한 사건들을 다룹니다."

"물론 그렇겠지요. 하지만 제 사건은 정말 설명하기 어려운 이상하고 기괴한 사건입니다."

"호기심이 발동하는 군요."

청년은 의자를 난롯가에 끌어다 놓고 이야기를 시작했다.

"제 이름은 존 오픈쇼입니다. 사건의 주인공은 제가 아니라 큰 아버지와 아버지입니다. 큰아버지는 일라이어스, 저의 아버지는 조셉입니다. 아버지 조셉은 아주 우수한 타이어를 발명하여 공장을 세운 후, 세계 각국에 수출하여 상당한 재산을 모았습니다. 그리고 큰아버지 역시 청년 시절에 신천지인 미국으로 건너가, 남부에서 큰 농장을 경영하여 대성공을 거두었습니다. 우선 큰아버지 이야기를 먼저 하지요. 1861년에 남북 전쟁이 일어나자 큰아버지는 남군에 가담, 용감하게 싸운 것이 인정돼 대령까지 승진했습니다. 그러다 1865년, 남군이 그랜트 장군이 이끄는 북군에 패배하여 항복하자, 다시 농장으로 돌아왔습니다. 그러다가 3년, 4년을 그곳에서 살았습니다. 그리고 1869년 무렵에 유럽으로 건너가 호샴 가까운 서섹스에서 작은 땅을 매입하고 그곳에서 살았습니다. 큰아버지가 미국에서 상당한 재산을 모았으면서도 미국에 영주하지 않은 까닭은, 흑인 문제에 매우 불쾌한 생각을 가졌기 때문입니다. 그는 술고래인데다가 성질이 급해 화를 잘 냈으며, 말씨도 매우 거칠었습니다. 그래서 이웃 사람들과도 교제가 전혀 없었습니다. 그는 호샴에서 몇 년을 살았지만 바깥을 나간 적은 거의 없다시피 합니다. 집 주위에는 정원도 있고 밭도 있으며 가끔 그곳에서 운동도 하곤 했지만 그는 언제나 집안에서 나오지 않았습니다. 술을 좋아해 많이 마셨고 담배도 골초였습니다. 그래서 동생인 저의 아버지 하고도 사이가 좋지 않았습니다. 그런데 유독 나에게만 예외였습니다. 나는 큰아버지 사랑을 많이 받았습니다. 내가 처음 큰아버지를 만난 것은 열두 살 무렵이었을 겁니다. 그러니까 1878년이네요. 나는 아버지의 허락으로 큰아버지 집에 꽤 오랫동안 살았습니다. 술을 마시지 않을 때 큰아버지는 주사위 놀이나 체스를 함께 하며 놀아 주었습니다. 나는 열여섯 살 무렵에는 큰아버지를 대신해서 상인들과 거래도 하곤 했습니다. 큰아버지는 조용히 은둔생활을 즐겼고 사람들 만나는 것을 아예 싫어했지요. 그래서 누구라도 집에 오는 것을 좋아하지도 않았지요. 그런데 큰아버지가 유독 나의 접근조차 꺼리는 곳이 있습니다. 그곳은 다락방이었습니다. 그 다락방은 온갖 잡동사니로 먼지가 수북한데 언제나 자물쇠로 잠겨 있었습니다. 어릴 때, 저는 큰아버지가 집에 없는 틈을 타서 열쇠 구멍을 통해 안을 들여다본 적이 있는데, 다락방에 어울리게 낡은 트렁크와 잡동사니가 잔뜩 쌓인 것이 조금 보일 따름이었습니다. 1883년 3월 어느 날 아침, 외국우표를 붙인 편지가 배달되었습니다. 제가 아침 식사를 하고 있는 큰아버지에게 그 편지를 가져 갔습니다. '인도에서 온 것이로군. 폰디체리 우체국 소인이 찍혀 있군.' 큰 아버지가 급하게 봉투를 뜯자, 그안에서 말라빠진 오렌지 씨앗 5개가 접시 위로 떨어졌습니다. '아니, 어째서 이런 걸 보냈을까요? 누군지 별난 취미를 갖고 있군요.' 나는 엉겁결에 웃음을 터뜨렸으나, 큰아버지의 얼굴을 본 순간 얼른 웃음을 그쳤습니다. 큰아버지의 얼굴은 마치 금붕어처럼 튀어나왔으며, 흙빛으로 변해 있었고 식은땀을 흘리고 있었습니다. 그는 떨리는 손으로 편지 봉투를 든 채 이렇게 말했습니다.

'공포의 KKK야!'

큰아버지는 피를 토해 내듯이 외치더니, 다음 순간 의자에서 미끄러져 마룻바닥에 털썩 주저앉으며 힘없이 중얼거렸습니다. '드디어 올 것이……' 나는 깜짝 놀랐습니다. 큰아버지는 '이제 죽음이 찾아왔구나.' 이렇게 말했습니다. 나는 큰아버지를 공포의 소용돌이로 몰아넣은 편지의 내용이 무엇인지 궁금하여 자세히 살펴보았습니다. 봉투의 뒤집어 꺾은 곳의 안쪽, 즉 풀 붙이는 부분 바로 위에 K자 3개가 붉은 잉크로 씌어 있었습니다. 그밖에는 말라빠진 오렌지 씨앗 5개가 들어 있을 뿐이었습니다. 글씨도 없거니와 편지지도 들어 있지 않았습니다. '이상한 일이군. 어째서 이 따위 것에 겁을 내실까?'

나는 고개를 갸우뚱거리며 이층으로 올라갔습니다. 층계를 다 올라갔을 때, 다락방에서 막 내려오는 큰아버지와 마주쳤습니다. 큰아버지는 낡은 놋쇠 상자를 꽉 끼고 있었습니다. 그는 정신이 나간 듯한 얼굴로, '올 테면 와 보라지. 죽여 버릴 테니까!' 하고 혼자서 중얼거렸습니다. 그러다가 문득 정신이 들었는지. '존! 메어리에게 내 방에 불을 피워 놓으라고 해라. 참, 그리고 호샴의 포딤 변호사를 불러. 어서 시키는 대로 해.' 그리고 변호사가 오자 나도 같이 방으로 불려 들어갔습니다.

불이 활활 타오르고 있는 벽난로에는 많은 양의 종이를 태운 듯 부드럽고 검은 재가 수북이 쌓여 있었습니다. 벽난로 옆에는 이층에서 마주쳤을 때 겨드랑이에 끼고 있던 놋쇠 상자가 뚜껑이 열린채 텅 비어 있었습니다. 그런데 놀랍게도 그 뚜껑에는 'KKK'라는 글자가 뚜렷이 새겨져 있었습니다. 큰아버지는 어제보다 10년은 더 늙어 보이는 얼굴로, '존, 나는 방금 내 모든 재산을 너의 아버지에게 물려준다는 유언장을 썼다. 그러니까 언젠가는 이 재산이 네 것이 될 거다. 그러나 한 마디 주의해 두겠는데, 내가 죽은 뒤에 만약 악마 같은 녀석이 나타나서 재산을 내놓으라고 하면, 아낌없이 줘 버려라. 이렇게 재수 없는 재산을 물려주게 된 게 유감이지만, 만일 행운이 계속된다면 넌 평생을 안락하게 살 수 있을 거야. 자, 포덤씨가 가리키는 곳에 서명을 해.' 라고 말했습니다. 나는 얼떨떨하여 뭐가 뭔지도 모르면서 큰아버지의 유언장에 서명을 했습니다.

큰아버지의 생활은 그 다음부터 딴판으로 달라졌습니다. 전에도 술을 좋아하기는 했지만, 이제는 아침부터 술을 퍼마시고는 하루 종일 방안에만 틀어박혀 있었습니다.

그런가 하면, 방에서 갑자기 뛰어나와 권총을 들고 정원이나 숲속을 미친 듯 뛰어다녔습니다. '나는 두렵지 않다. 나는 희생의 제물이 아니란 말이야! 악마 같은 놈! 올테면 와!'

이런 소리를 하며 고함을 지르고 총을 쏘곤 하였습니다. 집안사람들은 겁이 나서 밖에 나갈 엄두도 못 냈습니다. 그러나 발작이 가라앉으면, 거꾸로 비관적이 되어 방에 처박혀 있곤 했습니다. 나는 우연히 그런 큰아버지 얼굴을 본 적이 있습니다. 진눈깨비가 오는 추운 날이었는데도, 머리와 얼굴, 목덜미까지 온통 땀투성이인 것이, 마치 수영장에서 막 나온 사람같이 흠뻑 젖어 있었습니다. 어느 날 밤, 큰아버시는 다시 빌작을 일으켜 추운 날씨임에도 불구하고 밖으로 뛰어나갔습니다. 그리고 2,3시간이 지났는데도 돌아오지 않았습니다. 불길한 예감에 제가 큰아버지를 찾아 나섰습니다. 그리고 얼마 뒤 뜰 한 구석에 있는 작은 연못에 죽은 듯이 엎드려 있는 큰아버지를 만났습니다.

달려가 안아 일으켰지만. 이미 숨이 끊어져 있었습니다. 폭행을 당한 흔적은 전혀 없었습니다. 저는 큰아버지가 죽음을 두려워했기 때문에 거기까지 가서 일부러 자살을 했다고 믿지 않습니다. 그러나 경찰은 발작적 자살이라고 판정을 내렸습니다. 사건은 배심원들이 자살로 종결을 냈고 저의 아버지는 땅과 은행에 예치한 약 1만 4,000 파운드의 돈을 상속받았습니다.

오랫동안 잠자코 듣고만 있던 홈즈가 말문을 열었다.

"여태까지 맡은 사건 가운데 가장 흥미롭고 이상한 사건이군요. 큰아버지가 편지를 받은 날짜, 그리고 돌아가신 날짜를 기억하고 계십니까?"

"그 괴상한 편지가 온 것은 1883년 3월 10일이고, 돌아가신 것은 그로부터 7주일이 지난 5월 2일 밤이었습니다."

"예, 알겠습니다. 계속 이야기 하십시오."

"아버지는 호샴의 저택을 상속하자 나의 요구를 받아들여서 늘 잠겨 있는 지붕 다락방을 샅샅이 조사했습니다. 그리고 한쪽 구석에 그 놋쇠 상자가 놓여 있었는데, 안은 텅텅 비어 있었습니다. 뚜껑의 뒤쪽에는 'KKK'라는 붉은 글씨와 편지, 수첩, 서류 들이 수두룩하게 나왔습니다. 그 중에는 남북전쟁 당시 것도 있어 '형님은 남군을 위해 맹활약을 하셨나 보군.' 하고 아버지는 혼잣말처럼 중얼거리시더군요."

"음, 그밖에 다른 것은 또 없었습니까?"

홈즈는 무엇인가를 간파해 내려는 듯 날카로운 눈초리로 물었습니다.

"예, 또 있어요. 전쟁이 끝난 후, 큰아버지는 북부에서 온 정치가들에게 반감을 품고 저항 운동을 했답니다. 또 흑인을 별로 좋아하지 않았다는 사실도 알게 되었습니다. 나는 큰아버지가 미국에서 돌아온 이유가 거기에 있으며, 그런 이유 때문에 살해된 것 같아 몹시 불안했습니다. 그러나 그 뒤 평온한 나날이 계속되었으므로, 어느 사이엔가 오렌지 씨앗도 'KKK'라는 붉은 글씨에 대한 근심도 잊어버렸습니다. 그런데 뜻하지 않은 사건이 또 일어났습니다. 저와 아버지가 호샴의 저택으로 이사한 것은 1884년 초였습니다. 그 이듬해인 1885년 1월 4일 아침, 식탁에 앉아 있던 아버지가 별안간 큰 비명을 질렀습니다. 보니 한 손에는 방금 뜯은 봉투가 있었고, 다른 한 손에는 마른 오렌지 씨 다섯 개가 있는 것입니다.

'아니, 이런!'

내가 달려갔더니 아버지는 저에게 물었습니다.

'형님에게 온 것도 이것과 똑같은 것이었니?'

'아버지, 봉투의 이음매 안쪽을 조사해 보십시오. 만약 붉은 글씨로 〈KKK〉라고 씌어 있으면 틀림없습니다.'
아버지는 봉투의 이음매를 살펴보더니, '존, 네 말대로야. 그런데 이건 또 뭐지?' 하고 의아한 표정을 지었습니다.

'아니, 뭐가 씌어 있나요?'

'우리 비밀 서류를 정원에 있는 해시계 위에 놓아두라고 적혀 있어. 존, 비밀 서류란 뭐지? 해시계는 또 뭐야?'

'아버지, 해시계라면 정원 구석에 있습니다. 비밀 서류라는 것은 아마 놋쇠 상자에 넣어 두었던 것을 말하는 모양인데, 그건 큰아버지가 벽난로에 넣어 모두 태워 버리셨습니다.'

'모두 태워 버렸다고?'

아버지는 낙심한 듯 길게 한숨을 토해냈습니다. 하지만 다시 힘을 내서 말했습니다.

'우리나라는 법과 질서를 소중히 여기는 문명국이야. 이런 야만적인 일은 용납되지 않아. 그런데 편지는 어디서 부친 거냐?'

'소인이 찍힌 곳은 스코틀랜드의 던디입니다.'

'그래? 좌우간 해시계니, 서류니 하는 것은 나와는 관계없는 일이야. 무시해 버리는 수밖에 없지.'

'하지만 일단 경찰에 신고하는 게 좋지 않을까요?'

'존, 그런 짓을 하면 웃음을 살뿐이야. 누가 그 말을 믿겠니? 쓸데없는 일이야.'

그러나 나는 점점 불안했습니다. 아버지가 죽을 것 같았기 때문입니다. 편지가 온 지 사흘째 되는날, 아버지는 포츠다운 산의 요새에 있는 옛날 친구 프리보디 소령을 만나러 갔습니다. 군인들이 많이 있는 요새였으므로, 집에 있는 것보다 안전하리라 생각하여 굳이 말리지 않았습니다. 그런데 그것이 큰 잘못이었습니다. 아버지가 떠나고 이틀째 되는 날, 프리보디 소령으로부터 요새로 오라는 전보가 왔습니다. 저는 급히 달려가 보니, 이미 아버지는 의식이 없었습니다. 요새 부근 일대에 피 놓은 깊은 구덩이에 추락하여, 두개골이 깨지는 바람에 그 자리에서 숨을 거두고 만 것입니다. 현장 부근은 〈지옥의 벌집〉이라 불릴 만큼 위험한 장소였습니다. 깊은 구덩이에는 목책도 없고 위험 표지판도 없는데다가 미끄러지기 쉬워, 그 고장 사람들조차 가까이 가기를 꺼리는 장소였습니다.

아버지의 죽음은 단순 추락사로 처리되었습니다. 저는 아버지가 변을 당했을 때 상황을 조사해 보았습니다. 그런데 공교롭게도 저녁 때 사고가 일어났으므로 목격자가 한 사람도 없었고, 폭행을 당한 흔적도 없었습니다. 그러나 아버지는 원래 겁이 많고 신중하신 분이었습니다. 그런 아버지가 낯선 고장에서, 더구나 저녁 때 그런 위험한 곳에 접근 했으리라고 믿어지지 않았습니다. 이렇게 의문의 죽음이 두 번씩이나 일어났기 때문에 마음이 별로 내키지 않았으나, 저는 아버지의 재산을 상속받게 되었습니다. 그런데 이 불길한 재산을 처분하지 않은 것은, 너무나 두려운 나머지 도리어 배짱이 생겼기 때문입니다. 어디로 도망가든 어차피 그 검은 마수가 쫓아올 것이므로, 그 자리에 그냥 눌러앉기로 작정한 것입니다.

아버지가 불행한 최후를 마친 것이 1885년 1월이었는데, 그로부터 2년 8개월동안 아무 일도 없이 지나갔습니다. 그 동안 나는 호샴의 저택에서 평온한 생활을 즐기고 있었습니다. 그러다 보니 그 저주의 마수가 큰아버지와 아버지만으로 그친 것은 아닌가하는 생각도 들었습니다. 그러나 그것은 달콤한 생각이었습니다. 바로 어제 아침, 그 마수는 큰아버지와 아버지의 경우와 똑같은 형태로 저에게도 닥쳐온 것입니다."

그는 이렇게 긴 이야기를 마치면서 호주머니에서 구겨진 봉투를 꺼내고 탁자 위에 5개의 마른 오렌지 씨앗을

뚝뚝 떨어뜨렸습니다.

"홈즈 씨, 이게 그 봉투입니다. 소인은 런던의 E지구 우체국 것입니다. 내용은 아버지가 받은 것과 똑같이 붉은 글씨로 〈KKK〉, 그위에 '서류를 해시계 위에 갖다 놓아라' 는 문구가 적혀 있습니다."

홈즈는 봉투를 거들떠보지도 않고 물었다.

"그래서 당신은 어떻게 했죠?"

"아무일도 하지 않았습니다."

"아무일도 하지 않았다고요?"

"사실은……"

청년은 희고 가는 손으로 얼굴을 감싸더니, 기어들어 가는 목소리로 말했습니다.

"전 어떻게 해야 좋을지 모르겠습니다. 마치 뱀에게 잡아먹히기만을 기다리는 개구리 같은 처지입니다."

홈즈는 딱하다는 얼굴로 그를 바라보았다.

"그렇게 기운을 잃으면 안 됩니다. 자! 용기를 내요. 이러한 위기쯤은 꼭 극복할 수 있을 거요. 경찰에는 신고했겠죠?"

"물론 신고했습니다. 그러나 경찰에선 제 이야기를 웃어 넘겼습니다. 담당 경감은 큰아버지나 아버지의 죽음이 돌발적인 사고로 인한 죽음이 틀림없다고 말했습니다. 그 편지와 오렌지 씨앗은 못된 녀석의 장난이지 사고와는 관계가 없다는 것입니다."

"아, 이 얼마나 어리석은 사람들인가!"

홈즈는 벌떡 일어서서 주먹을 휘두르며 분개했습니다.

"제 태도가 심각해 보였던지, 그래도 호위 경관을 한 명 보내 주더군요."

"그 경관은 이곳으로 당신과 함께 왔겠군요?"

"아닙니다. 날씨가 너무 나빠 미안한 생각이 들어, 저택에 남겨 두고 왔습니다."

홈즈는 다시 화를 냈다.

"당신은 경찰에 가지 말고 진작부터 이리로 왔어야 했소. 그러면 당신 아버지는 죽지 않았을 겁니다."

"그래요. 오늘 처음 프렌더개스트 소령에게 사실 이야기를 털어놓으니 당신을 찾아보라고 권하더군요."

"편지가 온 지 벌써 이틀이나 지났습니다. 더 일찍 손을 써야 했고, 지금 보여 주신 것 외에 다른 자료는 없습니까? 단서가 될 만한 아주 사소한 거라도."

"하나 있습니다. 큰아버지가 서류를 태운 날, 담뱃재 속에 타다 남은 메모지가 이것과 똑같은 색이었습니다.

이 한 장은 바닥에 떨어져 있었는데 많은 종이 중에서 한 장만 빠져서 타지 않고 남은 것이 아닐까요? 제가 보기에 는 비밀 일기의 한 부분인 것 같습니다. 필적은 틀림없이 큰아버지 것입니다."

홈즈가 램프를 움직였으므로 나도 함께 들여다 보았는 데, 종이의 한쪽이 톱날 모양이라, 노트에서 뜯어낸 것임 을 알수 있었다. 위쪽은 1869년 3월 이라 적혀 있었고, 그 밑에 다음과 같은 수수께끼 글들이 나열되어 있었다.

> 4일 : 허드슨 오다. 늘 하던 대로 강경하게 자기 설을 주 장함.
> 7일 : 매콜리, 파라모어, 세인트오거스틴의 스웨인에게 씨를 발송.
> 9일 : 매콜리 떠남.
> 10일 : 존 스웨인 떠남.
> 12일 : 파라모어 방문. 만사 순조로움.

"고맙습니다. 귀중한 자료이니 잘 간수하세요."

홈즈는 종이를 접어 손님에게 돌려주며 말했다.

"이것을 보니, 사태는 생각했던 것보다 훨씬 절박합니 다. 당신은 지금 곧 돌아가십시오."

"이런 폭풍우 속을 말입니까?"

"그렇소. 돌아가서 곧 이 종이쪽지를 놋쇠 상자 속에 넣어 두십시오. 그리고 편지지에다, '다른 서류는 모두 큰아버지가 태워 버렸으므로, 이것 한 장 밖에 남지 않았습니다.' 라고 적어 놓으시오. 알았습니까?"

"네."

"지금 복수를 하느니 하는 따위 생각은 버려야 합니다. 그것은 법의 힘으로 가능합니다. 지금은 적이 이미 그물을 쳐 놓고 있으니까 우리도 그물을 쳐야 합니다. 그렇게 하려면 당신에게 닥쳐 올 눈앞의 위험을 먼저 제거하는 것이 첫째입니다. 수수께끼를 풀고 악인을 징계하는 것은 그 다음의 일입니다."

"예, 알겠습니다."

청년은 일어서서, 레인코트를 입었다.

"홈즈 씨의 말씀을 들으니 새로운 희망이 생겼습니다. 그럼 또 무슨 일이 생기면 연락드리겠습니다."

"아무쪼록 조심하십시오. 돌아가실 때엔 역시 기차를 이용하겠죠?"

"예, 워털루 역에서 탈 예정입니다."

"아직 9시 전입니다. 지금은 사람 왕래도 있을 테니 괜찮을 것입니다. 내일부터는 나도 행동을 개시하겠습니다."

"그렇다면 호샴으로 와 주시겠단 말입니까?"

"아니오. 이 사건의 뿌리는 런던에 있소. 나는 그 뿌리를 찾아내어 송두리째 뽑을 생각입니다."

"잘 부탁드리겠습니다."

젊은이는 악수를 하고 나서 문 밖으로 나갔다. 밖에선 여전히 폭풍우가 휘몰아치고 있었다.

셜록 홈즈는 잠시 활활 타오르는 난로의 불을 바라보았다. 그러다가 파이프에 불을 붙이고 의자 등받이에 몸을 기대 천장으로 올라가는 푸른 담배 연기를 올려다보았다.

"왓슨! 우리가 이처럼 기괴한 이야기를 들은 것도 오래만이지?"

"그렇군. '네 명의 기호'에 버금가는 사건이야."

"그래. 왓슨, 자네도 청년에게 닥쳐오는 위험이 어떤 것인지 짐작이 가나?"

"음. 〈KKK〉라는 곳에서 깊은 원한을 품고 있는 것 같군."

그들이 왜 젊은이 집안을 계속 노리는지 셜록 홈즈는 생각에 깊이 빠졌다. 우리의 탐정가는 한 가지 연결고리를 잡으면 그것을 집요하게 물고 늘어져 전체를 파악하는 특징을 갖고 있다. 큐비에(1769~1832, 프랑스 박물학자)가 뼈 하나를 관찰하고 그 동물 전체를 정확히 그릴 수 있듯이 셜록 홈즈는 점차 사건의 어떤 실마리를 그려가고 있었다.

"자네는 내가 대략 이 사건의 실마리를 얻었다고 하겠지. 그런데 사실은 작은 실마리를 사건과 연결시켜 해결하기 위해서 탐정은 많은 지식을 습득해야 하거든. 아까 확인했듯이 나는 영국 지방마다의 토양을 다 머릿속에 입력하고 있지. 원래 내 지식은 굉장히 한정적이었지. 식물학을 약간, 지질학도 그저 조금이고, 화학이나 해부학은 체계적이지 못한 지식이지. 철학과 천문학, 정치에 대해서는 거의 제로였네. 그러나 바이올린, 권투, 검술, 법률에는 밝고, 코카인과 담배 중독자 등에는 아주 많은 자료를 갖고 있어. 자, 그럼 나머지 지식은 백과사전에서 찾으면 돼. 자, 선반 위에있는 백과사전에서 k항목을 꺼내 주게. 이제 우리가 알아야 하는 일은 오픈쇼 대령이 왜 미국을 떠났는지 확인하는 일이야. 왜 그 기후가 좋은 플로리

다를 버리고 일부러 영국 시골 구석으로 들어가 고독한 생활을 했을까? 그가 미국을 떠난 것은 누군가 혹은 무엇인가에 대한 두려움 때문이란 것을 암시받을 수 있지. 자네는 편지 세 통에 찍힌 소인을 주의해서 보았나?"

"음. 처음 것은 인도의 폰디체리, 다음은 스코틀랜드의 던디, 마지막 것은 런던이었어."

"세 지점은 공통점을 지니고 있어. 알 수 있겠나?"

"아, 알겠어! 셋 다 항구야! 편지 보낸 자는 배를 타고 있어."

"맞았네. 적이 배를 타고 있다는 건 확실해. 자! 이제 큰 실마리가 잡혔어. 그럼 이번에는 다른 각도에서 생각해 보세. 대령의 경우엔 협박상은 인도에서 보내졌는데, 그것이 대령에게 도착한 지 7주일 후에 변을 당했어. 다음은 청년의 아버지 경우야. 협박장은 스코틀랜드에서 부쳐졌고, 배달된 지 나흘 뒤에 비극이 일어났어. '7주일과 4일!' 여기에 수수께끼를 풀수 있는 열쇠가 숨어 있다고 생각되지 않나?"

"음, 인도는 영국에서 머니까 7주일의 공간이 생기고, 스코틀랜드는 가깝기 때문에 나흘밖에 걸리지 않았어. 즉 거리에 비례하고 있어."

"거리의 문제가 아니야. 편지 역시 같은 거리에서 떠나지 않았나?"

"그렇다면 왜 그렇게 사이가 벌어졌을까?"

"내가 볼 때 그들이 타고 있는 배는 범선이라고 추정할 수 있어. 그들은 출발하기 전에 경고문과 씨를 보낸 것이고, 던디에서 보냈을 때는 편지가 온 것과 살인 사이에 시간적 간격이 짧았네. 만약 그들이 폰디체리에서 기선으로 왔다고 하면 편지는 거의 동시에 도착했을거야. 그러나 폰디체리에서 보낸 편지와 살인 사이에는 7주나 걸렸지. 그 7주일란 편지를 운반한 기선과 발송인이 타고 있는 범선의 속도 차이를 의미한다고."

"그렇겠군."

"그래서 지금 이 사건은 아주 절박한 상황이야. 그래서 내가 오픈쇼에게 조심하라고 주의를 준 것이네. 참극은 두 번 다 발송인이 발송지에서 이쪽으로 여행해 올 만한 날짜가 경과된 후 그 즉시 일어났어. 그런데 이번에는 발신지가 런던이야. 자, 1초도 지체할 수 없어."

"이런. 큰일이군."

"이들은 앞서 두 번에 걸친 완벽한 솜씨로 미루어 한 사람이 아닌 것이 확실해. 죽음을 두려워하지 않고 아주 비상한 머리를 가진 놈들이지. 적어도 세 사람, 혹은 네 사람은 될거야. 모두 KKK 단원일 거고."

"KKK의 정체는?"

"그래서 백과사전에서 K항목을 빼달라는 것이었어."

그리고 곧바로 홈즈는 KKK단체에 대한 백과사전의 설명을 읽기 시작했다.

쿠 클락스 클랜 : 약칭은 KKK 비밀 결사의 이름이다. 총의 격철을 당겨 일으킬 때 나는 소리에서 비롯된 이름이라고 한다. 이 무시무시한 비밀 결사는 남북 전쟁 종료 후, 남부 여러 주의 재향 군인의 일부가 결성한 것으로, 순식간에 전 미국으로 퍼져 각지에 지부가 설치되었다. 특히, 테네시, 루이지애나, 남북 캐롤라이나, 조지아, 플로리다 주에서 활발히 움직였다. 이들의 세력은 정치적 목적, 주로 흑인 유권자에 대한 협박, 나아가 결사의 방침에 배반하는 자의 살인이나 국외 추방 등의 일을 한다. 실력 행사 방법은 매우 기발하였다. 먼저 제거 대상자에게 오렌지 씨앗 또는 떡갈나무의 작은 가지를 보내 경고를 한다. 만일 이것을 받는 자가 자기의 주장을 버리거나 자발적으로 국외로 도망하거나, 두 가지 중 하나를 선택하지 않을 경우엔 즉각 죽음의 사자를 보내는 것이 일반적이다. 죽음의 사자가 상대를 죽이는 방법은 죽일 때마다 다르기 때문에 예측하기가 거의 불가능하다. 결사 대원끼리의 단결은 쇠

사슬처럼 단단하고, 조직은 강대했으므로 경고를 무시하고 죽음을 면한 자는 아무도 없다. 또 죽음의 사자는 전혀 증거를 남기지 않기 때문에 검거된 기록도 거의 없다. KKK는 미국 정부 및 남부 여러 주의 용감한 시민들의 노력에도 불구하고, 여러 해 동안 주로 남부에서 맹위를 떨치다가, 뜻밖에도 1869년에 갑자기 무너져 버렸다. 그러나 그 뒤, 각지에서 비슷한 단체가 생기고 있다.

홈즈는 다 읽고 사전을 덮으며 말했다.

"이들 비밀 결사가 무너진 것은 오픈쇼 대령이 미국에서 서류를 가지고 떠나온 시기와 거의 일치한다는 걸 알 수 있어. 오픈쇼 대령은 미국에 있을때 KKK에 관계하고 있었던 거야. 아마 상당히 중요한 지위를 차지하고 있었으며, 단체의 중요한 비밀을 쥐고 있었어. 아까 존 오픈쇼가 보여 준 노트의 한 페이지도 그 단체의 비밀 장부의 일부였던 것이 틀림없어. 분명히 A,B,C 세사람에게 오렌지 씨앗을 보냈다고 씌어 있었는데, 이것은 KKK가 경고장을 보낸 걸 말해. 그리고 'A와 B가 떠났다'는 것은 도망갔다는 것을 의미하고 끝으로 'C가 방문을 받았다.'는 것은 틀림없이 불길한 것을 의미하네. 어쨌든 이제 이 이상한 사건의 뿌리는 드러났어. 내일은 과감하게 그들의 정체를 드러내 줘야겠어. 내일의 활동에 대비해서 휴식을 하는 게 좋겠네. 미안하지만, 그 바이올린 좀 집어 주겠나? 이렇게 험난한 세상에는 아름다운 선율이 필요하거든."

이튿날 아침에는 폭풍우가 거짓말같이 가라앉아 있었다. 홈즈의 하숙집으로 가 보니, 그는 부드러운 햇살을 받으며 아침 식사를 하고 있었다.

"밤새 안녕한가, 왓슨? 오늘은 먼저 런던의 중심부부터 조사를 시작하겠어. 그리고 경우에 따라서는 호샴으로 달려갈지도 몰라. 참, 자네 식사도 가져오게 해야겠군."

아침 식사가 올 동안, 나는 신문을 읽으려고 접힌 채 탁자 위에 놓여 있던 신문을 집어 들었다. 신물을 펼치자, 중간 크기의 활사가 내 눈에 들어왔다. 나는 오한을 느꼈다.

"이봐! 홈즈. 벌써 늦었어."

나는 외쳤다.

"뭐야?"

홈즈도 커피 잔을 놓으며 말했다.

"그렇지 않아도 불길한 예감이 들었는데, 어떤 방법으로 당했나?"

"'오픈쇼! 워털루 다리 부근에서 참극' 이란 기사를 읽어보겠네."

어젯밤 9시에서 10시 사이에 H경찰서의 쿡 순경은, 워털루 다리 부근을 순찰하던 중, 사람 살리라고 외치는 소리와 허우적거리는 물소리를 들었다. 그러나 밤이 깊은데다가 마침 불어 닥치는 폭풍우 때문에 구조가 불가능했다. 그래서 경보를 발하고, 수상 경찰서에 작은 증기선을 요청했지만 수십 분 뒤에 겨우 시체를 인양할 수 밖에 없었다. 신원은 주머니에 들어 있던 봉투에 의해 호샴 부근에 사는 존 오픈쇼라는 신사로 판명됐다. 조난자는 아마 워털루 역을 떠나는 마지막 열차를 타려고 길을 서둘렀던 것 같다. 그러나 너무 어두웠던 탓으로 발을 잘못 디뎌, 실족사 한 것으로 경찰은 보고 있다. 사체에는 폭행의 흔적도 없었다. 시 당국은 이런 일이 다시 생기지 않도록 안전대책을 강구해야 할 것이다.

우리 두 사람은 잠시 아무 말을 하지 못했다.

"왓슨! 나는 자존심에 상처를 입었네. 이건 개인 감정이지만 나도 더 이상 이들 악당에 대해 모른 척할 수 없어. 나에게 의지하려고 찾아온 사람, 그가 돌아가는 길에 죽음을 당한 사건이야."

그러다가 벌떡 일어나 방안을 빙빙 돌아다녔다.

"이런 간교한 악마들! 어떻게 그곳까지 유인했을까? 강변길은 역으로 가는 길이 아니야. 다리 위에는 폭풍이 몰아치고 밤이라 사람 왕래가 뜸하지. 범행하기 좋았을 것이야. 좋아! 왓슨. 누가 최후의 승자가 되는지 한 번 해보는 거야."

"경찰서에 가려나?"

"아니! 내가 경찰이 되겠어. 내가 그물을 쳐 놓으면 경찰이 파리 정도는 잡겠지. 그렇지 않으면 그들은 아무것도 못해."

그날 하루 종일 본업인 병원 일로 분주했기 때문에, 내가 베이커 거리로 간 것은 밤이 꽤 늦은 시각이었다. 그때까지 홈즈는 돌아와 있지 않았다. 그는 10시가 다 돼서 아주 지친 얼굴로 들어왔다. 그리고 마치 굶주린 이리처럼 빵을 마구 씹어 삼켰다.

"몹시 시상한 모양이지?"

"응, 사실은 점심과 저녁 식사를 완전히 잊고 있었어. 생각할 틈도 없었어."

"그럼, 수확이 있었겠군."

"놈들은 내 손 안에 있어. 오픈쇼의 원한을 갚는 날도 멀지 않네. 자 왓슨, 이번에는 우리가 놈들에게 이상한 암호를 보내세. 이건 멋진 생각이야."

"뭐라구?"

고개를 갸우뚱하고 있는데 내 눈 앞에서 홈즈는 선반

에 있는 오렌지를 잘게 뜯었다. 그리고 씨앗을 빼내어 그 중에서 5개를 가려 봉투에 넣고, 봉투 안쪽에는 '존 오픈 쇼의 대리, 셜록 홈즈' 라고 붉은 잉크로 적었다. 그리고 봉함을 한 뒤 겉에다 '아메리카 조지아 주 사반나 항 세 돛대 범선 론스타 호 선장 제임스 캘하운 씨' 라고 수인인 이름을 썼다.

"배가 항구에 들어가면 이것이 기다리고 있을 거야. 놈은 이것을 보고 잠을 설칠 것이네. 오픈쇼가 강 밑으로 떨어져 죽을 때와 같이 편지를 보면 피할 수 없는 운명이 예고되었다고 느낄 걸세."

"그런데 캘하운 선장이 누구야?"

"그들 일당의 두목이야. 다른 놈들도 해치우겠지만 우선 두목부터야."

"어떤 방법으로 알아냈나?"

홈즈는 주머니에서 날짜와 이름이 적힌 종이를 꺼냈다.

"나는 오늘 하루 종일 로이드 선박 등록부와 옛 신문을 조사하여 1883년 1월부터 3월까지 폰디체리에 기항한 배의 그후 동정을 조사했어. 지난 두 달 동안의 보고에 의하면 큰 배는 서른여섯 척이었네. 그 중에서 론스타 호라는 배가 나의 관심을 끌더군. 왜냐하면 런던에서 출항한 것으로 되어 있지만 그 배 이름은 아메리카 어느 주의 별명이거든."

"텍사스지?"

"글쎄, 거기까지는 모르지만 아무튼 아메리카 선박은 확실했어."

"그래 어떻게 했나?"

"다음은 스코틀랜드 던디 항에 대해 조사해 보았어. 그 론스타 호가 1885년 1월 기항했다는 것을 알았지. 그래서 혐의는 확신으로 변했지. 그리고 현재 런던 항에 정박 중인 배를 조사해 보았더니……"

"론스타 호가 있었군?"

"그래 지난주에 입항 했더군. 즉시 템스 강의 앨버트 녹에 달려갔더니 아침에 썰물을 타고 사빈나 항을 향해 귀향길에 올랐다는 것을 알았어. 강 어귀 그레이브스엔드에 전보로 문의 했더니 답이 왔어. 지금 와이트 섬을 통과하고 있다는 거야."

"앞으로 어떻게 할 건가? 그놈들을 그냥 놓아 줄 것인가?"

"천만에! 이미 그물을 쳐 놓았어. 론스타 호의 선원 구성은, 선장과 두 사람의 항해사가 미국인이고, 나머지는 핀란드와 독일인이야. 그리고 배에 짐을 실었던 항만 노동자 말에 의하면 이 세 아메리카인은 어젯밤 모두 상륙

했었대. 자, 그 범선이 사반나 항구에 입항할 무렵에 이미 이 편지가 우편으로 도착했을 것이야. 그곳 경찰한테 이곳에서 살인 혐의를 받고 있는 세 명의 아메리카인을 체포해 주기 바란다는 연락도 취했어."

그러나 홈즈가 세운 계획은 그해 가을 폭풍이 몰아치는 자연의 조화 때문에 이어지지 못했다. 우리들은 사반나 항으로부터 론스타 호가 들어오는 것을 학수고대 했지만 끝내 소식이 없었다. 그 뒤 L.S(론스타호의 머리글자)가 새겨진 배의 파편이 해안가에서 발견 되었다. 그 배는 너무 심한 폭풍 때문에 대서양 건너 아득히 먼 곳에서 침몰된 것으로 알려졌다.

Sherlock Holmes

Chapter
06

입술이 비뚤어진
남자

입술이 비뚤어진 남자

아이자 휘트니는 세인트 조지 신학교 교장이었던 고
(故) 일라이어스 휘트니 신학 박사 동생인데 아편에 깊이
중독된 인물이다. 내가 들은 바에 의하면 그가 아편에 중
독된 것은 학생시절 나쁜 호기심에서 비롯됐다. 아편이
가져다주는 몽환의 세계를 묘사한 토마스 드퀸시(Thomas
De Quincey 1785~1859, 〈어느 아편중독자의 고백〉을 쓴
작가)의 작품을 읽고 담배에 아편 용액을 담가 피우곤 했
던 것이 아편 중독자로 발전한 것이다. 그는 그후 오랫동
안 마약의 노예가 되었고, 그래서 친구들이나 친척들은
측은하게 생각하면서도 그를 가까이 하길 꺼렸다. 지금

그는 얼굴이 누렇고, 눈꺼풀에 힘이 없으며 언제나 지쳐 의자에 몸을 웅크리고 앉아 있는 완전 폐인이 다 된 인물이 되었다.

1889년 6월 어느 날 밤, 졸린 눈을 껌뻑이며 하품을 하고 있는데 현관 벨이 울렸다. 아내는 언짢은 표정을 지으며 뜨개질 거리를 놓고 나를 쳐다보았고 나는 의자에서 일어났다.

"환자에요? 또 왕진 가야겠군요."

아내의 말을 들으며 막 피곤한 일과가 끝나 쉬려는 나는 한숨을 쉬었다. 현관문이 열리고 검은 옷에 검은 베일을 쓴 부인이 우리 앞에 나타났다.

"이렇게 늦은 시간에 찾아와서 죄송합니다."

그 부인은 인사를 하곤, 갑자기 자제심을 잃고 아내 곁으로 다가와 아내 어깨에 기대 흐느껴 울기 시작했다.

"어떻게 해야 할지 몰라서 이리로 달려왔어. 나를 좀 도와줘."

"잘 왔어. 포도주에 물을 좀 타 줄게 마셔. 그리고 편안하게 무슨 일인지 말해. 거북하면 남편에게 자리를 좀 피해달라고 할까?"

"아니! 왓슨 선생님에게도 충고를 들어야 할 것 같아."

휘트니 부인은 아내가 가져다 준 포도주를 단숨에 들이키더니 말을 이었다.

"선생님, 남편이 이틀이나 집에 돌아오지 않는군요. 이대로 있다간 내일도 돌아오지 않을 거예요. 그래서 오늘밤 안으로 남편을 꼭 좀 데려다 달라고 선생님께 부탁드리로 온 겁니다."

"아! 그래요."

휘트니 부인이 자기 남편 일로 상담하러 온 것은 이번이 처음이 아니다. 나는 의사 입장에서, 그리고 아내는 여학교 동창이며 오랜 친구로 부인의 상담지 노릇을 하고 있었다.

그녀의 말을 들으니 또 부인의 남편이 런던 시내 동쪽 변두리에 위치한 아편굴에 간다는 것이다. 몸 속의 아편 기운이 떨어지면 아무 때고 나가서 밤이 되면 몸을 비틀대며 돌아오곤 하였다. 그런데 이번에는 이틀 동안이나 들어오지 않고 있다는 것이다. 보나마나 그는 부두 하역 노동자들 가운데 아편 상습중독자들 틈에 끼어 계속 아편 담배를 피우고 있을 것이란 거다.

그녀는 어펀스완덤 길에 있는 '황금막대기'라는 곳에 가면 남편을 만날 수 있다고 말했다. 그러나 그녀는 그런 곳에 젊은 여인이 간다는 게 두렵다는 것이다. 나는 그녀의 말을 듣고 곧장 마차를 타고 그 아편굴로 들어갔다. 어펀스완덤 길은 런던브리지 동쪽에 있는데 템스 강의 북쪽 기슭에 길게 이어진 하역장 뒤에 더럽고 지저분한 골목이다. 싸구려 옷가지가 주렁주렁 매달린 술집들 사이 가파른 돌계단을 올라가자 그 아편굴이 나타났다. 입구에서 망을 보던 사나이가 위협하는 듯한 눈초리로 왓슨을 노려보았지만, 트집을 잡지는 않았다.

방안은 천장이 낮고 어두컴컴해서 3등 선실 같았는데, 병실처럼 침대가 줄지어 있고, 아편 중독에 걸린 사람들이 그곳에 나른해진 몸을 누이고 있었다. 짙은 갈색 연기와 함께 달콤한 아편 냄새가 방안에 감돌아, 마치 악마의 나라에 온 것 같은 착각이 들었다. 그곳에 있는 아편 중독자들은 말없이 아편 연기에 심취해 있었고, 담뱃불만이 작은 불빛을 드러내고 있었다. 내가 들어가니까 얼굴빛이 누런 말레이시아인이 아편 담뱃대와 약 1회분의 약을 들고 다가와 비어 있는 침대를 안내했다.

"이쪽으로 오십시오. 좋은 자리가 비어 있습니다."

"고맙네, 하지만 나는 아편을 피우러 온 게 아니야. 사람을 찾고 있는 중이네."

그때 제일 안쪽 침대에 있던 한 노인이 왓슨을 힐끗 쳐다보더니, "어, 왓슨씨!"라고 불렀다. 그가 바로 휘트니였다. 그는 어둠 속에서도 여리고 창백함이 역력했고 형클어진 머리를 하고 나를 쳐다보고 있었다. 약효가 이미 다 떨어진 듯 힘이 하나도 없어 보였다.

그는 약효가 끝난 아편 중독자들이 금단 현상에 빠진 듯 덜덜 떨고 있었다.

"지금 몇 시입니까?"

"밤 11시입니다."

"무슨 요일이죠?"

"6월 19일, 금요일입니다."

"이런! 수요일이 아니요? 나를 놀리지 마시오. 나는 이곳에 들어온지 두 시간뿐이 안 지났다고."

"지금 당신 부인이 이틀 동안이나 연락되지 않는다고 얼마나 걱정하는지 아세요?"

그는 여전히 횡설수설했다.

"나는 여기 들어와 겨우 세 대 피웠나? 아니 네 댄

가?……, 이런 기억이 나지 않네. 어쨌든 이제 돌아가야 겠군. 나는 아내를 애태우게 하고 싶지 않으니까. 불쌍한 여인."

"바깥에 마차를 대기시켜 놓았어요."

"그럼 마차로 가야지. 아! 계산을 하고 나가야지. 모두 얼마인가? 이런 몸이 휘청거려 움직일 수 없군."

나는 그를 부축하고 좁은 통로를 지나갔다. 역겨운 연기를 가급적 맡지 않으려고 숨을 참고 있었다. 나는 키가 큰 노인 옆을 막 지나치려 할 때 갑자기 옷자락을 당기며 '돌아보게!' 라는 나직한 말을 들은 듯했다. 그래서 나는 그 노인을 돌아보았다. 노인은 힘없는 손가락으로 아편을 들고 있었고 몽롱한 표정으로 있었다. 나는 두 걸음 더 걸어가다 돌아보고 비명을 지를 뻔한 것을 참았다.

나는 내 눈을 의심했다. 나를 보며 웃는 노인은 바로 셜록 홈즈였다. 그는 나에게 가까이 오라고 손짓을 하고 다시 반대쪽으로 고개를 돌렸다.

"홈즈! 아니 이런 지옥에서 뭐하고 있지?"

노인으로 변장한 홈즈에게 나는 낮은 목소리로 물었다.

"아! 작은 목소리로 말해. 내 귀는 잘 들리니까. 미안하지만 자네 친구 아편 중독자는 좀 돌려보낼 수 없을까? 의논할 일이 있어."

"그래. 바깥에 마차를 대기시켜 놓았어."

"그래. 그럼, 그 마차에 친구를 태워 보내게. 아무 일 없을 거야. 자기 몸도 지탱하지 못하는 사람이니 무슨 사고를 일으키지는 않을 거니까. 자네 부인에게는 홈즈와 같이 있다고 전해 달라고 마부에게 부탁하게. 그리고 밖에서 5분 만 기다려. 곧 나갈 테니."

나는 홈즈가 시키는 대로 마부에게 휘트니 부인의 남편을 부탁했다.

"이분을 댁까지 꼭 모셔다 드리게. 그리고 이 편지는 우리 집사람에게 전해 주고."

마부는 말 등에 채찍질을 한번 하고는, 경쾌한 바퀴소리를 남기며 어둠 속으로 사라져 갔다. 마차가 보이지 않자, 노인 분장을 한 홈즈가 아편굴에서 나왔다.

"도대체 어떻게 된 거야? 홈즈? 나는 웬만해선 놀라지 않는데, 오늘밤엔 정말 까무러칠 뻔했다니까."

"왓슨! 자넨 내가 아편까지 했다고 생각하나? 나도 놀란 것은 마찬가지야."

"아니, 난 보다시피 이웃에 사는 부인의 부탁을 받고

그 남편을 데리러 왔을 뿐이야. 그런데 뜻밖에도 자네를 만났어. 여보게, 자네가 그곳에 변장까지 하고 숨어들었으니, 무슨 사건이라도 있는 모양이지?"

"음, 어려운 사건이라서 좀처럼 단서가 잡히지 않는군. 그래서 아편 환자들이 지껄이는 말이라도 들으려고 이곳에 온 거야. 아무튼 왓슨! 좀 도와주게. 뭐 특별한 것은 아니지만 자네가 함께 있기만 해도 난 마음이 가라앉거든."

"그런 말을 들으니 정말 기쁘군. 나도 매일 환자들만 돌보느라고 몹시 따분하던 참이었네. 마침 잘됐어. 우리 집사람에게는 자네를 만나서 오늘밤에는 돌아가지 못할지도 모른다고 쪽지를 써 보냈어."

"잘했군, 오늘밤엔 모처럼 자네와 둘이서 사건을 처리하게 됐는걸."

이렇게 말한 다음 홈즈는 손가락을 입에 넣고, "휘익~!"하고 휘파람을 불었다. 그러자 저쪽 어둠속에서 대답하는 휘파람 소리가 나더니, 마차 한 대가 스르르 나타났다. 홈즈는 젊은 마부에게, "존, 수고했어. 이젠 마차를 내게 맡기고 돌아가게."라고 말하며 돈을 쥐어 주었다.

"자, 올라타게. 왓슨. 목적지에 닿을 때까지 사건의 내용을 이야기해 주겠네."

홈즈는 마부자리에 올라앉아 고삐를 잡았다. 나도 그 옆에 앉았다.

"어딜 가나?"

"켄트 주의 리 부근이야. 여기서 약 10킬로미터쯤 되지."

"사건은 리 시에서 일어났나?"

"아냐. 사건은 아까 그 아편굴에서 일어났다고 해야겠지. 지금 우린 리 시의 센트클레어 씨 집으로 가고 있어. 그가 갑자기 증발해 버렸거든."

"증발하다니?"

"음, 갑자기 사라져버렸어. 그 아편굴은 수상쩍은 게 너무 많아. 아직은 분명히 말할 수 없지만 그 아편굴에 들어 갔다가 두 번 다시 나오지 못한 사람이 한두 사람이 아니야. 아편굴 뒤쪽엔 항구로 통하는 수로가 있는데, 뒤 곁으로 난 창문에서 물 속으로 집어던지기만 하면, 시체는 조수에 휩쓸려가 어디서 떠오를지조차 모르거든."

"그런데 리 시는 뭐 하러 가지?"

"응, 내가 센트클레어 씨 실종사건을 조사하는 동안 그 집에 묵을 예정이야. 침대가 두 개이니 오늘 자네도 함께 묵을 수 있어."

마차는 인적이 드문 밤길을 달려 어느 사이 런던 교외를 달리고 있었다. 밤하늘에는 수많은 별들이 아름답게 반짝이고 있었다. 마차가 다리를 건너 들길로 접어들자 한적한 시골풍경이 보였다. 이곳부터는 런던 부호들의 별장이 몰려 있었다. 홈즈는 담배 파이프를 꺼내 불을 붙였다.

"왓슨! 자네는 침묵이라는 훌륭한 천성을 갖고 있어. 그래서 나는 자네를 좋아하지. 자네 같은 친구가 있다는 것이 얼마나 좋은지."

"자네가 그렇게 생각하니 고맙군. 이제 사건을 좀 이야기해도 좋지 않은가. 나는 침묵으로 기다린 거야."

"음. 그래 이야기 해주지. 사건 자체는 퍽 간단해. 그래서 어디부터 손을 대어야 좋을지 통 모르겠어. 자네에게 말하면 무슨 좋은 단서라도 잡아 줄지 모르겠군. 먼저 센트클레어라는 인물을 설명하지. 그는 돈이 많은 신사야. 그래서 리에서도 큰 저택을 사서 호화롭게 살았지. 나이는 37살이고, 아름다운 부인과 두 아이가 있어. 그는 아주 성실한 사람이야. 런던 시내 몇 군데 회사 일을 하고 있지. 매일 아침 규칙적으로 출근해서 오후 5시 40분이면 어김없이 열차를 타고 집으로 돌아오지. 그리고 내가 조사한 바에 의하면 그는 88파운드 10실링의 빚이 있어. 또한 캐피탈 & 카운티 은행에 220파운드 예금이 있어. 그러니까 금전 문제로 고민했다고 생각되진 않아. 지난 월요일 그는 보통 때보다 약간 일찍 런던으로 출근했어. 상냥한 아빠인 그는 집을 나설때 아이들에게 오늘은 선물로 집짓기 장난감을 사다 주겠다고 약속을 했지. 그리고 그날 그가 나간 후 전보 한 통이 왔는데 부인 앞으로 오기로 되어 있는 중요한 소포가 지금 애버딘 선박 회사 사무실에 도착해 있으니 수령하라는 것이었네. 그곳은 자네도 알다시피 우리가 오늘밤 만난 그 아편굴 근처 선장가에 있지. 센트클레어 부인은 점심식사를 끝내고 시내로 가서 몇 군데 돌아다니며 쇼핑을 한 다음 그 선박 사무실로 가서 소포를 찾아 역으로 돌아가기 위해 어펀 스완덤 길을 걸어갔네. 그때가 4시 45분이야. 여기까지는 무슨 이야기인지 알겠나?"

"응."

홈즈는 이야기를 본격적으로 시작했다.

"자네도 기억하겠지만 지난 월요일은 굉장히 더운 날이었지. 부인은 이런 곳을 걸어 다니기가 싫어서 마차라도 있었으면 하고 골목길을 걸어가고 있었는데 갑자기 비명소리가 나서 고개를 돌렸지. 순간 온몸이 굳어질 정도로 놀란거야. 그녀의 눈에 3층 건물 창문에서 남편이 자신에게 손을 흔들며 소리치는 모습이 보인거야. 부인은 남편에게 무슨 일이 일어났다고 생각하고 그 아편굴의 3층 계단을 올라가려 했을 때 인도인 불량배와 그의 부하가 부인이 올라오지 못하도록 막고 있었던 거야. 부인은 운 좋게 그때 마침 경찰을 만났어. 그래서 경찰 몇명과 아편굴에 남편이 손을 흔들던 그 창가까지 갔지. 그러나 남편은 볼 수 없었어. 그 자리에는 그저 험상궂은 모습을 한 앉은뱅이거지가 있을 뿐이었지. 거지는 전부터 그 방에 세들어 살고 있었대. 경찰은 건물 구석구석을 샅샅이 뒤져 보았지만 센트클레어는 아무데도 없었어."

"그것 참 이상하군. 뭔가 비밀이 숨어 있는 것만 같아."

내가 그렇게 말하자 홈즈가 말했다.

"나도 같은 생각이야. 도대체 교외의 별장에서 부유한 생활을 하는 센트클레어가 아편굴에 있었다는 사실부터가 이상해."

그러면서 홈즈는 심각한 표정을 짓고 있었다.

"센트클레어는 부자니까. 재산을 탐내는 나쁜 녀석들에게 납치된 게 아닐까?"

"그럴지도 모르지. 그런데 아편굴에 있는 녀석들은 센트클레어를 본 일이 없다는 거야. 물론 앉은뱅이 거지의 대답도 마찬가지였어. 그러자 부인이 이상한 예감이 들어 책상 위에 있는 상자를 열어보니, 그 속에 집짓기 장난감이 들어 있었다는 거야. 센트클레어가 선물로 사 오겠다고 약속한 장난감이지."

"그렇다면 센트클레어가 그곳에 있었다는 증거가 되는군."

"부인의 말을 듣고 수사경찰들이 출동해서 다시 3층에 있는 방들을 이 잡듯이 조사했이. 그랬더니 방 안쪽에 있는 커튼 뒤에 침대가 놓여 있고, 침대 머리맡에 창문이 하나 있었어. 그리고 창문 바로 밑은 선박 하역장이고 하역장과 침실 창문 사이 좁고 긴 공간은 밀물 때는 물이 차는 이상한 구조야. 그리고 수사관들이 발견한 것인데 창틀 군데군데에 피가 묻어 있었다는 거야."

"뭐? 피가?"

나는 놀라 소리쳤다. 홈즈는 말을 계속했다.

"창틀뿐만 아니라 자세히 보니 마룻바닥에도 피가 묻

어 있었어. 형사들은 긴장하여 커튼을 힘껏 잡아당겨 보기도 하고, 침대의 요를 뒤집어 보기도 했지. 그랬더니 센트클레어의 물건들이 잇따라 나왔다는 거야. 구두, 양말, 모자. 그런데 양복은 없었대. 양복만은 그대로 입고 있었던 모양이야. 그래서 경찰도 살인사건으로 단정하고 수사를 폈어. 우선 건물을 지키고 있던 그 인도인을 조사했지. 그는 흉악한 전과자였어. 그런데 부인 말로는 남편 비명소리가 들렸을 때 그 인도인은 건물 계단에 서성거렸다는 거야. 그러니 사건과 직접 관련은 없는 거지. 그리고 다음으로 그 앉은뱅이를 조사했는데 그 자도 그 건물 3층에 세들어 살고 있을 뿐 센트클레어를 본 적도 없다는 거야. 그런데 그 자는 여러모로 의심스러운 자이지. 얼굴은 심한 화상으로 추한 모습을 하고 있고 시내에서는 성냥을 팔고 주로 구걸하는 것이 본업이지. 너무 불쌍한 모습이라 돈벌이가 잘 된다고 하는 것 같아."

"자넨 거지가 무척이나 부러운가 보군. 자넨 변장술도 뛰어나니까 거지로 둔갑해서 구걸도 한 번 해보지 그래."

내가 그렇게 농담하자 홈즈는 심각한 표정을 지으며 입을 굳게 다물었다.

"홈즈 설마 화가 난 것은 아니지?"

내가 그의 눈치를 살피자 그가 조금있다가 말했다.

"왓슨, 난 그 앉은뱅이가 사실은 부자일 거라는 생각이 들어. 다른 거지들과 달라. 머리가 좋거든. 지나가는 사람들이 놀려대면 척척 말을 받아넘기는데 제법 재치가 있는 소리를 한단 말이야."

"그럼, 자넨 센트클레어를 죽인 범인은 앉은뱅이일 거라고 생각하나? 하지만 원기 왕성한 센트클레어가 그 앉은뱅이를 못 이기지는 않았겠지."

"그 앉은뱅이 이름은 휴 분이야. 그런데 앉은뱅이라고 하지만 절룩거리고 걸을 수 있어. 다리만 나쁠 뿐이지 건강하고 힘깨나 쓸 수 있을 것 같아. 자넨 의사이니 알겠지만 한쪽 다리가 불구이면 다른 한 곳은 특별히 뛰어나거든. 그렇지 않나?

"그렇긴 한데. 내가 직접 그 자를 보지 않은 이상 뭐라고 말할 수는 없네. 그건 그렇고 창문틀에 발견된 핏자국을 보고 경찰들은 어떤 수사를 한거지."

"좋아, 이야기를 계속하지. 창틀의 피를 보자 센트클레어 부인은 기절해 버렸어. 그래서 경찰은 일단 부인을 마차에 태워 집으로 돌려보낸 다음, 아편굴에서 얼쩡거리고 있는 녀석들을 모두 몸수색을 했어. 그러나 단서가 될 만한 것은 아무것도 발견하지 못했지. 우리가 제일 수상하게 생각한 그 앉은뱅이도 경찰조사를 받았는데 소맷부리에 피가 묻어 있었거든. 게다가 약지 손가락엔 심한 상처를 입고 피를 흘리고 있었어. 그는 창틀에 묻은 것도 제 피라고 우겨댄 모양이야. 그는 말솜씨가 뛰어난 자야. 경찰이 묻는 말에 대해 능글능글하게 시치미를 떼었던 모양이야."

나는 갑자기 홈즈의 말을 끊었다.

"잠깐! 아주 중요한 걸 한 가지 물어 보겠네."

"뭔데?"

"경찰은 창문 뒤에 있는 하역장을 조사하지 않았나? 혹시 시체가 나왔을지도 모르잖아?"

"오, 과연 내 친구야! 멋진 질문이군. 물론 경찰이 열심히 조사를 하고 있는 동안, 바닷물은 썰물이 되기 시작했어. 이윽고 하역장은 바싹 마른 연못같이 되었는데, 그곳에서 경찰은 센트클레어가 입고 있던 양복저고리를 발견했어."

"양복저고리를? 가벼운 양복저고리가 어떻게 썰물에 휩쓸려 떠내려가지 않았을까?

"그럴 만한 이유가 있었지. 그 저고리 호주머니에는

무거운 것이 잔뜩 들어 있었다네."

"대체 무엇이 있었지?"

"놀랍게도 호주머니엔 동전들이 가득 채워져 있었다는군. 1펜스 동전이 421개, 반 펜스 동전이 270개나 나왔어. 그러니까 양복 상의가 떠내려가지 않은 거야. 그런데 시체는 달라. 하역장과 아편굴 사이는 조수가 빠질때 그 힘이 대단해서 시체는 알몸이 되어 강 한복판으로 흘러 갔고 양복 상의만 남은 거야."

"누가 그를 죽였을까?"

홈즈는 어두운 밤하늘을 올려다보고 있었다.

"홈즈, 그 저고리 호주머니 속에 엄청난 동전은 무얼 의미하지?"

"내 생각에는 그건 앉은뱅이가 구걸해서 모은 돈이지."

"그래? 그렇다면 애써서 모은 돈을 왜 센트클레어의 저고리에다 채워 넣었지?"

"문제는 바로 그 점이야. 그 자는 그 동전에 대해서는 모른다고 딱 잡아떼었어. 구걸한 돈을 아무도 모르는 곳에 숨겨 두었는데 누군가가 모조리 훔쳐가 버렸다는 거야. 그래 결국 경찰은 손을 들고 말았어. 휴 분은 오래전부터 거지 노릇을 하고 있었지만 나쁜 짓을 저지른 적은 전혀 없었기 때문이야."

"그렇다면 이 사건을 해결하려면 처음부터 다시 생각해 보는 도리밖에는 없군."

"그래서 나는 아편굴에 몰래 숨어들어가 조사하다 자네를 만난 거지. 도대체 센트클레어는 왜 그 아편굴에 있었을까? 거기서 무엇을 하고 있었을까? 그는 과연 살해되었을까? 앉은뱅이 거지는 이 사건과 관련이 있을까? 이런 것들을 조사하려고 그곳에 있었지."

"그래, 그중 한 가지라고 알아냈나?"

"아니, 전혀."

홈즈는 길게 한숨을 내쉬었다. 마차는 리 시의 별장지대를 접어들고 있었다.

"저기 불빛이 보이지? 저게 센트클레어 씨의 저택이야. 그런데 부인을 대하기가 좀 난처한 걸. 반가운 소식을 갖고 오지 못했으니."

마차가 조용히 섰고 이어 현관문이 열리고 센트클레어 부인이 모습을 드러냈다.

"어서 오세요. 홈즈 씨. 무슨 단서라도 잡으셨나요?"

"실망시켜드려서 매우 죄송합니다. 아직까지 아무런

단서도 잡지 못하고 있습니다."

"예."

홈즈의 말에 무척 실망한 듯 부인은 어깨를 축 늘어뜨리고 고개를 숙였다.

"부인, 그 대신 아주 믿음직스러운 친구를 데리고 왔습니다. 왓슨이란 의사인데 여러 번 저와 같이 사건을 해결한 친구입니다. 이번에도 많은 도움이 될 겁니다."

"정말 잘 오셨습니다. 왓슨씨"

부인은 나에게 악수를 청했지만, 얼굴 표정이 밝아지지는 않았다. 나는 부인이 매우 측은하게 생각되었다. 불안과 공포와 슬픔에 젖어 있는 이 집안을 위해 빨리 사건이 해결되길 바랄 뿐이었다.

친절한 센트클레어 부인은 우리를 위해 밤참을 마련해 주었다. 나와 홈즈는 몹시 배가 고팠으므로 맛있게 먹었지만, 풀이 죽어 있는 부인을 보니 목이 메었다.

"부인, 홈즈는 오늘 좋은 소식을 가져오지 못했지만, 그렇다고 나쁜 소식을 가져온 것도 아닙니다. 아직 희망은 있습니다."

내가 이렇게 말하자 부인은 스스로를 안심시키려는

듯 고개를 끄덕였다.

"정말 그렇군요. 나쁜 소식이 없다는 것으로 그런대로 위안이 됩니다. 홈즈씨! 너무 무리한 부탁을 드려 죄송합니다. 하지만 저에겐 당신이 유일한 희망입니다."

"아직 사건의 단서를 잡지 못해 난감할 따름입니다."

홈즈는 천천히 홍차를 마셨다.

"홈즈씨, 분명히 말씀드리지만 저는 무슨 일이 일어난다 해도 이젠 절대로 당황하지 않겠어요. 설령 남편의 신상에 최악의 상태가 일어났다고 해도 말이에요. 그러니 제가 묻는 말에 사실대로 대답해 주세요."

"좋습니다. 뭐든지 물어 보십시오."

"당신은 제 남편이 아직 살아 있다고 생각하시지요? 솔직하게 말씀해 주세요."

"그건 현재로서는 아직……, 그러나 현재로는 살해되었다는 가정을 배제할 수 없습니다."

그러자 부인의 얼굴은 더욱 창백하게 변했다.

"언제 살해되었을까요?"

"월요일 아닐까요?"

"그런데 홈즈씨! 남편에게 오늘 이런 편지가 왔습니다."

홈즈는 감전이라도 된 것처럼 의자에서 일어났다.

"뭐라고요?"

"네. 오늘입니다."

부인은 작은 메모지를 들어 보이며 미소지었다.

"봐도 괜찮지요?"

홈즈는 부인의 손에 있는 쪽지를 받아 테이블 위에 펼쳐 놓고 구겨진 주름을 편 다음 열심히 들여다보았다. 나는 어깨 너머로 들여다보았다. 봉투는 아주 값싼 것을 썼는데 그레이브센드 우체국 소인이 찍혔고, 날짜는 오늘 아니, 자정이 지났으니 어제로 되어 있었다.

"겉봉투의 글씨는 매우 졸필이군요? 부인. 이거 센트 클레어 씨의 글이 맞습니까?"

"예, 편지 내용은 분명히 남편이 쓴 것이에요."

"겉봉투의 글씨는 누구의 것인지 짐작되는 사람이 없나요?"

"누가 썼는지 통 모르겠어요."

"누군가 봉투에 주소를 쓸 때, 쓰다 말고 다른 사람에게 물어봤군요."

"아니 그걸 어떻게 알지요?"

"보세요. 부인 이름은 완전히 검은 잉크 색입니다. 그것은 잉크가 저절로 말랐기 때문입니다. 하지만 주소는 글자가 희미하지요? 압지를 사용했기 때문입니다. 이름과 주소를 단번에 쓰고 압지로 눌렀다면 이름만 진하게 될리 없습니다."

"하지만 그런 것이 무슨 단서가 될까요?"

"물론입니다. 아무리 사소한 것이라도 사건을 푸는 중요한 열쇠가 될 수 있어요. 이 겉봉투를 쓴 사람은 먼저 당신의 이름을 쓰고 펜을 내려놓은 다음, 당신의 주소를 묻거나 조사를 해서 나중에 적어 넣은 겁니다."

"그이는 왜 겉봉투를 딴사람에게 쓰게 했을까요?"

"아무튼 편지를 읽어 봅시다."

그런데 홈즈는 편지를 펼치면서, "아니, 부인! 봉투 속에 편지 외에 다른 것이 있었나요?"하고 물었다.

"예, 사실은 반지가 들어 있었어요. 그이의 이름이 새겨진 반지였습니다."

"그렇다면 이 편지는 센트클레어 씨가 쓴 게 틀림없군요."

"급히 서두른 듯 갈겨쓰긴 했지만, 틀림없는 제 남편의 글씨입니다. 글씨체가 독특하여 금방 알 수 있습니다."

부인은 자신 있게 말했다. 홈즈는 소리를 내어 편지를 읽었다.

> 사랑하는 여보.
> 아무것도 걱정하지 마시오. 곧 모든 것이 잘 될 거요. 예기치 않은 일이 생겨 시간이 좀 걸릴 거요. 잠시만 참고 기다리시오.

"종이는 책의 면지를 뜯어서 쓴 모양이군. 연필로 갈겨쓴 걸 보니 무척 서두른 것 같아요. 편지를 우체통에 넣은 자는 엄지손가락이 더러워져 있고 담배를 질경질경 씹으면서 봉투에 풀칠을 한 자국도 있군요. 그리고 남편은 오늘 그레이브센드에 있었다는 말인데. 부인, 좀 희망이 있군요. 그렇다고 위험이 사라졌다고 말할 수 없지만."

"남편은 꼭 살아 있을 겁니다."

"부인, 다시 한 번 확인하려는 건데. 이 편지의 글씨는 정말 센트클레어 씨의 글씨인가요? 혹시 잘못 보신 건 아니겠지요?"

"맞아요. 그이가 직접 쓴 겁니다. 우린 아무리 멀리 떨어져 있어도 무슨 일이 생기면 서로가 육감으로 알 수가 있어요. 월요일 아침에도 그이는 면도를 하다가 얼굴을 다쳤습니다. 그때 전 아래층 부엌에 있었는데 퍼뜩 불길한 예감이 들어 세면장으로 뛰어 들어갔어요. 그런 조그마한 일이라고 예감으로 알 수 있는데, 하물며 그이가 죽었다면……."

"그렇다면. 남편은 왜 돌아오지 않을까요?"

부인은 아무말도 못했다.

"그날 집을 나갈 때 센트클레어 씨는 별다른 말이 없었나요?"

"예, 여느 때처럼 명랑한 얼굴이었어요."

"부인, 남편이 어펀스완덤 길에 대해 말한 적 있나요?"

"아니요. 그인 그런 불결한 거리에 대해서는 한 번도 입에 담은 적이 없었어요."

"마지막으로 한 가지만 묻겠습니다. 센트클레어 씨는 혹시 아편을 피우지 않았나요? 솔직하게 대답해 주십시오."

"그건 당치도 않은 말씀이세요. 그이는 무척 가정적이고 착실한 분입니다."

"부인, 그 골목길에서 남편 얼굴을 보고 놀랐지요?"

"네."

"창문은 열렸다고 했나요?"

"그런 것 같아요."

"남편이 부인을 부르려고 소리 지른 것인가요?"

"그렇게 생각합니다."

"도움을 청하는 소리였나요?"

"네, 손을 흔들고 있었어요."

"혹시, 달리 생각하면 부인을 보고 놀라 소리지른 것은 아닌가요?"

"그럴 수도 있겠지요."

"그리고 누군가에 끌려간 것 같다고 하셨나요?"

"에. 눈 깜짝힐 사이에 그이 모습이 시라졌어요."

"고맙습니다. 부인. 꼭 필요한 질문들이라. 이제는 야식을 들고 쉬기로 하겠습니다. 내일은 좀 바빠지겠군요."

홈즈는 매우 기분이 좋은 듯 밝은 목소리로 말했다.

센트클레어 부인이 마련해 준 방은 넓고 쾌적했다. 침대가 둘 있었고 나는 그날 너무 지쳐 있었기에 즉시 잠으로 빠져들었다. 그러나 셜록 홈즈는 해결되지 않은 문제 때문에 생각에 잠겨 있었다. 잠결에 누군가 부르는 소리가 들린다고 나는 생각했다. 밖은 벌써 환해졌다.

"왓슨, 이제 그만 일어나게."

"응. 그래."

홈즈는 밤을 꼬박 샌 듯 담배 연기가 자욱했다.

"자넨 결국 밤샘을 했나?"

"사건에 대해 이것저것 생각하는 동안 날이 새어버렸네. 새벽 공기를 마시기 위해 우리 동네 한 바퀴 돌까?"

"그래."

홈즈는 밤을 꼴딱 샌 사람 같지 않고 기분도 좋아보였다. 밖을 나오니 새벽이라 그런지 공기가 상쾌했다. 너무이른 시간이라 그런지 아무도 없었다.

"자, 왓슨. 잠이 달아났으면 곧 떠날 차비를 하게. 한달음에 런던까지 마차를 몰 테니까."

"뭐, 런던으로?"

나는 시계를 보았다. 이제 겨우 5시였다. 홈즈는 담배연기를 길게 내뿜었다.

"홈즈, 이제 뭔가 실마리를 잡았나."

"응, 가면서 말해 주지."

우리는 서둘러 마차에 올라타고 런던으로 달렸다. 별장들은 아직 정적 속에 잠겨 있었다.

"이번 사건은 말이야. 꽤나 이색적이야."

홈즈는 혼잣말처럼 중얼거리며 마차를 더욱 빠르게 몰았다.

"혀를 깨물지 않도록 조심하게."

거칠게 마차를 몰면서 홈즈가 한 말이다.

"이렇게 이른 아침에 도대체 어딜 가는 거야?"

"앉은뱅이 거지 휴 분이 갇혀 있는 경찰서 유치장으로 가는 거야."

"범인은 역시 그 자였군 그래."

"범인이 아니야. 사건의 주인공이지. 난 바보였어. 그러나 오늘 새벽에 목욕을 하다가 문득 해결의 실마리를 잡았어."

"그 실마리라는 게 어떤 건가?"

"목욕용 솔 말이야. 지금 내 주머니에 들어 있어."

"뭐, 솔이라고?"

"음, 이 솔이 이 사건의 열쇠이네. '

어느덧 마차는 런던 시내로 접어들고 있었다. 템스 강 서리 주 쪽의 여러 거리를 지나 우린 워털루 다리를 건너 런던 경시청 안으로 들어갔다.

셜록 홈즈는 이곳에서 이미 얼굴이 알려져 있어 수위가 경례를 붙였다. 경관 한 명도 홈즈를 보고 깜짝 놀라 거수 경례를 하였다.

"아니, 홈즈씨? 아침부터 웬일이십니까?"

"급한 볼일이 있어서 왔소. 당직은 누구요? 브래드스트리트 경감은 있습니까?"

그때 벌써 요란한 마차소리가 들리고 브래드스트리트 경감이 현관에 모습을 드러냈다.

"안녕하십니까, 경감님? 의논할 일이 있어서 왔습니다."

"아! 그래, 내 방으로 가지."

그곳은 사무실처럼 꾸며진 작은 방으로 책상 위에 커다란 장부가 있고 벽에는 전화기가 달려 있었다. 경감은 자기 자리에 앉았다.

"그래. 무슨 일인가?"

"저, 휴 분을 보러 왔습니다. 리 시의 네빌 센트클레어 씨 실종 사건에 용의자로 기소된 사람 말입니다."

"아, 그래? 그는 아직 조사할 것이 있어 수감돼 있는데."

"얌전히 있습니까?"

"말썽을 부리지 않지만 지저분한 놈이더군."

"지저분합니까?"

"아휴! 말할 수 없이 지저분해. 손만은 어떻게 해서 씻게 했지만 얼굴은 검기가 갱 속의 광부 저리가라야. 조사가 끝나고 형량이 결정되면 규칙대로 구치소 내의 욕탕에 넣을 것이네."

"그는 지금 뭐 하고 있습니까?"

"자고 있을 거야. 이리로 오게."

유치장은 지하실에 있었다. 벽은 새하얗게 칠해져 있고, 등불이 환하게 켜져 있어서, 무척 밝고 깨끗해 보였다. 경감은 커다란 철문을 열고, 똑같은 방들이 줄지어 있는 복도로 우리를 안내했다.

"홈즈! 이 방을 보게. 아주 태평하게 잠들어 있군."

정말 휴 분은 얼굴을 문 쪽으로 향한 채 코를 골고 있었다. 경감의 말대로 휴 분은 너무나 더러웠다. 생전 목욕탕에는 들어간 적 없는 사람 같았다. 그래서 그의 얼굴은 더욱 흉물스러워 보였다. 눈에서부터 턱까지 찢어진 상처는 허옇게 부풀어 있었다.

"과연 지저분하기 짝이 없군요. 내 그럴 줄 알고 세수를 시켜 주려고 도구를 갖고 왔지요."

홈즈는 속삭이듯 말했다.

"세수를 시킨다고?"

"예, 이걸로 벅벅 문질러서 저 녀석을 아주 멋쟁이로 만들어 놓을 작정입니다."

홈즈는 주머니에서 솔을 꺼내 보이며 뜻 깊은 미소를 지었습니다.

"아니, 그건 목욕용 솔이 아닌가? 참 재미나는 일이 벌어질 것 같군."

경감은 호기심에 찬 얼굴로 미소를 지었다.

"그럼 이 문을 열어 주십시오. 녀석이 깨지 않게 말입니다."

경감은 조심스럽게 열쇠를 돌려 문을 열었다. 홈즈는 숨을 죽이고 그에게 다가갔다. 홈즈는 솔을 물에 적시더니 그의 얼굴을 벅벅 문질렀다.

"아……"

휴분은 소리를 지르더니 벌떡 일어났다.

"도대체 무슨 짓이야!"

그는 무척이나 아팠던지 두 손으로 얼굴을 어루만졌다.

"센트클레어 씨! 이제 연극을 집어 치우시오. 더 이상 소란을 피우면 해롭습니다."

홈즈가 말했다.

왓슨과 경감은 휴 분의 얼굴을 본 순간 "악!"하고 소리를 쳤다. 휴 분은 얼굴 껍질이 벗겨진 것처럼 하얗게 변해 있었다. 무서운 흉터도 없어지고 비뚤어진 입술도 자취를 감추었다. 빨간 머리카락도 검게 변해 있었다. 지금 침대에 앉아 있는 사람은 앉은뱅이 거지가 아니라 창백하고 슬픈 얼굴의 품위 있는 사나이로 변해있었다.

"경감님! 소개합니다. 수수께끼처럼 행방불명이 된 센트클레어 씨입니다."

"이니, 뭐라고요? 어떻게 된 겁니까?"

"당신은 정말 교묘하게 변장을 하고 있었군요. 옛날에 배우였나요?"

"아닙니다. 신문기자였습니다."

"아하! 신문기자까지 하신 분이 어째서 거지 흉내를 냈습니까? 하마터면 당신은 당신을 살해한 죄로 사형을 당할 뻔했어요. 지금은 밝혀졌지만 무슨 이유로 이런 연극을 했나요?"

"이건 범죄는 아니지만 경찰을 희롱했으니 용서할 수

없다."

브래드스트리트 경감은 못마땅한 표정을 지었다.

"경감님, 저는 어떤 벌이라도 달게 받겠습니다. 그러나 제가 거지 노릇을 했다는 것만은 비밀로 해 주십시오. 저는 교도소도 좋고 그보다 더 한 사형대 위라도 서겠습니다. 그러나 이 수치스러운 비밀만은 제 아이들에게 제발 감추어 주십시오. 애들이 가여워 그럽니다. 뻔뻔스러운 부탁인줄은 알지만……"

그는 경감에게 애원하다시피 말했다. 그러자 홈즈가 말을 받았다.

"걱정 마십시오. 경감님은 무서운 얼굴이지만 마음은 비단결입니다. 그런데 당신은 무슨 이유로 그리 했습니까? 왜 거지 노릇을 하였습니까?"

"아까 말씀드린 것처럼 저는 어느 일간지의 기자였습니다. 어느 날 저는 편집장 명령으로 거지에 대한 기사를 연재하였습니다."

"아. 그래서 당신은 거지 생활을 취재하다 실제 경험을 꿈꾸었군요?"

"그렇습니다. 전 어떤 배우에게 변장술을 배워 살색 반창고로 입술을 말아 올려 비뚤어진 것처럼 하고. 그림

물감을 얼굴에 발라 징그러운 흉터를 만들었지요. 그리고 가발을 쓰고 누더기를 걸치니 영락없는 거지가 되었습니다. 그 기사는 매우 인기를 끌었으므로 편집장도 칭찬을 해 주더군요."

"그러고 보니 나도 몇 년 전에 당신이 쓴 거지 이야기를 읽은 기억이 납니다.'

정말 난 그 기사 생각이 갑자기 났다.

"그런데 저는 그때 놀라운 사실을 발견했습니다. 그것은 거지가 엄청난 돈을 벌 수 있다는 사실이었습니다. 첫날부터 제 모자 속에는 겨우 5,6시간 동안에 무려 26실링 4펜스나 되는 돈이 모였습니다. 아무것도 하지 않고 그저 땅바닥에 앉아서 굽실거리고 있기만 하면 얼마든지 돈이 쏟아져 들어오는 것입니다."

"응, 그렇게 벌이가 좋은 줄은 미처 몰랐는걸, 내 월급쯤은 열흘이면 벌 수 있겠군 그래."

경감도 흥미를 보였다.

"정말 그렇습니다. 그 무렵 저는 일주일에 2파운드의 급료를 받고 있었습니다. 그런데 거지 노릇을 해보니 그렇게 힘든 일을 하면서 쥐꼬리만한 급료를 받고 있다는 게 어리석은 일로 생각되었습니다."

"그건 잘못된 생각입니다. 아무리 적은 액수라도 착실히 일해서 번 돈과 빈둥거리며 편안히 앉아서 번 돈은 값어치가 달라요."

홈즈가 못마땅한 얼굴로 말했다.

"부끄럽습니다. 그런데 그 무렵 저는 친구의 빚 보증을 섰다가 잘못되어 25파운드의 빚을 떠맡게 되었습니다. 정상적인 수입만으로는 도저히 25파운드의 돈을 마련할 수 없었습니다. 그래서 전 좋은 일은 아닌 줄 알면서도 거지 변장으로 돈을 모았습니다. 그래서 그 빚은 열흘 만에 깨끗이 갚을 수 있었습니다. 그러다 보니 저는 그만 거지 노릇에 재미를 붙이게 되었습니다."

"이해는 가지만 당신은 정신마저 거지가 된 겁니다."

홈즈는 차갑게 말을 뱉었고 사내는 고개를 떨어뜨렸다.

"그건 그렇고 그보다 아편굴과 당신 관계를 설명해 주시오."

"아편굴의 3층은 제가 거지로 둔갑하기 위해 세들어 살던 곳입니다. 집을 떠날 때는 멋진 양복을 입고 나와서, 그곳에서 흉측스러운 거지로 변장했습니다. 제 정체를 알고 있는 사람은 아편굴의 주인인 인도인 한 사람뿐이었습니다. 하지만 제가 충분히 방값을 치렀으므로 비밀이 폭로될 염려는 없었습니다.

신문사를 그만두고 완전히 거지가 된 저는, 가련한 몰골로 남의 동정을 받으며 잔돈을 긁어모았습니다. 재수가 없는 날도 하루에 2파운드는 벌 수 있었습니다. 신문기자가 일주일 동안 열심히 일해서 받는 급료를 거지는 편안히 앉아서 하루에 모을 수 있었습니다. 게다가 저는 분장도 뛰어나고 재치있게 말도 잘해 어느 사이 런던의 명물 거지가 된 것입니다. 물론 돈벌이는 더욱 좋아졌습니다. 그래서 저는 리 시에다 저택을 사들여 결혼까지 했던 것입니다."

"부인과 아이들은 당신이 거지 노릇을 하고 있다는 걸 전혀 눈치 채지 못했습니까?"

"아내도 아이들도 제가 런던의 몇몇 회사를 상대로 훌륭한 사업을 하고 있다고 믿고 있습니다. 교외에 있는 훌륭한 저택에서 부유하게 생활하고 있으니 내가 거지 노릇을 하고 있으리라고는 꿈에도 상상하지 못했을 겁니다."

"그러다가 당신은 월요일에 우연히 부인에게 들키고 말았군요?"

"그렇습니다. 그날은 다른 날보다 특별히 돈벌이가 잘 되었으므로 일찌감치 집으로 돌아가기 위해 아편굴 3층 방에서 옷을 갈아입고 있었습니다. 그러다가 문득 창 밖을 내다보니, 아내가 이쪽을 바라보고 서 있질 않겠습니까. 저는 너무나 당황해서 '앗!' 하고 외치면서 두 손으로 얼굴을 가렸지만, 아내는 저를 알아보고 말았습니다. 저는 재빨리 인도인에게 돈을 주어 누가 뭐라고 하더라도 3층으로는 절대로 들여보내지 말아달라고 부탁했습니다."

"아, 그래서 인도인은 부인을 내몰았군요."

"아내에게는 미안한 일이었지만, 저는 제 비밀을 지키는데 급급했습니다. 제가 거지 노릇을 하고 있다는 걸 알면, 아내는 자살해 버릴지도 모릅니다. 또 아이들은 세상 사람들의 웃음거리가 되어 평생 동안 손가락질을 면치 못할 것입니다. 저는 인도인이 아내를 쫓아내고 있는 동안에 재빨리 양복을 벗어 던지고 다시 거지로 변장했습니다.

양복을 숨길 데가 없어 하역장 밖으로 던진 것입니다. 주머니에는 그날 구걸해 모은 돈이 가득 들어 있었습니다. 저는 그때 너무 당황하여 서두르다가 창틀에 손을 다쳐 피를 흘렸습니다."

"부인이 경찰들을 데리고 갔을 때는 당신은 가발을 쓰고 그림물감을 칠한 후군요? 게다가 핏자국을 보고 경찰들은 살인 사건이라고 단정을 내렸군.

결국 당신은 엄청난 소란만 피운 셈입니다. 범죄를 저지른 것도 아니니까 그때 모든 걸 털어 놓았더라면 좋았을 게 아니오?"

"용기가 없었습니다. 구걸을 해서 돈을 벌었다는 사실을 아내와 아이들이 알게 될까 봐 두려워 견딜 수가 없었습니다.

그리고 어차피 이렇게 된 이상, 사건의 열기가 식을 때까지 그럭저럭 얼버무리려고 결심했습니다. 그동안 아내가 걱정하지 않도록 편지에 반시를 넣어 인도인에게 부쳐 달라고 부탁해 두었죠."

"그 편지는 어제서야 부인에게 배달되었습니다."

"인도인은 줄곧 경찰의 감시를 받고 있었으니까 좀처럼 편지를 부칠 틈이 없었을 겁니다. 죄송합니다."

"죄송하다는 말 한 마디로 간단히 끝날 문제가 아니야."

경감이 엄숙한 목소리로 윽박질렀다.

"그 동안 고생한 걸 생각하면 당신은 단단히 벌을 받

아야 하겠지만, 홈즈의 부탁도 있고 하니 이번은 너그럽게 봐 주지. 하지만 이 기회에 거지 노릇을 집어치우지 않으면 당신 일을 세상에 폭로하겠어."

"여기 계신 분들에게 맹세하겠습니다. 아내와 아이들에게서 참으로 존경받는 인간이 되겠습니다."

센트클레어는 눈시울을 적셨다.

Chapter

07

푸른 루비
(블루 카벙클)

푸른 루비(블루 카벙클)

　나는 크리스마스 이틀 뒤, 홈즈를 찾아갔다. 그는 보라색 가운을 입고 소파에 기대 있었다. 바로 옆에는 조간신문 몇개가 구겨져 있었고, 의자 등받이에는 낡은 중절모가 걸려 있었다. 의자 위에 확대경이 있고 핀셋이 놓여 있는 것으로 보아 그 모자를 검사하려 했던 것 같다.

　"일하고 있는 모양인데, 방해를 한 것 같군."

　"아니야. 관찰 결과를 의논할 상대가 생겨서 반가운걸. 이건 아주 하찮은 사건과 관계된 물건이지만, 이런 것도 조사해 보면 흥미롭고 또한 배울 점도 있는 거라네."

　나는 의자에 앉아서 활활 타오르는 불에 손을 쬐었다.

짙은 서리가 내린 추운 날씨로 창문에는 두텁게 성에가 끼어있었다.

"그렇다면 흔히 볼 수 있는 이 모자가 무서운 사건에 얽혀 있는 모양이군. 그래서 자네는 이 모자를 단서로 하여 사건을 풀고 범죄를 밝혀 내려는 거겠지."

홈즈는 웃으면서 대답했다.

"아니야, 범죄와는 상관없어. 런던에는 4백만이나 되는 사람들이 좁은 땅덩이에 한데 몰려 살고 있으니까 범죄 사건이 끊임없이 일어나지만, 범죄와는 상관없는 묘한 사건도 자주 생긴다네. 이번 일도 확실히 범죄와는 상관없다네. 자네도 우편배달부 피터슨을 알고 있지?"

"응, 알고 있어."

"이 모자는 그 사람이 주워 온 거야. 모자 임자가 누군지는 모른다네. 그런데 자네, 이 모자를 단지 낡아 빠진 모자라고 생각지 말고 머리를 써서 잘 살펴보게나. 우선 이 모자가 여기에 오게 된 내력을 말해 주지. 이 모자는 크리스마스 아침에 살찐 거위 한 마리와 함께 이곳에 왔다네. 지금쯤 그 거위는 피터슨 집에서 구워지고 있겠지만. 피터슨은 자네도 알다시피 고지식한 사람이 아닌가. 그는 크리스마스 전날 어디서 놀다가 그 날 새벽 4시에 집으로 가고 있었네. 그런데 가로등 불빛으로 앞에 걸어가는 사람이 보였다네. 하얀 거위를 어깨에 둘러맨 키가 큰 사나이가 약간 비틀거리며 걷고 있었다는군. 그런데 그 사람이 모퉁이를 돌려고 할 때 건달 몇 명이 싸움을 걸었어. 건달 한 놈이 남자의 모자를 쳐서 모자가 땅에 떨어졌지. 그는 지팡이를 머리 위로 휘두르다가 그만 뒤에 있는 가게 유리창을 깨뜨렸단 말이야. 피터슨은 모르는 사람이지만 불량배들로부터 구해 주려고 뛰어 들려고 했는데. 그 남자는 유리창을 깨뜨리고 놀란 나머지 도망을 친 거야. 그리고 곧바로 경찰이 나타났어. 불량배들도 도망치고 그곳에는 피터슨 혼자 남은 거야. 그래서 이 낡은 모자와 크리스마스 선물 같은 거위를 얻게 된거리네."

"그래, 그것을 주인에게 돌려주었나?"

"그게 문제란 말이야. 거위 왼쪽 다리에 '헨리 베이커 부인에게'라고 적힌 카드가 달려 있었고, 모자 안에는 'H.B'라는 머리 글자가 새겨져 있었지만 런던에는 베이커라는 성을 가진 사람이 수천 명이나 되고, 헨리 베이커라는 이름도 수백 명이 되니까, 습득물을 돌려준다는 건 쉬운 일이 아니라네."

"그래서 피터슨은 어떻게 했나?"

"내가 아무리 하찮은 사건이라도 흥미 있어 하는 걸 알고, 크리스마스 아침에 여기로 모자와 거위를 갖고 왔다네. 거위는 오늘 아침까지 두었는데, 아무리 날씨가 차다해도 상하기 전에 빨리 먹어 버리는 것이 좋을 것 같아서 피터슨 보고 가져가라고 했네. 그러나 멋진 크리스마스요리를 못 먹게 된 그 신사의 모자는 내가 아직도 맡고 있는 것이지."

"신문에 찾는 광고가 안 나왔던가?"

"없었어."

"그렇다면, 어디 사는 누군지 전혀 모르는 것이로군."

"추리할 수 있는 데까지 해보는 거지."

"이 모자에서 말인가?"

"그렇지"

"농담 말게. 이 낡아 빠진 모자로부터 도대체 무얼 알아 낼 수 있단 말인가?"

"여기 확대경이 있네. 자네는 모자를 썼던 신사의 특징에 대해 어떤 추리를 할 수 있나?"

나는 낡은 모자를 손에 들고 이리저리 돌려 살펴보았다. 흔히 있는 둥근 모양의 검은 중절모로, 오래 써서 몹시 망가져 있었다. 안감은 붉은 비단이었는데, 그것도 상당히 빛이 바래어 있었다. 제조 회사의 이름은 없었고, 한쪽 귀퉁이에 'H.B' 라는 머리글자만이 갈겨 써 있었다. 모자의 챙을 둘러매는 끈을 꿰는 구멍은 있었으나, 고무줄은 붙어 있지 않았다. 여러 군데 금이 가고 몹시 먼지가 끼어 있었으며, 얼룩이 져서 퇴색된 부분을 잉크 칠로 감추려고 한 흔적도 보였다.

나는 모자를 홈즈에게 주면서 말했다.

"아무것도 알 수 없는데."

"그렇지 않아, 왓슨. 자네는 모든 걸 보았네. 단지 그 본 걸 가지고 추리를 하지 않는 것뿐이야."

"그렇다면 자네는 이 모자로부터 무슨 단서를 얻어냈는가?"

홈즈는 모자를 들고 말했다.

"단서라고 하기는 뭐하지만 두 가지 특이한 점이 분명 있네. 이 모자의 주인은 상당히 머리가 좋고, 지금은 생활이 궁핍하지만 2,3년 전만 해도 꽤 넉넉했을 거야. 원래는 준비성도 있고 깔끔한 사람이었는데 지금은 정신적으로 해이해져 있는 것 같아. 아마도 몰락한 뒤로 술을 자주 마시게 되었나 보네. 아내가 그를 사랑하지 않게 된 것도 그 때문인 것 같네."

"홈즈! 생각나는 대로 아무렇게나 말하는 건 아닌가?"

홈즈는 내 항의는 무시하고 말을 계속 했다.

"그러나 아직 어느 정도의 자존심은 남아 있네. 그는 앉아서 일을 하며, 별로 외출을 하지 않고, 운동은 전혀 하지 않네. 나이는 중년으로 반백이 된 머리를 며칠 전에 깎았으며, 라임 향의 헤어크림을 바르고 있어. 그리고 그의 집에 가스 시설이 없는 것도 거의 확실해. 이 모자로부터 알아낼 수 있는 건 이정도라네."

"모두 농담이겠지."

"농담이라니, 천만에. 이렇게까지 말해 주었는데도 자네는 전혀 모르겠단 말인가?"

"그렇다네. 내가 우둔하다는 건 사실이지만, 솔직히 말해서 자네 말을 조금도 이해하지 못하겠어. 그 사람의 머리가 좋다는 건 어떻게 추측한 건가?"

홈즈는 대답 대신 모자를 머리 위에 올려놓았다. 그러자 모자는 이마를 완전히 가리고 코 끝에 와서 닿았다.

"이렇게 큰 머리를 가진 사람이라면, 그 속에 든 것도 상당할 거야."

"그럼 생활이 곤란해졌다는 건?"

"이 모자는 3년 전에 샀을 거야. 챙이 넓고 끝이 말려 올라간 건 그 당시 유행이었네. 이건 상당히 고급품이라네. 보라고! 리본은 무늬가 있는 비단이고, 안감도 좋은 천으로 되어 있잖나. 3년 전에 이런 값비싼 모자를 살 만한 사람이 그 뒤로는 새 모자를 사지 못하고 계속 써야만 했다면, 분명히 생활이 넉넉지 못하다는 걸 알 수 있지."

"과연 자네 말대로군. 그런데 준비성이 있고 깔끔하던 사람이 지금은 왜 그렇게 된 걸까?"

홈즈는 웃으면서 손끝으로 모자 끈을 꿰는 구멍을 가리켰다.

"준비성이 있다는 건 이걸 보면 알 수 있을거야. 모자에는 처음부터 이런 구멍이 없다네. 그가 모자를 살 때, 바람에 날아가지 않도록 끈을 매려고 만들어 달라고 부탁한 것일 거야. 상당히 깔끔한 편이라고 생각되네. 그런데 모자 끈이 끊어졌는데도 새로 달지 않은걸 보면, 최근에는 몸가짐이 흐트러졌다는 증거라네. 그러나 한편으론 잉크를 칠해서 모자의 얼룩을 감추려고 애를 쓴 걸 보면 아직도 자존심을 아주 버리지는 않은 것으로 보여."

"역시! 자넨 대단해. 일리 있는 말이네."

"그리고 머리가 반백이 된 중년 남자에다 최근에 머리를 깎았고, 라임이 섞인 크림을 사용한다는 건 모자 안을 확대경으로 살펴보면 금방 알 수 있는 일이라네. 최근 이 발소에서 잘린 머리카락이 많이 묻어 있고 라임 크림 냄새가 나. 그리고 이 먼지는 길가에 있는 모래 같은 잿빛 먼지가 아니고, 집안에서 생기는 갈색 먼지야. 따라서 모자는 대부분 방안에 걸려 있었다고 생각돼. 그래서 그가 외출을 잘 안 한다는 것을 알 수 있지. 모자 안이 땀으로 얼룩져 있다는 건 그가 땀을 많이 흘린다는 건데, 그것은 운동 부족으로 몸의 상태가 좋지 않다는 증거라네."

"그 사람의 부인이 그를 사랑하지 않는다는 것은?"

"이 모자는 몇 주일 동안이나 솔질을 안했네. 만일 자네 모자에 몇 주일 동안의 먼지가 쌓여 있는데 그런 모자를 그냥 쓰고 외출하도록 내버려 둔다면 자네 부인이 애정을 잃어버렸다고 생각할 수 밖에 없을 걸세."

"하지만 그는 독신일지도 모르잖나?"

"아니야. 그는 최근 아내와 사이가 좋지 않자 거위를 선물하려고 그랬던 거야. 거위 발목에 매달려 있던 카드를 보면 알 수 있지."

"자네는 정말 대단한 추리력을 갖고 있군. 그런데 그 집에 가스가 들어오지 않았다고 추리하는 것은 무슨 근거인가?"

"촛농 한두 방울은 우연히 모자에 떨어질 수도 있지만, 다섯 군데 이상이나 촛농으로 얼룩진 걸 보면 촛불을 자주 사용한다는 걸 알 수 있네. 밤중에 한 손에 모자를 들고 다른 손에는 촛불을 들고서 계단을 올라가다 보면 촛농이 모자에 떨어지는 게 당연하지. 가스등이 있다면 그런 일은 없을 거야."

"정말 훌륭하군. 하지만 자네가 지금까지 그 사람을 연구한 것이 결국 거위 한 마리를 잃어버린 사내에 대한 호기심 때문이라면 괜한 시간 낭비 아닌가?"

그때 홈즈가 무슨 말을 하려는데 갑자기 문이 열리면서 우편배달부 피터슨이 몹시 놀란 표정으로 뛰어 들어왔다.

"거위가 말이에요, 선생님. 거위가……"

"무슨 일인가? 거위가 살아나서 부엌 창 밖으로 날아가기라도 했는가?"

홈즈는 소파에 앉은 채 몸을 돌려서 피터슨의 흥분한 얼굴을 쳐다보았다.

"이것 좀 보세요. 집사람이 거위 뱃속에서 발견한 거랍니다."

피터슨이 내밀어 보인 손바닥 한가운데에 푸른 루비가

찬란하게 빛나고 있었다. 콩보다 약간 작은 것이 손바닥의 움푹 패여 그늘진 곳에서 전깃불처럼 번쩍이고 있었다. 홈즈는 휘파람을 불면서 자세를 바로 잡았다.

"야! 피터슨, 좋은 걸 발견했군. 이게 뭔지 자네는 아는가?"

"보석이지요. 유리도 척척 자를 수 있다는 그런 보석 말입니다."

"이건 보통 물건이 아니야. 바로 그 문제의 보석이라네."

나는 무의식중에 외쳤다.

"모카 백작 부인의 푸른 루비가 아닌가?"

"그렇다네. 바로 그걸세. 요즈음 날마다 타임스 신문에 광고가 나서 크기나 모양을 똑똑히 기억하고 있지. 세상에 하나밖에 없는 것으로 값을 얼마나 매겨야 할지 모를 정도라네. 찾아 주는 사람에게 상금으로 1천 파운드야. 하지만 보석 값의 20분의 1도 못될 걸세."

피터슨은 의자에 털썩 주저앉으며 우리들의 얼굴을 번갈아 쳐다보았다.

"1천 파운드! 우와, 이것이!"

"백작 부인은 이 보석에 깊은 사연이 있어 이걸 찾기

위해서는 재산의 반이라도 내놓을 걸."

"코스모폴리탄 호텔에서 없어졌다는 그 보석이 틀림
없나?"

"그래 닷새 전 12월 22일에 없어졌다는군. 수리공 존
호너가 훔쳤다는 혐의를 받고 있어 체포됐지. 그에게는
계속 불리한 진술들이 나와 사건은 지금 순회 재판에 회
부되어 있네. 여기에도 그 기사 나왔을 거야."

홈즈는 날짜를 확인하면서 신문을 뒤적거리더니, 그
가운데 한 장을 꺼내어 반으로 접어 가지고 기사를 읽었
다.

〈코스모폴리탄 호텔 보석 도난 사건〉

스물여섯 살인 수리공 존 호너는 12월 22일 모카 백작
부인의 보석 상자에서 푸른 루비를 훔친 혐의로 구속 되었
다. 호텔 사무장 제임스 라이더는 다음과 같은 증언을 하였
다. 벽난로의 받침쇠 두 개가 떨어졌기 때문에 땜질을 시키
려고 호너와 함께 모카 백작부인의 방으로 갔다. 그는 잠시
동안 호너와 함께 있다가 볼일이 생겨서 나갔다가 돌아와
보니, 호너는 보이지 않고 장롱이 열려져 있었으며, 부인이
평상시 보석을 넣어두는 모로코 가죽으로 만든 작은 상자가
텅 빈 채 화장대 위에 놓여 있었다는 것이다. 라이더는 즉시

경찰에 신고를 했고, 호너는 그날 저녁에 체포되었다. 그러나 호너는 보석을 갖고 있지 않았고, 그의 방도 조사했으나 찾지 못했다. 라이더가 도난 사실을 발견하고 당황해서 외쳐대자, 그 소리를 듣고 달려간 백작 부인의 하녀 캐더린 쿠삭도 사건 당시의 상황은 라이더가 말한 바와 같다고 증언했다. 또한 B구역의 브래드스트리트경감의 말에 의하면 호너는 체포될 때 맹렬히 저항하며 무죄를 주장했다고 한다. 하지만 호너는 절도 전과가 있음이 밝혀져 재판을 받게 되었다. 호너는 심리 중에 극도로 흥분하더니, 심리가 끝나자 기절해 버려 법정 밖으로 실려 나갔다.

홈즈는 신문을 내던지고 생각에 잠겨 있다 말을 했다.

"문제는 도난당한 보석이 어떤 경로를 거쳐 토튼햄 재판소 거리에 버려진 거위 뱃속으로 들어갔는가를 알아내는 일이네. 왓슨, 우리들의 심심풀이 추리 놀이가 갑자기 중대한 의미를 띠게 되었네. 게다가 범죄와 관련이 있을 듯도 하고, 여기 거위 뱃속에서 나온 보석이 있네. 그리고 그 거위는 낡은 모자의 주인이며, 아까 내가 설명했던 특징을 갖춘 헨리 베이커라는 사람이 가지고 있던 것이네. 그러니까 우선 그 남자를 찾아내어 이 사건에서 어떤 역할을 했는지 확인해 봐야겠지. 먼저 제일 간단한 방법을 써 보기로 하세. 모든 석간신문에 광고를 내는 걸세. 만일 이것이 실패하면 그때 가서 다른 방법을 취하도록 하고."

"광고의 문구는 뭐라고 쓸 건가?"

"연필과 종이쪽지를 집어 주게. '굿지 가에서 거위 와 검은 중절모를 주웠음. 헨리 베이커 씨는 오늘 저녁 6시 반에 베이커 가 221번지 B호로 오셔서 찾아 가기 바람.' 이 정도면 되겠지."

"그런데, 그가 광고를 보게 될까?"

"그는 신문을 주의 해서 볼 것 같아. 가난한 사람에게 는 상당한 손실이니까. 그 당시는 불행하게도 유리창을 깨뜨린데다 피터슨이 나타나는 바람에 당황해서 달아날 생각밖에는 못했겠지. 그러나 지금쯤은 허둥거리다가 거 위까지 내버린 걸 후회하고 있을 거야. 게다가 이름을 신 문에 내면 그를 아는 사람이 그에게 알려 줄 수도 있으니 까. 피터슨, 서둘러 신문사 광고국에 가서 이걸 석간신문 에 내달라고 하게."

"어느 신문에 낼까요?"

"음, 글로브, 스타, 펠멜, 세인트 제임스 가제트, 이브 닝뉴스, 스탠다드, 에코, 그밖에 자네가 생각나는 게 더 있으면 그곳에도 하게."

"알겠습니다. 그런데 이 보석은 어떻게 할까요?"

"아, 그건 내가 맡아 두겠네. 수고하게, 피터슨. 아참, 그리고 돌아오는 길에 거위 한 마리를 사서 이곳으로 보내주게. 지금 자네 집에서 맛있게 먹고 있으니 대신에 준비해 놓았다가 주인이 찾으로 오면 돌려줘야 하니까."

피터슨이 나가자 홈즈는 보석을 집어 들고 햇빛에 비춰 보았다.

"정말로 훌륭하군. 이 번쩍이는 빛 좀 보게나. 이건 발굴된 지 아직 20년이 채 못 된다네. 중국 남부 아모이 강변에서 채굴된거야. 이것이 유명해진 이유는 루비의 모든 특성을 갖추기는 했지만 빛깔이 붉지 않고 푸르기 때문이라네. 발굴된 햇수는 얼마 안 되지만, 이 보석 때문에 살인사건이 두 번, 황산을 끼얹은 사건이 여러 차례 일어났어. 이 아름다운 노리개가 사람들을 감옥이나 교수대로 보내는 임무를 맡고 있다고 어느 누가 생각이나 했겠나? 금고에 넣어 두어야지. 그리고 보석을 보관하고 있다고 백작부인에게 편지를 써서 알려줘야겠네."

"호너라는 사람은 결백한가?"

"지금으로선 뭐라고 말할 수 없네."

"그렇다면 헨리 베이커 쪽은 사건과 관계가 있을까?"

"짐작컨대, 헨리 베이커는 자신이 갖고 있던 거위가 순금으로 만든 거위보다 더 값나가는 거라는 사실을 몰랐을 것 같아. 범죄와는 관계가 없다고 생각되네. 광고를 보고 와 준다면 그 문제는 간단히 시험으로 확인할 수 있지."

"그럼 그때까지 달리 할 일은 없겠군."

"그렇다네."

"그렇다면, 나는 몇 군데 왕진을 다녀와야겠네. 이런 복잡한 사건이 어떻게 해결되는지 꼭 알고 싶으니까. 자네가 말한 시간까지는 돌아오겠네."

"기다리고 있겠네. 저녁식사는 7시에 하세. 도요새 요리가 나올 걸세. 아참, 이런 사건이 일어닌 김에 허드슨 부인에게 도요새 모이 주머니를 뒤져 보라고 해야겠는 걸."

내가 베이커 거리로 돌아왔을 때는 저녁 6시 반이 좀 지나 있었다. 홈즈의 집 가까이 왔을 때 외투를 입고 챙없는 스코틀랜드 모자(털로 짠 작은 모자)를 쓴 키 큰 남자가 현관 앞에 서 있는 것이 보였다.

내가 그 사람 곁으로 다가갔을 때 마침 문이 열렸다. 우리 두 사람은 함께 홈즈의 방으로 들어갔다.

"헨리 베이커 씨죠? 날씨가 춥군요. 여기 불 옆에 앉으십시오. 당신의 혈색을 보니 추위에 약한 것 같군요. 베이커 씨, 이건 당신의 모자 아닙니까?"

"예, 그렇습니다. 틀림없이 내 것입니다."

그는 체격이 크고 등이 약간 굽었으며 머리가 유난히 컸다. 뺨은 여위어 있고, 흰 털이 섞인 뾰족한 갈색 수염이 턱 밑에 나 있었다. 코 끝과 뺨에 약간 붉은 빛이 있고, 내민 손이 떨리는 것으로 보아 홈즈가 말한 것처럼 알코올 중독자 같았다.

낮고 또박또박 끊어지는 말투로 말을 골라 가면서 조심스럽게 대답하는 것으로 보아 지금은 아니지만 한때 지식인으로 교양도 있어 보였다.

"우리는 당신이 분실물 광고를 낼 줄 알고 며칠 동안이나 이 물건을 보관해 두었습니다. 어째서 광고를 안 내셨나요?"

베이커는 약간 겸연쩍은 듯이 웃었다.

"예전과는 달리 돈에 쪼들리고 있습니다. 게다가 나를 습격한 불량배들이 모자와 거위를 가져갔을 거라고 생각했거든요. 가망 없는 일에 헛된 돈을 쓰고 싶지는 않았기 때문입니다."

"그러시겠죠. 그런데 거위는 어쩔 수 없이 우리가 먹어 버렸습니다."

"뭐라고요!"

베이커는 흥분하여 의자에서 몸을 반쯤 일으켰다.

"빨리 먹지 않으면 상하니까요. 하지만 저 선반 위에 다른 거위가 있습니다. 무게도 거의 같고 고기가 훨씬 더 맛있을 겁니다. 저걸 대신 가져가시지요."

"아, 그럼요, 좋습니다."

베이커는 안도의 숨을 내쉬면서 대답했다.

"물론, 잡아먹은 거위의 날개와 위는 남겨 놓았습니다. 만일 원하신다면……"

그는 싱거운 소리 나 한다는 듯이 크게 웃음을 터트렸다.

"이번 소란의 기념물이 될지 모르는 것을 그리 소중히 보관하시니 감사합니다만 저는 저 선반 위의 거위나 갖고 가겠습니다."

홈즈는 어깨를 한 번 들썩이면서 나에게 찡긋 눈짓을 했다.

"그럼, 이 모자와 거위를 가져가십시오. 아참, 그 거위를 어디서 사셨는지 말씀해 주실 수 없을까요? 나는 거위

요리를 무척 좋아하는데, 그처럼 잘 생긴 거위는 좀처럼 보기 힘들던데요."

베이커는 돌아가려고 되찾은 모자와 거위를 옆구리에 끼면서 말했다.

"말씀드리지요. 박물관 근처에 '알파'라는 술집이 있는데 나는 친구들과 함께 그곳에 자주 갑니다. 나는 낮에 박물관에서 일을 하지요. 금년부터 술집 주인 윈디게이트가 거위 클럽을 조직했습니다. 매주 몇 푼 정도의 회비를 내면 크리스마스 때 거위 한 마리씩 장만할 수 있는 거지요. 나는 꼬박꼬박 회비를 냈습니다. 그렇게 해서 거위를 마련했는데 그 뒷일은 당신도 아시다시피 그렇게 되어버렸답니다. 아무튼 대단히 감사합니다."

홈즈는 손님을 배웅하고 문을 닫으면서 나를 향해 말했다.

"헨리 베이커 쪽은 이제 끝났어. 사건과는 전혀 관계가 없음이 분명하네. 자네 시장한가?"

"아니, 별로."

"그러면 저녁은 밤참으로 미루고 열기가 식기 전에 새로 얻은 정보로 사건을 더듬어 보세."

몹시 추운 밤이어서 우리들은 외투 깃을 올려 목을 둘

러쌌다. 구름 한 점 없는 하늘에는 별이 차갑게 반짝였고, 오가는 사람들이 내뿜는 입김은 권총을 쏠 때 나오는 하얀 연기 같아 보였다. 우리들은 얼어붙은 길을 힘차게 밟으면서 걸었다. 15분 뒤에 브룸스버리 거리 박물관 근처에 있는 '알파'라는 작은 술집 앞에 도착했다. 안으로 들어가서 구석에 자리를 잡고 하얀 앞치마를 두른 주인에게 맥주 두 잔을 주문했다.

"이 집 맥주가 거위만큼 고급이라면 정말 좋겠는데."

"거위라뇨?"

"그렇소. 우리는 바로 30분전에 헨리 베이커 씨한테서 그 이야기를 들었지요. 그분은 거위 클럽의 회원이지요."

"아아, 그러세요? 그렇시만 손님, 그 거위는 우리 집 거위가 아니랍니다."

"그럼, 어느 가게 물건인가요?"

"코벤트 가든 도매상에서 두 묶음 사온 겁니다."

"그래요? 나도 그곳 도매상을 두어 군데 알고 있는데, 누구 가게요?"

"브레킨리지 가게입니다."

"그 사람은 잘 모르겠군. 그건 그렇고 주인장! 당신의 건강과 이 가게의 번영을 위해 축배 합시다. 건배! 잘 마셨소. 또 봅시다."

밖으로 나오자 홈즈는 외투 단추를 끼우면서 말했다.

"이번엔 브레킨리지 차례야. 이 사건의 시작은 단지 거위 한 마리였지만, 이제 우리는 경찰도 놓쳐 버린 단서를 쥐고 있는 걸세. 끝까지 추적해 보세. 자, 남쪽을 향해 앞으로 출발!"

우리는 홀번 구를 가로질러 엔델 가를 지나 꼬불꼬불한 빈민가를 통과해서 술집 주인이 알려준 브레킨리지라는 간판이 붙은 거위 도매상을 찾았다. 주인은 경마 같은 노름을 좋아할 것 같이 뵈는 사람으로 구레나룻을 길렀고, 매서운 얼굴을 하고 있었다. 그는 점원과 문을 내리려하고 있었다.

"안녕하시오. 날씨가 춥군요."

홈즈가 인사말을 건네자 주인은 고개를 끄덕이고는 수상한 듯이 우리 쪽을 쳐다보았다. 홈즈는 아무것도 없는 대리석으로 된 판매대를 가리키며 말했다.

"거위가 다 팔렸군요."

"내일 아침이면 500마리라도 드릴 수 있소."

"큰일 났네."

"그럼, 저기 가스등이 켜진 가게로 가 보슈. 몇 마리는 남아 있을 거요."

"하지만 당신네 물건이 좋다는 말을 듣고 온 겁니다."

"누가 그러던가요?"

"알파 주점 주인이 그럽디다."

"아, 알지요. 그곳으로 두 묶음 보냈었죠."

"아주 멋진 거위였소. 그런데 어디서 그 거위를 사들였소?"

이 질문에 뜻밖에도 도매상 주인은 몹시 성을 냈다. 그는 머리를 젖히고 뒷짐을 지며 소리를 질렀다.

"이보쇼, 당신들 대체 무슨 용건으로 온 거요? 솔직히 말해 보시오?"

"내 말이 뭐가 이상하오? 당신이 알파 주섬 주인에게 보낸 거위를 어디서 구입했는지 알고 싶은 거요."

"흥, 그런 건 말하기 싫소. 어서 돌아가요! 가란 말이오!"

"아니, 별일도 아니잖소. 왜 그렇게 버럭 화를 내는지 모르겠네."

"왜 화를 내냐고? 아니, 맘에 드는 상품을 사고 정당하게 돈을 지불하면 끝이지. 그것을 어디서 샀느냐고 꼬치꼬치 묻고 얼마에 팔았는지 물으면서 이렇게 사람을 들들

볶으니 거위는 뭐 우리 집에서만 파나?"

홈즈는 태연하게 대답했다.

"나는 앞서 거위에 대해 묻던 사람과는 아무 상관없소. 당신이 말해 주지 않으면 내기에 지게 된다오. 그 뿐이오. 나는 거위 요리로 내기하기를 좋아하지요. 이전에 먹은 거위로도 5파운드의 내기를 걸었다오. 나는 시골에서 키운 거위의 맛 같다고 했소."

"그렇다면 당신은 5파운드를 잃은 거요. 그 거위는 도심지에서 기른 거요."

"설마!"

"확실해요."

"아니오, 그럴 리가 없소."

"그럼 내기를 하겠소? 보나마나 내가 이길 테니까 당신은 손해를 볼 거요. 그러나 당신의 고집을 꺾는 길은 내기뿐이니. 자! 1파운드를 거시오."

"당신이 아무리 그렇다 해도 난 못 믿겠소."

"빌, 장부를 가져와라!"

거위 도매상 주인은 음침하게 낄낄거리며 웃었다. 어린 점원은 얇고 작은 수첩과 기름때 묻은 큰 장부를 가져와서는 등잔불 아래에 놓았다.

"잘난 척하는 양반, 당신은 멍청이요. 자, 그럼 이 작은 수첩을 보시오. 이건 거래처 일람표요. 이쪽에 있는 게 시골 거래처의 이름들이고, 이름 옆에 있는 번호는 큰 장부쪽의 숫자입니다. 그리고 붉은 잉크로 쓴 곳을 보십시오. 그건 도심지에 있는 거래처의 명단이오. 그 세 번째 이름을 읽어 보시겠소?"

브릭스톤가 117번지 249.

홈즈가 읽었다.
"맞소. 이번에는 240페이지를 보시오."
홈즈는 시키는 대로 페이지를 들추었다.
"이거군. 오크숏 부인, 브릭스톤가 117번지, 계란, 가금구입처."
"그 아래도 계속 읽어 보시오."

12월 22일 거위 수물네 마리, 7실링 6펜스. 알파 주점의 윈디게이트 씨에게 12실링에 팔다.

"아직도 할 말이 남았소?"
홈즈는 몹시 분해 하며 호주머니에서 1파운드를 꺼내

더니 판매대 위에 내던지고는 불쾌해서 말도 하기 싫다는 듯이 돌아섰다. 그리고는 그 가게에서 멀리 떨어진 곳에 가서 멈추더니 소리 내지 않고 웃고 있었다.

"구레나룻을 저런 모양으로 기르고 호주머니에 경마 신문을 찔러 넣고 있는 사람은 내기를 걸어서 꾀어내면 틀림없이 걸려든다네. 아마 100파운드를 그 사람 앞에 쌓아 놓아도 이처럼 완벽한 정보는 얻기 어려울 걸. 저 사람은 내가 지는 꼴이 보고 싶어서 죄다 떠들어댄 거야. 그건 그렇고 왓슨! 우리의 조사도 그럭저럭 끝나가는 것 같은데, 이제 남은 문제는 지금 곧장 오크숏 부인을 찾아 가느냐, 아니면 내일로 미루냐를 결정하는 걸세. 저 퉁명스런 가게 주인 말로는 우리 외에도 이 사건에 관심 있는 사람이 또 있는 모양이야. 그래서 되도록……"

홈즈의 말이 별안간 중단된 것은 우리가 막 나온 가게에서 욕하는 소리가 들려왔기 때문이다. 뒤돌아보니 달아맨 등불의 노란 불빛 아래 쥐같이 생긴 작은 남자가 가게 앞에 서 있는 것이 보였다. 가게 주인 브레킨리지는 입구에 버티고 서서 굽실거리는 상대방을 향해 사납게 주먹을 휘두르고 있었다.

"이젠 자네도 거위도 진절머리가 나, 모두 지옥에나 가버려! 앞으로 또 와서 허튼소리를 지껄여대면 그때는 개를 풀어놓을 거야. 오크숏 부인을 데려와. 그러면 대답해 줄게. 그러나 너 같은 게 그 부인과 무슨 관계가 있겠어? 네 녀석이 그 거위를 팔기라도 했단 말이냐?"

"그건 아닙니다. 하지만 그 중 한 마리가 내 것이란 말이에요."

"흥! 그렇다면 오크숏 부인에게 물어보면 되잖아."

"그곳에서는 여기로 가서 물어보라고 했어요."

"그런 거 내가 알게 뭐야. 이젠 정말 지겨워. 쳇, 쳇, 어서 꺼져!"

가게 주인이 사납게 덤벼들자, 그 남자는 재빨리 몸을 날려 어둠 속으로 도망쳐버렸다. 홈즈가 속삭이듯 말했다.

"하하, 브릭스톤 가까지 안 가도 일이 끝날 것 같은데. 자, 어서 저 남자에게 무언가를 좀 캐내어 보세."

홈즈는 모여든 구경꾼들을 헤치고 빠져나가서는 금방 그 사나이를 따라잡아 그의 어깨를 툭 쳤다. 깜짝 놀라 돌아다보는 그의 얼굴엔 핏기 한 점 없었다. 그는 떨리는 목소리로 물었다.

"누구십니까? 왜 그러십니까?"

홈즈는 부드럽게 말했다.

"실례하겠소. 지금 막 당신이 저 가게에서 하는 이야기를 무심코 듣게 되었지요. 내가 당신에게 도움이 될 지도 모릅니다."

"당신은 누굽니까? 내 용건이 무엇인지나 알고 하는 말입니까?"

"내 이름은 셜록 홈즈입니다. 아무도 모르는 일을 아는 것이 내 직업입니다."

"당신이 찾고 있는 건 알파 주점에 판 그 거위 행방을 알고자 한 거지요? 그 주점의 거위 클럽에는 헨리 베이커 씨라는 사람이 있는데……"

"이런! 내가 만나야 할 사람이 바로 당신이네요."

그 남자는 두손을 내밀며 소리쳤다. 그는 흥분한 듯 손을 떨었다. 홈즈는 지나가는 사륜마차를 불러 세웠다.

"그렇다면 잘됐군요. 이렇게 바람이 몰아치는 시장 거리에서 이야기할 게 아니라, 따뜻한 방으로 장소를 옮기는 게 어떻겠소? 하지만 그 전에 당신의 이름을 말해 주시오."

그는 약간 머뭇거리더니 곁눈질을 하면서 대답했다.

"존 로빈슨입니다."

"아니, 본명을 대주시오. 나는 언제나 가명으로 일하는 걸 싫어한답니다."

"예, 말씀 드리지요. 내 본명은 제임스 라이더입니다."

"그렇군요. 코스모폴리탄 호텔의 사무장이시죠? 자, 마차를 타세요. 당신이 알고 싶어 하는 걸 모두 이야기해 드리겠습니다."

그 남자는 뜻하지 않은 행운에 걸려들은 건지, 아니면 불행에 빠진 건지 몰라 어리둥절해 있는 것 같았고, 불안과 희망이 뒤섞인 눈빛으로 우리들을 번갈아 쳐다보았다. 세 사람은 마차를 타고 베이커 거리로 향했다. 마차를 타고 가는 동안 아무도 입을 열지 않았으나 그 작은 남자는 거친 숨을 몰아쉬면서 손을 쥐었다 폈다 하는 것이, 몹시 초조해 하는 것 같았다.

30분 뒤 그들은 베이커의 거실에 들어가 있었다. 그는 여전히 긴장과 초조한 빛을 띠고 있었다.

"드디어 돌아왔군! 이런 밤에는 따뜻한 불길이 제일 그립다네. 라이더 씨! 무척 춥죠? 불 가까이 와서 앉으십시오. 거위의 행방이 몹시 궁금하시죠?"

"예."

"당신이 찾으시는 건 꼬리에 검은 줄무늬가 있는 흰 거위가 아닙니까?"

"예, 예, 맞습니다. 그게 어디에 있는지 아십니까?"

라이더는 감격한 듯 몸을 떨었다.

"이리로 왔답니다."

"여기에!"

"그렇습니다. 정말로 잘생긴 거위더군요. 당신이 그토록 흥미를 가질 만도 합니다. 그런데, 그 거위가 죽은 뒤에 알을 낳았지요. 여태까지 보지 못했던 아름답고 번쩍거리는 푸른 알이랍니다. 지금 내 개인 박물관에 보관되어 있습니다."

라이더는 비틀거리며 일어나더니 오른손으로 벽난로 위의 선반을 붙들었다.

홈즈는 금고를 열고 푸른 루비를 꺼냈다. 그 보석은 차가운 빛을 내뿜으면서 별같이 반짝거렸다. 라이더는 보석을 달라고 해야 좋을지, 그만두어야 할지를 정하지 못하고 얼굴을 찡그리며 보석을 쳐다보았다.

홈즈가 조용히 말했다.

"라이더씨, 당신의 계획은 실패했소. 얌전히 굴지 않으면 불 속으로 던져 버리겠소. 왓슨, 이분을 의자에 앉혀

주게. 엄청난 죄를 저지르기에는 너무나 원기가 부족하군. 브랜디를 조금 주게. 됐네. 이제는 조금 사람 같아졌군. 정말 형편없는 친구야."

라이더는 신음 소리를 내며 쓰러지려고 하다가, 브랜디를 마시고는 얼굴에 혈색이 돌았다. 그리고는 의자에 앉아서 자기를 책망하는 홈즈를 두려운 듯이 바라보았다.

"나는 사건의 줄거리를 대체로 알고 있고, 증거도 다 갖추고 있소. 그러니까 당신에게 별로 물어 볼 건 없소. 하지만, 몇 가지 확실히 해두는 편이 좋을 것 같아서 묻겠소. 라이더, 당신은 모카 백작 부인의 보석에 대해서 전부터 알고 있었소?"

"캐더린 쿠삭한테서 들었습니다."

"그렇게 됐군. 백작 부인의 하녀였지. 당신보다 영악한 사람이라도 큰돈을 쉽게 벌려고 나쁜 짓을 할 때는 당황하게 된다오. 하물며, 당신 같은 겁쟁이가 그런 짓을 했으니 실패하는건 당연하지. 허점이 많았소. 그러나 당신은 악당이 될 소질도 꽤 있더군. 당신 때문에 수리공이 혐의를 받고 있다는 것을 알면서 캐더린 쿠삭과 짜고 이런 흉악한 범죄를 저지르다니. 당신은 백작 부인 방에 들어가 벽난로 받침쇠를 일부러 떼어 놓고 수리공을 부르도록

했고 그가 나간 뒤 보석 상자에서 푸른 루비를 훔치고 온
통 소란을 피웠지. 그리고 경찰이 수리공 존 호너를 잡아
가게 한 것도 당신이야."

라이더는 갑자기 양탄자 위에 꿇어 앉더니 홈즈의 무
릎을 붙들고 사정했다.

"제발 살려주십시오. 제 부모를 생각해 주십시오. 그
분들은 매우 낙담하실겁니다. 지금까지 나쁜 짓은 하지
않았습니다. 다시는 하지 않겠습니다. 맹세합니다. 성서
에 걸고 맹세하겠어요. 경찰에 넘기지 말아 주십시오. 제
발 부탁합니다."

홈즈는 근엄하게 말했다.

"의자에 앉으시오. 늦게나마 죄를 뉘우치는 건 좋습니
다. 하지만, 저지르지도 않은 죄 때문에 가엾게도 법정으
로 끌려간 호너를 생각해야지."

"저는 멀리 도망가겠습니다. 이 나라를 떠나겠습니다.
그렇게 되면 호너의 혐의는 풀리겠지요."

"음! 그 이야기는 좀 미룹시다. 그보다도 먼저 보석을
훔쳐 낸 다음 무엇을 했는가를 말해 주시오. 어떻게 해서
그 보석이 거위 뱃속에 들어갔으며, 그 거위가 어떤 경로
를 통해서 시장에 팔려 나왔는가를 말이오. 도움을 받고

싶다면 솔직히 말하는 게 좋아요."

라이더는 바싹 마른 입술을 핥으면서 말했다.

"바른대로 말씀드리겠습니다. 호너가 체포되자, 경찰이 언제 내몸과 방을 조사할는지 몰라서 얼른 보석을 숨기는 게 좋겠다고 생각했습니다. 호텔에는 안전하게 숨길 만한 장소가 없었지요. 그래서 볼일을 보러 나가는 체하고 호텔을 빠져 나와서 누님 댁으로 갔습니다. 누님은 오크숏이라는 사람과 결혼해서 브릭스톤 가에서 가금류를 길러 시장에 내다 팔고 있습니다. 누님 집으로 가는 도중, 길에서 마주치는 사람은 모두 경찰이나 형사로 보이더군요. 추운 날인데도 얼굴이 온통 땀투성이가 되어 그곳에 노착했습니다.

누님이 왜 얼굴이 창백하냐고 묻기에, 호텔에 도난 사건이 발생해서 마음이 혼란해져서 그렇다고 대답했습니다. 그리고 뒤뜰로 나가 담배를 피우며 어떻게 하면 좋을까 궁리를 했지요.

전부터 알고 지내던 모즐리라는 친구가 있는데, 그는 나쁜 길로 빠져들어 최근에도 징역을 살다 나온 적이 있습니다. 나는 그 녀석의 약점을 쥐고 있는 터라, 안심하고 모즐리에게 가서 털어놓고 의논을 하리라 마음먹었습니다. 모즐리라면 보석을 돈으로 바꾸는 방법도 잘 알고 있을 테니까요. 하지만 어떻게 하면 무사히 그에게로 갈 수 있는가가 문제였습니다. 누님 집에 올 때 겪었던 무서움 때문이었지요. 언제 어느 때 붙잡혀 몸수색을 당할지도 모를 일이고, 그렇게 되면 조끼 주머니에 있는 보석이 발각될 것 같아 두려웠지요. 나는 담에 기대어 발 언저리를 뒤뚱뒤뚱 걷고 있는 거위를 보고 있었는데, 문득 어떤 형사라도 감쪽같이 속여 넘길 수 있는 명안이 떠올랐습니다.

얼마 전에 누님이 크리스마스 선물로 가장 좋은 거위를 한 마리 주겠다고 했지요. 그래서 나는 지금 거위를 달라고 해서는, 그 거위에게 보석을 먹여 가지고 모즐리에게로 가면 안전하리라 생각했습니다. 나는 헛간 뒤쪽으로 가서 희고 꼬리에 검은 줄이 있는 살찐 놈을 붙잡아서 억지로 주둥이를 벌리고는, 그 보석을 손가락으로 목구멍 깊숙이 밀어 넣었습니다.

거위가 꿀꺽 삼키자 보석이 식도를 지나서 위로 내려가는 것을 손으로 만져 보고 확인했습니다. 그런데 거위가 놀라서 버둥거렸기 때문에 누님이 무슨 일이 생긴 줄 알고 뒤뜰로 달려왔습니다. 누님에게 말하려고 뒤돌아보는 사이에 거위는 도망쳐서 다른 거위들과 섞여 버렸지요. '도대체 무슨 짓을 한 거니, 제임스?' 저는 누님에게 이렇게 말했어요. '크리스마스 선물로 한 마리 주신다고 했잖아요. 어느 놈이 살이 더 쪘나 비교해 보았어요.' 누님은 이렇게 말했지요. '네게 줄 것은 따로 골라 놓았단다.' '고마워요, 매기누님. 그런데 별 지장이 없으면 내가 조금 전에 붙들었던 놈으로 주세요.' '그렇지만 우리가 골라 놓은 게 3파운드나 더 무겁단다. 너에게 주려고 특별히 길렀으니까.' '상관없어요. 내가 고른 걸 갖겠어요. 지금 가져가도 돼요?' '마음대로 하렴, 네가 고른 건 어떤 거냐?' '저기 한가운데에 있는 희고 꼬리가 검은 줄무늬가 있는 서예요.' '그래, 좋아. 지금 죽여서 갖고 가려무나.'

그렇게 해서 나는 그 거위를 죽여서 모즐리에게 갖고 갔습니다. 그리고는 모든 사정을 털어놓았습니다. 그 녀석은 그런 일을 의논하기에 아주 적당한 상대였으니까요. 모즐리는 숨이 넘어갈 정도로 웃어대더니, 칼로 거위 배를 갈랐습니다. 그런데 거위 뱃속을 보니 보석은커녕 그 비슷한 것도 없었습니다. 온몸에 힘이 죽 빠지더군요. 무언가 엄청난 실수를 저지른 게 틀림없었어요. 나는 거위를 그대로 둔 채, 누님 집으로 달려가서 곧바로 뒤뜰로 갔습니다. 그러나 거위는 한 마리도 보이지 않는 거였습니다. '누님, 거위는 모두 어디 갔나요?' '도매상으로 넘겼다.' '팔려간 것 중에도 꼬리에 검은 줄무늬가 있는게 있었나요? 내가 가져간 것과 닮은 것 말이에요.' '그래, 있었지. 꼬리에 검은 줄무늬가 있는 건 두 마리였어. 너무 똑같아서 나도 분간하기 어려웠단다.'

그러니까 거위가 바뀌었던 것입니다. 나는 있는 힘을 다해 누님이 판 거위도매상으로 달려갔지요. 그러나 이미 거위는 다 팔려 버렸고, 또 어디다가 팔았는지 아무리 물어도 말해 주지 않는 겁니다. 나는 지금 미칠 것만 같습니다. 탐내던 보석도 내 손에서 빠져나갔고, 게다가 이제는 도둑놈이 되어버렸으니…… 하나님 맙소사! 오오, 하나님!"

라이더는 양손으로 얼굴을 가리며 울음을 터뜨렸다. 오랫동안 침묵이 계속되었다. 라이더의 거친 숨소리와 홈즈가 손 끝으로 테이블을 톡톡 두드리는 소리만 들릴 뿐이었다. 한참 뒤에 홈즈가 벌떡 일어서더니 방문을 활짝 열며 말했다.

"나가시오!"

"예! 정말 고맙습니다."

"꾸물거리지 말고 빨리!"

그리고 아무도 말을 하지 않았다. 라이더는 밖으로 뛰어나갔다. 그리고 계단을 내려가는 소리, 현관문이 탕 닫히는 소리, 얼어붙은 거리를 달리는 발소리가 들렸다. 도자기로 된 담뱃대를 집으려고 팔을 뻗치면서 홈즈가 말했다.

"나는 경찰의 결함을 보충하기 위해서 일하는 건 아니야. 라이더는 더 이상 법정에서 호너에게 불리한 증언을 하지 못할 테니까. 호너는 유죄 판결을 받지 않아. 그리고 사건은 흐지부지되어 버릴 테지.

내가 범인을 놓아 준 셈이지만, 이것으로 한 영혼이 구제받았다고 생각해야겠지. 라이더는 두 번 다시 나쁜 짓을 못할 거야.

몹시 후회하고 있으니까. 지금 감옥으로 보내면 상습범이 되어 버리겠지. 게다가 지금은 크리스마스가 아닌가? 관용을 베푸는 계절이라네. 대수롭지 않은 일이 매우 색다른 사건으로 발전했지만, 해결이 되었으니 그것으로 만족한다네. 달리 보상은 필요 없어. 왓슨, 미안하지만 벨을 울려 주게나. 우리 저녁 식사를 하세. 거위는 아니지만 도요새가 나올 걸세."

Sherlock Holmes

Chapter
08

보헤미아의
스캔들

보헤미아의 스캔들

셜록 홈즈에게 그 여자는 특별한 여성이었다. 홈즈에게 '여성'이란 의미로 다가선 사람은 거의 없다. 사랑이란 감정은 냉정하고 예리한 홈즈에게 어울리지 않지만 아이린 애들린이라는 여인만은 달랐다. 셜록 홈즈는 완벽한 탐정가다. 그는 인간의 달콤한 애정 따위는 관심 없는 듯 말 했지만 그녀는 달랐다. 그러나 그녀는 홈즈 곁을 떠나고 없는 여자다.

나는 요즘 홈즈와 거의 만나지 않고 있었다. 정확히 내가 결혼한 뒤 우리 둘 사이가 멀어진 것이다. 그런데 들리는 소문에 의하면 홈즈는 사람들을 꺼리고 있고 여전히 무언가 깊은 사색에 잠겨 있었다고 한다. 그래서 홈즈의 오랜 친구이자 조수였던 나는 왕진을 나갔다 돌아오던 길에 홈즈를 찾아갔다.

그것이 1888년 3월 20일 밤이었다. 그날 이후 나는 다시 홈즈의 일에 매달리게 되었다. 그때 당시 나는 홈즈가 자신의 천재적인 능력을 어떻게 발휘하고 있는지 몹시 궁금했다. 그래서 그날 마치 무엇에 홀린 듯이 그가 살던 곳으로 갔고 그의 방에 불이 환하게 켜 있는 것을 보았다. 그리고 나는 창가에서 파이프를 입에 물고 왔다갔다하고 있을 홈즈의 낯익은 모습을 상상했다. 내가 들어서자 그는 인사말도 하지 않고 부드러운 눈 빛으로 안락의자에 앉으라고 손짓을 했다. 마치 그는 내가 올 줄 알고 있었다는 듯이 보였다. 그리고 곧바로 시가 상자를 내밀었다. 그리고는 이렇게 말하는 거였다.

"지금 자넨 왕진 갔다 돌아오는 길인가 보군. 개업의사 노릇도 꽤 힘들지?"

홈즈는 그러면서 내 옆으로 다가서며 물었다. 난 당황하며 이렇게 말했다.

"잠깐, 홈즈. 난 자네에게 개업했다는 것을 알리지 않앉을 텐데."

"통지를 받지 않았어도 다 알게 되어 있지. 자네가 보여주는 모습이 바로 통지서나 마찬가지지."

나는 잠자코 홈즈를 바라봤다.

"그만한 것을 몰라서 어떡하나. 그리고 말이 났으니 자네에게 충고 한 마디하지. 지금 있는 가정부를 당장 자르게. 게으름뱅이에다 일이 너무 거칠어!"

"아니, 자네가 그걸 어떻게 알지?"

"지금 자네가 신고 있는 구두는 사흘 전 비에 흠뻑 젖었던 거지?"

"응."

"그길 자넨 하녀에게 말끔히 닦아 놓으라고 일렀지? 그런데 런던에서 제일가는 게으름뱅이 가정부 여인답게 흙을 털려고 부지깽이 같은 것으로 득득 긁었지. 덕분에 뒤꿈치와 옆쪽에 보기 싫은 상처가 났어. 그리고는 장작불이 훨훨 타오르는 난로 바로 옆에 구두를 올려놓아 이렇게 가죽이 보기 흉하게 바래 버린 거야."

그렇게 말하며 홈즈는 내 구두를 가리켰다. 홈즈의 손길을 따라 구두를 바라보던 나는 씁쓸하게 웃었다. 홈즈의 예리한 눈은 여전했다.

"그럼 내가 왕진을 다녀오는 길이란 건 어떻게 알았
나?"

"자네 몸에서 요오드포름 냄새가 물씬물씬 나고 있네.
그뿐인 줄 아나? 이것 봐, 왓슨. 자네 안주머니에 청진기
가 들어 있지 않나. 이만한 걸 몰라서야 탐정이라고 할 수
없지."

"여전히 놀라운 추리 실력이야. 난 자네 보다 좋은 눈
을 가졌지만 추리 능력과 좋은 시력은 별 상관이 없는 것
같군."

"그건, 그래."

홈즈는 득의양양한 얼굴로 나를 힐끗 쳐다보더니 말을
이었다.

"자넨 그저 보이는 것을 보기 때문이지. 탐정의 눈은
자세한 관찰, 그래서 그 드러난 사실 안에 숨어 있는 무언
가 단서를 찾는 능력이 필요해. 내 한 가지 물어보지. 자
네 우리 집 계단을 몇 번이나 올라왔나?"

"수백 번은 올라왔겠지."

"그럼 계단이 모두 몇개인가?"

"몇 계단이냐고? 그런 것까지는 기억하고 싶지 않은
데. 글쎄, 한 스무 계단쯤?"

"그것 봐, 그래서 자넨 틀렸네."

"그럼 자넨 몇 계단 있는지 기억하고 있나?"

"물론이지. 열일곱 계단일세."

"정말 자넨 꼭 목수 같군그래. 무슨 그런 것까지 기억하고 있으니, 난 아무래도 그렇게는 안돼."

"그렇다고 너무 실망할 건 없네. 지금부터라도 온갖 사물을 마음의 눈으로 바라보는 훈련을 쌓다 보면 저절로 그렇게 되네. 아무리 시시한 것이라도 기억해 두면 언젠가 반드시 도움이 되게 마련이지."

말을 마치고 홈즈는 나에게 핑크색 편지지 한 장을 주었다.

"소금 선 배달된 편지인데 한 번 소리 내서 읽어 보게."

봉투에는 날짜도, 보낸 사람의 이름도, 주소도 적혀 있지 않았다. 나는 커다란 소리로 편지를 읽기 시작했다.

> 셜록 홈즈님!
> 오늘밤 7시 45분에 중요한 문제를 의논 드리려고 찾아 뵐겁니다. 당신이 최근에 유럽 왕실을 위해 한 일은 당신이야말로 제가 믿고 맡길 탐정이란 확신을 갖게 했습니다. 제발 그 시간에 댁에 계셔 주시길 바라며 제가 마스크를

하고 있어도 용서하십시오.

"정말 이상하지. 왜 복면을 하고 찾아온다는 거지?"

홈즈는 즐거워 못 견디겠다는 듯이 두 손을 비비면서 말했다.

"나로서는 전혀 짐작이 가지를 않네. 그러나 찾아오는 사람의 신분은 이 봉투와 편지지로써 대강 알 수 있네."

"홈즈, 이 편지지는 아주 고급이군. 이거라면 20장에 반 크라운은 하겠지? 편지지치곤 꽤 빳빳하군그래."

나는 홈즈가 하는 식으로 종이를 이리저리 뒤집어 세밀히 살폈다.

"음, 자네도 역시 종이에 대해서 마음을 쓰는군. 나도 제일 먼저 그것부터 조사해 보았네. 그 결과, 이 편지지는 영국제가 아니란 것을 알았네."

홈즈는 종이를 가스등에 비쳐 보았다.

"이걸 보게. 여기에 무늬가 들어 있네. Eg, 다음이 P, 그리고 마지막의 것이 Gt.야. 왓슨, 이 글자들이 뭘 뜻한다고 생각하나?"

"음, 제지 회사 이름의 머리글자가 아닐까?"

"그게 아니야. Gt는 독일어 '게젤샤프트(Gesellschaft)'

의 약자로 회사라는 뜻이야. 영어로 'Co'를 뜻하는 말일세. P는 물론 독일어의 'Papier'로 종이라는 뜻이네. Eg가 좀 어렵지. 지명을 말하는 것일 텐데, 일단 지명 사전의 신세를 지기로 하세."

홈즈는 책장에서 갈색의 표지로 꾸며진 두꺼운 사전을 뽑아, 재빨리 책장을 넘기기 시작했다.

"아아, 여기 있다! '이글로(Eglonitz)'…… '이글리아(Egria)', 여기는 독일어를 사용하는 보헤미아 지방도시, 칼스배드에서 별로 멀지 않은 곳에 있는 보헤미아의 도시로, 유리 공업이 왕성하고, 우수한 품질의 종이를 대량으로 생산하지."

"홈즈, 그렇다면 이 편지는 바다 건너 유럽에 있는 보헤미아에서 만들어진 것이란 말이지?"

"그래, 맞았어. 물론 이 편지를 쓴 사람은 독일 사람이야. 문장은 매끄럽지 못하지만, 요점만은 뚜렷한, 이런 문장을 쓸 수 있는 것은 독일 사람들뿐이야."

"그런데 왜 복면을 하고 온다는 걸까?"

"그 까닭은 직접 본인한테 물어 보는 게 좋겠네. 어, 벌써 오고 있군."

이윽고 마차가 급하게 멈추어 서는 소리에 이어 초인

종이 울렸다.

"오늘 복면의 의뢰인이 타고 온 마차는 쌍두마차야. 자네가 타고 다니는 마차보다 훨씬 고급이지."

홈즈는 성큼성큼 창가로 걸어가 아래를 내려다보며 말했다.

"두 마리가 *끄*는 사륜마차인데 말도 훌륭하군. 꽤 비싼 말이야. 그러니 사건이 시시해도 사례비는 듬뿍 받을 것같지."

나는 자리에 일어나며 이렇게 말했다.

"이제 이 가난한 의사는 그만 나가야 할 것 같군. 자네 일에 방해가 되니까."

"친구! 지금 저 아래 의뢰인이 들고 오는 사건이 아주 흥미진진한 것 같지 않나? 그냥 앉아 있게, 아니면 후회할 걸세."

홈즈는 몹시 기분이 좋아 보였다.

"하지만 복면의 의뢰인이 내가 옆에 있는게 싫다고 한다면?"

"그런 소린 절대로 못 하도록 하겠네. 자넨 내 사건을 전부 기록한 서기인 동시에 우수한 조수이기도 하니까 말이야."

나는 그냥 다시 주저 앉았다. 묵직한 발소리가 17계단을 올라 차츰 가까이 왔다. 마침내 방문 앞에서 발소리가 딱 멈추고, 곧이어 노크소리가 났다.

"예, 들어오십시오."

홈즈의 대답에 벌컥 문이 열리며 방 안으로 들어선 사람은, 그리스 신화에 나오는 헤라클레스처럼 건장한 몸집에 위엄 있는 얼굴을 한 사나이였다. 입고 있는 옷은 영국에서는 너무 화려하다고 비난을 들을 만큼 사치스러웠다. 더블 상의의 소매와 젖힌 깃에는 아스트라한 가죽을 폭넓게 붙였고, 어깨를 덮은 소매 없는 짙은 감색 망토에는 불타는 듯한 진홍색 비단 안감을 사용했으며, 불길처럼 빛나는 커다란 녹주석 브로치로 깃을 고정시켰다. 그리고 이 사나이는 편지로도 이미 알려왔지만 얼굴 위쪽반을 복면으로 덮고 있었다. 새까만 복면 사이로 파랗고 날카로운 눈초리가 이쪽을 살피고 있었다.

복면의 방문객은 인사도 하는 둥 마는 둥, "편지는 보셨나요?"하고 두툼한 입술을 떨면서 약간 쉰 목소리로 물었다.

"예."

홈즈는 먼저 자기 소개를 한 다음, 나를 소개했다.

"음."

복면 아래 보이는 손님의 뺨이 움직였다.

"별 지장이 없으시다면, 당신의 이름을 말씀해 주십시오."

홈즈가 재촉하듯 말했다.

"그럼 왓슨씨는 자리를 비켜 주시면 좋겠습니다. 워낙 중요한 일이고 비밀을 요하는 일이라."

"왓슨과 저는 동일한 사람으로 보면 됩니다. 왓슨을 믿지 못한다면 저를 믿지 못하는 것이지요."

복면의 의뢰인은 잠깐 망설이는 듯하더니, 얼굴을 가린 복면을 벗어 바닥에 던져버렸다. 그리고 그는 이렇게 말했다.

"난 보헤미아의 왕인 빌헬름 폰 올므슈타인이오. 먼저 당신들에게 약속을 받아야겠소. 이제부터 내가 말하는 것은 무슨 일이 있어도 2년 동안 지켜 주어야하오. 2년이 지난 뒤라면 비록 말이 새더라도 그때는 유럽의 역사가 바뀌지는 않으리라 믿기 때문이오."

홈즈와 나는 어리둥절했지만, "약속합니다."라고 대답했다.

보헤미아 국왕은 마음을 진정시키고 좀 있다가 이야기

를 시작했다.

"지금으로부터 5년 전쯤, 나는 바르샤뱌에서 얼마 동안 머무른 적이 있소. 그때 바르샤뱌의 한 극장에서 세계적으로 유명한 가수 아이린 애들린이라는 여자를 알게 되었지. 이 여자의 소문은 당신들도 들어서 알것이오."

홈즈는 고개를 갸웃거리더니, 나에게로 얼굴을 돌리며 말했다.

"왓슨, 인명사전을 좀 찾아봐 주게."

나는 책장에서 인명사전을 뽑아, 해당되는 페이지를 펼쳐 홈즈에게 건네 주었다. 홈즈는 그것을 들여다보며 큰 소리로 읽었다.

"아이린 애들린, 1858년 미국 뉴저지 주 태생. 알토 가수. 스칼라 오페라단에 출연. 바르샤바 임페리얼 오페라의 프리마돈나. 은퇴 후 런던 주재……"

홈즈는 문득 읽기를 멈추고 고개를 끄덕였다.

"여기에서 국왕 폐하의 눈에 띄었겠군. 그리고 은퇴, 그 후 런던으로 이주라……, 그 뒤 폐하께서는 이 아이린 애들린과 계속 사귀어 오셨군요. 그 동안에 세상에 공표되면 곤란한 편지 같은 것을 여러 통 이 여가수에게 주셨겠지요. 하지만 지금은 어떤 희생을 치러서라도 그것을 돌려받았으면 좋겠다는 말씀이지요?"

"자네가 말한 그대로일세. 그런데 자넨 어떻게 그렇게 모든 걸 미리 다 알고 있나?"

홈즈는 그 물음에 대답하지 않고, "그래, 폐하께서는 그 여가수와 비밀리에 결혼하셨군요. 왕비가 되게 해주겠다는 약속이라도 하셨나요?"하고 물었다.

"무슨 소린가? 그 여자는 그걸 바라고 있었는지 모르지만, 난 결혼 같은 것은 생각지도 않았네. 신의 이름으로 맹세하지."

"그럼 장래를 보장하는 무슨 증거 문서나 사인이라도 주셨습니까?"

"그런 것도 주지 않았네."

"그럼 폐하께서 그 여가수와 사귀는 동안 그녀에게 남기신 게 있다면, 폐하가 직접 쓰신 편지뿐이겠군요."

국왕은 고개를 끄덕였다.

"폐하, 그런 일로 뭘 그렇게 고민하십니까? 그런 일이라면 얼마든지 모면할 길이 있습니다. 만일 그 여인이 편지를 들고 나와, 돈이나 왕비 자리를 요구해 오면 가짜라고 버티십시오."

"필적을 속일 수 없는게 아닌가?"

"누가 가짜로 썼다고 버티신다면?"

"그게 쉽지 않을 것이, 내 전용 종이를 사용했거든."

"궁전 안 서재에서 도둑 맞은 것이라고 하신다면 어떨까요?"

"아니. 내 봉인이 찍혀 있네."

"봉인쯤 위조하는 건 마음만 먹으면 무척 쉬운 일입니다."

"나의 마음을 안심시켜 준 말은 고맙네. 하지만 난 그 여자에게 사진을 주고 말았어."

"폐하, 사진이라면 살 수도 있습니다."

"그런데 그게 그렇지 않아. 그건 나하고 그 여자 단둘이서 찍은 사진이야. 게다가 내 사인이 들어 있네."

"사인이 들어 있다, 그리고 두 사람이 함께 찍은 사진이……, 음, 폐하께서는 조금 경솔하셨군요."

"음, 난 그 여자에게 빠져 있었어. 그 무렵 난 아직 황태자로, 겨우 스물다섯 살이었네. 철이 없었지. 지금은 꽤 후회하고 있네."

"후회하는 것으로 문제가 해결되지는 않습니다. 한시 바삐 사진을 돌려받지 않으면 안 됩니다. 돈의 힘으로도 안 될까요?"

"그 방법도 써 봤네. 그런데 그 여인은 세계의 돈을 모두 긁어 모아 그 절반을 준다 해도 그 사진과는 절대로 바꾸지 않겠다고 단호하게 거절하고 있네."

"돈의 힘으로 안 된다면, 스파이를 고용해서 훔쳐 내면 어떨까요?"

"물론 그렇게도 해봤지. 한 번은 바르샤바에서 첫째가는 소매치기를 매수하여 그녀의 집을 구석구석 뒤지게 했지. 그런데 빈 손으로 돌아와서 그 집안에는 절대로 없다는 거야. 자기의 솜씨로 못 찾아 낼 리가 없다는 거지. 그래서 다음에는 여행 중에 두 차례나 그 여자의 트렁크와 핸드백을 가로채게 해서 철저히 조사해 봤네. 하지만 역시 허탕이었네. 오히려 그 소매치기에게 내 금시계를 소매치기 당했을 뿐이야."

홈즈는 웃음이 나오는 것을 억지로 참았다.

"참으로 흥미 있는 사건입니다."

홈즈는 국왕의 얼굴을 슬쩍 쳐다보았다.

"자네에게는 재미있을지 모르지만, 나에겐 심각한 문제일세."

"실례했습니다. 그래, 아이린 애들러는 그 사진을 이용해서 무슨 일을 꾸미고 있습니까? 설마 그것을 미끼로 왕비의 자리를 요구하는 것은 아니겠지요?"

"물론일세. 그 여자도 그러한 요구가 통하지 않으리라는 것쯤은 잘 알고 있네. 그 여자의 목적은 오직 하나, 나를 파멸시키는 거야."

"어떤 방법으로요?"

"난 얼마 후에 결혼하기로 되어 있네. 상대방은 스칸디나비아 국왕의 둘째 딸 크로틸드 로스만 메네겐 공주야."

"그 얘긴 들었습니다."

"자네도 알겠지만, 스칸디나비아 왕가는 가풍이 엄격하기로 유명하지. 크로틸드 왕녀도 남달리 기품이 있는 여성으로, 만일 내가 황태자 시절에 여가수와 사귀었다는 말을 들으면 그날 중으로 정중하게 혼담을 거절해 올 걸세."

"알았습니다. 아이린 애들린은 그 혼담을 어디선지 듣고, 폐하를 협박하고 있군요."

"맞았네. 그 여자는 나하고 함께 찍은 사진을 크로틸드 왕녀한테 보내겠다는 거야."

"화가 나서 한번 해보는 협박이라고는 생각되지 않습니까?"

"홈즈, 자넨 그 여자를 몰라. 그녀가 얼마나 아름다운지, 또 얼마나 열정적인지, 그러다가 한번 토라지면 얼마나 싸늘하고 매몰찬지를 자네는 모르지. 그녀라면 한번 하겠다는 일은 꼭 해내고 말 걸세."

"그 사진은 벌써 스칸디나비아 왕가로 보내진게 아닐까요?"

"그럴 리는 없네."

"어째서 그렇게 믿으십니까? 혹시 무슨 그럴 만한 이유라도……"

"나하고 왕녀의 약혼이 정식으로 발표되면 그날 보내겠다고 그녀가 편지로 경고를 해 왔거든. 그녀는 자기가 말한 것은 항상 그대로 실천하는 여자야."

"그래, 약혼 발표는 언제입니까?"

"이번 월요일이네. 그때까진 사흘밖에 남지 않았어."

"사흘이면 충분합니다. 즉각 조사에 착수하지요. 그동안 폐하는 런던에 머물러 계시겠지요?"

"그럴 생각이네. 랭햄 호텔에 묵고 있을 것이니 무슨 일이 있으면 언제든지 연락을 주게."

"알았습니다. 그럼 조사의 진행 상황은 편지로 알려 드리겠습니다."

"잘 부탁하네. 난 걱정이 되어 밤에 잠도 잘 못자고 있네. 괴로운 일이야."

"그럼 비용은 어떻게 하실 겁니까?"

"음, 필요하다면 백지 수표를 맡기겠네. 현금이 필요하다면 현금으로 주지. 난 그 사진을 돌려받을 수 있다면 내 왕국의 일부를 주어도 아깝지 않을 것이네."

"정말입니까? 그럼 우선 당장 착수비로 얼마 주셔야겠습니다."

국왕은 외투 밑에서 지갑을 꺼내더니 탁자 위에 금화와 지폐를 쏟아 놓았다.

"모두 1만 파운드는 될 걸세. 이걸 일의 진행비로 써주게."

"고맙습니다."

홈즈는 흩어진 금화와 지폐를 모아 잘 간수하면서, 그여인의 주소를 알고 있느냐고 왕에게 물었다.

"센트 존스 우드의 서펜타인 에비뉴에 있는 브라이어니 별장."

홈즈는 자기 수첩에 왕이 불러주는 주소를 적었다.

"사진은 얼마 크기입니까?"

"그냥 일반적인 사진 크기이네."

"그럼 곧 좋은 소식을 드리도록 하겠습니다."

홈즈는 깊숙이 머리를 숙여 국왕을 배웅하였다.

국왕을 태운 마차가 멀리 사라지자 홈즈는 곧바로 외출 준비를 하고 있었다.

"왓슨, 내일 세 시에 이곳으로 다시 와 주지 않겠나? 그럼 부인에게 안부 전해 주게."

홈즈는 내 대답을 듣지 않고 밖으로 나가 버렸다.

나는 이튿날 오후 3시 정각에 홈즈의 하숙집에 갔다. 그러나 홈즈는 아직 돌아오지 않았다. 집주인 허드슨 부인에게 물으니 아침 8시경에 집을 나가 아직 돌아오지 않았다는 것이다. 나는 난롯불을 바라보며 내가 왜 이 사건에 이렇게 관심을 갖는지 모르겠다고 속으로 중얼거렸다. 그러나 의뢰인의 신분이 대단히 높은 것과 또한 홈즈가 그 사진을 어떻게 빼돌릴지 흥미를 끄는 요소들이 많았다. 난롯가에 앉아 있다 보니 졸음이 찾아왔다. 4시가 가까워 오자 문이 열리고 어떤 마부가 곤드레만드레 취한 얼굴로 문을 열었다. 머리는 헝클어지고 턱수염을 기른 붉은 얼굴의 마부는 한 눈에도 지저분한 모습이었다.

그리고 나는 그 마부가 바로 홈즈라는 것을 시간이 지

나자 알았다.

"왓슨! 미안. 자넬 기다리게 하였군."

홈즈는 미안쩍은 듯 싱긋 웃더니, 옆에 딸려 있는 침실로 들어갔다. 그리고는 채 5분도 못되어 내가 있는 방으로 평소 그의 모습으로 나타났다. 홈즈는 혼자 죽겠다고 웃더니 마침내 의자에 축 늘어졌다.

"왜 그래?"

"너무 재미있어서 웃음을 참을 수 없군. 내가 오전에 어디를 갔다 왔는지 아나? 아마 내 말을 들으면 깜짝 놀라고 자네도 웃음을 참지 못할 거야."

홈즈는 두 손을 호주머니에다 찌른 채 난로 앞으로 다가오다가 더 이상 참을 수 없다는 듯이, "아하하....,"하고 큰 소리로 웃기 시작했다. 그는 거의 1분 가까이나 난로 곁에서 웃었다.

"홈즈, 도대체 어떻게 된 일인가? 이젠 제발 그만 웃고 어서 애길 좀 해 보게."

"그래 말해 주지. 나는 아이린 애들린이라는 여인의 집을 살펴볼 겸 그 부근을 어슬렁거렸지. 물론 이렇게 초라한 마부로 변장하고 말이야. 대개 마부들이란 저들끼리 무척 친하지. 일거리가 없어 놀고 있는 사람이 있으면 서로 도와주는 것이 그들 인정이야. 그곳은 부자 동네라 그 런지 집집마다 마부들이 있더군."

홈즈는 이제 웃음을 걷고 조용하게 말을 이었다.

"서펜타인 거리에 이르자, 브라이어니 별장이 보이더 군. 자그마하고 아담한 이층집이었어. 현관은 바로 거리 에 면해 있었고, 문에는 견고한 자물쇠가 걸려 있었네. 그 래서 철책 너머로 슬쩍 들여다봤지. 현관 바로 오른쪽이 널찍한 거실이었는데. 땅바닥까지 닿을 듯한 커다란 창문 이 달려 있었네. 뒤꼍으로 돌아가 보니, 자그마한 뜰이 있 고 구석에 마구간이 있더군. 난 마구간 지붕으로 올라가 면 안채의 복도로 향한 작은 창문에 손이 닿을 수 있다는 것도 확인했네."

"홈즈! 자넨 좀도둑의 재능도 풍부하군 그래."

나는 감탄한 듯 머리까지 끄덕이며 말했다. 홈즈는 못 들은 척 말을 이었다.

"그런 뒤, 나는 그 주위를 마치 산책이라도 하는 사람 처럼 어슬렁어슬렁 돌아다녔네. 그러다가 말에 솔질을 하 고 있는 합승 마차의 마부를 만났어. 나는 재빨리 거들어 주었지. 그러자 그 마부는, '젊은 사람이 친절하군.' 그렇 게 말하면서 칭찬을 해 주더군. 나는 일을 거들면서 슬며시 그 별장에 대해 물었어. 그는 친절하게 몇개의 정보를 주고 동전 두 닢도 주고 맥주까지 사 주더군. 탐정이 정보를 얻으러 갔다가 오히려 돈을 받은 것은 이번이 처음이야."

"자네도 꽤 뻔뻔스러워졌군. 그런데 아깐 왜 그렇게 웃었나? 난생 처음 팁을 받아서?"

"흐음, 그럴 리가? 그 뒤로 계속 엉뚱하게 일이 풀려나 간거야. 아무튼 수확은 굉장했네. 난 보헤미아 국왕의 연인이었던 아이린 애들린이라는 여인이 빨리 보고 싶어졌네."

"호오, 그래? 그건 여성을 싫어하는 자네로선 드문 일인데?"

홈즈는 나의 말을 흘려버리고는 이야기를 계속했다.

"아이린 애들린은 기막히게 아름다운 여성이라네. 그 근처에 사는 남성들 모두가 그 여자만 보면 공연히 싱글벙글 좋아한다는 거야. 지금은 극장에 정기적으로 나가는 것 같지는 않대. 그런데도 매일 오후 5시가 되면 아름답게 차려입고 외출했다가 틀림없이 7시 정각에 돌아와서 저녁식사를 한다는 거야. 그리고 애들러 집을 드나드는 남자가 한명 있는데 이름은 고드프리 노튼이고 변호사라고 하더군. 아마도 그는 이번 사건과 깊은 관련이 돼 있는 사람일 거야. 그런데 애들린은 이 사건을 그 변호사에게 의뢰한 것일까? 아님 애인일까? 그렇게 고민하면서 애들러 집 주위를 배회하고 있었지. 그런데 말이야. 갑자기 이륜마차 한 대가 애들러 집 앞에 멎었고 그 안에서 신사가 내렸네. 검은 피부에 매부리코, 콧수염이 상당히 멋진 사내, 나는 당연히 그가 고드프리 노튼이란 변호사라고 생각했지. 그리고 그가 그 집 거실에서 왔다갔다 하면서 30분을 보내다가 갑자기 허둥거리며 밖으로 나왔네."

이때부터 홈즈는 말이 빨라졌다.

"고드프리 노튼은 갑자기 마차에서 잠들어 있던 마부를 흔들어 깨웠어. 그리고는 '이봐, 서둘러 주게. 리이젠트 거리 그로스 앤드핸키 상점에 잠깐 들렀다가 에지웨어 거리의 세인트 모니카 성당으로 몰아주게. 만일 20분이내에 세인트 모니카 성당에 닿으면 팁으로 반 기니의 돈을 더 주지.' 마부는 옷 단추 반 밖에 채우지 않았고 넥타이도 귀밑 쪽으로 쏠려 있었지. 그런데도 반 기니라는 말에 졸음이 달아나 말고삐를 잡은 거야. 잠깐 사이 마차는 덜커덕거리며 내 눈앞을 지나 거리 저쪽으로 사라져버렸네. 나는 마차가 사라져 간 곳을 보고 마음이 급했어. 그때 마침 다른 마차가 한 대 왔어. 그런데 동시에 하늘의 천사와 같이 아름다운 여인이 나타나 그 마차를 가로채, '빨리 달리세요. 세인트 모니카 성당까지요.' 이러는 거야. 다행히 또 곧바로 마차 한 대가 나타나 나는 곧바로 올라탔지. 내 옷차림에 마부의 시선이 의심하는 빛이 가득했고 그래서 나는 세인트모니카 성당까지 18분에 가면 한 기니를 더 주겠다고 그랬지. 마부는 빙그레 웃으며 말고삐를 힘차게 잡아 당겼어."

홈즈의 이야기는 점점 더 흥미와 열기를 더해갔다.

"난 그 두 사람이 어째서 20분 이내에 성당에 가지 않으면 안 되는지 대충 짐작을 하고 있었네. 오전 중에 보헤미아 국왕과 스칸디나비아 국왕 딸의 약혼을 무효화하기 위한 수속을 밟으려는 어떤 음모가 진행된다고 본 것이지. 그래서 나도 필사적으로 이들 마차를 쫓아 그들을 미행한 거야. 내가 도착했을때 그들이 타고 온 마차의 말등에서는 김이 모락거리고 있더군. 얼마 안 됐다는 이야기야. 그래서 성당으로 재빨리 들어갔어. 성당안에는 애들린과 노튼이 있었고 하얀 제복을 입은 신부가 한 명 있었지. 신부는 두 사람에게 뭐라고 이야기하고 있었어. 나는 성당에 놀러 간 사람처럼 어슬렁거렸지. 그런데 갑자기 제단 앞의 세 사람이 일제히 나를 보는 거야. 그리고 갑자기 노튼이 내 앞으로 오더니 '잠깐!' 이라고 소리치며 내 옷소매를 꽉 움켜쥐었어. '마침 잘왔네. 자넨 신이 보내주신 사자야.' 난 무슨 소린지 몰라. '네?' 라고 물었고 그는 '아니 3분이면 충분해. 당신이 없으면 법적 절차가 이루어지지 않네.' 라고 하며 나를 거의 끌고 가다시피 제단 위까지 데리고 갔어. 그리고 그는 '신부님! 이젠 됐지요.' 라고 신부에게 말하였네. 놀라지 말게. 내가 한 일은 아이린 애들린과 고드프리 노튼의 결혼을 합법적으로 도와주는 증인 노릇이었어. 식은 금방 끝났고 신랑과 신부는 나에게 감사의 말을 했어. 신부는 정면으로 나를 보며 웃고 있었네. 이렇게 웃긴 일을 경험하기도 처음이야."

"이거 사건이 이상하게 전개되는데. 그래서 어떻게 되었나?"

홈즈는 얼굴에 웃음이 가득한 채로 호주머니에서 금화 한 닢을 꺼내 나에게 보여주었다.

"신부가 고맙다고 준거야. 기념으로 시곗줄을 만들 생각이네."

"그래. 그거 좋은 생각이군. 그럼 이제 다음 일은 무언가?"

"난 금화를 받아 가지고 나오다가 몸을 숨겼네. 그들도 얼마 뒤에 나왔는데 정식으로 부부가 된 두 사람은 성당 앞에서 헤어졌어. 그들이 하는 말이 노튼은 변호사 사무실로 간다고 그랬고 여자는 자기 집으로 돌아간다고 했어. 여자는

'5시에 마차로 공원을 드라이브하기로 해요.' 라고 말하더군. 그래서 난 빨리 준비하기 위해 돌아온 거야."

"무얼 준비하나?"

"일단 뱃속에 뭘 채워야 하네. 지금까지 아무것도 먹지 못했어. 오늘밤엔 더욱 많은 일이 있으니. 왓슨! 자네도 거들어 주겠지?"

"물론이지."

"어쩌면 법을 어기게 될지도 몰라."

"상관없네."

"경찰에 끌려갈지도 몰라."

"그게 인간으로서 부끄럽지 않은 일이라면 상관없네."

"고맙네, 왓슨. 난 정말 좋은 친구를 두었다니까. 자넨 머리의 회전은 보통이지만 내게는 아주 소중한 친구야."

"아첨이지? 그래. 내가 할 일은 무언가?"

"식사하면서 이야기하지."

홈즈는 부인이 준비한 간단한 식사를 들면서 말을 이었다.

"자! 시간이 없으니 먹으면서 이야기하지. 벌써 다섯 시야. 두 시간 후엔 우리가 현장에 있어야해. 아이린 애들린, 아니 노튼 부인은 7시에 공원 드라이브에서 돌아올 거야. 우린 그 여자를 보기 위해 그녀의 집 앞에 있어야 해."

"그리고?"

"다음 일은 모두 내게 맡겨."

"아니 나보고 방관자가 되란 말인가?"

"내가 무슨 방법으로 사진을 손에 넣으면 그 사진을 창문으로 자네에게 줄 거야. 그러니 거실 창문 쪽에서 자네는 대기하고 있으면 돼."

"과연 사진을 손에 넣을 수 있을까?"

"승산은 충분하지"

"좀 자세하게 설명해 주면 좋겠네."

"물론이지 왓슨. 자 잘 들어. 내가 애들린의 거실로 들어가면 자넨 내가 만든 비밀병기를 창문 안으로 던지면 돼."

"그 비밀병기가 뭔가?"

"응, 그건 아이들 장난감 같은 거야. 던지면 연기가 나고 불꽃이 나오는 거지. 연막탄 같은 거야. 그럼 내가 '불이야!' 하고 소리를 지르지. 그럼 구경꾼들이 덩달아 같이 소리를 칠 걸세. 그럼 그 혼란한 틈을 타서 사진을 들고 그곳을 빠져 도망치는 거야."

"말은 쉽지만 과연 자네 작전대로 될까?"

"걱정하지 말게."

그리고 홈즈는 침실로 들어갔다. 그리고 5분도 채 지나지 않아 나왔다. 홈즈는 아주 상냥하고 마음씨 좋은 신부가 되어 나타났다. 폭이 넓은 검은 모자에 더부룩한 바지, 하얀 넥타이, 거기다 친절한 미소를 띠고 온화한 눈빛으로 다성한 사람이 나를 바라보고 있었다. 홈즈는 의상 하나만 바꾸는 것이 아니라 새로운 역할에 맞는 표정과 태도, 마음까지 달라 보이게 했다. 그는 훌륭한 탐정가뿐 아니라 연극계의 훌륭한 배우로도 손색이 없었다.

나는 감탄했다. 우리는 6시 15분에 출발해서 서펜타인 거리를 6시 50분에 도착했다. 예정 시간보다 10분 전에 도착한 것이다. 주위는 이미 어둠이 찾아 왔고 불들이 켜지기 시작했다. 때마침 해질녘이라 집을 향해 걸음을 재촉하는 사람들이 많았다. 거리 모퉁이에는 남자 몇 명이 담배를 피우고 있었다.

"좋아. 이 정도면 구경꾼들로 적당한 사람들이야."

홈즈는 나에게 이렇게 말했다.

"이번 사건의 핵심은 애들린이 결혼한 것이야. 이건 양날의 칼과 마찬가지지. 우리 의뢰인이 공주에게 그 사진을 보이고 싶지 않은 것처럼, 애들린도 남편 노튼에게 그 사진을 보이고 싶지 않을 것이 분명해. 그런데 문제는 그 사진을 애들린이 어떻게 숨겼을까?"

"설마 몸에 지니고 다니지는 않겠지?"

"사진이 커서 그럴 수는 없을 거야."

"혹시 핸드백 안에 넣고 다니는 건 아닐까?"

"그건 아니야. 보헤미아 국왕이 그 사진을 찾으려고 눈에 불을 켜고 다니는데 소매치기 당할지도 모르는 핸드백에 넣고 다닐 정도로 여자가 어리석지는 않아."

"그럼 어디다 두었을까?"

"은행이나 변호사에게 맡기는 방법도 생각해 보았네. 하지만 난 곧 그 생각을 부정했어. 여자란 본시 비밀을 좋아하는 낭만주의자일세. 아마 이번 경우도 내 직감대로 애들린은 남의 눈에 잘 띄지 않는 곳에다 그 사진을 숨겨 놓고, 이따금 들여다볼 거야. 난 그녀가 위험한 일을 당하면 그 사진을 분명 만질 것이라고 보고 있어. 그래서 그녀의 불안 심리를 역이용하자는 거지."

그때 큰 길 모퉁이를 돌아 마차 불빛이 보였다. 예쁜 마차는 신혼부부를 태우고 있었다. 마차가 멈추자 길가에 있던 부랑자들이 몰려들어 동전을 구걸했다. 그들끼리 치열하게 싸우는 바람에 곧 싸움이 벌어졌다.

"이놈아, 여긴 내 구역이야!"

그들끼리 옥신각신 말다툼이 벌어지고 좀 지나자 욕설과 주먹질이 오갔다. 마차에서 내린 애들린은 그들 싸움에 휘말리고 말았다. 홈즈는 재빨리 난투극 속에서 여자를 구하려고 뛰어갔다. 그때 누군가 칼을 휘둘렀고 홈즈의 얼굴에 피가 흘렀다. 홈즈가 쓰러지자 주변에서 구경만 하던 청년들이 달려들어 애들린 주위를 에워쌌다. 누군가 이런 말을 했다.

"부인, 부상자가 피를 많이 흘리니 집에 일단 옮기면 안될까요?"

"좋아요. 거실로 빨리 옮기세요. 자, 이리로."

"용감한 분이네요. 저분 때문에 제가 봉변당하는 것을 피할 수 있었어요. 괜찮을까요?"

그녀의 목소리는 아주 맑고 고왔으며 약간 떨렸다.

"걱정하지 마세요. 기절한 것 같습니다."

구경꾼들은 힘을 합쳐 홈즈를 집안으로 옮겼다.

"거실에다 눕혀 주세요. 그 긴 의자 위가 좋겠군요."

피투성이가 된 홈즈는 커다란 창문이 있는 거실 겸 응접실의 긴 의자에 눕혀졌다. 나는 이런 모든 상황을 지켜보며 홈즈에 대해 감탄했다.

'역시 홈즈의 연기는 대단해! 어떻게 피가 얼굴에 흐르게 했을까? 또 부랑자들 연기도 조연상 감이야.'

애들린이 커튼을 치지 않아서 그녀가 홈즈를 어떻게 간호하는지 나는 다 볼 수 있었다. 애들린은 아주 정성스럽게 홈즈를 돌보고 있었다.

'저렇게 아름답고 착하게 생긴 여자에게 속임수를 쓰다니……' 나는 갑자기 양심의 가책을 느꼈다. 그리고 서둘러 그곳에서 벗어나고 싶었다. '하지만 저 여자가 사진을 이용해서 보헤미아 국왕을 협박한다고 하니 협박은 엄연히 범죄야. 우리는 어떤 경우에든지 범죄를 증오하지 않으면 안 돼. 그리고 지금 내가 달아나면 홈즈의 계획은 물거품이 되고 마니 나는 그와 약속을 지켜야 해.'

내가 그런 생각을 하고 있을 때 애들린은 어디를 갔고 늙은 하녀가 홈즈를 간호하고 있었다. 그때 홈즈가 손을 들어 답답하니 창문을 좀 열어 달라고 하는 게 보였다. 그 것이 신호였다. 내가 이제 움직일 차례였다.

나는 홈즈가 준 연막탄을 움켜쥐고 열린 창을 통해 방 안으로 힘껏 던졌다. 다음 순간, "꽝!" 하고 폭탄 터지는 소 리와 함께 검은 연기가 뭉게뭉게 피어올랐다. 그 검은 연 기는 곧 창문으로 시꺼멓게 밀려 나왔다.

"불이야, 불!"

내가 미처 소리치기도 전에 밖에 있던 구경꾼들이 일 제히 고함을 질렀다. 순식간에 애들린 집은 벌집을 쑤셔 놓은 것같이 되었다. 홈즈를 돌보던 늙은 하녀가 비명을 지르며 이리저리 뛰어다녔다. 많은 구경꾼들이 몰려들었 다. 그 구경꾼들 사이로 홈즈의 침착한 목소리가 들려 왔 다.

"불이 아니오. 그냥 연기만 나고 있소. 부랑자들이 창 문으로 장난감 폭탄을 집어던진 거요. 침착들 하시오."

귀를 기울이고 있던 나는 두려워서 곧바로 그곳을 도 망쳤다. 나는 홈즈와 약속한 장소까지 뛰었고 그때까지도 가슴은 마구 방망이질 하고 있었다. 그런데 홈즈가 약 10 분 뒤 약속 장소에 아주 아무 일도 없었다는 듯 나타났다.

"왓슨, 성공일세, 대성공이야."

홈즈는 몹시 들떠있었다. 나는 홈즈에게 물었다.

"그럼 사진을 손에 넣었겠군."

"아냐, 아직 손에 넣은 건 아냐."

"그럼, 뭐가 대성공이라는 건가?"

"숨겨 둔 곳을 알아냈으니, 대성공이 아니고 뭔가. 아니, 내가 알아낸게 아니라, 애들린이 가르쳐 주었네."

"어디야?"

"그래 내가 말해 주지. 오늘 고용한 구경꾼, 싸움하던 부랑자들 모두 잘해 주었지. 왓슨! 자넨 다 알았지?"

"그럼 금방 알았지. 자네 머리를 적신 그 피는 붉은 물감이었지? 붉은 물감을 손에 꼭 쥐고 있다가 쓰러지자마자 머리에 그것을 댔지?"

"응! 낡은 수법이지만 감쪽같았어. 난 마치 중상을 입은 사람처럼 애들린 거실로 옮겨졌지. 난 거칠게 숨을 몰아쉬면서 거실 이곳저곳을 관찰했네. 하지만 어디에다 숨겨 놓았는지 알 수가 없었네. 그래서 마지막 수를 쓰기로 했네. 하녀에게 숨이 차다고 말했더니, 친절한 그녀는 재빨리 창문을 활짝 열어주었어. 그래서 자네에게 신호를 한 거야. 그리고 '불이야!' 하는 소리에 애들린의 행동을 몰래 관찰했지. 그런데 대개 그때는 사람이 본능에 따라 움직이지. 어머니는 모든 것을 다 포기해도 자기 아이를 안을 것이고, 보석에 빠진 여자는 보석 상자 있는 데로 내 달리는 법이지. 애들린은 가장 소중한 그 사진 쪽으로 갔던 거야. 그녀가 재빨리 거실에 있는 초인종 줄 바로 위 벽에 붙은 널빤지를 움직였어. 벽처럼 감쪽같이 만들어진 벽장이었지. 그녀는 그곳에 손을 넣었던 거야."

"그래 바로 그곳이군!"

"사진 숨겨 놓은 곳을 안 나는 침착한 목소리로 불이 아니라고 소리쳤지. 그러자 그녀는 벽에 둘러친 널빤지를 놓고는 그대로 나가 버렸어. 난 벌떡 일어나 사진을 꺼낼까 생각했지만, 그때 마침 마부인 듯한 사나이가 들어와서 나를 유심히 지켜보고 있어 그만두었네. 서두르다가 일을 그르칠까 겁나서 그런 것이지."

"그래, 이제 어떻게 할 작정인가?"

"조사는 이걸로 끝났네. 내일 보헤미아 국왕을 모시고 브라이어니 별장을 방문하겠네. 왓슨, 자네도 별 지장이 없다면 함께 가지. 우린 곧 거실로 안내되어 잠시 기다려야겠지. 여자란 옛날 연인과 오래간만에 만날 때 특히 곱게 화장을 할테니까. 화장을 겨우 끝나고 그녀가 설레는 마음으로 거실로 들어섰을 때는 이미 우리들의 모습은 없어진 뒤가 될 거야. 물론 사진과 함께 말이야. 폐하는 기뻐하겠지."

"그래, 내일 몇 시에 갈 건가?"

"오전 8시."

두 사람은 이윽고 베이커 거리의 홈즈 하숙집 앞에 이르렀다. 그때였다. 마침 지나가던 사람이 인사를 해 왔다.

"안녕하십니까, 셜록 홈즈 씨?"

그 사람은 뒤도 돌아보지 않고 곧장 걸어가 버렸다. 그는 검고 기다란 외투를 입은 몸집이 호리호리한 젊은이였다.

"가만 있자, 어디서 많이 듣던 목소리인데……"

홈즈는 젊은이가 사라진 어둑어둑한 길 쪽을 바라보며 중얼거렸다.

그날밤 나는 홈즈와 함께 잤다. 이튿날 아침, 두 사람이 커피와 토스트로 식사를 하고 있는데, 보헤미아 국왕이 뛰어 들어왔다.

"사진은 찾았나?"

국왕은 몹시 다급했다.

"아직은 찾지 못했습니다."

"가능성은 있나?"

"물론입니다. 그 일로 아이린 애들린을 찾아가려고 합니다."

"그럼 식사를 뒤로 미루고 출발하지."

"마차를 금방 탈 수 있을지 모르겠군요."

"그거라면 염려 말게. 내 마차를 기다리라고 했으니까."

"국왕 폐하의 마차를 이용하게 되다니, 셜록 홈즈 평생의 영광입니다."

홈즈는 커피를 단숨에 마시고는 재빨리 일어났다.

마차 안에서 홈즈는 보헤미아 국왕에게 은근하게 말했다.

"사실은 아이린 애들린은 결혼했습니다."

"뭐, 결혼? 언제, 어디서, 누구하고?"

"어제 세인트 모니카 성당에서 영국인 변호사 노튼하고 결혼 했습니다. 제가 증인이 되었죠."

순간, 보헤미아 국왕의 얼굴은 안도한 것 같기도 하고 맥이 풀린 듯한 표정도 있고 묘한 얼굴을 하고 있었다.

"노튼이라고? 전혀 모르겠는데. 그녀는 그를 정말 사랑하나?"

"글쎄요? 전 그 여자가 진정 그 남자를 사랑했으면 합니다."

"어째서?"

"앞으로 국왕 폐하를 사진으로 협박하지 않을 것이기 때문입니다. 그 여자가 남편을 사랑한다면 과거의 추억을 갖고 폐하의 결혼을 방해하지는 않을 테니까요."

"자네 말이 맞긴 하지만……"

보헤미아 국왕은 한숨을 쉬며 말을 이었다.

"애들린이 미국 여인이 아니고, 유럽 귀족 출신이라면 난 어떤 장애를 무릅쓰고라도 내 왕비로 맞아들였을 거네."

보헤미아 국왕은 서펜타인 거리에 닿을 때까지 아무말이 없었다.

이윽고 마차가 브라이어니 별장 앞에 멈췄다. 홈즈는 현관에 있는 초인종 줄을 당기자 곧 예순 살 가량 되는 노파가 나타났다. 노파는 홈즈를 보자 희미하게 웃으며 말했다.

"셜록 홈즈씨죠?"

"예, 그렇습니다. 그런데 어떻게 제 이름을 아십니까?"

홈즈는 깜짝 놀라 새삼스럽게 노파를 바라보았다. 노파는 홈즈를 보면서 말했다.

"부인은 남편과 함께 오늘 아침 다섯 시 십오 분 기차로 채링크로스 역에서 대륙으로 출발하셨습니다."

"뭐라고요?"

홈즈는 놀라서 뒷걸음을 쳤다.

"부인은 다신 돌아오지 않을 겁니다."

그때까지 말없이 서 있던 보헤미아 국왕이 말했다.

"그럼 사진은?"

홈즈는 노파를 밀치고 거실로 뛰어 들어갔다. 왕과 나도 그 뒤를 따랐다. 거실은 어지럽게 흩어져 있었다. 마치 도둑이라도 들었던 것처럼 혼란스런 광경이었다.

"무척 서둘러 도망쳤군."

홈즈는 신음하듯 중얼거리면서 초인종 줄이 있는 곳으로 급히 갔다. 그리고는 널빤지를 힘껏 잡아떼었다. 그곳에는 사진 대신 편지 봉투가 있었다. '셜록 홈즈 씨가 방문했을 때 주세요.'라고 적혀 있었다. 홈즈가 곧 봉투를 뜯었다. 그 안에는 사진과 편지 한 장이 나왔다.

> 명탐정 셜록 홈즈 씨
> 정말 멋진 솜씨였어요. 전 1개월 전쯤 저를 아끼는 어떤

사람으로부터 당신을 경계하라는 말을 들었습니다. 런던에는 셜록 홈즈라는 사립 탐정이있고, 국왕 폐하는 마지막에 틀림없이 셜록 홈즈에게 부탁할 것이다라는 경고였습니다. 그러나 저는 당신이 일으킨 소동에 완전 속았어요. '불이야' 소리를 들은 뒤에도 전혀 눈치 채지 못했습니다. 하지만 잠시 후 그 경고가 떠올랐고 내가 너무 어수룩했다는 것을 알았습니다. 그래서 저는 마부 존에게 당신을 감시하라고 하고, 위층에 올라가 남자 옷을 입고 아래로 내려오니까 당신은 마침 돌아가는 길이더군요. 그 뒤 나는 당신을 미행해서 당신이 셜록 홈즈라는 것을 확인했습니다. 그리고 당신처럼 무서운 분이 사건을 맡은 것을 안 이상 저는 도망치는 것이 최선이라는 것을 깨달았습니다. 저는 지금 국왕 폐하보다 더 사랑하는 사람을 만났습니다. 폐하는 옛날 여인이 결혼을 방해할까 노심초사하지 마시고 행복하세요. 폐하가 원하는 사진은 저를 지키는 무기입니다. 폐하가 원한다면 제 모습만 있는 저의 사진 한 장을 드리지요.

　그럼 안녕히 계십시오.

"아, 얼마나 훌륭한 여성이냐!"

보헤미아 국왕은 긴 한숨을 내쉬며 탄식하듯 말했다.

"홈즈, 이런 여자는 이 세상에 다시 없을 거야. 물론 자네도 동감이겠지. 아, 만일 애들린이 나하고 같은 수준이었다면……"

"그렇습니다. 폐하."

홈즈는 냉정하고 또박또박 말했습니다.

"분명 애들린은 폐하보다 수준이 훨씬 높습니다. 지능에 있어서나 인격에 있어서 말입니다. 물론 저보다도 훨씬 낫지요. 모처럼 부탁하셨는데, 아무런 도움도 되어 드리지 못한 것을 깊이 사과드립니다."

그러자 보헤미아 국왕은 고개를 설레설레 저었다.

"아닐세, 홈즈. 자넨 정말 잘해 주었네. 난 자네에게 부탁하기를 참 잘했다고 생각하네. 자네는 이 세상에서 둘도 없는 명탐정이야."

"고맙습니다. 폐하."

"그래서 감사의 표시로 자네에게 이걸 주고 싶은데."

하며 보헤미아 국왕은 손가락에서 에메랄드 반지를 빼어 홈즈에게 내밀었다. 그러나 홈즈는 반지를 받을 생각은 하지 않고 말했다.

"폐하는 지금 더욱 더 귀중한 것을 가지고 계십니다. 그것을 주셨으면 합니다."

"보석이 박힌 시계를 말하는 것인가?"

그러자 홈즈는 "사진입니다."하고 국왕이 들고 있는

애들린의 사진을 가리켰다. 국왕은 어이가 없다는 듯 홈즈의 얼굴을 바라보다가, "소원이라면 주지." 하며 선선히 애들린의 사진을 내주었다.

"고맙습니다. 그럼 저희들은 이만 실례하겠습니다. 안녕히 가십시오."

홈즈는 깊이 머리를 수그리고는 나와 함께 밖으로 나왔다.

이것이 보헤미아 왕국을 뒤흔들어 놓은 사건의 전모다. 이 사건은 홈즈의 전 생애를 통해 여자에게 진 단 한 번의 패전이기도 했다. 그때까지 홈즈는 "여자의 머리는 그리 뛰어나지 않아." 하고 입버릇처럼 말해 왔지만, 그 사건 이후로는 그런 말을 입 밖에도 내지 않게 되었다. 그리고 이따금 애들린의 이야기가 나오면, 벽난로 위를 힐끗 보며, "저 여성은 내머리 위에⋯⋯" 이렇게 존경이 담긴 어조로 말하곤 하였다. 홈즈의 존경어린 눈길이 머무르는 곳에는 환하게 웃고 있는 애들린의 아름다운 모습이 있었다.

Chapter
09

어느 기술자의
엄지손가락

어느 기술자의 엄지손가락

　지금부터 이야기하려는 사건이 있었던 것은 1889년의 여름으로, 내가 결혼한지 얼마 안 돼 일어난 일이다. 결혼한 뒤로 나는 홈즈를 혼자 남겨 두고 베이커 가의 하숙집을 떠났지만 수시로 홈즈를 찾아가서 시간을 보냈다.

　내 병원은 날로 번창했다. 공교롭게도 병원이 런던 서쪽에 있는 패딩턴 역 근처에 있었기에, 역 직원 중에도 단골이 생겼다. 그 중의 한 사람은 고치기 어려운 병을 쉽게 치료해 준 인연으로 사람을 만날 때마다 우리 병원을 선전해 주기도 했다.

어느 날 아침 7시경에, 가정부가 문을 노크하고는 패딩턴 역에서 두 남자가 와서 진찰실에서 기다리고 있다는 말을 전했다. 내가 옷을 급히 갈아입고 병원으로 나가 보니, 그 단골 역 직원이 인사를 했다.

"환자를 데려왔습니다. 선생님에게 보이는 것이 좋을 것 같아서요. 자, 그럼 이만 가보겠습니다. 일을 해야 하거든요."

그리고는 내가 고맙다는 인사도 하기 전에 종종걸음으로 나가 버렸다. 진찰실에 들어가 보니, 한 남자가 책상 옆에 앉아 있었다. 한쪽 손에 손수건을 두르고 있었는데 겉으로 피가 번져 있었다. 약 25살 가량의 젊은이로 남자다운 체격에 잘생긴 얼굴이었으나 좀 창백했다.

무엇인가에 혼이 나서 충격이 컸던 모양이었다.

"선생님, 이렇게 아침 일찍 일어나시게 해서 죄송합니다. 하지만 어젯밤에 큰일을 당했는데 오늘 아침 패딩턴역에 와서 의사를 구해 달라 했더니 그 친절한 직원이 이리로 안내를 해 주더군요."

나는 책상 위에 내미는 그의 명함을 들여다보았다.

이름, 빅토르 해덜리. 수압 기계 기술자. 빅토르 거리

16번가.

나는 진찰 의자에 앉으며 말했다.

"야간열차를 타신 모양이군요. 지루했겠습니다."

"아뇨, 지루한 것이 문제가 아니었습니다."

해덜리라는 청년은 그렇게 말하고는, 갑자기 웃음을 터뜨렸다. 의자에서 허리를 꺾고는 미친 사람처럼 어이 없다는 표정으로 웃고 있었다. 나는 의사로서 이건 아니다 생각했다.

"자, 진정하십시오."

그렇게 말하며, 차가운 냉수를 갖다 주고서 마시게 했다. 해덜리는 물을 마시고 나자 마음이 가라앉은 것 같았으나, 몹시 피곤한 듯 핏기가 없는 얼굴로 입을 열었다.

"추태를 보여 드려서 죄송합니다."

"괜찮습니다. 이걸 섞는 것이 좋겠습니다."

물에 브랜디를 약간 타서 다시 권했다. 그것을 마시더니, 청년의 얼굴엔 어느덧 핏기가 돌았다.

"기분이 좀 가라앉는군요. 그럼, 선생님. 엄지손가락을......, 아니 엄지손가락이 있던 자리를 봐 주십시오."

해덜리는 직접 손수건을 풀어서 손을 내밀었다. 나는

상처를 수도 없이 보았으나, 청년의 손을 보고는 등줄기가 오싹함을 느꼈다. 엄지손가락이 있었던 자리에 시뻘건 피가 엉겨 있었다.

"이거 지독하군요. 피가 많이 흘렀겠습니다."

"많이 흘렸지요. 잘렸을 때는 정신이 아찔한 것이, 잠시 동안 기절했었나 봅니다. 얼핏 정신을 차리고는 손목을 손수건으로 단단히 묶고 나뭇가지를 끼우고는 피가 멎을 때까지 손을 어깨 위로 들고 있었습니다."

"잘하셨습니다."

나는 상처를 살피며 말했다.

"이 상처로 보아, 뭔가 무겁고 예리한 연장으로 내리친 모양이군요?"

"고기를 써는 식칼 같은 거였습니다."

"실수로 그랬나요?"

"아뇨!"

"아니, 그럼 사람을 죽일 셈으로 칼을 휘둘렀단 말입니까?"

"맞습니다."

"그럴 수가……"

상처를 소독하고 가제로 싸고는, 붕대를 매 주었다.

해덜리 청년은 의자에 기대어 꾹 참고 있었으나, 가끔 아픈 듯 입술을 깨물었다.

"자, 기분이 어떠십니까?"

"한결 나아진 것 같습니다. 브랜디도 마시고 상처도 소독한 덕분에, 다시 태어난 느낌입니다. 하기야 죽을 고비를 넘겼으니 다시 태어난 거나 마찬가지지요."

"그 이야기는 하지 마십시오. 흥분하면 좋지 않으니까."

"그렇겠군요. 그 이야기는 하지 않겠습니다. 어차피 경찰에 가서나 할 이야기니까요. 하기야, 이 상처라는 확실한 증거가 없으면, 경찰에서 내 이야기를 믿어 줄지도 의문입니다. 그건 누구라도 믿기 어려운 이야기이거니와 증거가 될 만한 것도 달리 없으니까요."

"허, 그런 문제의 해결을 원하신다면 경찰서로 가기 전에 내 친구 셜록 홈즈라는 사람에게 가 보시는 것이 어떨까요?"

"아, 그분이라면 들어 알고 있습니다. 물론, 경찰에도 신고를 해야겠지만, 그분이 맡아 주신다면 다행입니다. 소개해 주세요."

"소개가 아니라 함께 갑시다."

"감사합니다."

"마차를 불러 타고 갑시다. 지금 가면, 아침식사도 함께할 수 있을 겁니다."

나는 안채로 급히 돌아가 아내에게 사정을 간단하게 이야기하고, 5분 뒤에는 해덜리 청년과 함께 홈즈가 살고 있는 베이커 거리로 마차를 달렸다. 셜록 홈즈는 언제나처럼 신문의 인물 동정 면을 훑어보며, 가운을 입은 채로 파이프를 입에 물고서 방 안을 서성거리다가 반갑게 우리를 맞이했다. 그리고는 하숙집 아주머니에게 베이컨과 달걀 3인분을 준비시켜 아침식사를 했다.

식사가 끝나자, 홈즈는 해덜리 청년을 소파에 앉히고 머리에 베개를 괴게 한 다음, 머리맡에 물을 탄 브랜디 잔을 준비해 놓고 말했다.

"해덜리 씨, 당신이 겪은 사건이 세상에 그리 흔하지 않은 일이라는 것을 잘 알겠습니다. 그대로 편히 누워서 우선 마음을 진정시키시고, 차근차근 이야기를 들려주시기 바랍니다. 그리고 조금이라도 피로를 느끼시면 그 술을 드시기 바랍니다."

"감사합니다. 하지만 박사님의 치료를 받고는 만사가

안정된 느낌입니다. 그럼 내가 겪은 이상한 경험을 이야기하겠습니다."

홈즈는 큼직한 팔걸이의자에 앉아 나른한 듯 눈을 내리깔고 있었으나, 실은 예리한 주의를 기울이면서 해덜리 청년의 말에 귀를 기울이고 있었다.

다음은 해덜리가 말한 사건 내용이다.

나는 아버지도 어머니도 없습니다. 그리고 런던에서 하숙을 얻어 혼자 살고 있습니다. 직업은 수압을 이용하는 기계 기술자로, 그리니치에 있는 이름난 기업체에서 7년간 경험을 쌓았습니다. 그리고 2년 전에 면허를 땄는데, 그때 아버지가 돌아가셔서 상당한 유산을 물려받았습니다. 그래서 독립해 보고 싶어서 빅토리아 거리에 가게를 차렸습니다.

누구나 독립된 사업을 시작하면 처음엔 고생하기 마련이지만, 내 경우는 더욱 심했습니다. 2년 동안 3건의 작은일을 했을 뿐입니다. 그래서 너무 힘든 나머지 가게 문을 닫으려 할 때, 점원이 들어와 어느 남자 분이 일을 갖고 찾아 왔다고 하더군요. 건네준 명함에는 '육군대령

라이산더 스타크'라고 적혀 있었습니다.

점원 뒤에는 예비역 대령 모습이 보였습니다. 대략 키는 보통 사람보다 큰 편이지만 아주 몸이 야위었습니다. 그렇게 마른 사람은 처음 보았습니다. 하지만 그 마른 원인이 병 때문은 아닌 것 같았습니다. 그 증거로 눈은 예리하게 빛나고 있었으며, 걸음걸이도 활달했고, 태도도 자신에 차 있었거든요. 복장은 검소했지만 깔끔한 편이었고, 나이는 40세 안팎, 말투에는 독일어 악센트가 섞여 있었습니다.

"해덜리 씨입니까? 당신은 기술도 상당하지만 이해심이 많고 비밀도 굳게 지켜 줄 것 같아 이렇게 찾아왔습니다."

"저를 그렇게 높게 평가해 주시는 것에 고맙습니다. 그런데 실례지만 누구신지요?"

"아니 그건 말씀드리지 않는 것이 좋을 것 같군요. 당신은 부모님이 모두 일찍 돌아가셔서 독신으로 살고 계신다고 들었습니다."

"그렇습니다. 그런데 내가 하는 일과 독신인 것이 무슨 관계가 있습니까?"

"이 일은 절대 비밀이 필요한 일입니다. 그래서 가족

이 많은 사람보다 혼자 사는 분을 찾았습니다. 절대 비밀을 지켜준다고 약속을 해 주어야 합니다."

대령은 내 얼굴을 빤히 바라보았는데, 그토록 의심에 찬 눈은 처음 보았습니다.

"알겠습니다."

제가 그렇게 대답하자 그는 두 번 더 다짐을 받았습니다. 그리고 대령은 갑자기 일어나더니 날렵하게 몸을 움직여 문을 확 열어젖히는 것입니다. 그리고 복도에 아무도 없는 것을 확인하자 다시 돌아와 내게 말했습니다.

"됐습니다. 점원들은 흔히 주인이 하는 일을 알고 싶어 하지요. 이젠 안심입니다."

대령은 의자를 바짝 내 곁으로 끌고 와서는, 다시 그 의심에 찬 눈으로 날 찬찬히 뜯어 보는 것이었습니다. 나는 이 바싹 마른 사나이의 수상쩍은 행동에서 불쾌감과 두려움이 들었지만 너무 오랜만에 맞은 손님이라 참았지요.

"어서 용건을 말씀하시지요."

그러자 그는 "50기니이면 어떻습니까? 하룻밤이면 끝날 일입니다."라고 말하는 거였습니다.

"충분한 보수라고 생각합니다."

그러자 그는 이렇게 덧붙였습니다.

"사실 하룻밤도 아닌 한 시간 정도라고 말하는 것이 나을 겁니다. 고장난 수압기를 손봐 달라는 일입니다. 어디가 잘못된 것인지만 지적해 주시면, 나머지는 우리가 수리 할 겁니다. 이 일을 맡아 주시겠습니까?"

"일은 쉬울 것 같군요."

"그럼 오늘밤 막차로 와 주실 수 있겠습니까?"

"어디로 말입니까?"

"바크셔 아이포드입니다. 패딩턴 역에서 옥스퍼드셔의 주 경계에 위치합니다. 기차를 타면 11시 15분에 도착할 겁니다."

"알겠습니다."

"그럼 마차를 역에 준비해 놓겠습니다."

"그럼 역에서 먼 거리입니까?"

"상당한 거리입니다. 우리 집은 아주 한적한 시골에 있습니다. 역에서 10km는 되지요."

"그렇다면 오늘밤 안으로 돌아오기는 틀렸군요."

"그래서 주무시고 갈 방은 준비해 두었습니다."

"번거로운 일이로군요. 오늘 저녁 8시 차면 좋을 텐데……"

"우리들 사정으로 밤 늦게 오시는 것이 좋습니다. 이런 무리한 사정이 있어 일류 기술자에게 맡길 만한 보수로 당신 같은 무명의 청년 기술자에게 맡기는 겁니다. 못하겠다면 지금이라도 늦지 않습니다."

나는 50기니의 돈을 생각했습니다. 나의 처지로는 큰돈이지요.

"알겠습니다. 막차로 가 뵙지요. 그런데 그 일의 성격이 어떤 것인지 좀 더 구체적으로 말씀해 주실 순 없겠습니까?"

"그러시겠지요. 하지만 이 방에서의 이야기를 누가 엿들을 위험은 없겠습니까?"

"안심하셔도 됩니다."

"그럼 말하지요. 모직물의 마무리 과정에서 쓰이는 표백토는 아주 값비싼 것으로 잉글랜드에서도 이 흙이 산출되는 곳은 서너 군데밖에 없다는 것을 알고 있는지요?"

"예, 들은 적이 있습니다."

"얼마 전에 나는 리딩에서 10km 떨어진 곳에 땅을 약간 샀습니다. 그런데 운 좋게도 그곳에 표백토층이 깔려 있다는 것을 발견한 것입니다. 그래서 조사해 보니, 그

층은 그렇게 큰 것이 아니고 그 좌우에 큰 층이 깔려 있다는 것을 알게 된 것입니다. 하지만 오른쪽 층과 왼쪽 층은 남의 소유의 땅 밑에 있습니다. 그런데 그 땅의 주인들은 그곳에 금광만큼이나 값진 표백토층이 있다는 사실을 모르고 있습니다. 따라서 그 사람들이 그 땅의 가치를 모르고 있는 동안에 그 땅을 사들이면 크게 횡재를 할 일입니다만, 당장에는 그럴 돈이 없습니다. 그래서 친구들에게 그 비밀을 이야기했더니, 그렇다면 내 땅 밑의 층을 우선 비밀리에 파서 그것을 팔아 이웃 땅을 살 자금을 마련해 보라고 하더군요. 그래서 얼마 전에 그 일을 하기 위해 수압기를 설치했습니다. 그러나 그 수압기가 자꾸 고장을 일으켜 당신에게 도움을 청하려는 겁니다. 하지만 우리로서는 이 비밀이 새어나가서는 큰일입니다. 집에 기계 기술자가 드나든다는 것을 의심을 받게 되면 이웃 땅을 사들일 희망은 사라지고 맙니다. 그런 이유 때문에 오늘밤의 일은 극비에 붙여 달라는 겁니다. 이해가 가십니까?"

"잘 알겠습니다. 단 한 가지 잘 모르는 점이 있습니다. 표백토라는 것은 자갈처럼 파 내려가는 것으로 알고 있습니다만, 거기에 왜 수압기가 사용되는지 모르겠군요?"

대령은 별일 아닌 듯이 바로 대답을 했습니다.

"아! 그거 말입니까? 그건 우리의 독특한 방법입니다. 흙을 벽돌처럼 단단히 굳혀, 뭔지 모르게 해서 파내는 것입니다. 하지만, 그런 일이 중요한 것은 아닙니다. 이상으로 비밀을 모두 말씀드렸습니다. 해덜리 씨, 이제 나는 당신을 끝까지 믿겠습니다. 그럼, 11시 15분에 아이포드 역에서 기다리겠습니다."

"알겠습니다."

"비밀을 꼭 지켜주십시오."

대령은 다시 한 번 탐색하는 눈초리로 내 표정을 살펴보고는, 차갑고 축축한 손으로 익수를 나누고 급히 밖으로 나갔습니다. 그런데 가만히 생각을 하니 이 일이 정상적인 것이 아니란 것을 알았습니다. 보수는 다른 것에 비해 열 배나 되었지만 아무튼 범죄에 내가 빠져든 기분이었습니다. 그러나 약속을 했으며 돈 생각 때문에 저는 밤 11시가 넘어 작고 어두운 아이포드 역에 내렸습니다. 그 역에 그 시간 서성이고 있던 사람은 저 혼자였습니다. 플랫폼에는 역무원 한 사람이 졸린 눈으로 서 있었습니다. 그리고 역을 나오니까 그 예비역 대령이 어둠 속에서 저의 팔을 잡더군요. 대기하고 있던 마차 속으로 저를 떼밀다시피 태웠습니다. 양쪽 창문을 닫고는 마부석의 판자를 툭툭치자, 마차는 전속력으로 내달렸습니다.

여기까지 나와 홈즈는 조용히 듣고 있었다.

홈즈가 먼저 질문을 했다.

"말은 한 마리였습니까?"

"예, 한 마리가 마차를 끌었습니다."

"말의 털 색깔을 기억하시는지요?

"예. 마차에 올라탈 때 얼핏 보니 밤색이었습니다."

"말이 지쳐 있는 것 같던가요?"

"아뇨, 기운차고 윤기가 흐르고 있었습니다."

"감사합니다. 이야기를 방해해서 미안합니다. 그 뒤의 이야기를 계속해 주시지요. 흥미가 있군요."

마차는 계속 달렸습니다. 적어도 한 시간은 타고 있었던 것 같습니다. 그 예비역 대령의 이야기로는 10km정도라고 했지만 내가 보기에는 그 속도와 걸린 시간을 감안하면 20km는 될 것 같았습니다. 그 부근의 시골길은 도로 사정이 나쁜 모양인지 마차는 심하게 흔들렸습니다. 도대체 어떤 곳을 달리고 있는지 궁금했지만 창문에는 불투명한 유리가 끼워져 있어서 가끔 지나가는 불빛이 희미하게 보일 뿐이었습니다.

한참을 간 뒤 험한 길은 끝나고, 바퀴 소리로 보아 자갈이 깔린 길에 들어서더니 마침내 멎었습니다. 대령은 마차에서 뛰어내려서는 지체 없이 나를 데리고 눈앞에 열려 있는 현관 안으로 들어갔습니다. 즉, 마차에서 곧바로 현관 안으로 뛰어든 꼴이어서 집의 외관은 살펴볼 겨를도 없었습니다. 그리고는 문지방을 넘어서자마자 문이 닫히고는 마차가 떠나는 소리가 들렸습니다.

집안은 캄캄해서 대령은 뭐라고 중얼거리더니 더듬더듬 성냥을 찾았습니다. 그러자 갑자기 안쪽의 문이 열리고 불빛이 아른거렸습니다. 그곳에서는 한 여인이 램프를 치켜들고 앞으로 내밀듯이 서서 나를 뜯어 보는 것이었습니다. 아름다운 여인이더군요. 그 여인은 내가 모르는 외국어로 몇 마디 질문을 했는데, 대령이 무뚝뚝하게 거기에 답변을 하는 모양이었습니다. 그러자 여인이 램프를 떨어뜨릴 정도로 크게 놀라는 기색을 보였습니다. 대령은 여인에게 가까이 가서, 무엇인가 귓속말로 속삭이면서 여인의 등을 밀어 안으로 들여보내고 램프를 받아들고 나에게로 와서 말했습니다.

"잠시 이 방에서 기다려 주십시오."

대령은 그렇게 말하며 방 문 하나를 열었습니다. 깔끔하게 치장한 작은 방으로 한가운데의 테이블 위에는 독일어로 된 책이 몇 권있었습니다. 대령은 램프를 문 곁의 오르간 위에 올려놓았습니다. "곧 돌아오겠습니다." 그렇게 말한 대령은 나를 남겨 두고 가더군요. 테이블 위의 책을 보니, 독일어는 모릅니다만 두 권은 과학 논문이고, 한 권은 시집이라는 것을 알 수 있었습니다.

시골의 밤 풍경이라도 볼 수 있을까 해서 창가에 가 보았습니다만, 떡갈나무로 짠 덧문이 내려져 있고 단단히 자물쇠가 채워져 있더군요. 기분이 으스스할 정도로 조용한 집이었는데, 복도 어디에선가 벽시계가 찰칵찰칵 움직이는 소리가 날 뿐, 주위는 쥐죽은 듯했습니다. 왠지 불안해졌습니다. 이 독일인들은 과연 어떤 인물들일까? 이곳은 어딜까? 아이포드에서 15km내외 떨어진 곳이라는 것은 짐작이 갔지만, 그것이 남쪽인지 북쪽인지, 혹은 서쪽인지 동쪽인지는 전혀 짐작이 가지 않았습니다.

나는 방안을 서성거리며 불안을 씻어 버리려고 콧노래도 부르고, 어쨌거나 50기니를 손쉽게 번다는 생각으로 위안을 삼기로 했습니다. 그때 내가 있는 방문이 소리도 없이 천천히 열렸습니다. 아까 그 여인이 어둠을 배경으로 입구에 서 있고, 방안의 램프에서 흐르는 노란 불빛이 그녀의 아름다운 옆얼굴을 비추고 있었습니다. 그녀의 얼굴은 격심한 두려움에 떨고 있었습니다. 여인은 떨리는 손가락을 세워, 입에 대고는 떠들지 말라는 시늉을 해보이더군요. 나는 순간 심장이 덜컥 내려 앉는 것을 느꼈습니다. 그녀는 뒤를 흘끔흘끔 돌아보며 서툰 영어로 말했습니다.

"도망치세요. 어서요. 이곳에 있는 건 위험해요."

"하지만 부인. 아직 일을 끝내지 않았습니다. 기계를 보기 전까지는 돌아갈 수 없습니다."

"안돼요. 어서 노망가세요."

그러나 내가 고개를 젓는 것을 보고서, 여인은 예의 같은 건 잊어버리고 방 안으로 들어와 내 손을 잡아끌다시피 하며 애원하는 투로 말하더군요.

"부탁입니다. 빨리 달아나세요. 지금이라도 늦지 않았어요."

나는 원래 고집이 세서, 특히 누가 설득을 하려고 들면 오히려 반발을 하는 성미입니다. 내 머릿속에는 50기니의 보수와 지루한 여행, 그 동안의 고생한 것들이 떠올랐습니다. 그런 것이 모두 물거품이 된다는 것은 참고 견딘 보람이 없어지는 일이었습니다. 부탁받은 일도 하지 않고, 받아야 할 보수도 포기한 채 줄행랑을 칠 수는 없는 노릇이었습니다. 그리고 혹시 이 여인은 미친 사람일지도 모른다는 생각이 들더군요. 그래서 마음속으로는 여인의 태도로 보아 심상치 않은 것을 느끼면서도, 고집을 세워 계속 고개를 저었습니다. 여인이 다시 한 번 애원을 하려 했을 때, 2층에서 덜컹 문이 닫히는 소리가 들려오더군요. 그리고는 계단을 내려오는 소리가 났습니다. 여인은 귀를 쫑긋 세우더니 이젠 틀렸다는 절망적인 표정을 지어 보이고 소리 없이 어둠 속으로 사라졌습니다.

곧이어 대령은 턱과 구분이 안 될 정도로 목에 살이 찌고 토끼 모양의 수염을 기른 키가 작달막한 남자를 데리고 와서 소개를 했습니다.

"우리 회사 지배인인 퍼거슨입니다. 그럼 곧 일을 시작하도록 하지요. 기계가 있는 곳으로 안내하겠으니 따라오십시오."

"모자를 쓰고 가야겠지요?"

"그럴 필요 없습니다. 집안에 기계가 있으니까요."

"아니, 집안에서 표백토를 판단 말입니까?"

"아닙니다. 이곳에서는 흙만 압축하고 있습니다. 그런일은 상관할 것 없어요. 당신은 기계만 살펴보고, 어디가 잘못된 것인지만 지적 하면 됩니다."

램프를 손에 든 대령이 앞장서고, 뚱뚱한 지배인과 내가 뒤따라 계단을 올라갔습니다. 미로 모양의 복도가 얽힌 옛날 집으로 좁은 나선 모양의 계단이 있었는데, 계단을 따라 올라가니 문이 있었습니다. 그리고 그 문의 문턱은 오랜 세월 동안 밟혀 활처럼 패여 있었습니다. 하여간 2층에는 융단도 깔려 있지 않았고 가구 같은 것도 보이지 않았으며, 벽에서는 회가 벗겨져 내려왔고, 습기가차서 곰팡내가 났습니다.

나는 가능한 한 태연한 얼굴을 하고 있었습니다만, 여인의 허둥거리던 모습이 마음에 걸렸으므로 두 사나이의 행동에 경계의 눈길을 게을리 하지 않았습니다. 그리고 퍼거슨은 말수가 적은 사람이었지만, 그가 나와 같은 영국인이라는 것을 알아차릴 수 있었습니다.

스타크 대령은 좀 더 안쪽으로 걸어 들어가서 작은 철문 앞에 섰습니다. 그리고는 열쇠를 꽂고서 문을 열었습니다. 방은 꽤나 작아서 셋이 모두 들어갈 수 없었기에, 퍼거슨은 밖에 남고 대령과 나만이 안으로 들어갔습니다.

"우리는 지금 수압기의 내부에 들어와 있는 셈입니다. 지금 누가 이 기계를 움직이기라도 한다면 그야말로 큰일이 납니다. 이 방의 천장이 피스톤의 아래 부분에 해당하므로, 그것이 내려오기 시작하면 몇 톤이나 되는 압력이 생겨 이 철판으로 된 바닥을 짓누르게 됩니다. 이 바깥쪽에는 가는 파이프가 여러 개 있어서 받은 수압을 피스톤에 전달하는데, 그런 장치에 대해서는 당신도 잘 알고 있으리라 생각합니다. 기계는 이상 없이 작동하는데, 어딘가 잘못된 곳이 있는 모양인지 압력이 적게 나옵니다. 어디가 잘못되었는지 살펴보고 알려주면 됩니다."

나는 대령에게서 램프를 받아들고 기계를 구석구석 조사해 보았습니다. 상당히 용량이 큰 수압기로, 굉장한 압력이 나올 것 같았습니다. 그런데 밖으로 나가 운전용의 레버를 밀어보니, 픽 하는 소리가 나는 것으로 보아 어딘가에 물이 새는 곳이 있어, 물이 파이프 속에서 역류한다는 것을 알아냈습니다.

잘 검사해 보니 운전대 끝의 고무 파킹이 느슨해져서 틈새가 생겨 있었습니다. 압력이 줄어든 원인은 그것이 틀림없었기에 나는 두 사람에게 그것을 지적해 주었지요. 그들은 주의 깊게 내 설명을 듣고는 수리하는 방법에 대해서도 몇 가지 질문을 했습니다.

자세한 방법을 알려준 다음, 다시 한 번 압착실로 돌아와 호기심을 갖고 내부를 둘러보았습니다. 그리고 표백토 이야기는 완전히 가공적인 이야기라는 것을 금방 알았습니다. 그런 목적으로 이렇게 강력한 기계를 쓴다는 것 자체가 상식에 벗어나는 일이었으니까요.

사방의 벽은 나무였으나 바닥은 철판으로 되어있고, 조심해서 살펴보니 바닥 전면에 금속으로 된 엷은 껍질 같은 것이 널려 있었습니다. 허리를 구부려 좀 더 자세히 보려고 금속 껍질을 긁어모으고 있는데, 독일어로 뭐라고 말하는 소리가 들리더군요. 얼른 고개를 돌려 보니 대령의 송장과도 같은 무서운 얼굴이 나를 부릅뜬 눈으로 내려다보고 있었습니다.

"거기에서 뭘 하는 거지?"

"당신의 표백토라는 것이 금속일 줄은 몰랐습니다. 이 기계의 용도를 정확히 알았다면 좀 더 효과적인 조언을 해 드릴 수 있었을 텐데요."

이렇게 말하기는 했지만 나는 곧 내 입이 가벼웠다는

것을 후회해야 했습니다. 대령의 얼굴은 갑자기 굳어지고 그의 회색 눈이 잔인스럽게 번쩍 빛났습니다.

"좋아, 이 기계에 관해서 좀 더 공부를 하게 해주지."

대령은 그렇게 말하고는 뒤돌아서서 작은 문을 덜컹소리가 나게 닫고 자물쇠를 채웠습니다. 나는 철문 쪽으로 달려가 당겨도 보고 밀어도 보았지만 꼼짝하지 않더군요. 나는 겁에 질려 소리쳤습니다.

"대령, 나를 내보내 주시오!"

하지만 그때 갑자기 고요한 공기를 가르고 들려온 소리에 나는 소스라치게 놀랐습니다. 레버가 덜컹 움직이는 소리에 이어, 쉬익~하고 물의 압력이 피스톤에 전달되는 소리가 들렸던 것입니다. 대령이 기계를 작동한 것입니다. 램프는 조금 전에 바닥을 살펴보려고 놓은 자리에 그대로 있었습니다. 그 불빛으로 검은 천장이 조금씩 내려앉는 것이 똑똑히 보였습니다. 이대로라면 나의 몸은 몇 분을 넘기지 못하고 형태도 없이 납작해질 것이 뻔했습니다. 나는 비명을 지르며 철문에 몸을 부딪치고, 손톱으로 철판을 긁었습니다. 살려달라고 아우성쳤지만 기계가 움직이는 굉음이 나의 목소리를 집어삼키고 말았습니다. 천장은 머리 위 5~6cm까지 내려와 손을 내밀면 그

거칠거칠한 표면이 만져졌습니다.

그때 머릿속을 스친 것이 죽을 때의 몸의 위치에 따라 고통이 덜할 수도 있겠다는 생각이었습니다. 엎드려 있으면 등뼈에 압력이 가해질 것인데, 그때 뼈가 튕겨져 나올 것을 생각하니 소름이 끼쳤습니다. 그 반대의 자세가 더 나을지도 모릅니다. 그렇다고는 하나, 위를 보고 누워서 시시각각으로 그 검은 덩어리가 내려오는 것을 지켜 볼 용기가 있을까요?

그때는 이미 곧장 서 있을 수도 없을 정도로 천장은 내려와 있었습니다. 그 순간, 얼핏 눈에 띈 것을 보고 마음 속에 희망이 솟았습니다. 앞서 말한 것처럼 천장과 바닥은 쇠로 되어 있었으나, 사방의 벽은 나무로 되어 있었던 것입니다. 판자 사이에서 노란 불빛이 한 줄기 흘러나오고 있었습니다. 그리고 내려오는 천장에 밀려 판자의 틈새는 조금씩 넓어져 갔습니다. 처음에는 살아날 가망이 있으리라고는 생각지 못했으나, 필사적으로 몸을 부딪치자 판자가 부서지며 나는 거의 실신 상태로 판자 저쪽으로 나뒹굴었습니다. 그리고는 곧 램프가 찌그러지는 소리가 나고, 아래위의 철판이 맞닿는 둔탁한 금속성의 소리도 들려 왔습니다. 실로 위기일발의 순간이었지요.

그때 누가 내 손목을 마구 잡아 끄는 것을 느끼고 정신이 들었습니다. 나는 좁은 복도의 돌바닥 위에 쓰러져 있고, 한 여인이 내 손목을 잡아끌며, 오른손에는 촛불을 들고 있었습니다. 아까 나에게 충고를 해준, 그 친절한 여인이었습니다. 여인은 다급한 목소리로 말했습니다.

"이쪽으로! 빨리와요. 그 사람들이 곧 이리로 옵니다. 당신이 눌려 죽지 않았다는 것을 알면 큰 일이에요. 자, 시간을 낭비할 때가 아니에요. 어서 따라와요."

이번에는 여인의 충고를 받아들이지 않을 수가 없었습니다. 비틀거리며 일어서서는, 여인의 뒤를 쫓아 복도를 달려 나선 계단을 뛰어 내려갔습니다. 계단 밑은 넓은 복도였는데 그곳까지 갔을 때 쿵쾅거리는 발소리와 두 사나이가 서로 외쳐대는 고함이 들렸습니다. 한 사람은 위쪽에서, 한 사람은 아래쪽에서 서로 외치며 우리 쪽으로 오고 있었던 것입니다.

여인은 걸음을 멈추고 어찌할 바를 모르는 듯 주위를 살펴보았습니다. 그리고는 옆의 문을 열어 젖혔습니다. 그곳은 침실이었고 창으로는 밝은 달빛이 비쳐 들고 있었습니다.

"이곳으로 도망갈 수밖에 없어요. 높기는 하지만 뛰

어내릴수는 있을겁니다."

여인이 그렇게 말했을 때, 복도 저쪽에 불빛이 나타나며 스타크 대령의 깡마른 그림자가 한 손에 램프를 들고, 다른 손에는 푸줏간의 커다란 식칼 같은 것을 움켜잡고 달려오는 것이 보였습니다.

나는 지체 없이 침실로 달려 들어가, 창문을 열어젖히고 밖을 내다보았습니다. 달빛 속에 떠오른 정원은 고요하고 아름다웠습니다. 창에서 아래까지는 넉넉히 10m 가량 되어 보였습니다. 나는 창틀에 올라탔습니다. 그러나 나의 생명의 은인을 악한이 어떻게 할 것인가가 궁금해서 잠시 창틀에 매달린 채 안을 들여다보고 있었습니다. 만일 여인을 해치는 일이라도 있으면 달려 들어가, 어떤 위험을 무릅쓰고서라도 구출할 생각이었던 것입니다.

그러나 그런 생각이 나의 머릿속에 스치고 지나간 순간, 대령은 여인 앞을 지나 곧장 창 쪽으로 달려왔습니다. 그러자 여인이 대령에게 매달리며 소리 질렀습니다.

"이봐요! 저번에 약속했잖아요. 다시는 사람을 해치는 일은 하지 않겠다고, 저사람, 아무 말도 퍼뜨리지 않을 거예요."

"엘리제, 당신 미쳤어? 우리를 파멸시킬 셈이군. 저 자는 이미 눈치 챘어. 이거 놓지 못하겠어?"

대령은 여인의 손을 뿌리치려고 안간힘을 쓰며 말했습니다. 그리고는 마침내 여인을 밀어젖히자마자 창가로 달려와 그 무거운 식칼을 내리쳤습니다. 나는 창틀에 매달린 손에 둔한 통증을 느끼며 창틀에서 손을 놓자, 내 몸은 땅 위로 털썩 떨어졌습니다. 충격은 컸지만, 다행히 다친 곳은 없었습니다. 나는 벌떡 일어나서는 필사적으로 정원의 나무그늘 속으로 뛰어들었습니다. 그러나 달려가며 어지러움을 느끼고는 아까부터 통증이 심한 왼손을 바라보았습니다. 그때서야 비로소 알게 되었지만, 엄지손가락이 끊겨져 나가고 피가 흐르고 있었던 겁니다. 손수건으로 상처를 동여매려고 했지만 어지러움이 더해지며 장미 덩굴 속에 쓰러져 의식을 잃고 말았습니다.

얼마 동안이나 정신을 잃었는지 확실하진 않지만 상당히 오랫동안 쓰러져 있었던 것 같습니다. 눈을 떠보니 달은 이미 졌고, 환하게 동이 트고 있었습니다. 옷은 이슬에 젖어 있었고, 땅 위에 피가 흥건했습니다. 그 심한 아픔 속에서도 나는 간밤의 위험하기 짝이 없었던 일을 하나하나 생각해 내고는 벌떡 몸을 일으켰습니다. 아직 위험이 사라진 것이 아니었던 겁니다. 그런데 놀랍게도 주위를 둘러보니 어젯밤의 그 집과 정원은 보이지 않았습니다. 나도 모르게 정신없이 마구 달려왔었나 봅니다. 내가 누워 있던 곳은 시골길을 벗어난 곳이고 나무 울타리 속이었는데, 저쪽에 긴 건물이 보이기에 가까이 가보니 그것은 바로 아이포드 역이었습니다. 손에 극심한 통증만 없었다면, 그 공포에 찬 어젯밤의 일도 한낱 악몽으로밖에 생각되지 않았을 겁니다. 멍한 정신으로 역에 들어가 기차 시간을 물어 보니, 한 시간 남짓 기다리면 된다고 하더군요. 어젯밤 그곳에 도착했을때 본 역무원이 있기에 스타크 대령을 아느냐고 물어봤더니, 그런 이름은 들어 본 일이 없다는 것이었습니다.

"어젯밤 마차가 저쪽에서 나를 기다리고 있는 것을 보았소?"

"아뇨, 유심히 보질 않았습니다."

"이 부근에 경찰서는?"

"5km 정도 떨어진 곳에 있습니다."

이렇게 정신이 몽롱해서는 5km나 걸어갈 수는 없는 노릇이었습니다. 일단 런던에 돌아와서 경찰에 신고하기로 했습니다. 그래서 6시에 런던에 돌아와 친절한 역직

원의 안내로 박사님의 치료를 받고 이곳까지 오게 된 것인데, 이 사건에 관해서는 홈즈 씨에게 전적으로 맡길 생각입니다.

그의 긴 이야기를 듣고 너무 무서워 한동안 방 안에는 침묵이 흘렀다. 얼마 뒤 셜록 홈즈가 일어나 두꺼운 신문 스크랩에서 어떤 기사 오린 것을 찾아내 들고 왔다.

"여기에 당신의 사건과 관계가 있음직한 광고가 하나 있습니다. 1년쯤 전에 모든 신문에 났던 것인데, 내가 읽어 보겠습니다.

행방불명. 이달 9일. 제레마이어 헤일링. 26세의 수압 기계 기술자, 밤 10시에 집을 나가 돌아오지 않았음.

"바로 이 기술자가 수압기를 손봐주고 희생당한 사람일 겁니다."

"아, 이제야 그 여인이 대령에게 한 말을 이해할 수 있겠습니다."

해덜리가 말했다.

"틀림없습니다. 그 대령이라는 자는 잔인한 작자로, 자신의 은밀한 일에 방해가 될 만한 사람은 모두 해치는 모양입니다. 자, 일이 이렇게 밝혀진 이상 지체할 수는 없습니다. 기운이 남아 있다면 아이포드로 갈 준비를 하고 함께 경시청에 들릅시다."

그로부터 세 시간 뒤, 우리들은 기차 속에 있었다. 일행은 셜록 홈즈와 그 기술자, 경시청의 브래드스트리트 경감과 사복형사 한 명, 그리고 나였다. 경감은 좌석 탁자 위에 아이포드 역 부근의 지도를 펴놓고 역을 중심으로 컴퍼스로 열심히 원을 그리고 있었다.

"자, 보십시오. 이 원은 역을 중심으로 반지름 20km를 나타낸 겁니다. 범죄 현장은 원 둘레 어디엔가 있을 겁니다. 분명히 20km가량 되는 곳이라고 했지요. 해덜리 씨?"

"마차로 족히 한 시간은 걸린 것 같았습니다."

"그리고 돌아오는 길은 의식을 잃은 상태에서 허둥지둥 역까지 달려왔거나 놈들이 마차에 당신을 실어 길가에 버리고 간 것으로 생각됩니다만?"

"그건 잘 모르겠습니다."

그런데 내가 의문점을 말했다.

"그들이 당신을 마차로 실어다 버렸다면, 왜 당신을 발견했을 때 살해하지 않았을까요? 그 여인의 만류에 못

이겨 자비심이라도 생겼을까요?"

"그렇게는 생각되지 않습니다. 대령의 얼굴에는 자비심 같은건 찾아 볼 수도 없었으니까요."

해딜 리가 머리를 흔들었다.

"그런 건 차차 알게 되겠지요. 문제는 놈들이 이 원의 어느 지점에 근거지를 두고 있느냐 하는 겁니다."

경감의 말에 홈즈가 입을 열었다.

"그 지점이라면 내가 점찍어 드릴 수 있습니다."

경감의 눈이 동그래졌다.

"뭐라고? 이미 확증을 잡았나? 그럼, 누구의 의견과 일치하는지 서로의 생각을 이야기해 보지. 나는 남쪽일 것으로 생각해. 남쪽이 가장 한적한 지역이니까."

해딜리는 고개를 갸우뚱 하고는 "나는 동쪽으로 간 것으로 생각합니다." 라고 동쪽을주장했다. 사복 형사는 서쪽이라고 말했다.

"나는 서쪽이라고 생각합니다. 서쪽으로는 외딴집이 여러 곳에 흩어져 있으니까요."

"나는 북쪽이라고 말하겠습니다. 까닭인즉, 북쪽으로는 언덕이 없기 때문입니다. 해딜리 씨의 이야기에는 마차가 비탈길을 올라갔다는 말은 전혀 없었습니다."

내가 말하자 경감이 웃으며 말했다.

"재미있게도 네 사람의 의견이 각기 다르군요. 그럼, 홈즈 씨의 의견을 들어봅시다."

"모두가 틀린 것 같습니다."

"모두라니? 한 사람은 맞을 게 아닌가?"

홈즈는 원의 중심부를 손가락으로 짚었다.

"나는 아이포드 역 근처라고 생각합니다. 놈들은 그 근처에 있습니다."

홈즈의 말에 해덜리가 의심스러운 눈으로 말했다.

"20km나 달렸는데도요?"

"10km갔다가 10km되돌아오면 20km가 되지요. 이건 간단한 덧셈입니다. 마차를 탈 때, 말은 원기 왕성하고 윤기가 흐르더라고 말했습니다. 그렇다면 그 말은 20km나 되는 험한 산길을 달려온 말은 아닙니다."

브래드스트리트 경감이 고개를 끄덕이며 말했다.

"놈들이라면 능히 그만한 잔꾀는 부릴 만하지. 그 일당이 어떤 범죄를 저지르고 있는지 윤곽을 잡았으니까."

홈즈가 말을 받았다.

"경감의 추측대로 놈들은 대규모의 위조 은화 주조단입니다. 그리고 압축기는 은 대신에 합금을 만드는데 사용되고 있었을 겁니다."

"꼬리가 잡히지 않은 위조 은화 주조범들이 암약하고 있다는 것은 벌써 알고 있었어. 반 크라운짜리 가짜 은화가 나돌기 시작한 것이 6개월이 넘었으니까. 어느 선까지 추적이 되었지만, 그 이상은 캄캄했지. 아주 교활한 작자들이라 여간해서 꼬리를 들어내지 않았는데, 이번 사건은 그 돌파구를 마련해 준 셈이야. 이로써 놈들을 일망타진하게 되었군."

그러나 경감의 예상은 빗나가고 말았다. 이 일당은 법망에 걸리는 운명은 아니었던 것이다. 기차가 아이포드역에 도착했을 때, 가까이의 숲 쪽에서 거대한 연기 기둥이 피어올라, 한가로운 농촌 풍경 위에 멀리까지 장막을 드리우고 있었다.

기차가 다시 움직이기 시작했을때, 플랫폼에 나와 있던 역장에게 경감이 물어보았다.

"화재인가요?"

"예, 맞습니다."

"언제 시작되었나요?"

"간밤에 시작된 모양인데, 지금쯤은 꺼졌을 겁니다."

"누구의 집입니까?"

"베셔 의사 댁입니다."

"베셔 의사란 독일인으로 깡마르고 매부리코에 키가 큰 사람이 아닌가요?"

역장은 픽 웃고 말았다.

"천만에요, 베셔 의사는 영국인인데다, 이 부근에서 그 의사만큼 품격이 있는 분도 드뭅니다. 턱이 안 보일 정도로 살이 찐 편일걸요. 하기야, 의사 댁에 머물고 있는 신사 한 분은 대조적이지요. 그 의사의 환자라고 합니다만, 그분은 외국 사람인데 바크셔 군의 질 좋은 쇠고기를 먹고도 어쩔 수 없을 정도로 깡말랐지요."

역장의 말이 끝나기도 전에 우리는 화재 현장 쪽으로 달려가고 있었다. 길은 낮은 언덕을 넘어 이어져 있었다. 언덕 위에 올라가자, 시야가 탁 트이며 벽에 흰 회를 바른 집이 보였다. 정원에는 소방차가 세 대 늘어서 있고, 소방수들이 마지막 불길을 잡고 있었다.

해덜리가 흥분해서 외쳤다.

"저 집이다! 자갈을 깐 마차길이 있고, 내가 뛰어든 장미 덩굴도 보입니다. 나는 저 두 번째 창문에서 뛰어내렸습니다."

홈즈가 말했다.

"하여간 당신의 복수는 이루어진 거나 다름없습니다. 당신이 놓아둔 석유램프가 수압기에 박살이 나며, 그 불이 둘레의 나무판자에 옮겨 붙은 것이 틀림없습니다. 그러나 놈들은 당신을 뒤쫓는 데 정신이 팔려 불이 붙은 것도 몰랐던 거지. 혹시 구경꾼들 중에 일당이 섞여 있을지 모르니 잘 살펴보기 바랍니다. 어쩌면 지금쯤 100km이상 멀리 도망갔을지도 모르지만……"

홈즈의 예상은 사실로 나타났다. 그날로부터 지금까지, 그 아름다운 여인에 대해서도, 또 인상이 고약한 독일인에 대해서도, 그리고 말수가 적고 뚱뚱한 영국인에 대해서도 전혀 종적을 알 길이 없었다.

그날 밤 새벽에 몇 사람이 탄 마차가 유달리 큰 상자를 싣고서 급히 달려가는 것을 보았다는 한 농부의 말을 끝으로 범인들의 행방은 홈즈의 지혜로써도 알길이 없었던 것이다.

소방수들은 건물 내부에 낯선 시설에 크게 놀랐지만, 3층 침실 밖에 떨어져 있는 사람의 엄지손가락을 보고는 더욱 혼비백산, 놀라움을 감출 수가 없었다. 어쨌거나, 저녁 무렵이 되어서야 완전히 진화가 되었지만, 지붕은 무너져 내리고 벽만이 앙상하게 남았다. 그리고 수압기 역시 몇개인가 구부러진 원통과 철관만을 남기고 형체를 알아볼 수 없게 되었고, 창고에서는 다량의 니켈과 주석이 발견되었지만, 화폐는 한 개도 눈에 띄지 않았다.

아마도 범인이 싣고 갔다는 상자 속에 들어 있었을 것이다. 그 기술자가 쓰러진 장미 덩굴 속에서 길가의 나무 울타리까지 어떻게 이동했는가는, 정원의 흙이 부드러운 덕분에 쉽게 짐작할 수 있었다. 분명히 두 사람에 의해 부축을 받고 운반되었던 것인데, 그 한 사람은 작은 발자국을 남겼고, 다른 하나는 유달리 발자국이 컸다. 아마도 말수가 적고 뚱뚱한 영국인은 대령만큼은 냉혹한 성격이 아니었기에, 여인을 도와 의식을 잃은 기술자를 안전한 곳까지 운반해 갔던 것이리라. 런던으로 돌아가는 기차 속에 자리 잡고 앉자, 해덜리는 자못 분하다는 투로 말했다.

"제길, 재수가 없으려니 엄지손가락을 잃은데다 50기니의 보수마저 날렸으니, 이게 무슨 꼴이지!"

홈즈가 웃으며 말했다.

"그것도 경험입니다. 경험은 언제고 유용하게 살릴 수가 있는 법이지요. 그리고 당신은 새로 태어난 기분으

로 일할 수 있을 겁니다. 당신을 구해 준 그 여인을 생각
하면서 말입니다."

Sherlock Holmes

Chapter
10

독신 귀족

독신 귀족

　세인트 사이먼 경의 결혼과 뜻밖의 파국 이야기는 아주 오래 전부터 상류사회에 오르내리던 이야기다. 이제는 뭐 새로운 이야기도 아니고 이미 4년 전 낡은 드라마와 같았다. 내가 결혼식을 갖기 불과 3주일 전 홈즈와 함께 베이커 거리에서 하숙을 하고 있던 시절이다. 그날은 갑자기 날씨가 흐려지고 강한 가을바람까지 불기 시작했다. 나는 아프가니스탄 전쟁 때 어깨에 맞은 총탄의 상처가 욱신욱신 쑤시기 시작했다. 그날 신문도 다 읽었고 그냥 책상 위에 아무렇게나 놓여 있던 편지에 눈이 갔다.

　편지 봉투에 있는 가문의 문양을 보며 어느 귀족집안

에서 보낸 것일까? 막연히 생각하고 있었다. 잠시 후 홈즈가 돌아오자 나는 그에게 말했다.

"아주 귀한 분한테서 온 편지이지?"

"사실 초라한 편지일수록 재미가 있는데 이 으리으리한 편지는 달갑지 않은 초대장이겠지?"

라고 말하며 홈즈는 봉투를 뜯어보았다.

"아니, 이건 뜻밖에 재미있는 사건이 될 것 같은데?"

"초대장이 아니로군."

"틀림없는 사건 의뢰 편지야."

"그렇다면 의뢰한 사람은 귀족이겠군."

"그래, 그것도 영국 최고의 가문이야."

"그럼, 축하해야겠군."

"왓슨! 난 의뢰인이 귀족이라는 신분보다 일이 재미있느냐 그것에 더 관심이 많거든. 그런데 자넨 요즘 신문 읽는 것에 맛 들렸나 보군."

"응. 그래, 보다시피 할 일이 없으니."

"그것 잘 됐군. 나에게 정보를 제공해 주게. 나는 범죄기사와 사람 찾는 광고밖에는 보지 않아. 특히 인물 동정이런 난이 도움이 많이 되지. 아! 세인트 사이먼 경의 결혼식 기사도 보았겠군 그래?"

"물론 보았지. 아주 재미있었어."

"좋아. 이 편지가 바로 그 사이먼 경한테서 왔어. 지금 읽어 줄 테니, 자넨 신문을 뒤져서 사건에 대한 기사를 모두 들려주게. 자! 읽겠네."

> 셜록홈즈 귀하
>
> 백워터 경의 말을 들으니, 귀하의 사리판단이라면 절대로 믿을 수 있겠습니다. 본인의 결혼식과 관련해 불행한 사건에 대해 귀하를 방문하여 의논하려 합니다. 이 사건은 이미 경시청의 브래드스트리트 씨의 도움을 받고 있습니다. 귀하의 원조를 받는 것에 그분도 반대하지 않았고, 많은 도움을 받을 수 있을 것이라고 말했습니다. 4시에 방문하려 합니다만, 만일 그 시간에 선약이 있으시면 매우 중요한 사건을 가지고 가는 본인의 형편을 헤아려 선약은 나중으로 돌려주시면 감사하겠습니다.

"그로스브너 맨션에서 보낸 편지야. 거위 깃 펜으로 썼고, 사이먼 경의 오른 손 새끼손가락은 딱하게도 바깥쪽에 잉크가 묻어 있군."

홈즈는 편지를 접었다.

"네 시라고 했지? 지금 세 시니까 한 시간만 지나면 오겠군."

"그동안 사건의 경과를 조사해 둘 필요가 있으니, 나를 좀 도와주게. 우선 사건이 실린 신문 기사를 날짜 순서로 정리해 주게. 나는 의뢰인의 신원을 알아볼 테니까."

홈즈는 선반 옆의 참고 자료 책장에서 빨강 표지의 책 한권을 뽑았다.

"여기 있군."

그는 의자에 앉아 책을 무릎 위에 펼쳤다.

"로버트 월싱햄 드 비어 세인트 사이먼…… 발모럴 공작의 둘째 아들, 음, 문장 바탕은 하늘색, 검은색 가운데 띠의 위쪽에 세 개의 마름쇠를 배열함. 1846년 생. 그렇다면 금년에 마흔이야. 플렌태지넷 왕가의 직계로, 어머니 쪽에는 튜더 왕가의 피가 섞여 있는 것 같아. 흠, 이 정도로는 별 도움이 되지 않아. 왓슨, 구체적인 자료, 역시 자네 쪽에서 나올 것같군."

"필요한 자료는 곧 찾아냈네. 모두 최근의 것인데다 나도 매우 흥미를 갖고 읽었으니까. 다만 자네는 다른 사건에 개입하고 있어서, 쓸데없는 이야기를 해서 정신 집중에 방해를 줄까봐 지금까지 이야기하지 않았을 뿐이네."

"아, 그로스브너 스케어 가구 운반차 사건 말인가? 그건 벌써 해결했네. 자, 찾았으면 가르쳐 주게."

"내가 알고 있는 바에 의하면, 제일 먼저의 보도는 이거야. 〈모닝포스트〉의 소식란 기사인데, 날짜는 몇 주일 전이야…… '발모럴 공작의 둘째 아들 로버트 세인트 사이먼 경은 무남독녀 해티 도런과 약혼, 측근 말에 의하면, 가까운 시일 내에 결혼식을 올린다고 함.'…… 이것뿐이야."

"간단 명료하군."

홈즈는 마르고 긴 다리를 불쪽으로 향했다.

"같은 주의 신문 사교란에 더 자세히 나왔는데, 아, 이거야…… 대영제국의 명문 가족의 지배권은 요즈음 대서양 저쪽에서 오는 아름다운 여인들의 손에 잇달아 넘어가고 있다. 지난주에도 한 아름다운 침입자가 멋지게 영광을 차지하여 최근의 이 경향에 뚜렷한 한 예를 더 보탰다. 즉, 20년 남짓 동안 큐피트의 화살을 결코 받아들이지 않던 세인트 사이먼 경이, 이번 캘리포니아 주의 한 부호의 아름다운 딸 해티 도런과 곧 결혼한다는 사실을 발표한 것이다. 웨스트버리 저택에서 벌어진 성대한 연회에서 품위 있는 자태와 미모로서 뭇 사람의 시선을 끈 도런은 외동딸이며, 지참금은 자그마치 여섯 자릿수에 달할 뿐아니라, 앞으로 더욱 막대한 유산을 상속 받게 되리라고 일반에 알려져 있다. 한편 발모럴 공작이 지난 몇 년 동안 간직해 온 비장의 그림을 팔기 위해 내놓았다는 것은 공공연한 비밀이며, 세인트 사이먼 경도 버치무어에 약간의 영지를 소유하고 있을 뿐이다. 이 결혼이 캘리포니아 주의 상속녀를 미국여자라는 신분에서 일약 영국 귀족 대열에 끼어들게 했다 하더라고, 그녀만 이익을 얻은 사람이라고 말할 수 없는 것은 분명하다."

"그래 또 다른 것이 있나?"

"있지. 많이 있네. 〈모닝 포스트〉 기사에는 결혼식은 하노버 스퀘어의 세인트 조지 성당에서 간소하게 올려 지는데, 참석자는 친한 친구 몇 사람에 한정된다고 한다네. 또 식이 끝난 후에는 알로이시어스 도런 씨가 가구까지 포함하여 구입한 랭커스터 게이트 저택에 입주할 예정이라고 하네. 그리고 이틀 후, 즉 이번 수요일의 신문에는 결혼식이 거행되었다는 것, 신혼여행은 피터스필드 옆의 백워터 경의 영지에서 보내게 될 것이란 기사가 간단히 나와 있어. 이것으로 신부가 실종될 때까지의 기사는 다야."

"신부가 사라졌다고?"

"응. 피로연에서."

"예상한 것보다 훨씬 재미있는데."

"결혼식 전이나 신혼여행 중에 사라진 경우는 봤지만 피로연에서 사라진 것은 처음이네. 그때 상황을 자세히 들려주게."

"그런데 기사가 불완전해."

"우리 둘이 생각하면 보충이 되겠지."

"그럼, 어제 조간 신문에 나온 기사를 읽어보세."

로버트 세인트 사이먼 경 일가는 경의 결혼식 즈음하여 일어난 기괴하고 가슴 아픈 사건 때문에 극도로 낭패하고 있다. 어제 여러 신문에 사건 일부가 보도된 바와 같이, 결혼식은 그저께 아침에 거행되었다. 그동안 이 일과 관련해서 이상한 소문이 떠돌기는 했으나 드디어 그것이 사실로 나타나게 된 것이다. 경의 여러 친구들이 쉬쉬하며 수습하려고 애를 썼음에도 불구하고 이 사건은 이미 사회적 관심의 대상이 되어 이제는 헛소문이 아닌 것으로 알려졌다. 하노버 스퀘어의 세인트 조지 성당에서 거행된 결혼식은 친지 약간만 참석한 조촐한 예식이었는데 참석자는 신부의 부친 알로이시어스 도런, 발모럴 공작 부인, 백워터 경, 신랑의 동생 유스터스경, 또한 누나 클라라 세인트 사이먼, 및 알리시아

휘팅튼 양 뿐이었다. 식이 끝난 후 일행은 랭커스터 게이트의 알로이시어스 도런 저택에 마련된 피로연에 참석했다. 이 때 세인트 사이먼 경과 결혼할 권리가 있다고 외치면서 이름을 알 수 없는 부인이 일행을 따라 저택으로 들어와서 소란이 일었다. 한동안 소란이 있은 다음, 그 부인은 집사와 늙은 하인에 의해 가까스로 집 밖으로 떠밀려 나갔다. 신부는 다행히 먼저 집에 들어와 있었으므로 이 불쾌한 사건은 보지 않았는데, 참석자와 함께 피로연 자리에 앉아 있다가, 잠시 후 기분이 언짢다면서 자기 방으로 들어갔다. 그런데 그후 보이지 않고 행방불명된 것이다. 하녀 말이 신부가 방에 들어온 것은 잠깐이고 곧 외투와 모자를 들고 복도로 나갔다는 것이었다. 또 한 사람은 그런 복장을 한 여자가 집에서 나가는 것을 보았으나 신부는 피로연에 참석하고 있는 줄 알고 있었기 때문에 신부가 사라진 줄 몰랐다고 진술했다. 알로이시어스 도런은 이렇게 해서 딸의 실종을 알게 되어 신랑과 함께 즉시 경찰에 신고를 했고, 경찰은 전력을 다하여 수사에 임하고 있으므로 이 기괴한 사건도 머지 않아 해결될 것으로 보였다. 그러나 어젯밤까지 신부의 행방에 대한 단서는 아무것도 잡지 못하고 있다. 일부에서는 이 사건이 범죄와 관련돼 있다고 말하기도 하는데, 경찰에서는 그날 말썽을 일으킨 여자가 질투나 그 밖의 동기에 의해 신부를 어떻게 한 것으로 믿고 그 여자를 체포하도록 수배했다고 한다.

"그게 다인가?"

"또 한가지. 다른 신문에 짧게 나와 있는데, 이것은 아주 암시적인 데가 있어."

"뭔데?"

"도런 저택에서 소동을 일으킨 플로라 밀러가 체포되었다는 기사야. 원래는 알레그로 극장의 무용단원인데, 신랑과는 몇 년 전부터 가깝게 사귀어 왔다는 것이네. 이 이상은 언급되지 않았어. 아무튼 이로써 사건의 전모가 자네의 손에 들어간 셈이야. 적어도 신문으로 알 수 있는 범위에서는 말이네."

"이건 아주 재미있는 사건 같군. 이런 사건은 내가 무조건 손을 대고 싶어. 아, 벨이 울리고 있네. 왓슨, 벌써 네 시가 지났으니 방문객이야. 그 고귀한 손님일 거야."

"로버트 세인트 사이먼 경이십니다."

심부름하는 소년이 문을 열고 먼저 말했다. 들어온 사람은 도도하고 기품이 있는 용모의 신사로 코는 높고 안색은 창백하며 입 언저리는 약간 성깔이 있어 보이기는 하지만 또렷한 눈에 사람에게 명령하여 복종케 하는 괜찮은 신분으로 태어난 사람의 침착성이 깃들어 있었다.

"안녕하세요. 세인트 사이먼 경!"

홈즈가 일어나 고개를 숙였다.

"거기, 등의자에 앉으십시오. 이쪽은 제 동료 왓슨 의사입니다. 좀더 불 가까이 앉으십시오. 우리 천천히 이야기를 하지요."

"홈즈 씨! 침착해야 되지만 참 난처하게 되었습니다. 정말 곤경에 빠졌습니다. 당신은 이런 종류의 어려운 문제를 전에도 많이 다뤄 보셨죠? 기대합니다."

"해티 도런 양을 처음 만난 것은 언제입니까?"

"샌프란시스코에서 1년 전에 만났습니다."

"미국 여행을 하셨군요."

"그렇습니다."

"그때 약혼하셨습니까?"

"아닙니다."

"그러나 친하게 지내기는 했지요?"

"해티와 교제하는 것은 유쾌한 일입니다. 그녀도 내가 좋아하고 있다는 것을 알았을 겁니다."

"그녀의 아버지는 대단한 부자라면서요?"

"태평양 연안에서는 제일 부자이지요."

"어떻게 그렇게 많은 재산을 모았을까요?"

"광산이지요. 몇 해 전까지만 해도 아무것도 없던 사

람입니다. 그런데 광산을 발견하고 그것에 투자하고 돈이 눈덩이처럼 불었습니다."

"그런데, 그 딸의 성격은 어떻습니까?"

사내는 코안경을 올려 쓰며 불길을 바라보았다.

"바로 그 점이 좀 문제인데 장인이 부자가 되었을 때 해티는 이미 스무 살이 넘었어요. 해티는 그때까지 광산의 합숙소를 자유롭게 뛰어다니다가 숲이며 산을 쏘다니기도 했고, 자연 속에서 자유분방한 교육을 받아 그런지 영국식으로 말하자면 말괄량이 아가씨라고 해야 할 것입니다."

홈즈가 물었다.

"아가씨 사진을 갖고 있습니까?"

"이걸 갖고 왔소."

경은 부인이 정면으로 조각된 조그만 조각이 들어있는 뚜껑있는 목걸이를 갖고 있었다. 홈즈는 오랫동안 그 목걸이를 들여다보았다. 그런 다음 그 목걸이를 세인트 사이먼 경에게 돌려주었다.

"그리고 아가씨와 런던에서 다시 사귀었군요."

"그렇습니다. 지난번 사교에서 부친이 그녀를 데리고 왔더군요. 몇 번 만나는 동안 약혼을 하게 되었고 마침내 결혼까지 한 것이오."

"엄청난 지참금을 갖고 오셨다는 소문이 있던데."

"큰 액수였소. 물론 우리 집안으로 보면 보통이라고 할 수 있지만."

"결혼 전에 신부를 만났습니까?"

"만났습니다."

"건강에 별 이상은 없었나요?"

"아주 건강해 보였어요."

"결혼식 아침은 어떠했습니까?"

"아주 쾌활했지요. 적어도 식이 끝날 때까지."

"그럼 식이 끝난 뒤에는 달라졌나요?"

"그래요. 솔직히 말한다면 그때 해티 성격이 예민하다는 것을 알았습니다. 그러나 이야깃거리도 안 되는 하찮은 것이라 사건에 관계가 있다고는 생각되지 않는군요."

"그렇게 단정하지 말고 구체적으로 말씀해 주십시오."

"별것 아닌 일이었소. 함께 대기실로 들어가는 도중에 해티가 부케를 떨어뜨렸지요. 그때 마침 앞좌석 쪽을 걷고 있었는데 꽃다발이 그 좌석에 떨어졌습니다. 잠시 행렬이 멈추어졌는데 그 좌석의 신사가 곧 꽃다발을 주워 해티에게 주었지요. 그것으로 끝난 줄 알았습니다. 그런데 나중에 내가 그 이야기를 했더니 해티는 퉁명스럽게 말을 하는 것입니다. 그리고 돌아가는 마차 안에서 그런 대수롭지 않은 일을 가지고 어처구니 없을 정도로 흥분해 있었습니다."

"앞좌석에 있는 신사라고 하셨지요? 그러면 결혼식에는 일반 사람도 참석했었나요?"

"네, 성당이 열려 있는 이상, 오는 사람을 보낼 수는 없는 일 아닙니까."

"그 신사란, 부인의 친구가 아니었나요?"

"천만에, 나는 예의상 신사라고 불렀을 뿐이지 평범한 남자였습니다. 어떤 옷차림을 하고 있었는지조차 기억에 없을 정도입니다. 한데 이야기가 옆길로 흐른 것 같구려."

"즉, 세인트 사이먼 경의 부인은 돌아올 때는 갈 때만큼 쾌활하지 못한 상태였군요. 아버지 댁에 도착하고 나서 부인의 태도는 어떠했습니까?"

"하녀와 이야기를 하고 있었소."

"하녀는 누구입니까?"

"엘리스입니다. 아메리카 여자인데, 아내와 함께 캘리포니아에서 왔지요."

"부인의 심복이었나요?"

"네. 내가 보기에 지나칠 정도로 버릇이 없더군요. 아메리카 사람들은 우리와 사고가 틀리니까."

"엘리스라는 하녀와 얼마나 이야기 하던가요?"

"약 2,3분 정도 하더군요."

"두 사람의 대화를 듣지 못했군요?"

"해티는 '클레임 점핑'이란 말을 하였소. 해티는 곧잘 그런 말들을 자주 씁니다. 하지만 난 그말이 어떤 의미인지 모르오."

"하녀와 대화가 끝나고 나서 부인은 어떻게 하였습니까?"

"피로연에 참석했소."

"당신의 부축을 받고요?"

"아니오. 혼자 갔소. 해티는 그런 사소한 일은 스스로 하고자 했으니까요. 그리고 우리가 자리에 앉고 10분쯤 지났을 때, 갑자기 일어나서 작은 목소리로 뭐라고 양해를 구하고는 방을 나갔소. 그리고 지금까지 돌아오지 않는 거요."

"엘리스 증언에 의하면 방으로 돌아와서 신부 의상 위에 긴 외투를 입고 챙이 없는 모자를 쓰고 나갔다고 했나요?"

"그렇습니다. 그 뒤 플로라 밀러와 함께 하이드 파크에 들어가는 것을 본 사람이 있답니다. 플로라 밀러라는 여자는 지금 구류 상태인데, 그날 아침 도런 가에서 한바탕 소란을 피운 장본인입니다."

"아까 들어서 압니다. 참고로 그 젊은 여성과 당신의 관계를 알고 싶군요."

세인트 사이먼 경은 어깨를 으쓱하고 미간을 찌푸렸다.

"지난 5,6년 동안 친하게 사귀었소. 대단히 친한 사이였다 해도 좋을 것이오. 그 전에 알레그로 극장에 있던 여자지요. 나는 할 도리는 다 했소. 이제 와서 뭘 불평할 거리는 없다고 봅니다. 하지만 홈즈 씨, 아시다시피 여자란다 그런 것 아닙니까. 플로라는 귀여운 여자이긴 하지만 열정적이고 나에게 헌신적이었소. 내가 결혼하게 되었다는 말을 듣고는 편지를 여러 통 보냈지요. 결혼식에서는 친지만 모여 조촐하게 올린 것도 솔직히 성당에서 소란이 일어날까 염려했기 때문입니다."

"부인도 그런 이유를 잘 아는가요?"

"아니요."

"그런데 플로라가 부인과 함께 공원을 갔다는 말씀인

가요?"

"그렇습니다. 경시청 브래드스트리트도 그 점을 중시하더군요. 플로라가 아내를 유인해서 함정에 빠트린 것이 아닌가 하고 말입니다."

"그래요, 그런 추리도 할 수 있을 것 같군요."

"당신도 그렇게 생각합니까?"

"글쎄요."

"플로라는 파리 한 마리도 못 죽이는 사람이오."

"그러나 질투는 사람의 성격을 바꾸어 놓기도 합니다. 그런데 이 문제에 대해 당신은 어떻게 생각하십니까?"

"나는 의견을 듣고자 왔습니다. 이번 결혼식으로 인한 흥분, 그것이 아내의 신경을 곤두세울 수 있었던게 아닌가, 그런 생각을 합니다."

"그럼, 갑자기 정신이 이상해졌다는 말입니까?"

"그렇소 나한테서 도망갔기 때문에 이런 말을 하는 것은 아니지만, 원하던 것을 모두 버리고 떠난 것은 정신이 나갔다고밖에 달리 생각할 길이 없습니다."

"알겠습니다."

홈즈가 대답하며 미소를 지었다.

"세인트 사이먼 경! 피로연 자리에서 당신은 창 밖이

보이는 위치에 앉아 있었습니까?"

"네. 우리가 앉아 있었던 곳에 길 건너 공원이 보였습니다."

"네. 알겠습니다. 이제 돌아가도 되겠습니다."

"아니, 벌써 해결했습니까?"

"네."

"아니 벌써? 그럼 아내는 어디에 있습니까?"

"가셔서 저를 기다려 주십시오. 곧 말씀드리지요."

세인트 사이먼 경은 고개를 갸웃거리면서 돌아갔다. 그의 모습이 보이지 않자 나는 "설마!"라고 홈즈에게 물었다.

"응. 믿지 못하겠지만, 자넨 내가 경험한 것을 몰라. 몇 년 전에 스코틀랜드의 애버딘에서 이와 비슷한 사건이 있었어. 그후 프랑코-프러시안 전쟁 다음해 뮌헨에서도 비슷한 사건이 있었어. 이번 사건도 똑같아. 아! 저기 브래드스트리트가 왔군."

"안녕하시오."

브래드스트리트 경감은 두꺼운 재킷 목도리를 한 채 들어왔다. 검은 캔버스 가방을 들고 있었다. 무뚝뚝하게 인사를 건넨 그는 권하는 담배에 불을 붙였다.

홈즈가 그에게 물었다.

"뭔가 불만스런 얼굴이 가득하네요?"

"아니! 내가 이런 얼굴을 하지 않을 수 없지. 이렇게 골치 아픈 사건은 처음 보니까."

"저런! 정말 안타까운 일이군요."

"뭐 단서가 다 손가락으로 빠져나가니, 오늘 하루 종일 허탕만 쳤다니까. 하이드파크의 서펜타인 연못 밑바닥까지 훑었다니까."

"그건 또 왜?"

"사라진 신부의 사체라도 찾으려는 거지."

"사체가 나타날 일이 없지요. 죽지 않았으니까."

"흥, 당신이 모든 걸 다 알고 있으니 어서 말해 보시지."

"알긴요. 나는 조금 전에야 자세한 이야기를 들었어요. 하긴 짐작은 하고 있지만……"

"그럼 서펜타인 연못은 이 사건과 관계가 없다는 거군."

"없어요."

"그렇다면 연못에서 이런 물건들이 나왔는데, 이게 어떻게 된 것인지 한 번 설명이나 들어보지."

브래드스트리트는 가방을 열고 물이 뚝뚝 떨어지는 신부의 실크 웨딩드레스와 하얀 새틴 구두, 꽃다발, 면사포 등, 모두 물에 젖어서 색이 변한 물건을 방바닥에 쏟아놓았다.

"보시오."

마지막으로 새 결혼반지를 옷 위에 놓으면서 그가 말했다.

"어떤가? 홈즈 선생. 이걸 보고도 아무 생각이 안드나?"

"아! 과연."

홈즈는 시가 연기를 뿜어내면서 말했다.

"이걸 다 서펜타인 연못에서 건졌다는 말입니까?"

"건진 것은 아니고 연못가에 떠 있는 것을 공원 관리인이 발견했지. 부인의 옷이 있으니 그것으로 보아 사체도 먼 곳에 있지는 않을거야."

"그 훌륭한 논법으로 말한다면 인간의 몸은 옷장 옆에 있다는 결론이 나오겠군요. 당신은 연못에서 나온 이 물건을 갖고 어떤 결론을 내릴 겁니까?"

"홈즈! 당신은 자기 추리에만 관심 있고 다른 사람의 의견을 잘 무시하는 경향이 있군. 당신에게 분명히 더 확실한 증거를 보여주지. 명함 지갑 속에 편지가 있었어. 이 것이 그 편지지. 처음부터 플로라 밀러가 세인트 사이먼 경 부인을 유인하기 위해 그녀를 유괴했다고 나는 추리했 는데 이 편지가 그것을 말해 주는 것이지.”

경감이 보여준 편지에는 이렇게 쓰여 있었다.

준비가 되는 대로 가겠소. 곧 와주시오
– F.H.M

“이 F.H.M은 플로라 밀러의 머리글자이지.”

“훌륭합니다. 브래드스트리트.”

홈즈는 웃으면서 말했다.

“정말 멋지군요. 어디 좀 볼까요.”

그는 별로 관심도 없는 듯한 태도로 편지를 집어 들었 는데 곧 관심을 보이면서 만족해 하는 신음 소리를 냈다.

“이건 굉장한 거야.”

“어때, 당신도 그렇게 생각하지?”

“축하할 일입니다”

브래드스트리트는 우쭐하는 얼굴로 의자에 일어나 고 개를 숙이고 들여다보았다.

“뒷면을 보고 있잖아.”

브래드스트리트가 갑자기 소리쳤다.

"편지 반대쪽은 호텔 계산서인데요. 이게 흥미를 끄는 군요."

홈즈가 말했다.

"10월 4일, 방값 8실링, 아침식사 2실링 6펜스, 칵테일 1실링, 점심식사 2실링 6펜스, 셰리 한 잔 8펜스, 이런 글씨 이외에 아무것도 없잖아."

"그렇지만 이게 중요한 겁니다. 물론 편지쪽도 머리글자 때문에 역시 중요하고요."

"젠장, 시간만 낭비했군."

브래드스트리트는 일어나면서 다음과 같이 홈즈에게 말했다.

"나는 난로 앞에서 훌륭한 이론을 늘어놓는 것보다 근면한 노력을 더 존중하는 편이지. 누가 사건을 제대로 파악하는지 두고보면 알겠지"

그러면서 젖은 옷들을 뭉뚱그려서 가방에 넣고 그는 일어섰다.

"브래드스트리트씨! 한 가지만 힌트를 드리지요."

홈즈는 라이벌이 사라지기 전에 느긋한 목소리로 말했다.

"해답을 가르쳐 드리지요. 이 일은 사이먼 부인이 꾸민일이요. 이런 일은 전에도 맡은 적이 있어요."

브래드스트리트는 나한테 시선을 옮겨 이마를 세 번 가볍게 두드리고 무슨 연기라도 하듯 심하게 고개를 젖히더니 사라졌다.

홈즈가 나를 남겨 두고 나간 것은 오후 5시였다. 나는 그 이후 한가한 시간을 보낼 겨를도 없었다. 한 시간도 지나지 않아서 식료품 가게의 심부름꾼이 크고 납작한 상자를 갖고 왔다. 그는 데리고 온 소년에게 거들게 하여 상자를 열었다.

하숙집 허술한 식탁 위에 호화로운 냉동육 요리들이 올려졌다. 그리고 그 위에 술병이 몇 개 놓여 있었다. 그리고 9시가 다 되어 자신만만하게 셜록 홈즈가 들어왔다. 근엄한 표정이지만 나는 그 반짝이는 눈에서 자신의 추리가 빗나가지 않은 자신감을 찾을 수 있었다.

"응, 손님이 몇 사람 올지 모르겠어. 세인트 사이먼 경은 벌써 와 있을 줄 알았는데, 이제 오는군. 저 계단의 발소리."

시끄럽게 올라온 사람들은 낮에 온 사람들이었다.

"내가 보낸 사람을 만나셨나요?"

"네. 편지를 보았습니다. 사실은 몹시 놀랐습니다. 이 이야기는 충분한 증거가 있습니까?"

"네, 증거가 있지요."

세인트 사이먼 경은 의자에 깊이 몸을 파묻고 이마에 손을 얹었다.

"이건 분명 모욕입니다. 가문의 굴욕입니다."

"선생! 그렇게까지 생각할 필요가 뭐 있습니까?"

"아니, 이건 모욕입니다. 공공연한 모욕입니다."

세인트 사이먼 경이 손가락으로 테이블을 두드렸다.

"젊은 몸으로 견디기 어려운 부끄러운 입장에 놓였고 그래서 우발적으로 일으킨 실수라고 보면 안 될까요?"

그러나 세인트 사이먼 경은 계속 이해 못한다고 화를 내고 있었다. 그때 벨이 울렸다. 홈즈는 문을 열고 부인과 신사를 맞이했다.

"세인트 사이먼 경! 프랭크 헤이 몰튼 부부를 소개합니다. 부인에 대해서는 이미 알고 있지요?"

"해티!"

사이먼 경이 외쳤다.

그리고 방으로 들어온 두 사람을 보며 세인트 사이먼 경은 한 손을 프록코트 가슴에 찔러 넣은 채 잠시 우뚝 서 있었는데 대개 이런 포즈를 취할 때는 상처받은 위엄을 다시 세우려 할 때 쓰는 조치들이었다.

"몰튼 부인! 사정 이야기를 하는 동안 제가 자리를 비켜 드릴까요?"

그러자 옆에 있던 신사가 말을 덧붙였다.

"아닙니다. 우리가 이 사건을 너무 비밀스럽게 대한 탓도 있습니다. 저는 진실을 알리고 싶습니다."

이 사내는 볕에 그을린 다부진 남자로 깨끗이 면도를 했으며 얼굴이 전체적으로 날카롭고 활기차 보였다.

몰튼 부인이 말했다.

"그럼 제가 모든 것을 다 말하지요. 여기 프랭크와 나는 1884년 로키 산맥 가까운 맥과이어라는 아버지의 광산에서 알고 지냈습니다. 우리는 약혼을 했지요. 그런데 아버지는 어느날 좋은 광맥을 발견하여 순식간에 부자가 되었습니다. 아버지는 부자가 되었지만 프랭크의 광산은 날마다 위축이 되어 갔습니다. 이렇게 되자 아버지는 마침내 약혼을 취소하라면서 저를 샌프란시스코로 데리고 갔습니다. 그렇지만 프랭크는 체념하지 않았습니다. 우리는 모든 것을 둘이서 결정하기로 했습니다. 그런 다음 프랭크는 아버지와 같이 부자가 되어 돌아오기로 결심을 하고 떠났습니다. 저 역시 절대 다른 사람과 결혼하지 않기로 했습니다. 그래서 우리는 신부님 앞에서 식을 올렸습니다. 그런 다음 프랭크는 떠났고, 나는 아버지에게 돌아갔습니다.

그후 나는 소문에 프랭크가 몬타나에 있다는 소문을 들었습니다. 얼마 후엔 애리조나 광산을 채굴하러 떠났고, 다음에는 뉴멕시코에 있다는 소식을 들었습니다. 그리고 얼마뒤 아파치 인디언이 광산 마을을 습격했다는 소식을 들었고 사망자 명단에 프랭크 이름도 있었습니다. 나는 눈앞이 캄캄했습니다. 그후 몇 달 동안을 누워 보냈습니다. 아버지는 폐병인 줄 알고, 샌프란시스코에 있는 의사에게 찾아가기도 했지요.

1년 동안 소식이 없자 나는 프랭크가 정말 죽었다고 생각했습니다. 그때 세인트 사이먼 경이 샌프란시스코에 오셨고, 우리도 런던에 가서 약혼이 성립된 것이지요. 나는 이미 프랭크에게 바친 마음에 다른 어떤 남자가 들어와도 함께할 수 없다고 생각했습니다. 그러나 세인트 사이먼 경과 결혼을 하게 되었으니 아내로서의 의무는 다할 각오였습니다. 그래서 결혼식 당일 제단 앞에 나갔을 때 있는 힘을 다해 좋은 아내가 되자고 생각하고 있었습니다. 그런데 문득 뒤를 돌아보니 맨 앞줄에 프랭크가 서서 나를 지그시 지켜보는 거예요. 처음에는 유령인 줄 알았습니다. 그래서 다시 보았는데 역시 그의 얼굴이더군요. 저는 거기에서 쓰러지지 않은 것이 이상할 지경입니다. 눈앞의 물체들이 빙빙돌고, 신부님 말씀이 마치 벌이 윙윙거리는 소리처럼 귓속에서 울렸습니다. 어떻게 해야 좋을지 몰랐습니다. 결혼식을 당장 중지해 달라고 말하고 싶었지만 소란을 일으킬 수 없었지요. 다시 프랭크를 보니까 내가 무슨 생각을 하고 있는지 다 알고 있다는 듯, 입에 손가락을 대고 조용히 하라는 신호를 보냈습니다. 그후 종이에 무엇인가 쓰는 것을 보고 나에게 편지를 줄 것이라고 짐작하고 퇴장할 때 그의 자리 앞을 지나가는 기회를 이용해 그의 앞에서 꽃다발을 일부러 떨어뜨렸습니다. 그는 꽃다발을 집어 주면서 내 손에 종이쪽지를 쥐어주었습니다. 신호를 하면 곧바로 오라는 간단한 한 줄의 글이 쓰여 있었습니다. 물론 나는 이렇게 된 바에야 누구보다도 프랭크를 따라야 한다고 생각했지요. 그리고 그가 하자는 대로 따를 것을 결심했습니다. 돌아와 저는 엘리스에게 프랭크 이야기를 했습니다. 캘리포니아에 있을 때부터 그를 알고 있던 엘리스에게 저는 외투를 꺼내 달라고 했으며 몇 가지 필요한 물건들을 챙겨달라고 했습니다. 저는 세인트 사이먼 경에게 이런 이야기를 할 수 없었습니다. 무서웠습니다. 지금 이대로 도망치고 나중에 설명하겠다고 마음먹었습니다. 피로연 좌석에 앉은지 10분도 지나지 않아 길 건너편에 프랭크 모습이 창문 너머로 보였습니다. 그는 나에게 신호를 보냈습니다. 나는 살며시 빠져나가 준비해 둔 것들을 가지고 따라갔습니다. 그런데 어느 낯모르는 여자가 다가와서 세인트 사이먼경에 대해 이러저러한 말들을 걸어왔습니다. 별로 귀담아 듣지도 않았지만 세인트 경에게도 결혼 전에 비밀이 있었다는 말을 들었습니다. 난 그 자리에 나와 곧바로 프랭크를 만났습니다. 둘이서 역마차를 타고 프랭크가 하숙하고 있는 고든 광장으로 갔습니다. 프랭크는 나중에 들으니 아파치의 포로가 되었다가 탈출해 샌프란시스코로 갔다가 내가 체념하고 영국으로 갔다는 말을 듣고 나를 찾아 영국까지 왔으며 결혼식 날 나타난 것입니다."

"프랭크는 모든 것을 밝히자고 했지만 저는 무서워서 신부옷 등을 버렸지요. 그런데 어떻게 알았는지 홈즈 씨가 찾아오셔서 모든 것을 밝히자는 프랭크의 생각이 옳으며 사이먼 경과 저희들이 얘기할 기회를 마련해 주겠다고 해서 여기에 오게 된 것이다.”

세인트 사이먼 경은 엄격한 태도로 이 이야기를 다 듣고 조금도 흐트리지 않은 채 미간을 찌푸리며, “실례지만, 난 개인적인 은밀한 일을 다른 사람이 있는 자리에서 이야기를 해 본 적이 없는 사람이오.”라고 말했다. 그것은 용서를 한다는 말이 아니었고 이별의 악수조차 필요하지 않은 듯 보였다.

손님들이 모두 돌아간 뒤, 홈즈는 내게 말했다.

“이 사건은 처음에는 거의 해결 불가능한 것처럼 보이는 것 같지만 부인의 설명을 들으면 사건은 아주 자연스러운 것이고 그 결과도 자연스럽게 된 것이지.”

나는 홈즈에게 물었다.

“자넨 처음부터 그렇게 고심하지 않은 것 같더군.”

홈즈가 대답했다.

“이 사건은 처음부터 두 가지 사실이 분명했지. 그녀는 진심으로 결혼을 기뻐했다가 식장으로 들어가는 아주 짧은 시간 동안 결혼을 후회했다는 사실이야. 여자의 마음을 바꾸어 놓을 만한 어떤 일이 분명히 아침에 일어난 거지. 그런데 집에서 나간 후 계속 신랑과 함께 있었으니까 다른 사람과 대화를 나누었다고는 생각되지 않아. 그

렿다면 누구를 발견한 것일까? 그런 추리를 한 것이지. 여자는 영국에 온지 얼마 안 되는 여인이야. 만났다면 아메리카에서 본 사람일 거라고 생각했지. 그 아메리카 사람이 누구일까? 내가 듣기로 여인은 거친 환경과 자유분방한 분위기에서 성장했다는 것을 듣고 그런 신부가 편지를 전하기 위해 쓰는 흔한 방법인 꽃다발을 떨어뜨리고 어떤 남자가 그것을 집어 주었다는 점, 그리고 '채굴권을 횡령하다.'라는 뜻의 광부들의 전문 용어인 '클레임 점핑'이라는 용어를 여자가 사용했다는 것을 듣고 내 추리는 과거 사내가 나타났다고 직감했지."

"그럼 두 사람을 어떻게 찾았나?"

"어렵기는 했지만 발견된 편지 뒤의 계산서를 보고 호텔을 알아 보았지. 호텔 요금을 보니 런던에서 흔치않는 일류 호텔임이 틀림없었지. 그래서 노섬버랜드 에비뉴에서 호텔을 뒤졌는데 두 번째만에 호텔 계산 장부에서 프랭크 헤이 몰튼(F.H.M)이라는 이름을 찾았네. 그리고 몰튼에게 온 편지는 고든광장 226번지로 보내 주기로 되어 있었지. 그리고 그곳에 가보니 다행히 사이좋게 두 사람이 그 집에 있더군. 그래서 부모와 같은 충고를 했지."

"그런데 우리에게 사건을 부탁한 경의 태도는 관대한

편이 아니었어."

"그건 말이네. 왓슨! 청혼과 결혼의 까다로운 수속을 거쳤는데 눈 깜짝할 사이에 아내와 재산을 날리고 말았으니 자네라도 관대할 수 없을 거네. 세인트 사이먼경을 비판하기 앞서 그를 이해해야지. 왓슨! 의자를 당겨 바이올린을 좀 집어 줘. 지금 우리에게 남은 유일한 문제는 이 쓸쓸한 밤을 어떻게 보내야 하는 것인가? 그 고민이지."

Chapter

11

버릴 코로넷

버릴 코로넷

어느 날 아침 나는 창문 앞에 서서 큰 길을 바라보고 있었다.

"홈즈, 저기 미친 사람이 오고 있어. 가족이 저 사람을 혼자 다니게 한다는 것이 슬픈 일이군."

친구는 안락의자에서 권태롭게 앉아 있다가 내복 주머니에 두 손을 넣은 채 어깨 너머로 밖을 보았다. 몸이 조여들 것 같은 맑게 갠 2월 아침인데 어제 내린 눈이 아직도 녹지 않아 겨울 햇살에 반짝이고 있었다. 베이커 거리 길 중앙은 마차 바퀴에 눈이 밀려 갈색 띠처럼 반짝이고 있었다. 회색 보도는 말끔히 치우긴 했지만 그래도 미끄러워 위험했다.

나이가 쉰 살 정도로 키가 크고 풍채가 좋은 인물, 이목구비가 뚜렷한 위엄이 넘친 인물이었다. 옷은 검소했지만 훌륭했다. 검은 프록코트에 비단 실루엣, 깨끗한 갈색 각반, 재단이 잘된 은회색 바지를 입고 있었다. 그런데 행동은 복장이나 위엄 있는 풍채와는 너무도 달리 우스꽝스러웠다. 이따금 다리에 부담을 주는 깡충깡충 뛰어오르는 일도 있었다. 혼자 뛰면서 손을 위로 올렸다가 아래로 내리고 얼굴을 일그러뜨리기도 했다.

"도대체 저 남자는 왜 저럴까? 이 집 저 집 주소를 보고 있는데."

"응. 그래, 이리로 오는 것 같아."

"여기로?"

"그래. 아마 나에게 뭘 의논하러 오는 거겠지. 그런 눈치가 보여. 저것 보게. 내가 말한 대로야."

홈즈가 말하고 있을때, 남자는 숨 가쁘게 현관문 앞으로 뛰어올라 와 온 집안이 울릴 정도로 벨 끈을 힘껏 당겼다. 잠시 뒤, 우리 방으로 들어온 그가 숨을 헐떡거리면서 손짓 몸짓을 하고 있었다. 셜록 홈즈는 그를 안락의자에 앉혔다. 그리고 자기도 옆에 앉아 손을 잡고 가볍게 토닥

거렸다. 온화하고 달래는 듯한 표정으로 상대를 최대한 편안하게 하려는 의도다.

"할 이야기가 있어 왔군요. 너무 급히 오느라 몹시 지쳐 보입니다. 좀 침착하게 계신 뒤 자세히 말씀 하십시오. 제가 힘닿는 데까지 도와 드리지요."

남자는 잠시 마음의 격동과 싸우는 듯 가슴을 들먹였다. 이윽고 손수건으로 이마를 닦더니 입을 꼭 다문 채 우리에게로 얼굴을 돌렸다.

"저를 미친 사람으로 생각하겠지요?"

"아주 큰 걱정거리가 있는 모양입니다."

"그렇습니다. 정말 미치기라도 하지 않고서는 견딜 수 없을 정도로 무서운 재난입니다. 전 대중들에게 창피를 당한다고 해도 참고 견딜 수 있습니다. 그런데 두 가지가 한 덩어리가 되어 무서운 모습으로 다가와 사람을 미치게 하고 있습니다. 그리고 이 일은 저 혼자에 국한된 일이 아닙니다. 이 사건에 대해 무언가 대책을 강구하지 않는다면 우리나라에서 가장 고귀한 신분을 가진 분들까지 위기에 처해집니다."

"그래요. 알겠습니다. 우선 당신이 누구이며, 무슨 위험이 닥치고 있습니까? 설명을 해 주십시오."

"제 이름은 당신도 들으셨을지 모릅니다. 스레드니들 가, 홀더 앤 스티븐슨 은행의 알렉산더 홀더입니다."

런던 중심구 두 번째 가는 큰 민간 은행의 수석 은행장의 이름은 우리도 알고 있었다. 그건 그렇다 하고, 도대체 어떤 이유로 이 런던 일급 시민이 이토록 허겁지겁 홈즈를 찾아왔을까?"

"1초도 헛되이 할 수 없습니다. 그렇기 때문에 경감한테서 당신에게 협력을 요청하라는 말을 듣고 즉시 달려왔습니다. 베이커 거리까지는 지하철로 왔지만 눈 때문에 마차도 달릴 수 없는 형편이라 이렇게 직접 달려왔습니다. 평소 운동 같은 것을 별로 하지 않은 처지라 힘들군요. 지금부터 이 사건을 명확히 말씀드리겠습니다.

당신도 알다시피 은행은 원활하게 경영하려면 단골 거래처 범위를 넓혀서 예금자 수를 늘리고 자금을 운용하기 위해 수익이 많은 투자 대상을 발견하는 능력이 매우 중요합니다. 우리가 하고 있는 투자 중에서 가장 유리한 방법의 하나, 절대로 확실한 담보를 잡고 돈을 대출해 주는 겁니다. 지난 몇 년 동안 이 방법을 넓게 사용하여 많은 귀족들을 상대로 그림, 장서, 집기 들을 담보로 잡고 많은 돈을 대출해 주었습니다. 그런데 어제 아침 일입니다. 은행 사무실에 앉아 있었는데 행원이 명함 한 장을 갖고 왔습니다. 나는 그 이름을 보고 깜짝 놀랐습니다. 그 이름은 다름이 아닌 당신도 알고 있을 테지만 영국에서 가장 높고 가장 귀한 이름, 거룩한 이름 바로 그분입니다. 그분은 저에게 말했습니다.

'홀더! 당신은 사람들에게 돈을 빌려준다고 하던데?'

'저희는 담보만 확실하면 대출해 주도록 되어 있습니다.'

이렇게 내가 대답했습니다.

'꼭 들어주어야 하는데, 지금 당장 5만 파운드가 있어야 해. 물론 그다지 많은 액수는 아니지. 이보다 열 배라도 친구한테서 빌릴 순 있지만, 나처럼 높은 지위를 가진 사람에게는 남에게 신세를 지는 것이 현명한 게 아니지.'

'실례합니다. 대출 기간은 얼마를 생각하십니까?'

'다음 월요일에 돈이 들어오니까, 자네에게 빌린 돈은 자네가 정당하다고 생각한 만큼의 이자를 붙여. 그럼 틀림없이 갚겠네. 그러나 중요한 것은 그 돈을 지금 여기서 당장 달라는 거야.'

'제 개인 돈이라도 있으면 드리고 싶은데 말씀하신 돈은 좀 큰돈이라 은행 명의로 빌려드려야 하기 때문에 공

동 경영자에게 허락을 받고 돈을 내어 주어야 합니다. 즉, 사무적인 절차를 받아야 합니다.'

'나도 알지. 그것이 바람직하다는 것을.'

그분은 말씀하시고 의자 옆에 놓인 네모난 검은 모로코 가죽 케이스를 들어올렸다.

'버릴 코로넷을 알고 있지?'

'네, 대영제국의 국보 중에 국보지요.'

'맞아.'

그분이 케이스를 열어 안을 보니까 연한 베이지색 벨벳 받침에 방금 말씀하신 이름의 왕관이 찬란하게 누워 있었습니다.

'거대한 녹주석이 서른아홉 개 붙어 있네. 금으로 된 조각도 헤아릴 수 없을 만큼 값진 거라네. 가장 낮게 잡아도 이 왕관의 가치는 자네에게 요구한 액수의 배는 될 것이네. 이것을 자네에게 담보로 맡기지.'

나는 귀중한 상자를 손에 들고 당황하여 그 물건과 손님을 번갈아 보았습니다.

'이 물건의 가치를 의심하나?'

'천만에요, 저는 다만……'

'이것을 담보로 잡는 것이 타당한가, 어떤가를 생각하

고 있군. 그 문제라면 안심해도 좋아. 나흘 후에 상환할 수 있으니까. 그러니 보관에 조심하게. 탈이 생긴다면 세상이 들썩일 테니. 약간의 상처만 생겨도 큰 문제이니까. 왜냐하면 세계 어디에도 이것과 비교할 만한 것은 없어. 하지만 상대가 자네이니만큼 전폭적으로 신뢰하고 맡기지. 월요일 아침 내가 직접 찾으러 오겠네.'

손님은 빨리 돌아갔으면 하는 눈치였습니다. 저는 출납 담당을 불러 1천 파운드 지폐 50매를 드리라고 일렀습니다. 그리고 혼자 책상 앞에 앉아서 더없이 귀중한 보물을 바라보고 있으니 나에게 지워진 책임이 너무 무겁다는 생각과 함께 불안감이 엄습하였습니다. 국가의 보물이므로, 만일 어떤 잘못이라도 생기는 날에는 엄청난 물의가 일어나게 된다는 것은 말할 필요도 없습니다.

나는 곧바로 후회를 했습니다. 그래서 나의 전용 금고에 그 보물을 넣고 다시 업무를 보았습니다. 저녁 때가 되어 이런 귀중품을 사무실에 남겨 둔 채 돌아간다는 것이 불안해서 며칠 동안 이 상자를 출근할 때 은행으로 가져오고 퇴근할 때 집으로 가지고 가서 잠시도 내 옆에서 떼어놓지 않겠다고 결심했습니다. 그래서 그 상자를 들고 나는 역마차를 불러 집에 가지고 가서 위층 옷장에 넣고 자물쇠를 채웠습니다. 그리고 홈즈 씨!제 상황을 이해하기 위해 제가 집안 상황을 잠시 말씀 드리지요. 마부와 급사는 집 밖으로 출퇴근하므로 이들은 전혀 고려해서 넣을 필요는 없습니다. 다른 한 사람은 루시, 두 번째 하녀는 고용한 지 몇개월 밖에 되지 않았습니다. 하녀들은 근무 태도도 나무랄 데가 없습니다. 다만 미인이기 때문에 눈독을 들인 남자들이 집 주위에 간혹 얼씬 거리는 일이 있습니다. 이것이 옥에 티인 셈이지요. 우리는 어디로 보나 마음에 드는 좋은 여인들이라고 생각하고 있습니다.

하인들은 대충 이렇고 가족들 역시 단출합니다. 나는 아내가 일찍 죽어 아들 하나 있을 뿐입니다. 그런데 아들 녀석은 정말 한심한 놈입니다. 물론 잘못은 나에게 있지요. 사람들은 대개 내가 그 녀석 버릇을 잘못 들였다고 합니다. 아내가 죽었을 때, 나는 아이밖에 없어 무척 사랑했지요. 그 아이의 얼굴에 잠시라도 미소가 보이지 않는다면 나는 견딜 수가 없었습니다. 나는 아들이 나의 뒤를 잇기를 바랐지요. 그러나 아들은 실무에 어울리는 아이가 아닙니다. 거칠고 멋대로이며, 솔직히 말해 큰돈을 믿고 맡길 놈은 아닙니다. 한때 녀석은 카드에 깊이 빠져 있었고, 경마에도 돈을 날렸습니다. 그리고 빚을 갚기 위해 돈을 빌려달라고 졸랐습니다. 녀석은 위험한 교제에서 빠져 나오려고 여러 번 시도 하기는 했지만 그때마다 조지 번 웰 경이란 남자의 매력에 이끌려 허사가 되고는 했습니다. 사실, 조지 번웰 경 같은 남자라면 아들이 홀딱 빠질 만도 합니다. 아들이 가끔 집으로 데려오곤 했는데, 나도 그사람 매력에 호감을 갖곤 했지요. 아들 아서보다 나이 가 많은데, 세련된 점에 있어서는 완벽이라 해도 좋습니다. 가보지 않은 곳이 없고, 보지 않은 것이 없는 남자로, 말도 잘하고 미남이었습니다. 그러나 그런 매력들을 접어 두고 냉철하고 비판적인 눈으로 관찰하면 시니컬한 화술 이라든가 내가 가끔 느꼈던 그 눈초리가 조금도 신용할 수 없는 인물임을 말해주고 있지요. 그렇게 생각하는 것 은 나뿐만 아니라 우리 집 메어리도 마찬가지입니다. 그 아이는 사람을 꿰뚫어보는 여성 특유의 능력을 갖고 있습 니다.

이제 남은 것은 메어리뿐입니다. 메어리는 내 조카인 데 5년 전 형이 메어리 하나만 남기고 세상을 떠났습니 다. 저는 그녀를 양녀로 삼았습니다. 그후 지금까지 나는 메어리를 친딸처럼 키워 왔습니다. 메어리는 우리 집의 태양입니다. 마음씨 착하고 다정하고 아름답고, 게다가 집안일을 처리하는 솜씨는 참으로 놀랄 정도입니다. 뿐만 아니라, 얌전하고, 조용하고, 정숙한 점에 있어서도 나무랄 데 없습니다. 그 아이는 나의 한쪽 팔입니다. 메어리가 없었다면 나는 어떻게 해야 할지 몰랐을 것입니다. 꼭 한 번, 그 아이가 내 뜻을 거역한 적이 있습니다. 아들이 메어리를 진심으로 사랑하여 두 번이나 결혼 신청을 했는데 메어리는 두 번 모두 거절했습니다. 아들을 올바른 길로 인도할 수 있는 사람이 있다면 메어리 밖에 없었으므로 저도 메어리가 아들과 결혼하기를 바랐습니다. 이 결혼이 성립되었다면 아들의 생활도 완전히 달라졌을지도 모릅니다. 하지만 슬프게도 이미 때는 늦었습니다. 영원히 돌이킬 수 없는 일이 되고 만 것입니다.

홈즈 씨! 이제 집에 사는 사람들 이야기는 다 했으므로, 다음엔 내가 겪은 재난에 대해 이야기 하겠습니다. 어제 저녁, 식사를 마친 뒤 응접실에서 커피를 마시면서 나는 아서와 메어리에게 아침에 은행에서 있었던 이야기를 했고, 그분의 이름은 밝히지 않은 채 지금 그 보물이 우리 집에 있다는 이야기까지 했습니다. 커피를 가져온 루시가 그때 이미 방에서 나간 것만은 확실하지만, 문이 닫혔는지 열려 있었는지는 확실히 기억할 수 없습니다. 메어리도 아서도 흥미를 느낀 듯, 유명한 버릴 코로넷을 보고 싶어 했지만, 나는 그런 짓은 안하는 것이 좋다고 생각했습니다.

'어디다 보관하셨습니까?'

아서가 물었습니다.

'내 옷장이다.'

'그럼 오늘 밤에 도둑이라도 들면 어떡해요?'

'걸어 잠갔다.'

'그 옷장이라면 어떤 열쇠라도 다 맞아요. 제가 어린 시절에 곳간 벽장의 열쇠로 연 적이 있는 걸요.'

아들이 엉뚱한 말을 잘 하는 것은 어제 오늘 일이 아니므로 나는 별 신경을 쓰지 않았습니다. 하지만 어젯밤에는 꽤나 얌전한 얼굴을 하고서 내 침실까지 따라왔습니다.

'아버지 200파운드만 주세요.'

'안 된다. 돈 문제에 대해서 지금까지 너에게 너무 관대했다.'

'지금까지 아버지 은혜 잊지 않아요. 하지만 이 돈은 꼭 필요합니다. 이 돈이 없으면 클럽에 다시는 나가지 못해요.'

'그렇다면 아주 잘된 일이구나.'

'아버지! 저는 이 돈이 없으면 아주 굴욕적인 사람이 될 겁니다. 돈은 어떤 일이 있어도 마련할 겁니다. 아버지가 주시지 않는다면 다른 방법을 강구할 겁니다.'

이 달에 들어와 세 번이나 돈을 달라고 한 것이므로 나는 화가 났습니다. '한 푼도 줄 수 없다.' 이렇게 고함을 지르니까 아들은 고개를 숙이고 아무 말도 없이 방을 나갔습니다. 아들이 나간 다음 나는 옷장을 열어 보물이 무사한 것을 확인했습니다. 그러고는 집 안의 문단속이 잘 되었는지 둘러보러 나갔습니다. 평소에는 메어리가 하던 일이지만, 어젯밤은 내가 직접 하는 것이 좋겠다고 생각한 것입니다. 계단을 내려가니까 홀 옆의 창문가에 메어리가 있었는데, 내가 다가가니까 창문을 닫고 빗장을 걸었습니다.

'아버님, 오늘 밤, 하녀 루시의 외출을 허락하셨나요?'

내 느낌이 그래서 그런지, 태도가 어딘지 모르게 침착해 보이지 않은 것 같았습니다.

'아니! 그런 일 없다.'

'방금 뒷문으로 들어왔어요. 누군가를 만나려고 쪽문

까지 갔다 온 것 뿐이겠지만, 문단속에 문제가 있으니 앞으로는 주의를 줘야 할 것 같습니다.'

'내일 아침 네가 말을 해라. 뭣하면 내가 해도 좋지만 문단속을 소홀히 할 수 없지.'

'알겠습니다. 아버님!'

'그럼 잘 자라.'

나는 메어리에게 키스를 하고 침실에 돌아가 곧 잠이 들었습니다. 홈즈 씨! 사건에 조금이라도 관계가 있음직한 일은 빼놓지 않고 말씀 드리려 합니다. 도중에 잘 이해가 안 되는 점이 있으면 무엇이든지 질문을 해 주십시오."

"아주 말씀이 명확합니다."

"사실 지금부터가 더 명확한 말입니다. 나는 본래 깊은 잠이 없습니다. 어젯밤은 마음에 걸리는 것도 있고 해서 잠이 설핏 들었던 것 같습니다. 새벽 두 시쯤 집 안에서 무슨 소리가 나 눈을 떴습니다. 나는 가만히 귀를 기울였습니다. 그러자 갑자기 옆방에서 살금살금 걷는 발자국 소리가 들려왔습니다. 나는 깜짝 놀랐습니다. 나는 침대에서 살며시 내려가 화장실 문틈으로 방을 들여다 보았습니다.

'아서!'

나는 고함을 질렀습니다.

'이 악당아! 도둑놈, 왜 그 왕관을 만지느냐?'

가스등은 아까 내가 줄여 놓은 그대로지만 한심한 아들은 바지와 셔츠 바람에 맨발로 그 왕관을 들고 불 옆에 서있었습니다. 그는 내가 외치는 소리에 그 왕관을 떨어뜨리고 아주 창백한 모습으로 서있었습니다. 나는 왕관을 주워 들고 자세히 살펴 보았습니다. 그러자, 황금판의 모서리와 거기에 끼워진 세 개의 보석이 보이지 않았습니다.

'이 못된 놈아! 훔친 보석은 어디에 있느냐?'

나는 미친 듯이 소리를 쳤습니다.

'아버지! 제가 훔친 것이 아니에요.'

'아니라고, 도둑놈!'

나는 아들의 어깨를 흔들면서 소리쳤습니다.

'아무것도 없어진 것은 없어요.'

'보석 세 개가 없다. 어디 있는지 빨리 말을 해라.'

아들은 자기는 누명을 쓰고 있다고 참을 수 없다며 오히려 큰 소리를 치는 거였습니다. 그는 오히려 아침이 되면 집을 나가 혼자 살겠다고 큰 소리를 쳤습니다. 저는 아들이 갈 곳은 경찰서라고 말했지요.

아들은 끝까지 자기는 아무것도 모른다고 말하는 것입니다. 평소 볼 수 없는 격양된 태도였습니다. 아들은 경찰을 부르려면 부르라고 큰 소리를 쳤습니다. 두 사람이 이렇게 크게 떠들면서 집안 사람들은 다 놀라 깼습니다. 나는 모든 것을 경찰 조사에 맡기기 위해 하녀에게 경찰에 알리라고 말했습니다. 아들은 저에게, '제가 5분만 나갔다 오도록 허락해 주십시오.'라고 말하는 것이었습니다. 저는 물론 허락하지 않았습니다.

'흥! 도망치고 싶으냐?'

아들은 끝까지 자기는 잘못이 없다고 했고 자기는 훔친 것이 없다고 했습니다. 저는 이 보석은 국가의 재산이며 이 사실이 알려진다면 너는 물론이고 나의 명예까지 날아간다고 간곡하게 타일렀습니다. 결국 하인이 데려온 경찰에게 아들을 넘겼습니다. 오늘 아침 아들은 구치소로 압송됐습니다. 이 문제를 곰곰이 생각해 보니 당신이 꼭 필요하다고 생각했습니다. 비용은 얼마든지 써도 좋습니다. 이미 1천 파운드 현상금도 걸어놓았습니다. 저는 어제 하룻밤에 소중한 아들과 귀중한 보석을 모두 잃었습니다. 어떻게 하지요."

그는 머리를 쥐고 몸을 앞뒤로 흔들면서 슬픔에 겨워 말도 하지 못하고 끙끙 신음소리를 냈다. 셜록 홈즈는 미간을 잔뜩 찌푸린 채 지그시 난롯불을 바라보면서 한동안 침묵을 지키고 있었다.

"댁에는 손님이 많습니까?"

"우리 은행 공동 경영자가 가족 동반으로 오는 것 말고는 가끔 아서의 친구가 올 뿐입니다. 최근에 조지 번웰 경이 두세 번 다녀갔습니다. 그 정도이고 손님은 없는 편입니다."

"당신은 사교장에 자주 갑니까?"

"아서는 자주 나가는 편입니다만, 메어리와 나는 그렇지 않습니다. 둘이 다 그런 것을 좋아하지 않으니까요."

"한창 나이의 여자치고는 특이하군요."

"워낙 얌전해서요. 더욱이 이젠 어린 나이도 아닙니다. 스물하고도 넷이나 더 많은 나이니까요."

"말씀을 들어보니, 메어리는 이번 일로 큰 충격을 받은 것 같군요. 아드님이 그런 것이라고 두 분 다 의심하지요?"

"왕관을 들고 있는 것을 이 눈으로 분명히 보았으니 의심할 수 밖에 없지요."

"그것만으로는 충분한 증거가 아닙니다. 왕관의 나머

지 부분은 손상되지 않았습니까?"

"뒤틀어져 있었지요."

"그렇다면 아드님이 그 뒤틀린 곳을 바로잡으려 했다고는 생각되지 않습니까?"

"고맙습니다. 아들을 위해 저에게 좋은 말씀 하는 거겠지요. 그러나 그런 생각은 좀 무리입니다. 대체 아들은 그 자리에서 무엇을 하고 있었을까요? 누명을 썼다면 어떻게 된 일인지 해명하지 않았을까요?"

"그러게 말입니다. 그러나 반대로 만일 자신이 결백하지 않다면 그럴 듯한 거짓말이라도 꾸며댔을 텐데, 아드님이 침묵을 지킨 것에 대해 두 가지 해석이 가능합니다. 우선 사건이 석연치 않은 것이 몇 가지 있습니다. 당신을 잠에서 깨어나게 한 소리가 무슨 소리인지 경찰에서 말하던가요?"

"아서가 자기 방을 닫는 소리일 거라고 하던데요."

"그럴 듯한 소리요. 그러나 큰 범죄를 저지르려는 사람은 가족들의 잠을 깨우기 위해 일부러 문을 그렇게 소리 내어 닫지는 않지요. 그럼 보석이 없어진 점에 대해 뭐라고 하던가요?"

"마룻바닥을 두들겨보기도 하고 가구를 바늘로 찔러보기도 하면서 지금도 찾고 있는 중입니다. 정원은 벌써 세밀한 조사를 마쳤습니다."

"그런데 제 생각에 이 사건은 아주 복잡한 듯합니다. 간단한 사건이 아니라고 봅니다. 당신 말대로라면 어떤 상황이 되는지 잘 생각해 보십시오. 아드님이 자기 침실에서 빠져나와 위험을 무릅쓰고 당신 방에 들어가 옷장을 열고 왕관을 꺼냈습니다. 그 한 귀퉁이를 있는 힘을 다해 망가뜨리고, 어딘가 다른 장소에 가서 서른아홉 개의 보석 중 세 개를 누구도 발견하지 못할 장소에 감추고, 다시 남은 서른여섯개를 일부러 들키려고 한 것처럼 방으로 들어왔다……, 이런 말로 들리는데 이상하지요?"

"아들 행동이 결백하다면 왜 스스로 밝히지 않는 걸까요?"

"그 이유를 분명하게 밝히는 것이 우리의 임무입니다. 그러므로 홀더 씨! 괜찮으시다면 함께 스트레덤에 가서 한 시간 정도 이런 저런 것을 보다 자세하게 조사해 보았으면 합니다."

홈즈가 권하기도 했지만 나도 강한 호기심이 생겨 동행했다. 솔직히 말해 나는 이 사건의 범인으로 은행가의 아들을 지목하고 있었다. 그런데 가엾은 은행가의 생각은 홈즈가 판단하는 것처럼 아들이 아닌 다른 사람의 짓이란 것을 확인받고 싶은 간절함이 있어 보였다. 남쪽 교외로 가는 동안 홈즈는 한 마디도 없이 생각에 잠겨 있었다.

의뢰인은 조금 전에 비친 일말의 희망으로 기운을 찾은 듯 나에게 자기 사업 이야기를 두서없이 늘어놓았다. 기차를 탄 시간은 얼마 지나지 않았다. 역에서 내려 잠시 걸으니까 은행가의 검소한 저택 페어뱅크가 나왔다.

페어뱅크는 도로에서 약간 들어간 곳에 서 있는 건물이다. 눈 덮인 잔디밭을 끼고, 현관을 가로막은 커다란 철문 두 개를 향해 길이 나 있었다. 오른쪽에는 작은 나무 쪽문이 있고 거기엔 생나무 울타리가 이어지며 울타리 사이로 오솔길이 있었다. 그 오솔길은 주방 뒷문으로 이어져 장사꾼이 드나드는 길이 었으며 왼쪽으로는 마구간으로 통해 있어 외부 사람들도 이용하는 길이었다. 홈즈는 우리를 현관에 세워 놓고 집의 정면을 지나 주방 쪽 오솔길로 내려가 뒷마당을 한 바퀴 돌아 마구간으로 가는 길로 해서 집 주위를 찬찬히 살폈다. 너무 오랫동안 오지 않아 홀더 씨는 식당에 들어가 난로 옆에서 그가 돌아오기를 기다렸다. 잠자코 앉아 있는데 문이 열리고 젊은 여자가 들어왔다. 키는 보통보다 약간 크고 날씬한 몸매인데 안색이 너무도 창백해 검은 머리칼과 눈이 더욱 검게 보였다. 여자의 얼굴이 이렇게 시체를 연상케 할 정도로 창백한 모습은 처음 보았다. 입술에 핏기도 없어 보였고, 너무 울어 빨갛게 된 두 눈은 퉁퉁부어 있었다. 이 여성이 말없이 조용히 방에 들어왔을 때 내가 받은 인상은 애처로움 그것이었다. 여자는 나의 존재 따위는 완전 무시한 채 숙부에게로 가서 그의 머리에 팔을 둘러 여자다운 다정한 태도로 포옹을 하는 것이었다.

"아서를 풀어 달라고 말씀해 주셨겠죠?"

여자가 물었다.

"아니다. 이 사건은 그렇게 간단하지 않다."

"하지만 아서는 절대로 그런 짓을 저지르지 않았을 겁니다. 여자의 느낌이라는 것이 있지요. 아서는 나쁜 아이가 아닙니다. 이렇게 냉정하시다면 숙부님께서는 틀림없이 후회할 겁니다."

"왕관을 들고 있는 것을 내 눈으로 직접 보았는데 어찌 의심을 하지 않겠니?"

"아니에요. 그저 들고 구경만 한 걸 거예요. 아서에겐 죄가 없다는 제 말을 믿어 주세요. 아서가 교도소에 들어가다니, 생각만 해도 소름이 끼쳐요."

"안 된다. 보석을 찾을 때까지는 절대로 중단하지 않

겠다. 중단할 수 없는 일이야. 메어리, 아서를 걱정하는 네 마음은 이해는 한다. 이 사건을 정밀하게 조사하기 위해 런던에서 유능한 사람을 모시고 왔다."

"이분이신가요?"

그녀는 나를 보며 그렇게 물었다.

"아니 그분은 지금 마구간의 오솔길에 계시단다."

"오솔길이라고요?"

메어리의 검은 눈썹이 꿈틀거렸다.

"그런 곳에 뭐 알아 볼 게 있다고 그럴까요? 어머 오신 것 같군요. 제 사촌동생 아서가 죄가 없다는 것을 꼭 밝혀 주세요."

"나도 똑같은 의견입니다. 당신이 도와준다면……"

홈즈가 머리에 눈을 털며 말했다.

"물론 도와 드리지요. 이 사건이 해결된다면……"

"어젯밤 아무 소리도 듣지 못했습니까?"

"네. 숙부님께서 큰 소리로 외치실 때까지 아무 소리를 듣지 못했습니다."

"어젯밤 아가씨가 창문과 문을 다 닫았지요? 혹시 닫지 않은 창문은 없었나요?"

"없었어요."

"여기 애인이 있는 하녀가 있지요? 그녀가 애인을 만나러 밖에 나갔다왔다고 숙부님께 말했다고 하던데요."

"맞아요. 거실에 드나들며서 심부름 한 것도 그 하녀이기 때문에 숙부님께서 왕관에 대한 말씀을 할 때 들었을지 모르지요."

"알겠습니다. 그녀가 애인에게 보물 이야기를 했고 둘이서 모의했을 것이란 말씀이지요."

"하지만 그런 추측이 무슨 소용 있겠소?"

은행가는 짜증스러운 듯이 소리쳤다.

"아서가 왕관을 들고 있는 것을 보았다고 말하지 않았소?"

"잠깐 기다리세요. 홀더 씨! 하던 말을 여기서 끝내야 합니다. 메어리, 그 하녀에 대해서 말인데, 아가씨는 하녀가 부엌문으로 들어오는 것을 보았다는 것이죠?"

"네, 문단속이 잘 되었는지 보러 갔는데, 그때 그녀가 들어오고 있었어요. 어둠 속이기는 하지만 남자의 모습도 보였습니다."

"아는 사람이었나요?"

"네, 알고 있어요. 채소를 배달해 주는 프랜시스 프로스퍼였어요."

"그가 서 있는 곳은 오솔길을 들어와서 문의 왼쪽을

막 넘어선 자리 아니었나요?"

"네, 맞아요."

"그리고 한쪽 다리가 나무 의족이지요?"

젊은 여인의 눈동자가 잔뜩 두려움에 떨고 있는 듯 보였다.

"이번에는 2층을 보고 싶군요. 그리고 집 주위를 한번 다시 조사하게 될 지 모릅니다. 아니, 위층에 가기 전에 아래층 창문을 보고 가는 것이 좋을 것 같군요."

그는 창문을 하나하나 빠르게 살펴 나갔다. 현관에서 마구간의 오솔길이 내려다보이는 커다란 창문 앞에서 잠깐 발을 멈추었다. 그 창문을 열고 여느 때처럼 확대 렌즈로 창틀의 문지방을 세밀하게 검사했다.

"2층으로 갑시다."

은행가의 드레싱룸은 간소하게 꾸민 작은 방으로 회색 카펫이 깔렸고 커다란 옷장과 기다란 거울이 놓여 있었다. 홈즈는 먼저 옷장으로 가서 자물쇠를 들여다보았다.

"어떤 열쇠로 열었나요?"

"화장대 위에 있는 그것입니다."

홈즈는 열쇠로 옷장을 열었다.

"소리가 나지 않는 자물쇠군요. 이러니 잠이 깨지 않

을 만도 하군. 이것이 케이스군요. 구경 좀 하겠습니다."

그는 케이스를 열고 왕관을 꺼내 테이블 위에 놓았다.

귀금속 공예의 일품이라고 해야 할 것이다. 왕관은 과거에 본 적이 없는 훌륭한 것이었다. 왕관의 한쪽은 보석세 개가 떨어져 나가고 모서리도 뜯겨져 금이 가 있었다.

"그런데 홀더 씨! 이 한쪽은 없어진 한쪽과 함께 쌍을 이루고 있습니다. 이것을 부수어서 떼어 내 보십시오."

은행가는 펄쩍 놀라며 소리쳤다.

"당치도 않는 말씀 마십시오."

"그럼 내가 해 보지요."

홈즈는 불끈 힘을 썼지만 왕관은 끄덕도 하지 않았다.

"조금 휘어진 것 같은데, 나는 손 힘이 강한 사람입니다. 그런데 이것을 부순다는 것은 여간 어려운 일이 아닙니다. 보통 사람으로는 어림 없는 일이지요. 그런데 홀더 씨! 내가 이것을 부수었다면 어떤 일이 일어날까요. 권총으로 쏘는 소리가 났을 겁니다. 그런데 그 소리를 듣지 못했다니 이해가 가질 않네요. 아가씨는 어떻게 생각합니까?"

"저도 이상합니다."

"저는 집 밖을 한 번 더 둘러보고 오겠습니다."

그렇게 말을 하고 홈즈는 다시 밖을 나갔다. 그는 다른 사람들은 나오지 말라고 했다. 쓸데없이 발자국이 만들어지면 조사하는데 오히려 어렵다는 것이 이유였다. 얼마 후 구두에 눈을 잔뜩 묻히고 들어온 홈즈는 표정에서 별다른 것을 찾을 수 없었다.

"그런데 보석은 어떻게 되었습니까. 어디에 있습니까?"

"내일 아침 아홉 시에서 열 시 사이에 베이커 거리에 있는 저희 집으로 오십시오. 확실한 말씀을 드리겠습니다. 보석을 찾기만 한다면 비용은 상관하지 말라고 하셨지요?"

"그렇습니다. 전 재산을 내놓아도 좋습니다."

"알겠습니다. 내일 아침이면 충분히 조사를 마칠 수 있을 것 같군요. 그럼, 이만 실례하겠습니다."

그렇게 우리는 그집을 나왔다. 홈즈는 돌아오는 길에 몇 번이나 내가 물어보았지만 대답하지 않고 다른 말을 했다. 홈즈는 간단히 샌드위치를 만들어 먹고 나서 다시 집을 나섰다. 그가 돌아온 것은 내가 차를 다 마셨을 때였고, 기분이 아주 좋은 듯 낡은 고무장화 한 짝을 흔들고 있었다. 그것을 방 구석에 던지고 자기 손으로 차를 한잔 따라 마셨다.

"지나가는 길에 잠시 들렀을 뿐이야. 다시 나가야 하네."

"어디로?"

"웨스트엔드 쪽이야, 돌아오려면 시간이 걸릴 걸세. 늦어지면 먼저 자게."

"잘 진행되나?"

"그럭저럭, 비관적인 것은 아냐, 아주 재미있는 사건이야."

홈즈의 표정을 보면 알 수 있다. 그가 이 사건에 대해 얼마나 깊이 빠져 있는지를, 그는 눈이 빛나고 뺨은 홍조까지 띠고 있었다. 나는 한 밤중에 늦은 시간까지 기다렸지만 그는 돌아오지 않았다. 아침이 되어 식사를 하려고 아래층에 내려오자 그는 한손에 신문을 들고 있었다. 단정하지만 뭔가 생기 왕성한 모습이었다.

"미안하네. 왓슨. 먼저 시작했어. 손님이 온다고 하지 않았나. 벌써 9시가 지나고 있어. 나타날 시간이 다 됐군. 아! 마침 벨이 울리는 군."

과연 은행가가 도착했는데 그 사람은 완전 다른 인물로 변해 있었다. 머리칼도 그렇고 얼굴도 핼쑥하고, 극도로 피로하여 축 늘어져 있었다. 그는 내가 권하는 안락의자에 털썩 앉았다.

"대체 전생에 무슨 죄를 지었다고 이 고생이람. 이틀 전 까지만 해도 나는 세상에서 아무 근심 없는 행복한 모습을 하고 있었는데. 조카 메어리가 저를 버렸습니다. "

"버렸다고요?"

"그렇습니다. 아침에 보니까 침대엔 잠을 잔 흔적도 없이 방은 텅텅 비어 있었고, 거실 테이블 위에 내 앞으로 쓴 편지가 있었습니다. 어젯밤 나는 화를 내지는 않았으나 너무 슬픈 나머지 그 애에게 만일 네가 아들과 결혼했다면 이런 일은 일어나지 않았을 거라고. 생각 없이 말을 했습니다."

> 사랑하는 숙부님.
> 저 때문에 당하신 낭패, 저는 지금 이 무서운 재앙이 모두 제가 잘못해서 생긴 것을 알고 마음 깊이 통감하고 있습니다. 이렇게 생각하니 숙부님 밑에서 더 이상 행복하게 살 수 없을 것 같습니다. 영원히 이별을 하려 합니다. 저의 앞날에 대해서 조금도 염려하지 마세요. 준비한 것도 있으니 저를 찾지 마세요. 헛수고일 뿐입니다. 저를 위해 이로운 일도 아닙니다.
> — 살아 있어도, 죽어서도 영원히 숙부님을 사랑하는 메어리

"이런 편지로 뭘 어쩌자는 것일까요? 홈즈 씨, 자살이

라도 하겠다는 것일까요?"

"천만에요. 자살이라니요. 하지만 이것이 가장 좋은 해결책일 것 같습니다. 홀더 씨, 당신의 재난도 이제 끝이 날 것 같습니다."

"정말입니까? 뭔가 알아낸 게 있군요. 홈즈씨! 보석은 어디 있습니까?"

"그 보석 한 개에 1천 파운드라면 비싸다고 생각하십니까?"

"일만 파운드라도 내놓겠습니다."

"그렇게 많은 돈은 필요하지 않고요, 3천 파운드면 충분합니다. 수표장은 갖고 계시지요? 여기 펜이 있습니다. 죄송합니다. 4천 파운드라고 써 주십시오."

은행가는 어안이 벙벙한 얼굴로 홈즈가 말하는 액수를 썼다. 홈즈는 자기 책상으로 가서 보석이 세 개 달린 삼각형 금 조각을 꺼내서 그 위에 얹어 놓았다. 우리의 의뢰인은 "악!"하고 환성을 지르며 그것을 움켜쥐었다.

"있다! 나는 살았다! 나는 살았다!"

그는 숨을 헐떡거리며 외쳤다. 마음의 고통이 컸던 만큼 그후의 기쁨도 대단하여 그는 다시 찾은 보석을 가슴에 꼭 껴안았다.

"그런데 당신은 또 한가지 빚이 있습니다. 홀더 씨!"

"빚이라고요? 금액을 말해 주시지요. 지불할 테니까요."

그는 펜을 들었다.

"아니. 나에 대한 부채가 아닙니다. 당신은 그 품격 높은 젊은이 당신 아들에 대해 깊이 머리를 숙여 사과를 해야 합니다. 이 사건에서 아들의 행동은 무척 훌륭했습니다."

"그렇다면 아서가 훔친 것이 아닙니까?"

"그렇습니다."

"그럼 당장 아들에게 가서 사건 진상이 밝혀졌다고 알려줘야겠군요."

"벌써 다 알고 있습니다. 나는 사건의 전말을 완전 파악하고 아드님을 찾아가 만났습니다. 아드님이 자진해서 말하지 않아 내가 먼저 이야기를 꺼내어 일부 시인을 받았지만 당신이 오늘 아침에 갖고 온 메어리 양이 떠난 소식을 들려주면 입을 모두 열것입니다."

"제발 진상을 알려 주십시오. 도대체 이 사건의 내막이 어떻게 된 것입니까?"

"그래요. 이야기를 들려 드리지요. 우선 나도 말하기 거북하고 당신도 듣기 거북한 이야기부터 하겠습니다. 조지 번웰과 당신의 조카 메어리 사이에는 모종의 약속이 있었습니다. 그래서 두 사람은 도망친 것입니다."

"메어리가? 믿을 수가 없군요."

"유감이지만 이건 사실입니다. 당신은 그 남자가 당신 가정에 출입하는 것을 허락했습니다. 그러면서도 당신과 아드님은 그 남자의 정체를 정확히 알지 못했습니다. 그가 영국에서 가장 위험한 남자라는 걸 말입니다. 그는 도박으로 타락한 작자이며 도저히 구제할 길이 없는 악당입니다. 순진한 조카는 이런 남자에 대해서 아무것도 몰랐습니다. 그 남자가 지금까지 100명도 넘는 여성에게 한 것처럼 사랑의 맹세를 속삭여 왔을 때, 조카는 이 세상에서 자기만이 그의 마음을 움직이게 했다고 착각했던 것입니다. 그놈이 속삭인 달콤한 말에 조카는 그 남자의 포로가 되어 밤마다 밀회를 해왔습니다."

"믿을 수 없군요. 믿을 수 없습니다."

은행가는 안색이 회색으로 변해 있었다.

"다음, 어젯밤에 일어난 일을 설명하지요. 메어리는 당신이 침실에 들어가자 살며시 아래층으로 내려가 마구간 오솔길이 보이는 창문을 열고는 애인과 이야기를 했습니다. 그 남자의 발자국이 눈 위에 뚜렷이 나 있어 꽤 오랫동안 거기에 서 있었다는 것을 알 수 있습니다. 그녀는 보관하고 있던 왕관 이야기를 했습니다. 그 말을 들은 그 남자는 돈을 탐내는 사악한 마음이 솟구쳐 마침내 메어리를 자기 뜻대로 행동하게 만들었던 것입니다.

애인에 대한 사랑 때문에 여인은 모든 것을 던져 버렸지요. 하녀가 의족의 남자와 밀회를 하러 몰래 나가는 것을 이용하려 하였습니다. 반면 당신의 아들 아서는 당신과 헤어져 잠자리에 들었는데 클럽에 진빚이 마음에 걸려 잠을 금방 이루지 못하고 있었습니다. 그런데 자기 방 앞을 조용히 걸어가는 발소리를 들은 것입니다. 그것은 놀랍게도 메어리였습니다. 아들은 놀랐지만 묵묵히 사건이 어떻게 진행되는지 어둠 속에서 기다렸습니다. 그때 메어리의 손은 왕관을 들고 있었습니다. 메어리가 창문을 살며시 열고 왕관을 넘겨주고 다시 창문을 닫는 것을 보았습니다. 메어리가 그 자리에 있는 동안에 아들은 사랑하는 사람의 범죄를 폭로한다는 결과를 초래하지 않기 위해서 노력하였습니다. 그리고 메어리의 모습이 보이지 않자 이 사태가 아버지에게 치명적인 결과를 가져온다는 것을 알고 우선 왕관을 찾아 맨발로 계단을 뛰어 내려가 창문을 열고 눈 위로 뛰쳐나가 달빛 아래 검게 나타난 사내의 그림자를 향해 있는 힘껏 달려갔습니다. 그리고 조지 번

웰을 잡았습니다. 아들은 번웰을 때려 눈 위에 상처를 입혔습니다. 두 사내가 왕관을 잡아 당기는 사이 뭔가 퍽하는 소리가 나면서 아들은 왕관이 자기 손에 들어와 있는 것을 깨달았습니다. 아서는 집으로 돌아와 당신의 드레스룸에서 비뚤어진 왕관을 바로 잡으려고 했습니다. 그런데 그때 갑자기 당신이 나타났던 것입니다."

"이런, 이럴 수가!"

"당연히 고맙다는 말을 듣기는 커녕 그토록 의심을 받으니 아들도 화가 난 것이지요. 그러나 변명을 하려니까 메어리의 죄를 폭로해야 되었던 겁니다. 그래서 아드님은 메어리 비밀을 지키기 위해 침묵으로 일관했던 것입니다."

"이제 메어리가 왕관을 보고 비명을 지른 이유를 알겠습니다. 오! 나는 눈을 뜬 장님입니다. 아들이 5분만 밖에 나갔다 오게 해 달라고 사정한 것도 이제야 이해가 됩니다. 그 아이는 격투한 장소에서 떨어져 나간 나머지 조각이 발견되지 않을까 보러 나가겠다고 한 것입니다. 나는 정말 무서운 오해를 하고 있었군요."

"댁에 갔을 때, 먼저 집 주위를 돌아보면서 눈 위에 수사의 단서가 될 만한 흔적이 없을까 살펴보았습니다, 그 전날 밤부터 눈은 오지 않았고, 게다가 추위가 대단해서 발자국이 났다면 분명히 남아 있으리라 생각한 것입니다. 장사꾼들이 드나드는 길을 더듬어 보았는데, 발자국이 어지럽게 나 있어 판단할 수 없었습니다. 그러나 집 쪽으로 가보니까, 문 앞 언저리에 남녀 두사람이 서서 이야기한 발자국이 있었습니다. 남자의 한쪽 다리가 둥글게 나 있는 것으로 보아 나무 의족을 한 것임이 틀림없더군요. 그런데 이 밀회에 방해가 생긴 것을 알았습니다. 즉, 여자 발자국인데 발 앞이 깊고 뒤꿈치 쪽이 얕게 찍힌 것으로 보아 뛰어서 문으로 돌아왔다는 것을 알았습니다. 의족의 남자는 잠시 기다리다가 이윽고 되돌아 간 것입니다. 나는 그 발자국들이 당신이 말하던 하녀와 그 애인의 발자국임을 알았습니다. 그리고 정원을 돌아보았는데, 눈에 뜨인 것은 온통 사방에 어지럽게 나 있는 발자국이었습니다.

그것은 경관의 발자국이라고 생각했습니다. 그런데 마구 간의 오솔길에 가서 보니까 눈 위에 다른 단서의 발자국들이 있었습니다. 구두를 신은 남자의 발자국이 한번 왔다 갔으며, 맨발의 남자 발자국 역시 있었습니다. 그 맨발 발자국이 당신이 말했기에 아드님 발자국이란 것을 알

앗습니다. 구두 발자국은 왕복 모두 걸어서 오고 갔지만 맨발은 달리기를 빠르게 한 것이 보이더군요. 발자국을 따라가니까 홀의 창문 밑이 되었는데 구두를 신은 남자는 거기서 잠시 기다렸던 모양으로 그 부근의 눈이 많이 밟혀 있었습니다. 거기서 다시 다른 방향으로 약 100야드 정도 갔습니다. 여기서 구두를 신은 남자는 몸을 돌린 듯 격투라도 했는지, 눈이 어지럽게 밟혀 있었고 피가 몇 방울 떨어져 있어서, 내 생각이 맞은 것임을 알려 주었습니다. 구두를 신은 남자는 그 뒤 오솔길로 해서 도망을 쳤는데 거기에도 피가 떨어져 있어서 상처를 입은 것은 그 구두를 신은 남자라는 걸 알았습니다. 뒤를 따라 오솔길이 끝나는 곳, 바깥의 큰길까지 가니까 보도의 눈이 말끔히 치워져 있어서 이 단서는 여기서 끝이 나고 말았습니다. 그러나 집 안으로 들어가서 홀의 창문 문지방과 창틀을 확대렌즈로 보니 누군가 이곳으로 넘어 들어왔다는 것을 알게 된 것입니다. 들어올 때 밟은 젖은 발자국이 뚜렷이 남아 있었으니까요. 그런데 문제는 구두를 신은 남자는 누구며, 누가 그에게 왕관을 건네준 것인가? 하는 것이었습니다. 여기에 있을 수 없는 일을 제외하면 나머지가 믿을 수 없더라도 그것이 바로 진실이라는 범죄수사의 저의 공식을 대입하였습니다.

맨발로 왕관을 찾아온 아서가 누구를 보호하기 위해 죄를 짊어지고 있는가? 라는 물음에 하녀가 아니므로 메어리 일 수 밖에 없습니다.

그러면 메어리양의 공범은 누구인가? 메어리가 당신에게 죄를 저지르게 할 수 있는 사람은 애인이 아니고는 생각할 수 없습니다. 그런데 사교적이지 않은 메어리에게 접촉할 수 있는 사람은 조지 번웰 경 밖에 없었습니다. 그리고 저는 전부터 그에 대한 평판을 듣고 있었습니다. 이제 눈 위에 구두 발자국을 남긴 남자이자 아서와 격투를 벌인 사람이며 상처까지 입은 사내는 조지 번웰 경이 확실해 졌습니다. 그래서 저는 조지 번웰 경의 집으로 가서 하인에게 돈을 주고 그 주인이 어젯밤 부상을 입고 돌아온 사실을 알았습니다. 그리고 그 하인에게 주인의 구두까지 얻었습니다. 눈 위에 발자국을 대보니 정확히 일치했습니다.

스캔들이 되는 것을 방지하기 위해 고소 제기 따위는 피해야만 하고, 그런데 상대는 교활한 악당이라 이쪽의 빼도 박도 못하는 약점을 노릴 것이 뻔하기 때문에 나는 그를 찾아가 만났습니다. 예상했던 대로 그는 아니라고 잡아떼더군요. 그러나 사건의 전말을 차근차근 설명하자, 벽에 있던 칼을 장치한 지팡이를 들고 위협해 왔습니다. 그렇지만 나도 상대가 어떤 사람인지 이미 알고 있었기 때문에 선수를 쳐서 그의 머리에 권총을 겨누었습니다. 그랬더니 한풀 기세가 꺾이더군요. 저는 그가 갖고있던 보석 한 개에 1000파운드를 주면 어떻겠냐고 흥정을 걸었습니다. 그랬더니 그는 아깝다는 표정을 지으며 벌써 한 개에 600파운드를 붙여 팔아 넘겼다고 하더군요. 나는 절대로 고소를 하지 않겠다고 약속하고 어디다 팔아넘겼는지 알아냈습니다. 그곳으로 가서 입이 닳도록 흥정을 한 결과 한 개당 1000파운드에 다시 샀습니다."

"영국을 큰 스캔들에서 구해낸 하루군요."

홀더는 일어나면서 말했다.

"뭐라고 감사의 말씀을 드려야 좋을 지 모르겠군요. 당신의 이 은혜는 평생 잊지 않겠습니다. 그럼 이제 아들에게 가서 내가 정말 잘못했다고 사과하기로 하겠습니다. 불쌍한 메어리는 어디로 갔는지 행방을 모르겠지요?"

"분명한 것은 조지 번웰 경이 있는 곳 어디라도 메어리가 있을 것입니다. 그리고 어떤 죄를 짓든 함께할 것입니다."

Chapter

12

너도밤나무 숲

너도밤나무 숲

봄이라고 하나 아직도 바람이 쌀쌀하게 부는 어느 날 아침이었다. 아침식사를 마친 나와 홈즈는 베이커 거리에 있는 그의 방으로 가서 난로 옆에 앉아 있었다.

홈즈는 신문 광고란을 잠자코 읽고 있다가 갑자기 무슨 생각이 났는지 꾸깃꾸깃한 편지한 통을 내게 내밀었다.

"오늘 아침에 온 편지인데, 젊은 아가씨가 보낸 것 같네. 한번 읽어 보지 않겠나?"

그 편지는 어제 몬테규 우체국에서 부친 것으로서, 거기에는 이렇게 쓰여있었다.

셜록 홈즈 님.

저는 지금 가정교사 자리를 권유받고 있습니다만, 그것을 수락해야 좋을 지 거절해야 좋을지 알 수 없어 꼭 의견을 듣고 싶습니다. 내일 아침 10시반에 방문하겠습니다. 잘 부탁드립니다.

– 바이올렛 헌터

"이 아가씨를 알고 있나?"

내가 물었다.

"아니."

"어, 벌써 10시 반인데?"

"옳지, 벨이 울리는군. 아마 찾아온 모양이야."

잠시 뒤에 문이 열리고 젊은 여자가 들어왔다. 옷차림은 수수했으나 단정하고 깨끗했으며, 얼굴 표정이 밝고 매우 똑똑해 보이는 처녀였다.

"폐를 끼쳐 드려서 죄송합니다. 누구와 의논을 하고 싶어도 부모님이나 친척이 없어서 이렇게 선생님을 찾아왔습니다."

홈즈는 이 아가씨가 마음에 쏙 들었는지 얼른 의자를 권했다. 그 아가씨는 의자에 앉아서 침착한 목소리로 입을 열었다.

"저는 5년 동안 스펜스 먼로 대령 집에서 가정교사로 있었습니다."

나와 홈즈가 고개를 끄덕이자 여자가 말하기 시작했다.

"스펜스 먼로 대령 집에서 말입니다. 그런데 두 달 쯤 전에 대령이 노바 스코티아(캐나다 남동부의 반도)의 하리팩스로 자리를 옮기게 되어 아이들과 함께 그곳으로 갔습니다. 당연히 저는 일자리를 잃었죠. 그래서 저는 신문에 광고를 내기도 하고, 광고에 응하기도 해 왔지만 어느 것도 신통치가 않았습니다. 그래서 저는 갑자기 직업을 잃게 되었습니다. 저는 신문에 광고를 내고 또 웨스트 엔드에 있는 가정 교사 소개소에도 부탁해 두었습니다. 그런데 좀처럼 연락이 없고, 또 그동안 조금씩 모아 두었던 돈도 거의 바닥이 나서 앞으로 어떻게 해야 하나 걱정을 하던 중이었어요."

"저런, 무척 걱정이 되었겠군요."

"예, 저는 1주일에 한 번씩 그 가정교사 소개소에 들르곤 했지요. 지난주에도 갔었어요. 소장인 스토퍼 부인과 몹시 뚱뚱하고 상냥한 중년 신사가 함께 계셨어요. 제가 소장실로 들어가자마자 그분은 벌떡 일어서서 스토퍼 부인을 바라보면서 큰소리로 이렇게 말하는 거였어요. '이 아가씨가 좋겠습니다. 내가 생각하고 있던 바로 그런 사람입니다. 아주 훌륭합니다.' 그리고는 저에게 말을 걸었습니다.

'당신은 가정교사 자리를 원하신다고요?'

'예.'

'급료는 얼마나 바라십니까?'

'얼마 전까지 먼로 대령님 댁에서 한 달에 4파운드씩 받았습니다.'

'그건 너무 심하군!'

그 신사는 깜짝 놀란 듯이 두 팔을 쳐들고 이렇게 말했어요.

'당신처럼 교양 있는 처녀에게 그 정도밖에 주지 않다니, 세상에 그럴 수가……'

'아니에요, 교양은 뭐……, 저는 겨우 프랑스어와 독일어를 할 수 있을 뿐이고, 음악이나 그림은 전혀……,'

'원, 겸손의 말씀을……, 그런 것은 아무래도 좋아요. 중요한 것은 아가씨의 태도에 품위가 있다는 겁니다. 우리 집에 와 주신다면 1년에 100파운드를 드리겠소.'

그때 저는 아주 놀랐어요. 아무리 인심이 후하다고 해

도 이제 막 학교를 졸업한 사람에게 100파운드나 급료를 주는 가정이 어디 있겠어요? 제가 이상하다는 표정을 짓자 그분도 그것을 알아차리셨는지 급하게 지갑을 꺼내서 지폐 한 장을 뽑아 내셨어요.

'믿지 못하겠다는 거군요. 하지만 나는 절대로 거짓말을 하는 사람이 아닙니다. 그리고 항상 약속된 급료의 절반을 먼저 드리고 있습니다. 여비와 필요한 물건을 마련하는 데 써 주십시오.'

그분은 줄곧 웃는 얼굴로 저를 바라보았어요. 저는 그렇게 자상한 분은 처음 보았답니다. 여기저기에 빚이 조금씩 있는 제게는 참으로 좋은 자리였어요. 그런데 가만히 생각해 보니 어딘가 이상한 느낌이 들었어요. 그래서 좀 뭣하긴 해도 결정하기 전에 몇 가지를 물어보아야겠다고 생각했어요."

"오, 그것 참 잘하셨습니다."

"그래서 우선 저는 이런 식으로 물어보았어요. '실례입니다만, 살고 계신 곳이 어디입니까?' '햄프셔 군입니다. 경치가 아주 좋은 곳이지요. 윈체스터에서 8km 정도 들어와서 너도밤나무 집을 찾으면 됩니다.'

'그런데 제가 할 일은요?'

'남자 아이가 한 녀석있습니다. 올해 여섯 살 난 장난꾸러기지요.'

'그럼, 제가 할 일은 그 아드님만 돌보아 드리면 되는 건가요?'

'그렇습니다. 그리고 틈이 있으면 집사람의 부탁도 들어 주었으면 합니다. 물론, 하인이나 하녀에게 시킬 만한 일은 부탁드리지 않겠습니다.'

'예, 제가 할 수 있는 일이라면 무엇이든지 하겠어요.'

'흠! 그리고 말씀드리기가 좀 뭣한데……, 우리 집에는 좀 특이한 풍습이 있습니다. 우리가 어떤 옷을 입어 달라는 부탁을 하는 경우가 있을지도 모르겠는데, 그래도 괜찮습니까?'

'괜찮아요. 그런 일 정도는……' 하고 저는 대답했습니다만, 어쩐지 매우 이상하다는 생각이 들었어요.

'그리고 그날 기분에 따라 앉는 자리를 지정해 주어도 상관없습니까?'

'예, 물론이지요.'

'그리고 또 한가지, 우리 집에 오기 전에 아가씨 머리카락을 좀 짧게 잘라 주었으면 합니다만.'

저는 깜짝 놀랐습니다. 이렇게 길고 아름다운 갈색 머

리카락을 짧게 자르면서까지 가정교사가 되고 싶지는 않았거든요. 그래서 그 자리에서 저의 뜻을 분명히 말씀드렸습니다. 그분은 무척 실망한 표정으로 다음과 같이 말씀하시고는 돌아가시더군요.

'그럼, 곤란한데요. 다른 점은 하나도 부족하지 않은데! 그렇다면 어쩔 수 없지요.'

저도 별로 기분이 좋지 않아서 그냥 돌아와 버렸습니다. 그런데 돌아와서 다시 생각하니 그렇게 좋은 자리를 놓치기가 어쩐지 아까워졌어요. 그래서 다음날 아침 일찍 스토퍼 부인을 찾아가야겠다는 생각을 하고 있는데 편지가 왔습니다. 여기 제가 가지고 왔는데 읽어 보겠어요."

　친애하는 헌터 양에게.
　미스 스토퍼가 당신의 주소를 알려 주어 다시 한 번 생각 해 봐 달라는 편지를 이렇게 썼습니다. 저번 일에 관하여 다시 잘 생각해서 승낙해 주실 수 없겠습니까? 실은 집에 돌아와서 집사람에게 당신 이야기를 했더니 몹시 좋아하면서 그런 분이라면 꼭 부탁해서 와주시도록 권하라고 성화입니다. 보수도 1년에 120파운드를 드리겠습니다. 성격이 남다른 사람들만 모인 가족이기 때문에 처음에는 좀 어색한 데가 있겠지만, 곧 재미있게 지내실 수 있을 겁니다. 오전에 집안에서 파란색 옷 입기를 아내가 원하지만 그렇다고 아가씨가 준비할 필요는 없습니다. 현재 필라델피아에 있는 딸 엘리스의 옷이 있으니 그것을 입으면 사이즈도 맞을 거라고 생각합니다. 그리고 아가씨의 아름다운 머리가 나도 첫눈에 들었지만 그 점은 우리도 양보할 수 없어 급료를 올린 것입니다. 까다롭다 생각하지 마시고 한 번 찾아 주십시오.

                                    – 제프로 루카슬 너도밤나무 집에서

"홈즈씨! 이런 편지입니다. 저는 승낙하려고 합니다만, 저쪽과 확실히 계약을 맺기 전에 의견을 들어보려고 이렇게 찾아왔습니다."

"알겠습니다. 저는 미스 헌터, 당신이 가겠다고 마음 먹는다면 다른 문제는 없을 거라고 생각합니다."

홈즈는 웃으며 말했다.

"하지만 거절하는 게 좋다고 생각하지는 않으시나요?"

아가씨는 걱정스런 표정으로 물었다.

"정직하게 말해서 만약 아가씨가 나의 누이동생이나 가족이라면 찬성하지 않았을 겁니다."

"그건 무슨 뜻이죠?"

"판단할 만한 자료나 근거가 없어 대답할 수 없지만

아가씨도 마음이 썩 내키지 않는 걸로 아는데요?"

"저도 한 가지가 마음에 걸려요. 루카슬 씨는 친절한 분이라고 생각되지만 그의 아내가 정신이상인 것 같아요. 그것이 세상에 알려지면 정신병원에 보내야 하므로 그녀의 특별한 요구를 만족시켜주려 그런 것 같습니다. 그렇지 않다면 부인은 발작을 일으키는 것 같아요."

"있을 수 있는 일입니다. 사실 지금 단계로서는 그런 해석이 가장 합당한 것 같습니다. 그러나 어쨌든 젊은 아가씨가 가기에는 바람직한 집이 아닐 것 같군요."

"그렇게 말씀을 해 주시니 감사합니다 하지만 저는 오늘밤에 머리카락을 자르고 내일 윈체스터로 떠나는 게 좋을 것 같습니다."

헌터 양은 얼굴에 웃음을 띠고는 몇 번이나 고맙다는 인사를 하고 돌아갔다. 나는 홈즈에게 말했다.

"나이는 어리지만 매우 침착한 아가씨로군."

"그렇지 않았다면 가지 말라고 적극적으로 말렸을 텐데. 머지않아 저 아가씨에게 무슨 소식이 꼭 올 것이네."

홈즈의 추측은 적중했다. 2주일이 지난 어느 날 밤에, 그 처녀가 보낸 전보가 도착한 것이다. 홈즈는 한번 훑어보고는 내게 건네 주었다.

"왓슨, 기차 시간표를 좀 알아봐 주게."

나는 먼저 전보를 읽어 보았다.

> 내일 낮 윈체스터 블랙스완 호텔로 와주세요. 어찌할 바를 모르겠습니다. 꼭 오기 바람.
>
> — 헌터

"같이 가겠나?"

홈즈가 얼굴을 들고 말했다.

"가고 싶어."

"그럼 시간표를 알아봐."

"아침 9시 반에 출발하는 열차가 있군. 이 기차를 타고 가면 윈체스터에는 11시 반에 닿을 것이네."

내가 대답했다.

다음날 아침 11시에 우리가 탄 열차는 윈체스터 시 근처를 달리고 있었다. 화창한 봄 날씨답게 푸른 하늘에는 하얀 솜 같은 구름이 몇 조각 둥실 떠 있었다. 울긋불긋한 지붕이 푸른 나뭇잎 사이로 언뜻언뜻 보였다. 우리를 태운 열차는 잠시 뒤에 윈체스터 역으로 들어갔다.

블랙스완 호텔은 역에서 그리 멀지 않은 곳에 있었으

며, 낡긴 했지만 꽤 유명한 호텔이었다. 호텔에서는 헌터 양이 먼저 와서 우리가 오기를 기다리고 있었다. 게다가 방을 따로 하나 잡아 두고 식사 준비까지 해놓고 있었다. 헌터 양은 우리를 보자마자 활짝 웃으면서 말했다.

"어서 오세요. 와주셔서 대단히 고맙습니다. 저는 어찌 할 바를 모르고 쩔쩔매고 있었어요."

"그런데 무슨 일이 있었습니까? 처음부터 자세히 이야기를 해주십시오."

홈즈의 말이 끝나기도 전에 헌터 양이 이야기를 시작했다.

"지금까지 있었던 일을 모두 말씀드리겠어요. 처음에 역에 도착하니까 루카슬 씨가 마중을 나와 있었어요. 그래서 저는 루카슬 씨의 마차를 타고 너도밤나무 집으로 갔습니다. 루카슬 씨의 너도밤나무 집은 정말 아름다운 곳이었어요. 물론 그 저택은 오래 되고 낡았습니다만 주위가 모두 너도밤나무 숲이기 때문인지 매우 경치가 좋았어요. 루카슬 씨는 저녁 때가 되어서야 제프로 부인과 아들을 만나게 해주셨어요. 부인은 말이 없고 얼굴이 창백했으며 루카슬 씨보다는 훨씬 나이가 어려 보였어요. 루카슬 씨는 50살 정도 되어 보였는데, 부인은 아직 30살도 안된 것 같았어요. 두 분은 약 7년 전에 결혼을 하셨다고 해요. 그리고 루카슬 씨는 전 부인과의 사이에 따님 한 분을 두셨다고 하더군요. 그 따님은 엘리스라고 하는데 지금은 미국 필라델피아에서 살고 있다고 해요. 루카슬씨는 그 엘리스 양 때문에 지금 부인과 사이가 좋지 않은 경우가 가끔 있다고 저에게 살짝 말해 주더군요. 제가 보기에 루카슬 부인은 나이에 비해 무척 점잖기는 했지만, 어딘지 좀 차가운 사람 같았어요. 그러나 루카슬 씨와 아들에게는 매우 다정하게 대해 주더군요."

"그 밖의 가족들은?"

홈즈가 물었다.

"하인 부부가 있어요. 하인은 별명이 호랑이라고 할 정도로 성격이 매우 거칠어요. 그런데다가 항상 술 냄새를 풍기고 다녔어요. 그의 아내는 성격이 조금 까다롭지만 힘이 무척 센 여자예요. 루카슬 부인이 불러도 제대로 대답조차 하지 않을 만큼 무뚝뚝한 여자예요. 이 하인 부부는 제 마음에 별로 들지 않았어요. 하지만 다행스럽게도 저는 대게 그 집 아이의 방이나 제 방에서 지냈기 때문에, 그 하인 부부와 만나는 일은 거의 없었어요. 아이 방과 제 방은 건물 맨 끝에 나란히 있기 때문에 사람들이 잘

드나 들지 않았어요. 도착한 날부터 이틀 동안은 아무 일 없이 잘 지냈어요. 그런데 사흘째 되는 날 아침이었어요. 저는 아침 식사를 마치고 잠시 소파에 앉아 있었어요. 그때 루카슬 부인이 2층에서 내려오더니 루카슬 씨에게 뭐라고 귓속말을 하시더군요. 그러자 루카슬 씨는 '응, 알았어.' 하면서 고개를 끄덕이고는, '헌터 양, 소중한 머리카락을 짧게 깎도록 부탁한데다가 또 변덕스러운 요청을 하게 되어서 대단히 죄송합니다. 당신 방에 옷을 준비해 두었으니 그 옷으로 갈아입었으면 좋겠습니다.' 하고 말씀하셨어요. 방에 갔더니 정말 침대 위에 푸른색 꽃무늬가 있는 옷이 놓여 있더군요. 누군가가 전에 입었던 옷이지만 아주 훌륭한 것이었어요. 입어 보니까 마치 맞추기라도 한 것처럼 몸에 잘 맞았어요. 그 옷을 입고 나갔더니 루카슬 씨 부부가 매우 좋아하시더군요."

"그래서요?"

"루카슬 부부는 응접실에서 저를 기다리고 계셨어요. 응접실은 건물 앞쪽에 있고, 남향이며, 마루 쪽에 프랑스식 창문이 세 개나 있는 곳이지요. 응접실로 들어가 보니 가운데 창문 앞에 의자 하나가 놓여 있었어요. 루카슬 씨는 제게 창문을 등지고 그 의자에 앉으라고 하시더군요.

저는 루카슬 씨가 시키는 대로 의자에 걸터앉았어요. 그랬더니, 루카슬 씨는 제 앞을 왔다갔다하면서 여러 가지 재미있는 이야기를 해주셨어요. 하지만 부인은 조금도 웃지 않고 슬픈 얼굴로 가만히 앉아 계셨어요. 1시간쯤 이런저런 이야기를 하다가 루카슬 씨는 갑자기 제게 이제는 옷을 갈아입고 아이 방에 가 있으라고 하시더군요."

"허허 참! 정말 이상하군요. 자, 어서 계속하십시오."

"다음날도 저는 푸른 옷을 입고 응접실의 그 의자에 앉으라는 말을 듣고 전날과 같이 루카슬 씨의 재미있는 이야기를 들었습니다."

"얼마나 오랫동안 들었습니까?"

"한 30분 정도 들었을 거예요. 그 다음날에는 루카슬 씨가 제게 소설 한 권을 건네주면서 그것을 읽어 달라고 하시더군요. 저는 시키는 대로 소설을 읽었어요. 한 10분쯤 지나니까 갑자기 그만 읽고 옷을 갈아 입으라고 하시더군요."

"정말 이상한 일이군."

"정말로 이상한 일이었어요. 그래서 저는 왜 그럴까하고 이리저리 생각해 보았어요. 그러다가 문득 저는 루카슬 씨 부부가 제가 창문 쪽을 돌아보지 못하도록 하고 있다는 것을 알아차렸어요."

"호오, 정말 그렇군요."

"그런 생각을 하고 나니까 무척 창 밖을 내다보고 싶어지더군요. 그렇지만 제 마음대로 창 밖을 내다보았다가는 저의 몸에 위험이 닥칠 것이라는 점을 루카슬 씨의 말이나 태도로 보아 충분히 짐작할 수 있었어요. 그때 아주 좋은 생각이 떠올랐습니다. 저는 조그마한 손거울을 손수건 속에 숨겨 두고 웃을 때마다 입을 가리는 체하면서 창밖을 비추어 보았어요."

"저런! 아주 기발한 생각이군요. 그래, 무엇을 보셨습니까?"

"처음에는 아무것도 보이지 않았어요. 그럴 리가 없을 텐데 하면서 또다시 정신을 차리고 보았더니, 글쎄 말이에요. 바깥 길에 어떤 남자가 서서 이쪽을 뚫어지게 지켜보고 있는 모습이 보이는 거였어요. 회색 양복을 입은 젊은 청년이 담에 바짝 기대어 서서 이쪽을 살펴보고 있었어요. 그런데 어느새 부인께서 저의 행동을 눈치 채셨는지 의자에서 벌떡 일어서더니 루카슬 씨에게 '여보, 길가에 수상한 사람이 서서 이쪽을 보고 있어요.' 하고 말하는 거였어요. 그러자 루카슬 씨가 제 얼굴을 쳐다보면서 '헌터 양, 당신과 아는 사이입니까?' 하고 묻는 거예요. '아니에요. 저는 이 근처에는 아는 사람이 한 명도 없어요.'

'그렇다면 저 사람은 정말 예의 없는 사람이군. 당신이 저 사람에게 가라고 손짓해 주시지 않겠습니까? 계속 저렇게 서성거린다면 우리가 곤란하니까요.'

루카슬 씨가 그렇게 말하니 저는 어쩔 수 없어서 시키는 대로 그 남자에게 손을 흔들어 보였어요. 그러니까 부인이 커튼을 닫아 버리더군요. 이 일은 1주일 전에 있었던 것이에요. 그 뒤로는 창가에 앉으라고도 하지 않았고, 또 푸른 옷을 입으라는 말도 하지 않았어요. 또 그 청년도 나타나지 않았습니다."

"들으면 들을 수록 재미있군요. 자, 계속하십시오."

홈즈는 싱글벙글 웃으면서 헌터 양에게 이야기를 계속하라고 재촉했다.

헌터 양은 슬쩍 손목 시계를 보고서 이야기를 계속했다.

"그런데 홈즈 선생님, 이 정도 일이라면 선생님을 여기까지 오시도록 부탁드리지는 않았을 겁니다. 그밖에도 몹시 기분 나쁜 일이 있었어요. 너도밤나무 집에 도착한 바로 그날이었어요. 루카슬 씨는 부엌 밖에 있는 작은 창고로 저를 데리고 가더군요. 그 창고에서는 안에서 쇠사슬이 부딪치는 소리가 나면서 뭔가 큰 동물이 움직이는 것 같았어요.

'여기를 한 번 들여다보십시오.'

루카슬 씨는 싱글벙글 웃으면서 창고 벽의 널빤지 틈을 가리켰어요. 그곳으로 제가 들여다보니, 캄캄한 데에 뭔가 커다란 것이 웅크리고 앉아서 눈만 반짝이고 있는 거였어요. 제가 흠칫 놀라는 것을 보고 루카슬 씨는 재미있다는 듯이 웃으면서 이야기를 하더군요.

'하하하. 그렇게 무서워하지 않아도 됩니다. 저놈은 카를로라고 하는데, 마스티프 종으로 망을 아주 잘 봅니다. 내 것이긴 합니다만, 이 개를 이길 수 있는 것은 호랑이 하인뿐입니다. 하루에 한 번씩만 먹이를 주기 때문에 배가 고파서 언제나 신경을 곤두세우고 있습니다. 밤에는 호랑이 하인이 사슬을 풀어 줍니다. 아마, 이놈이 집 밖으로 나가면 사람을 가리지 않고 마구 덤벼들 겁니다. 아가씨도 밤에는 무슨 일이 있어도 절대로 외출하지 마십시오. 잘못하다가는 목숨을 잃게 되는 경우도 있습니다.'

루카슬 씨의 이야기대로였어요. 그 뒤, 이틀 후 밤에 새벽 두 시경 별 생각없이 침실에서 바깥을 내다보았습니다. 바깥은 눈이 부시게 밝은 달밤이었어요. 정원의 잔디도 달빛을 받아 은빛으로 빛나고 있어서 마치 대낮과 같았어요. 그런데 그때 너도밤나무 숲의 그늘 아래에서 뭔가 꿈틀거리는 것이 보였어요. 잠시 뒤에 그것이 어슬렁거리며 달빛 아래로 나오더군요. 자세히 보니 그것은 몸집이 송아지만한 붉은 갈색의 개였는데 입 주위만 검은색이었어요. 턱의 살은 축 늘어졌지만 다른 곳은 뼈가 앙상해서 보기만 해도 소름이 끼치는 개였답니다. 아마, 그 끔찍한 개에게 물린다면 아무리 건장한 사람이라도 그만 손을 들고 말 거예요.”

그렇게 말하고 헌터양은 그 개의 모습이 생각나는지 몸을 오들오들 떨었다.

“또 한가지 이상한 일이 있었어요. 여기로 오기 전날, 저는 런던에서 머리를 잘랐어요. 그런데 그 긴 머리카락을 버리기가 아까워서 끈으로 묶어 트렁크 밑에 간수해 두었답니다. 제가 도착한 날 밤, 아이가 잠이 든 뒤에 저는 제 물건들을 옷장에 넣으려고 하나하나 정리를 했어요. 그런데 옷장 서랍이 자물쇠로 잠겨 있더군요. 그래서 제가 가지고 있던 열쇠 꾸러미를 가지고 열어 보았더니 운이 좋게 열렸어요. 그런데 그 옷장 서랍안에 제 머리카락이 들어 있는게 아니겠어요? 저는 이상한 생각이 들었어요. 그래서 그것을 들고 자세히 보니 색깔이며 길이가 저의 머리카락과 똑같았어요. 처음에는 아이가 장난을 했을 거라고 생각했어요. 그래도 혹시나 하고 저의 트렁크를 열어 보았더니 저의 머리카락은 거기에 그대로 있는 것이었어요. 저는 머리카락 뭉치 두 개를 나란히 놓고 자세히 살펴보았어요. 아무리 보아도 어느 쪽이 저의 것인지 구별할 수 없을 만큼 똑같은 것이 아니겠어요? 사실, 그때 저는 기분이 몹시 좋지 않았어요. 그렇지만 저는 그것을 다시 서랍 안에 넣어 두고 너도밤나무 집 사람들에게 아무 말도 하지 않았어요."

"그것 참 신기한 일이군요."

홈즈는 두 손을 깍지 끼고 눈을 꼭 감았다.

"홈즈 선생님, 그것 보다도 더 이상한 일이 있었어요."

"어떤 일이었습니까?"

"너도밤나무 집 뒤뜰에는 아무도 살지 않는 건물 한 채가 있어요. 그런데 그리로 가려면 반드시 호랑이 하인이 살고 있는 오두막집을 가로질러 가야만 해요. 어느 날, 호랑이 하인에게 볼 일이 있어서 오두막 집까지 간 김에 뒤뜰로 가 보았어요. 바로 문 앞까지 갔을 때 건물에서 루카슬 씨가 열쇠 꾸러미를 들고 나오시더군요. 루카슬 씨는 절 보면 언제나 미소를 지었는데 그런데 그때는 어딘지 몹시 언짢은 얼굴을 하셨어요. 그리고는 제게 아무 말도 하지 않고 집 쪽으로 가 버리는 거였어요. 저는 그 건물에 대해서 호기심이 생겼어요. 그래서 다음날 아이를 데리고 그 건물 쪽으로 가 보았습니다. 그 건물에는 창문 세 개가 나란히 있었어요. 가장 자리에 있는 창문 두 개는 먼지투성이이고 별로 이상한 데가 없었습니다. 그런데 이상하게도 가운데 창문에는 덧문이 있었어요. 저는 그 창문을 바라 보면서 건물 근처를 서성거리고 있었는데 언제 오셨는지 루카슬 씨가 저의 뒤에 서 있지 않겠어요!"

"어허! 정말 놀라셨겠습니다."

"예, 그런데 뜻밖에도 루카슬 씨는 싱글벙글 웃으면서, '이곳은 좀 컴컴한 곳이니까 아이를 데리고 오지 않았으면 좋겠습니다.' 하는 거예요. 그래서 제가, '예, 죄송합니다. 그런데 이 건물에는 빈 방이 많은 것 같군요.' 라고 말했답니다."

"예, 내 취미가 사진을 찍는 겁니다. 그래서 저 건물에 암실을 차려 놓았습니다. 그건 그렇고, 당신은 정말 눈치가 빠르십니다. 하하하!"

그리고 아주 유쾌하게 웃었습니다만, 그때 루카슬 씨가 저를 보는 눈빛은 정말 무서웠어요. 그때는 그것으로 끝났어요. 그런데 아무래도 덧문이 닫힌 방에 무슨 비밀이 감추어져 있는 것 같아서 견딜 수가 없었어요. 그래서 무슨 수를 써서라도 그 방에 들어가서 확인을 해 보기로 했어요."

"대단한 결심이군요."

"그런데 바로 어제 일입니다. 드디어 기회가 온 거예요. 말씀을 미처 드리지 않았습니다만 저는 호랑이 부부가 그 건물로 들어가는 것을 몇 번 보았어요. 어제 저녁 때, 호랑이 하인이 잔뜩 술에 취해 곯아 떨어진 틈을 타서 저는 몰래 뒤뜰에 있는 건물로 갔습니다. 그런데 어떻게 된 일인지 문에 열쇠가 꽂혀 있는 것이 아니겠어요. 아마 호랑이 하인이 열쇠 거는 것을 깜빡 잊었던 모양이에요. 그때, 루카슬 씨 부부는 거실에서 아이와 놀고 있었으므로 아주 좋은 기회였어요. 저는 슬그머니 열쇠를 돌리고 안으로 들어갔어요. 들어가자마자 바로 앞에 계단이 있더군요. 좀 무섭기도 했지만 꾹 참고 계단을 올라가 보았어요.

2층 복도는 벽지도 바르지 않고 양탄자도 깔려 있지

않은 채로 아주 길게 뻗어 있었어요. 거미줄투성이 복도를 지나서 모퉁이를 돌아가자 방이 세 개나 나란히 있었어요. 첫 번째와 세 번째는 방문이 열려 있어서 안을 들여다보았더니, 모두 텅 비어 있었어요. 두 번째 방은 밖에서 보았을 때 덧문이 있는 방이에요. 그 방만은 문이 잠겨 있었고 문에다 쇠막대기를 가로질러서 쇠사슬로 문고리에 묶어 두었더군요. 창문에는 덧문이 닫혀 있기 때문에 빛이 들어가지 않을 텐데, 문 밑으로 빛이 새어나오고 있었어요.

그래서 저는 전등이 켜져 있을 거라고 생각을 했습니다. 문 앞에 서서 이 방에는 도대체 어떤 비밀이 있는 것일까 하고 이리저리 생각하고 있는 데 갑자기 안에서 발자국 소리가 들리는 거였어요. 그리고 문 밑으로 새어 나오는 빛 때문에 그림자가 이리저리 움직이는 것도 보였어요. 저는 그것을 보고 덜컥 겁이 나서 호기심이고 뭐고 아무 생각도 나지 않았어요. 저는 정신없이 복도를 빠져 나와 계단을 내려와서 건물 밖으로 뛰어나왔어요. 그런데 거기에는 루카슬 씨가 우뚝 서서 저를 쳐다보고 있는 것이 아니겠어요!"

"음, 역시 당신이군요. 문이 열려 있는 것을 보고 당신

일 거라고 짐작은 했지만……"

"휴! 정말 놀랐어요."

저는 숨을 헐떡거리면서 간신히 말을 했지요.

"안심해요. 무엇을 보고 그렇게 놀랐습니까?"

저는 루카슬 씨가 무척 화를 낼 것이라고 생각했는데 뜻밖에 다정하게 대해 주셔서 더 긴장이 되었어요. 그래서 "저는 정말 어리석었어요. 아무도 없는 방에 혼자 들어갔더니……, 어두컴컴해서 그만…… 도망친 거예요."하고 말했습니다.

"그것뿐이었습니까?"

루카슬 씨는 제 얼굴을 빤히 쳐다보는 거였어요.

"다른 거는 보지 못했나요?"

"예, 그런데 다른 뭐가 있나요?"

"당신은 왜 내가 항상 이 건물에 자물쇠를 채워 놓는다고 생각하나요?"

"글세, 잘 모르겠는데요."

"아무 볼일 없는 사람이 함부로 드나들지 못하게 하기 위해서입니다. 이젠 아셨습니까?"

루카슬 씨는 싱글벙글 웃더니 곧 얼굴을 찡그리면서 저를 노려 봤어요.

"또다시 이 건물에 들어간다면 저 개집에 처넣겠소."

"저는 너무 무서워서 곧장 제 방으로 뛰어갔습니다. 그때 바로 홈즈 선생님 생각이 떠올랐어요. 그래서 빨리 오셔서 도와달라는 전보를 치기로 결심했던 거예요. 그런 상황에서는 더 이상 그 집에 있을 용기가 없었어요. 그때 나와 버려도 되지만 제게는 공포심만큼이나 호기심이 있답니다. 그래서 슬쩍 저택을 빠져나와 1km쯤 떨어진 우체국으로 가서 선생님에게 전보를 쳤던 것이에요."

"음, 그건 그렇고 루카슬 씨가 당신이 오늘 여기에 나오는 것을 허락해 주었습니까?"

"머리가 아파서 약을 사러 가겠다는 핑계를 대고 나왔어요. 그리고 루카슬 씨 부부는 오늘 오후 3시에 어느 집을 방문하기로 되어 있어요. 아마 저녁 늦게 돌아오실 거예요. 그래서 그때까지는 저택으로 돌아가서 아이를 돌봐주어야 해요. 이제는 더 드릴 말씀이 없습니다. 이 일은 도대체 어떻게 된 일일까요? 그리고 저는 앞으로 어떻게 해야 하지요?"

홈즈가 물었다.

"그 무서운 하인은 매일 취해 있습니까?"

"예, 그래요. 매일 해가 지기 전부터 술에 취해 있다가 오후 7시면 곯아떨어져요."

"루카슬씨 부부는 오늘 몇 시쯤에 돌아올 것 같습니까?"

"늦어질 것이라고만 말씀하셨어요."

"너도밤나무 집에는 자물쇠로 채워 두는 술 창고가 있습니까?"

"예, 있어요."

"헌터 양, 당신이 한 행동은 정말 용감하고 현명했습니다. 다른 아가씨라면 제가 이런 부탁을 드리지 않겠습니다만……"

"무슨 일인데요?"

"오늘밤 7시에 우리가 너도밤나무 집으로 가겠습니다. 그 시간이면 루카슬 씨 부부는 아직 돌아오지 않았을 테고, 그 호랑이 하인은 술에 취해서 곯아떨어져 있을 겁니다. 문제는 하인의 아내입니다. 그러니까 당신은 무슨 핑계를 대든지, 하인의 아내를 술 창고에 들여보낸 다음 밖에서 자물쇠를 걸어 두십시오. 그렇게만 되면 우리가 훨씬 쉽게 일을 할 수 있을 겁니다."

"알았어요. 그렇게 해보겠어요."

"고맙습니다. 지금까지 당신이 한 이야기로 보아, 이

건 제 생각입니다만, 루카슬 씨는 당신을 어떤 사람의 대역으로 삼기 위해서 가정교사로 데리고 온 것 같습니다. 그리고 그 사람은 당신이 말한 그 비밀의 방에 갇혀 있을 겁니다. 그렇다면 그 사람은 도대체 누구이겠습니까? 제 생각으로는, 틀림없이 미국에 갔다는 엘리스 루카스라고 생각됩니다.

그 아가씨는 당신과 키와 몸매, 그리고 머리카락 색깔까지 똑같을 겁니다. 당신이 거울로 보았다는 길가에 서 있던 청년, 그는 엘리스가 알고 있는 사람, 어쩌면 약혼자가 아닐까요? 루카슬 씨는 엘리스의 옷을 입고 자기의 재미있는 이야기에 열중하고 있는 당신을 그 청년에게 보여 줌으로써 당신을 엘리스로 착각하도록 한 겁니다. 루카슬 씨는 그렇게 해서 당신을 엘리스로 착각시킨 다음, 당신에게 손짓을 하게 하여 그 청년이 엘리스를 단념하도록 만든 겁니다. 밤에 무서운 개를 풀어 놓은 까닭도 그 청년이 엘리스에게 접근 하지 못하도록 하는 겁니다. 루카슬이란 인물이 도대체 어떤 짓을 꾸미고 있는지는 머지않아 곧 밝혀질 것입니다. 그럼, 헌터 양! 몸조심하십시오. 오늘 저녁 7시에 찾아가겠습니다."

우리는 약속한 대로 7시에 너도밤나무 집으로 갔다.

아직 날이 어둡지 않은데다가 너도밤나무들이 저택을 둘러 싸고 있었으므로 쉽게 찾을 수 있었다. 헌터 양은 반갑게 웃으면서 현관의 돌계단에서 우리를 맞아 주었다.

"아까 부탁한 일은 잘 되었습니까?"

홈즈가 물었다.

헌터 양은 고개를 끄덕였다. 그때, 어디선가 쿵쿵거리는 소리가 희미하게 들려왔다.

"하인의 아내가 술 창고 문을 두드리고 있는 거예요. 호랑이 하인은 벌써 부엌 마루 위에 누워서 코를 골고 있어요. 그리고 이것은 호랑이 하인이 가지고 있던 열쇠 꾸러미예요. 루카슬 씨의 것과 똑같아요."

"그것 참 잘됐군요. 자, 어서 안내를 해주십시오. 빨리 그 비밀의 방을 보고 싶습니다."

홈즈의 눈이 반짝 빛났다.

우리는 서둘러 뒤뜰로 돌아가서 깜깜한 건물의 문을 열었다. 그리고는 급히 계단을 올라가서 복도를 지나 비밀의 방 앞까지 왔다. 그리고 문에 가로질러 있는 쇠막대기를 뽑아 버리고 열쇠 꾸러미에 달려 있는 열쇠로 문을 열려고 했으나, 거기 맞는 열쇠가 없었다.

그 동안에 방안에서는 아무 소리도 들리지 않았다. 너

무 조용해서 홈즈는 이상하다는 듯이 고개를 갸웃거리면서 말했다.

"우리가 너무 늦은 것 같군. 왓슨, 어깨를 빌려 주지 않겠나? 맞는 열쇠가 없으니 어떻게 하겠나. 같이 밀어 보세."

문이 낡았기 때문에 둘이서 한꺼번에 부딪쳤더니 쉽게 부서졌다. 문이 부서지면서 홈즈와 나는 방 안으로 고꾸라져 들어갔다. 방 안에는 침대 하나, 작은 탁자 하나, 그리고 속옷이나 요를 넣어 두는 바구니가 하나 있을 뿐, 다른 가구는 전혀 없었다. 물론, 사람도 없었다. 위를 쳐다보니 천장을 뚫어서 만든 창문이 하나 있었다. 그 창문은 활짝 열려 있었고, 그 사이로 밝은 달빛이 내리 쏟아지고 있었다.

"왓슨, 저거야. 루카슬은 저 문으로 딸을 데리고 달아난 것이네."

홈즈는 곡예사처럼 창문을 빠져나가 지붕 위로 올라갔다. 그리고 한참 만에 돌아와서는 이렇게 말했다.

"처마 끝에 사다리가 걸쳐 있더군. 아마 그걸 타고 내려 간 것 같네."

"어머나, 그럴 리가 없을 텐데요. 루카슬 씨가 외출하셨을 때는 저 사다리가 없었어요."

"나중에 몰래 돌아와서 했겠죠. 루카슬은 정말 교활하고 악랄한 사람입니다. 앗! 계단에서 발소리가 나는군. 왓슨, 어서 권총을 꺼내 들게."

홈즈의 말이 끝나기도 전에 뚱뚱하고 거친 남자가 지팡이를 들고 나타났다. 루카슬이었다. 헌터 양은 그를 쳐다보더니 비명을 지르면서 창가로 물러섰다. 그러자 홈즈가 그의 앞으로 다가서서, "당신 딸을 어디에 숨겨 두었소?"하고 고함을 질렀다.

루카슬은 흘끗 방 안을 둘러보더니, 곧 열려 있는 천장의 창문에다 눈을 멈췄다.

"그건 내가 묻고 싶은 말이다! 이 악당 같은 놈들, 어떻게 되나 두고 보자!"

루카슬은 홱 돌아서더니 '쿵쿵' 발소리를 내면서 계단을 내려갔다.

"큰일 났어요. 루카슬 씨는 틀림없이 개를 데리러 간 거예요.!"

헌터 양이 소리쳤다.

"마음을 놓으십시오. 우리는 권총을 가지고 있어요."

나는 헌터 양에게 용기를 북돋워 주었다.

"옳지! 계단 밑에 있는 문을 닫아두세."

홈즈의 말에 우리는 급히 계단 쪽으로 달려갔다. 우리가 문가까지 갔을때 갑자기 바깥에서 개가 짖는 소리가 들렸다. 그리고 이어서 누군가의 비명이 들렸다. 금방 숨이 넘어갈 것 같은 소리였다. 문을 열자 술에 취해서 얼굴이 벌겋게 달아오른 남자가 비틀거리면서 들어왔다.

"큰일 났소! 좀 도와주시오! 개가 쇠사슬을 끊고 밖으로 나왔어요! 그놈은 이틀 동안 아무것도 먹지 않았소. 어서 붙잡아야 합니다. 서두르지 않으면 사람을 물어 죽일 것이오!"

홈즈와 나는 재빨리 달려 나가서 건물 모퉁이를 돌아 뛰어갔다. 호랑이 하인도 뒤뚱거리면서 따라왔다. 그러자 정말 아무것도 먹지 못해서 굶주릴 대로 굶주린 개가 루카슬을 쓰러뜨리고 목을 물어뜯고 있는 것이 보였다. 나는 그 옆으로 달려가서 그 개의 머리에 총을 한 방 쏘았다. 그러자 사납던 개가 털썩 쓰러져 버렸다. 그런대도 루카슬의 목덜미를 악착같이 물고서 놓으려고 하지 않았다. 그래서 나는 홈즈와 함께 간신히 개를 떼어 놓았다. 그리고 호랑이 하인과 피투성이가 된 루카슬을 저택의 응접실로 옮겼다. 그리고는 하인을 그의 아내에게 보내고, 나는 의사로서 할 수 있는 모든 노력을 다해 루카슬을 치료했다. 그때 문이 열리고 키가 크고 몸이 마른 여자가 들어왔다.

"앗, 아주머니!"

헌터 양이 놀라며 외쳤다.

"헌터 양, 주인님께서 돌아오자마자 나를 술 창고에서 꺼내 주셨답니다. 당신이 일을 하기 전에 내게 미리 알려 주었더라면 쓸데없는 수고를 하지 않았어도 되었을 텐데……"

"저런! 그렇다면 당신은 이 일에 대해서 알고 있었단 말입니까?"

홈즈가 하인의 아내에게 말했다.

"예, 잘 알고 있어요. 제가 알고 있는 대로 모두 말씀을 드리겠어요."

"고맙습니다. 자, 여기에 앉아서 차근차근 이야기를 해주십시오. 사실 나는 아직 모르는 것이 많습니다."

"그렇게 하지요. 모조리 말씀드리겠습니다. 저는 원래부터 엘리스 아가씨 편이랍니다. 불쌍하게도 엘리스 아가씨는 주인님이 재혼하신 뒤로는 단 하루도 행복한 날이 없었습니다. 주인님께 아가씨는 매우 거추장스러운 존재였어요. 그런데도 엘리스 아가씨는 불평 한 마디하지 않았어요. 아가씨가 파울러 씨와 알기 전까지는 그런대로 큰일 없이 지냈어요. 제가 알기로 엘리스 아가씨는 어느 분에게서 유산을 많이 받았다고 합니다. 그런데 아가씨는 그 유산을 모두 주인님께 맡겼다고 해요. 주인님의 입장에서 보자면 아가씨가 주인님과 함께 있는 동안은 그 재산을 마음대로 할 수 있지만 아가씨가 결혼하게 되면 그렇게 하지 못할 것이 아니겠어요? 그래서 주인님은 엘리스 아가씨가 결혼을 하더라도 그 유산을 자기가 자유로이 처분할 수 있는 증서를 엘리스 아가씨에게 받아 내려고 했어요. 그렇지만 아무리 아가씨가 착하고 순하다지만 거기까지 승낙할리는 없지 않겠어요? 그래서 주인님은 날마다 아가씨를 조르고 괴롭혔던 거예요. 그 때문에 불쌍하게도 아가씨는 병을 앓게 되었습니다. 그래서 6주일 정도 죽느냐 사느냐 하는 고비를 넘겼어요. 그 뒤에 그럭저럭 병은 나아졌지만 건강이 완전히 회복되지 못해서 몸은 몹시 야위었고, 아름다운 갈색머리카락을 자르는 등 참으로 초라하게 되었지요. 그런데도 선원 출신인 파울러 씨는 어떻게든 엘리스 아가씨와 결혼하고 싶어 했어요."

"됐습니다. 그 다음은 듣지 않아도 알 수 있겠습니다. 그 뒤로 루카슬은 뒤뜰에 있는 건물에 엘리스 양을 가두어 버렸단 말이군요. 그런데도 파울러 청년은 끈질기게 이 집 주위를 서성거렸고요. 그러는 사이에 당신은 파울러 씨를 알게 되었고, 그래서 두 사람은 엘리스 양을 구출하자고 서로 의논을 하셨겠지요?"

"어머! 선생님은 마치 보고 계셨던 것처럼 잘 알고 계시네요. 파울러 씨는 착하고 마음씨가 고운 분입니다."

"그 청년은 루카슬이 외출하자 당신 남편에게 술을 잔뜩 먹여 놓고 사다리를 마련해 달라는 부탁을 했겠지요. 그리고 그 사다리를 타고 올라가서 천장에 있는 창으로 엘리스 양을 끌어냈을 테고요."

"예, 맞습니다. 어쩌면 선생님은 그렇게 잘 알고 계시지요?"

이것으로서 너도밤나무 집의 괴상한 수수께끼는 모두 풀린 것이다.

나와 홈즈, 그리고 헌터 양은 마차를 타고 윈체스터 시로 갔다. 우리들은 호텔에서 하룻밤을 묵고 그 다음날 런던으로 돌아왔다. 소문에 의하면 루카슬은 겨우 목숨만은 구했으나 완전히 폐인이 되었다고 한다.

엘리스 양과 파울러 청년은 너도밤나무 집에서 도망나온 다음날 결혼식을 올리고, 그 뒤에 파울러 씨는 공무원이 되어 지금은 인도에 있다고 한다. 헌터 양은 다행히 어느 사립학교에 교사로 있으며, 행복하게 지내고 있다는 편지를 보내왔다.